캠퍼스에 도깨비 뜨다 *interview*

이·조·영·장·편·소·설

캠퍼스에 도깨비 뜨다 - 인터뷰

초판 인쇄 | 2007년 7월 5일
초판 발행 | 2007년 7월 10일

지은이 | 이조영
펴낸이 | 한익수
펴낸곳 | 도서출판 큰나무

등록 | 1993년 11월 30일(제5-396호)
주소 | 120-837 서울시 서대문구 충정로 3가 3-95 2층
전화 | 02) 365-1845 · 1846
팩스 | 02) 365-1847
e-mail | btreepub@chol.com
홈페이지 | www.bigtreepub.co.kr

값 9,000원

ISBN 978-89-7891-236-5   03810

이·조·영·장·편·소·설

캠퍼스에 (ㅁ) 도깨비 뜨다 interview

큰나무

인터뷰를 시작하며

"인터뷰에 응해주셔서 정말 감사합니다. 우선 성함부터 여쭐게요."

"도운비. 대개는 도깨비라고 부르지."

운비의 시원스런 대답에 원찬은 싱긋 웃었다. 주변까지 환해지는 듯 매우 훌륭한 미소에 운비는 이제 막 푸른 초원에 꼬물거리며 틔어 오르는 새싹을 연상했다. 그러자 그 새싹이 가슴 한복판에서 움을 틔는 것처럼 간지러웠다. 기이한 현상이다. 실제 그 파릇한 향내가 코끝에 스치는 것처럼 기분이 이상야릇해진다. 신선하고 상큼한 샐러드를 입안에 가득 넣고 사각거리며 먹는 기분이랄까.

흐음, 풋풋한데.

원찬을 가만히 훑어보는 운비의 눈빛이 점점 생동감 있게 변하면서 씩, 입가가 만족스럽게 말려 올라갔다.

"이건 신상에 관한 건데 대답해 줄 수 있으세요?"

"그럼."

“실례지만 키가?”

“167cm.”

“오, 그래요? 전 더 큰 줄 알았어요. 170cm도 넘어 보여요.”

의외라는 듯 원찬의 눈이 약간 커지며 목소리는 창공을 나는 비행기처럼 붕 떴다. 그런 모습 또한 확실히 상큼해 보여 운비는 빙그레 웃음 지었다.

“그런 소리 많이 들어.”

“네. 음, 이건 형식적인 거지만 그래도 대답해 주세요. 무슨 과, 몇 학년이시죠?”

“신문방송학과 2학년. 일 년 쉬었다가 이번에 복학했어.”

“여기서부터는 좀 더 구체적인 질문을 해도 될까요?”

원찬은 짐짓 조심스럽게 물었다. 따사로움이 물씬 풍기는 말투에는 상대방에 대한 정중함이 담겨 있었다.

저런 남자는 평소 남을 배려할 줄 아는 교육을 잘 받았거나 선천적으로 몸에 밴 유다. 아직도 귀밑에 솜털이 보송보송한 원찬을 바라보며 운비는 괜한 한숨이 삐져나왔다. 말투만 들어도 가정교육이 제대로 되었고, 외견상으로 어두운 그늘이라고는 조금도 엿볼 수 없는 남자. 운비의 얼굴 위로 원찬과는 정반대의 어두운 그늘이 급히 머물다 사라졌다.

“대답할 수 있는 건 뭐든.”

운비의 호의적인 대답에 원찬은 내심 안도하는 빛을 띠었다. 그러나 여전히 신중함을 잃지 않았다.

“1학년 때부터 유명하셨더군요. 정확히 어떤 일이 있었는지 말씀해 주시겠어요?”

원찬은 그 유명한 캠퍼스 전설의 장본인을 직접 만난 것에 흥분을 감출 수 없었다. 그녀에게 얽힌 이야기를 선배들에게 들을 때마다 나름 상상의 나래를 펼쳤었고, ‘도깨비’라는 별명이 무색하지 않게 화려하고 기이한 운비가 궁금하고 존경스럽기까지 했다. 그리고 마침내 오늘, 그토록 기대하고 고대하던 운비를 단독으로 만난 것이다.

상상했던 대로다. 한눈에 보기에도 튀는 여자. 유난히 다리가 길고 운동선수처럼 군살이라곤 없이 보기 좋은 글래머 스타일의 몸매를 가진 탓에 상대적으로 키가 커 보이는 장점이 있었다. 특히 하나로 묶은 긴 말총머리가 인상적이었다. 뿐 아니라, 화장기 하나 없는 맨얼굴임에도 이목구비가 또렷하여 충분히 아름다운데다 무표정할 때는 차갑고 냉소적으로 보이지만, 눈가로 미소가 담길 때는 언뜻언뜻 장난기 많은 소녀 같은 순수한 면도 숨어 있었다. 한마디로 그녀는 건강 미인이었다. 그리고 무척…… 섹시했다.

새삼 넋이 빠져 운비를 바라보다가 퍼뜩 정신을 되돌렸다. 실컷 어려운 자리를 청해놓고 이 무슨 엉뚱한 호기심이란 말인가.

원찬이 혼자 무슨 생각을 하는지도 모르고 운비는 원찬의 질문에 1학년 때의 일을 떠올리느라 눈매가 약간 가늘어졌다. 그때의 일은 지금도 기억 속에 생생했다. 그중에서도 유독 잊히지 않는 사건 한 가지. 그날의 일이 눈앞에 스크린처럼 떠오르자 마치 그 당시로 돌아간 듯 미간이 찌푸려지며 눈빛은 점점 아련하게 젖어들었다.

"으으으……, 으흐흐흡……."

어디선가 새어나오는 가냘픈 신음소리. 청력이 나쁜 사람이거나 자기와 상관없는 일에 무관심한 성격이라면 얼마든지 지나칠 수 있는 상황이었지만 공포에 질린 신음을 듣자마자 운비는 발소리를 죽여 문제의 화장실 칸으로 걸음을 옮겼다. 그러나 그 칸을 바로 노크하지 않고 옆 칸으로 살며시 들어갔다. 소리 없이 변기 위에 올라서서 문제의 칸을 살짝 넘겨다보았을 때 눈앞에는 생각지도 못한 광경이 벌어지고 있었다.

거뭇한 남자의 중심부에 우뚝 솟은 성기가 제일 처음 눈 안에 가득 들어찼는데, 덩치가 좋고 어깨가 떡 벌어진 중년의 남자였다. 그보다는 엎드린 자세로 하체가 벗겨진 사람이 남자라는 걸 알게 되었을 때의 충격이란, 어지간한 일에는 눈 하나 깜짝 안 하는 운비에게도 허리케인이 뇌를 강타한 듯 그 강도가 엄청났다. 중년의 남자가 입을 틀어막았던 탓에 겁에 질린 신음소리만 간신히 내뱉고 있는 사람이 남자일 거라고는 정말 생각지도 못했다.

제기랄.

젊은 남자는 이제 막 강간당할 처지에 놓여 있었다. 팔뚝에도 시커먼 털이 부숭거려 우악스럽기 그지없는 강간범의 성기가 젊은 남자의 엉덩이로 위험스럽게 다가가고 있었다. 더 두고 볼 것도 없이 훌쩍 몸을 날려 부실해 보이는 칸막이에 상체를 걸쳤다. 머리 위에서 난데없는 소리가 나자 험상궂게 생긴 강간범이 무심코 고개를 들었다가 자그마한 눈이 튀어나올 듯이 큼지막해졌다.

"개 쌕!"

운비의 입에서 거친 욕설이 터져 나오는가 싶더니 가볍게 칸막이를 뛰어올라 강간범의 위로 곧장 떨어져 내린다.

쿠당!

운비의 등장에 깜짝 놀란 강간범이 젊은 남자를 밀치고 문으로 한발 물러섰다가 운비가 덮치는 바람에 화장실 문에 세게 부딪쳤다.

"윽!"

두 사람의 몸무게에 짓눌려 문이 우지끈 요란한 소리를 내며 부서지고, 두 사람은 한데 엎친 채 화장실 바깥쪽으로 나동그라졌다.

"어이쿠!"

강간범의 입에서 새된 비명이 터져 나왔고, 그의 발딱 일어선 성기가 그 충격에 크게 덜렁거렸다.

"이 새끼야, 아무 데나 휘두르는 좆 대가리가 어떻게 되는지 확실히 알려주마!"

몸을 벌떡 일으킨 운비가 구둣발로 강간범의 성기를 짓이겨버린 것도 한순간이었다. 이어 처참한 비명이 화장실 안에 울렸다. 제법 용모로는,

우아까지는 아니더라도 지적이기는 했는데 애석하게도 입에서 나오는 말은 용모와 전혀 어울리지 않게 불량하고 상스럽기가 한량없었다.

마침 화장실에 들어왔던 같은 과 남자 동기인 용택과 기철이 그 모습을 보고 입이 동굴처럼 쩍 벌어졌다.

"으아악!"

강간범이 자신의 성기를 붙잡고 죽을 것처럼 악을 쓰며 나뒹구는 동안, 운비는 재빨리 몸을 일으켜 화장실 안을 들여다보았다. 강간당할 뻔한 남자가 변기 위에 축 늘어져 주저앉아 있는 것이 보였다. 온 얼굴이 진땀으로 흥건했으며 바지를 추슬러 입을 생각도 못하고 앉아 있는 모습이 아주 넋이 빠진 듯했다.

"괜찮아?"

운비는 몹시 걱정스러운 얼굴로 물었다. 그리고 직접 발아래로 떨어져 내린 바지를 치켜 올려주었다.

운비를 알아본 남자의 얼굴에 곤욕스러운 빛이 어렸다. 남자치고는 지나치게 예쁜 용모다. 여릿여릿하게 생겨 먹은 얼굴도 얼굴이지만 전반적으로 약해 보이는 남자였다. 아직도 부들부들 떠는 모습은 가련 그 자체였고, 바지를 입혀 주었을 때에는 그린 듯한 입술에서 신음 섞인 울음이 흐윽, 하고 터져 나왔다.

툭, 하고 힘없이 기대오는 남자의 몸이 가늘게 떨리자 운비는 마치 누나라도 된 양 품에 안고 등을 토닥여주었다.

"괜찮아. 아무 일도 아니야. 아무 일 없었으니까 된 거야."

"죽고 싶어. 으흐흑!"

"네가 왜 죽어? 죽으려면 저 자식이 죽어야지. 지금 죽여 놓을까?"

"으흐흑, 운비야. 운비야……."

운비의 입에서 깊은 한숨이 새어나왔다. 불운하게도 남자는 같은 과 동기인 희수였던 것이다.

기실 운비가 희수를 만난 것은 이날이 처음이 아니었다. 때는 2월 상순경, 교내에서 가진 신입생 오리엔테이션 날. 학교와의 거리가 좀 있었던 탓에 맨 뒷자리에 앉았던 운비는 중간쯤에서 탄 희수를 처음 보게 되었다. 버스에 오른 희수는 공교롭게도 운비가 앉은 자리 바로 앞에 섰고 곱상한 외모와 차분한 이미지가 운비의 시선을 사로잡았다. 외모에서 풍겨오는 몽환적 분위기가 가히 사람에게서 나오는 것이라고는 믿을 수 없었다. 섬세하게 그린 듯한 이목구비와 야릇한 느낌을 주는 몸매. 다소 연약해 보이는 외양이었으나 꼼꼼히 훑어보니 남자가 틀림없었다.

어디 그림 속에서 튀어나왔나 싶을 정도로 분위기가 묘해서 자기도 모르게 뚫어져라 쳐다보고 있었던 모양이다. 느낌으로 같은 신입생일 거라는 생각이 드는 남자가 고개를 돌려 눈을 맞춘다. 물빛처럼 반짝이는 눈동자를 대한 순간 아마 태어나 그렇게 황급히 시선을 피했던 적은 처음이었으리라. 누가 쳐다보면 꼭 시비 걸듯 마주 히죽 웃어주는 것이 운비의 특기였건만, 이상하게 그에게는 그럴 수 없었다. 심장이 두근두근 뛰면서 볼이 화끈 후끈거리는 것 같았다. 이제껏 살면서 그런 기분은 처음인 터에 참 희한한 경험이라 여기며 어느 정도 시간이 지난 후 곁눈으로 슬쩍 남자를 살폈다. 남자는 음악을 듣는지 이어폰을 끼고서 창밖에 시선을 두고 있었지만 운비는 자기도 모르는 새 입을 헤 벌리고 얼이 빠진 양 남자를 바라보았다. 햐, 세상에 태어나 저렇게 예쁜 남자는 처음 보았다.

그의 묘한 분위기에 취해 있는 동안 어느덧 차는 학교 앞에 도착하고, 운비는 남자를 따라 부랴부랴 차에서 내렸다. 그리고 신입생 오리엔테이션이 열리는 대강당으로 걸음을 옮겼다. 많은 학생이 모인 덕분에 빈자리를 찾아 앉았을 때 그 남자와는 거리가 좀 멀었다. 그날 오리엔테이션은 뒷전이고 그 남자만 뚫어져라 쳐다봤다.

아, 그런데 이게 웬일. 알고 봤더니 같은 과 신입생이 아닌가. 이름도 알아두었다. 김희수.

운비는 속으로 쾌재를 불렀고, 일찌감치 녀석의 이마에 침 발라두었다.

'김희수, 넌 내 거!'

늘 조용하고 말이 없던 희수. 과 단합회 때 있었던 그 강간 미수 사건으로 인해 운비는 자신의 품에서 흐느껴 울던 희수를 평생 곁에서 보호해 주겠노라 스스로 결심했었다. 하지만 희수는 희수대로 운비를 은인이라 여긴 모양인지, 덤벙대며 천방지축인 운비가 사고 칠 때마다 남모르게 수습하고 다니면서 단 한 번도 운비를 탓하거나 나무라지 않고 말썽꾼 여동생 대하듯이 따뜻하게 바라봐주었었다.

운비는 얼마나 희수를 사랑하였던가. 그에게는 늘 시와 음악이 있었고, 감수성이 남달라 운비가 사는 세상과는 다른 세상을 사는 사람 같았다. 그의 옆에만 있으면 엉덩이에 뿔 난 송아지처럼 방방 뛰던 마음도 거짓말처럼 차분히 가라앉곤 했다. 운비에게는 마치 진정제와 같으면서 또한 마냥 마음을 부풀게도 하는 환각제가 바로 그 희수라는 존재였다.

영원히 함께 할 수 있으리라 여겼던 사랑. 이제 그 사랑은 운비의 곁에 없다.

운비가 생각에 잠겨 대답이 없자 원찬은 호기심 어린 눈을 반짝이며 더 정확한 질문의 요지를 밝혔다.

"들기로는 김희수 선배님과 CC라던데 사실인가요?"

운비는 씁쓸하게 웃었다.

"좋은 친구였어."

"그 선배님이 휴학하고 난 후에 도운비 선배님도 따라서 휴학했다고 하더군요. 정확한 이유가 뭐였죠?"

운비의 얼굴에서 서서히 웃음이 걷혀갔다. 정확한 이유라······.

"그냥 우연이었을 뿐이야. 그 친구는 그 친구대로 사정이 있었을 테고, 나는 나대로 사정이 있었겠지."

원찬은 대답하기 곤란한 질문을 했다는 사실을 깨닫고 난감해 했다. '있었겠지'는, 곧 의식적으로 대답을 피하는 것이었으므로.

흘끗 원찬에게 시선을 둔 운비는 조금 쓸쓸한 어투로 말을 꺼냈다.

"이름이 최원찬이라고 했지? 너 희수와 닮았어. 굳이 생김새라기보다 분위기가. 너처럼…… 순수하고 맑았거든."

순수?

속으로 홋, 웃고 난 원찬이 운비의 칭찬에 보답이라도 하듯 순수와 맑음의 결정체 같은 미소를 머금고는 대꾸했다.

"그래도 전 약한 남자는 아니에요."

희수에 대해서 잘 아는 것은 물론이요, 자신의 남자다움을 강조하는 듯 항변하는 투여서 운비는 소리 내어 하하 웃었다.

"다행이구나. 그래야지. 그래야 정상이지."

운비의 얼굴이 한층 더 가라앉았기에 원찬은 얼른 화제를 바꾸었다.

"아, 그다음 질문이 뭐였지?"

기다란 손가락 끝으로 잘생긴 이마를 매만지며 그가 손에 들고 있던 수첩을 들여다본다. 운비는 그의 손아래 놓인 매끈한 이마와 숱이 많고 가지런한 눈썹과 쌍꺼풀 없이 움푹 들어간 눈매까지 유심히 살폈다. 아직 십대에서 벗어나지 못한 소년의 이미지였으나 의자에 앉아서도 유달리 긴 다리와 긴 셔츠의 소매를 둥둥 걷어 올려 반쯤 드러난 팔뚝은 제법 남성적인 근육을 지니고 있었다. 허리도 탄탄한데다 등이 곧고 어깨가 체격에 알맞게 벌어진 것이 마음에 들었다. 특히, 약간 비뚜름하게 휘어 올라간 입매. 립글로스라도 바른 듯 윤기가 자르르 흐르는 입술은 어딘지 모르게 소년의 이미지에 반기를 든 인상을 주었는데, 그 때문인지 미소년 분위기가 약간 희석되어 신비롭고 은근한 섹시함을 자아내었다.

스물한 살의 남자. 원숙미는 없을지라도 그 설익은 섹시미가 운비의 시선을 더 잡아끌었다. 기실 순수하고 맑다는 말은, 섹시한 미소년 같다는 말을 돌려 한 것이었다.

눈앞의 원찬을 음흉스레 훑어보던 운비의 입가가 의미심장하게 쓱 말려 올라갔다.

'너 나한테 찍혔어, 인마.'

질문할 곳을 찾았는지 원찬이 고개를 들었고, 눈이 마주친 두 사람은 각자의 생각에서 벗어나 누가 먼저랄 것도 없이 픽 웃음을 터뜨렸다.

"1학년 때 선배님의 활약은 이루 말할 수 없을 정도였다는데, 어떤 분일지 정말 궁금했어요."

"나에 대해서 그렇게 알고 싶어?"

"네. 선배님이 복학했다는 소식 듣자마자 교내 신문에 실을 인터뷰부터 준비했는걸요. 선뜻 인터뷰를 허락해 주신 것도 제게는 행운이라는 생각이 들어요. 선배들이 다들 힘들 거라고 겁을 줬었거든요."

운비는 버릇처럼 눈썹을 찡긋하며 짐짓 진지하게 말했다.

"그럼 앞으로 너, 나만 쫓아다녀. 난 잠시 잠깐 인터뷰해서 될 여자가 아니니까 말이야."

당황할 줄 알았더니 원찬은 되레 눈빛을 반짝이며 자기가 제대로 들은 게 맞는지 확인에 들어간다.

"어, 정말요? 제가 누나 쫓아다녀도 돼요? 언제, 어디든지?"

그렇게 묻는 말투 속에 기대감과 흥분이 고스란히 배어 있었다. 윙크하듯 눈을 한 번 꾹 감았다가 뜨면서 느긋하게 대꾸했다.

"그래, 허락하지."

"와우! 고마워요, 누나."

"별말씀을."

운비의 입가로 정체 모를 미소가 담기는 걸 미처 보지 못하고 원찬은 원찬대로 운비와 가깝게 지낼 수 있다는 기쁨에 신이 나서 수첩 상단에다가 무언가를 부지런히 끼적거렸다.

<최원찬 - 캠퍼스의 전설, 도깨비의 단독 인터뷰를 따내다.>

괴 짜

운비가 나타난 순간 일렬로 이어진 테이블마다 꽉꽉 채워져 있던 사람들의 시선이 한꺼번에 따라붙었다. 그곳은 학교 앞 지하의 한 주점으로 6,70년대에서나 볼 수 있는 선술집 분위기였다. 테이블마다 죽 훑어보던 운비의 시선이 마침내 어느 한 곳에 가서 머물렀다.

테이블에 앉았던 용택이 손을 높이 들어 올려 그녀를 불렀다. 성큼성큼 큰 걸음으로 다가간 운비는 테이블을 길게 붙여 빙 둘러앉은 좌중을 향해 큰 소리로 인사부터 올렸다.

"안녕하세요? 00학번, 도운비입니다."

"여어, 너 진짜 오랜만이다. 그동안 어떻게 지냈어? 하도 연락이 안 돼서 죽었나 했네. 내 술부터 한 잔 받아라."

동기이면서 3학년에 재학 중인 기철이 무척 반가운 내색을 하며 운비 앞으로 술잔을 내밀었다. 씩 웃고 난 운비는 소주 한 잔을 막힘없이 죽 들이켰다.

과대표인 용택이 제일 상석부터 운비에게 소개를 했다.

"96학번, 나진건 선배님. 이번에 제대하고 복학하셨어."

"안녕하세요?"

운비가 고개를 숙여 인사를 하자, 진건이 선뜻 술병을 내민다.

운비는 두 번째 잔을 급히 들이켰다. 그렇게 하여 차례차례 인사를 하며 테이블 반을 도는 동안 그녀가 마신 술은 모두 합쳐 소주 두 병이 거뜬히 넘어갔다. 그럼에도 얼굴은 붉어지거나 취기 하나 없이 말짱했으니, 그녀를 익히 아는 이들이나 말로만 듣던 이들이나 하나같이 역시! 하는 표정이었다. 달리 '도깨비'라 했을까. 전설에 의하자면, 술에 취해서 수풀에 아무렇게나 뒹굴며 자던 그녀가 진짜 도깨비를 만나 밤새 서로 술잔을 주거니 받거니 했다는 이야기는 누군가 지어낸 것이 아니라 사실일지도 모른다고 생각하는 그들이었다.

마지막으로 맨 끄트머리에 앉았던 남학생을 소개할 차례가 되었을 때 눈이 마주친 운비는 저도 모르게 싱긋 웃었다. 보기에도 파릇파릇, 솜털 보송보송한 녀석은 갓 입학한 새내기일 게 분명하다. 아닌 게 아니라 잔뜩 호기심이 충전한 눈으로 운비가 주점에 들어선 이후 계속 시선을 떼지 못하고 있었다.

운비가 이곳 주점에 나타났을 때 원찬은 술에 취한 것처럼 정신이 혼미해지는 괴이한 현상에 시달렸다. 운비의 주위로 떠돌던 작은 빛 알갱이들이 하나로 점점이 모이더니 물고기의 움직임처럼 유려하게 그의 심장 속으로 헤엄쳐 들어왔던 것이다. 그러자 심장이 지금까지와는 전혀 다른 박동을 하기 시작했다. 쿵쾅쿵쾅. 그의 심장 속에 갇힌 물고기가 제멋대로 파드득 힘찬 요동을 쳐대자 숨소리는 급작스럽게 거칠어지고 얼굴은 뜨거운 김을 쐰 듯 후끈후끈했다. 그 상태가 운비가 한 순배 돌 때까지도 이어졌고, 드디어 자신의 차례가 되었을 때는 긴장감으로 손바닥에 땀이 날 정도였다.

그는 다른 동기들이 그랬듯이 벌떡 일어나 허리를 정중히 굽혀 인사했다.

"안녕하세요? 01학번 최원찬입니다."

01학번?

그렇다면 겨우 한 학년 후배이니 운비가 휴학하던 해에 입학한 셈이다. 더 중요한 건 같은 2학년이란 사실. 무슨 사무가 그리도 바쁜지 개강 첫날부터 학교를 빼먹었던 운비는 뒤늦게 과 단합회 술자리에 나타난 탓에 동기생들을 제외한 모두와는 첫 대면이었다.

새내기인 줄 알았더니 2학년이어서 의외라는 듯 어깨를 으쓱하는데, 원찬이 재빠르게 운비의 술잔을 채웠다. 원찬이 따라준 술을 거침없이 들이켠 운비는 반대로 원찬에게 술잔을 척 내밀어 한 잔 가득 따라주었다.

"반갑다."

술을 받아 마시면서 원찬의 가슴이 쿵 타당 쿵 탕 빠른 리듬을 타며 뛰었다. 흥분한 탓인지 자꾸만 심장이 뻐근해진다. 멋진 징조!

원찬은 술잔을 내려놓으며 혼자 의미 있는 미소를 싱긋이 지었다.

한바탕 웃고 찧고 까부느라 시간이 초저녁에서 한밤중으로 변할 때까지 운비가 마신 술은 대략 소주 다섯 병. 어지간한 남자들도 혀를 내두를 주량에 운비는 신기하리만큼 멀쩡했다. 말은 없는 편이었고 가끔 눈가로 묻어나는 웃음이 무척이나 섹시했다.

싹싹한 성격의 기철과 퉁명스럽긴 해도 곁에 앉아 이것저것 챙겨주는 용택이 원찬은 내심 부러웠다. 운비의 곁에 앉아 있기만 해도 마냥 좋을 것 같은데, 하늘 같은 선배인 데다 학교 내에서 그 이름을 모르면 간첩인 '도깨비'가 아니던가. 그러니 그녀와 가까워지기란, 하늘의 별 따기보다 더 어려울 것 같다는 생각이 들었다.

화장실에 가려는지 운비가 자리에서 일어서기에 계속 지켜보고 있던 원찬이 기회를 놓치지 않고 잽싸게 몸을 일으켰다. 앉아서는 멀쩡해 보이더니 술이 과하긴 했던지 운비의 걸음걸이가 약간 비틀거렸다.

원찬이 가까이 다가서며 친절하게 물었다.

"괜찮으세요?"

원찬을 바라본 운비는 아무렇지 않다는 듯 고개를 끄덕였다.

"그래. 고맙다."

빙긋 웃어 보이기까지 하는 그녀에게서 술 냄새가 진동했다. 하지만 원찬에게는 그 술 냄새마저도 왠지 향기롭게 느껴졌다. 술기운 때문에 약간 몽롱해져 있는 눈동자가 귀여워 피식 웃음이 나왔다.

화장실에 들어갔다가 나올 때까지 멀찌감치 떨어진 곳에 서서 기다리고 있기에, 무언가 할 말이 있나 보다 생각하며 운비는 원찬에게 다가갔다.

"왜? 나한테 할 말 있어?"

"네. 혹시 내일 시간 있으세요?"

"시간? 왜?"

"실은 부탁이 있어서요."

어렵고 황송하게 꺼낸 말이 인터뷰였다. 운비는 황당한 얼굴로 아직 소년티를 벗어내지 못한 남자 후배를 물끄러미 바라보았다.

"인터뷰? 날 인터뷰 한다고?"

"네. 어떻게 안 될까요? 한 시간만, 아니 삼십 분만 할애해 주세요. 부탁해요."

허! 내가 그리 유명 인사였나? 복학하자마자 인터뷰라니.

그리 썩 내키진 않지만 어렵게 부탁하는 후배의 말을 한마디로 거절하기가 뭣해 일단 수락하고 말았다.

"그러지 뭐. 어디서 볼까?"

얼마 후 입이 함지박만 하게 벌어져 돌아오는 원찬을 보고 무언가 낌새를 알아챈 용택이 인상을 우그러뜨렸다.

"뭐야? 그새 엮였냐?"

자기 자리로 가서 앉으며 원찬이 헤벌쭉 웃었다. 그러자 용택이 제 옆자리에 털썩 엉덩이를 붙이는 운비에게 핀잔주듯 말했다.

"살살 다뤄라, 애 버린다."

"쟤 이름 뭐라 그랬어?"

제법 목소리에 힘이 실려 있어 용택은 속으로 움찔했다. 이미 오래전 일이기는 하나, 날마다 듣던 목소리처럼 익숙한 톤이다. 좋은 일로든 나쁜 일로든 운비와 부딪치거나 피치 못하게 부딪쳐야만 했던 인간들의 이름을 물을 때와 똑같다.

"최원찬."

운비는 원찬에게 계속 시선을 둔 채로 재우쳐 물었다.

"애인 있냐?"

"아니, 없을걸. 실은 나도 잘 모르겠다. 입학하자마자 한 인기 하시는 몸이었으니 있을 수도 있겠고."

"일단 내가 접수."

용택이 술잔을 기울이다 말고 못 말리겠다는 표정을 지었다. 건너편의 기철이 둘의 대화를 가만히 듣다가 키득거리며 웃었다.

"원찬이는 안 건드리는 게 좋을 텐데? 저 녀석도 보통은 넘거든."

"호오, 그래? 그럼 더 건드려 보고 싶어지는걸."

"지랄하네."

세 사람이 농지거리 같은 대화를 나누고 있을 때 가장 상석의 진건이 불쑥 말을 꺼냈다.

"여기 계속 있을 거냐? 시간 꽤 됐는데."

기철이 손목시계를 들여다보더니 예의 바르게 대답했다.

"아, 자리 옮겨야죠. 형, 어디 가고 싶은데 있으세요?"

"간만에 몸 좀 풀자."

"네. 애들아, 진건이 형이 몸 좀 풀자신다!"

좌석에 앉았던 이들이 기다렸다는 듯이 우르르 일어났다.

"저건 또 뭐야?"

팔짱을 끼고 앉아 구경만 하고 있다가 운비는 기가 찬 듯 말했다. 그도 그럴 것이 무대 위에서는 한참 진건의 원맨쇼 같은 춤이 펼쳐지고 있었던 것이다. 음악은 깨부술 듯 요란하기 그지없는데, 그는 느릿느릿 박자에도 안 맞는 스텝을 이리저리 밟으며 국적불명의 춤을 추고 있었다.

"저것도 춤이라고 추나?"

어이없다는 운비의 말에 건너편에 앉았던 기철이 별 대수롭지 않은 투로 대꾸했다.

"저 형은 원래 저렇게 춰."

"저래서 몸 풀 거 같으면 차라리 사우나를 가는 게 낫겠네."

그러자 곁에 앉았던 용택이 더 어처구니없다는 표정이 되어 이죽거렸다.

"내가 보기엔 너도 만만치 않아."

그랬다. 춤 못 추기로는 교내에 도운비 따라갈 자가 없었으니. 노래는 또 어떻고. 전설에 의하면, 진짜 도깨비와 술내기에 져서 노래 잘하는 음성을 빼앗겨 그렇다지 않던가. 운비는 정말이지 둘이 듣다가 둘 다 죽어도 모를 만큼 지독한 음치였다.

"그래, 나 춤 못 춘다. 네가 보태준 거 있어?"

언제나 그렇듯이 말투는 거칠기가 샌드페이퍼 저리 가라인데, 두 남자의 귓구멍에는 일상적인 대화처럼 편안하게만 들렸다. 1학년 신학기 때를 돌이켜보자. 처음 운비가 강의실에 들어왔을 때 동기인 남학생들은 죄다 속으로 '심 봤다!'를 외쳤다. 하지만 그것도 그날 하루가 못 가 무참히 깨졌다.

첫 인사라고 과 단합회가 있던 오후, 학교 앞 술집에서였다. 모두 운비 곁에 앉으려고 보이지 않는 승강이를 벌이고 있던 차에, 재수 좋게 그녀 옆자리에 앉게 된 용택과 그 건너편을 차지한 기철은 내심 쾌재를 불렀다. 너도나도 운비에게 술을 먹이기에 바빴고 제법 술을 잘 마시기에 그게 더욱 흥미를 돋웠다. 한창 술잔이 오가던 중에 운비가 슬며시 자리에서 일어났다. 그러더니 제일 말석에 앉아 있던 희수에게 성큼성큼 다가가는 것이 아닌가. 모두의 시선이 운비를 뒤따랐음은 물론이다.

"김희수, 내 술 한 잔 받아라."

목소리도 씩씩하게 잔을 권하자 희수는 얼떨결에 여자 손가락보다도 더 가느다랗고 뽀얀 손으로 자기 앞의 술잔을 들었다. 어찌나 인형처럼 예쁘장하게 생겼던지 처음에는 모두 여자인 줄 착각했을 정도다.

"마셔. 그리고 나도 한 잔 줘."

모두의 시선이 쏠려 있는 탓에 희수는 잔뜩 긴장한 얼굴로 머뭇머뭇 말을 꺼냈다.

"나, 술 못 마시는데……."

운비의 눈썹이 실룩 산을 이뤘다.

"한 잔도 못 마신다고?"

"하, 한 번도 안 마셔봐서……."

"먹기 싫어?"

"아, 아니, 그게 아니라……. 마, 마실게."

마치 상전 앞에서 술을 마시듯 희수는 고개까지 외로 꼬고는 다소곳이 술잔을 입에 가져갔다. 그리고 진저리를 치며 빈 술잔을 탁자 위에 내려놓는다.

만족스럽게 씩 웃고 난 운비는 슬그머니 희수 옆에 끼어 앉았다. 한 잔을 마치 한 병 마신 듯 얼굴이 금세 시뻘게진 희수는 운비가 내민 잔에 조르륵 술을 따랐다. 한 잔을 죽 들이켜고 나서 그때까지도 집중해서 쳐다보고 있는 이들에게 큰 소리로 일렀다.

"앞으로 애한테는 내 허락 없이 술 먹이지 마라!"

그 속에는 어명과 같은 위엄이 담겨 있었다. 운비가 준 한 잔으로 희수는 이후 1년 동안 알코올은 입 근처에도 안 대고 살 수 있었음은 물론이다.

용택과 기철은 운비가 난데없이 자리를 희수 쪽으로 옮겨버리자 몹시도 불평스런 얼굴이 되었다. 이게 어떻게 차지한 자리인데. 재주는 곰이 넘고 덕은 엉뚱한 놈이 보는구나.

얼마 안 있어 희수가 화장실에라도 가려는지 자리를 떴고, 얼마간의 시간이 더 지난 후에는 운비마저 사라졌다. 운비를 발견한 것은 용택과 기철이 나란히 남녀공용인 화장실로 들어섰을 때였다.

"이 새끼야, 아무 데나 휘두르는 좆 대가리가 어떻게 되는지 확실히 알려주마!"

그 예쁜 입에서 튀어나온 욕설과 운비의 표현에 의하자면, '좆 대가리'가 틀림없는 보기에도 무시무시한 거시기를 허공에 드러낸 채 자빠져 있던 중년 남자 또한 용택과 기철 눈에는 무언가 언밸런스한 분위기를 연출했다. 그리고 이어 운비의 구둣발에 무자비하게 짓이겨지는 남자의 거시기!

자기 거시기도 아니건만 순간 두 다리가 저절로 오므려지던 그 압박감을 말로 더해 무엇하랴.

"헉!"

용택과 기철의 입에서 동시에 숨통 막히는 비명이 터져 나왔고, 지금도 이따금 그때 일을 떠올릴 때면 등줄기에 식은땀이 삐질 나올 정도로 하체의 중앙부가 시큰거리는 느낌을 받곤 한다. 그 강간 미수범은 한쪽 고환만 손상되었을 뿐 작업(?)에는 아무 이상이 없다는 진단이 나와서, 뒤에 그 사실을 안 운비가 고자를 만들어버리겠다고 설쳐대는 걸 말리느라 무척 고단했던 기억이 새삼스러웠다.

그 후로도 운비는 걸핏하면 욕을 입에 달고 살았는데, 처음에는 모두 뜨악했다가 그것도 자꾸 들으니 귀에 인이 박혔는지 욕을 안 하면 왠지 더 수상할 정도였다. 그리고 운비가 별안간 휴학을 하고 홀연히 사라진 지 꼬박 1년 만에 다시 나타났건만, 거친 입담이 정답게 들리는 걸 보면 단단히 세뇌가 되기는 했던 모양이다.

운비는 술좌석에서 무게만 잡고 있던 인간이 실컷 몸 풀러 가자고 해서는 국적불명의 되먹지 못한 춤을 추고 있자 괜스레 부아가 치솟았다. 춤이라면 저 정도는 돼야지!

바로 옆에서는 섹시한 미소년 원찬이 댄스 가수 못지않게 날렵한 솜씨로 춤을 추고 있었는데, 그래서인지 두 사람은 대비를 이루어 더없이 가관이었다.

"하아, 고놈 참."

입맛을 쩝 다시는 운비를 보고 용택이 대놓고 면박을 주었다.

"후배다, 후배. 침 좀 닦아라."

"늙었나 봐. 요즘은 고삐리들이 눈에 들어와."

운비의 노골적인 농담에 기철은 얄궂게 인상을 쓰며 삐친 여편네처럼 고개를 팩 돌린다.

"또 시작이네. 아으, 짜증 나."

"정말 애인 있으면 어쩌지?"

"염병을 해라."

키득거리는 용택과 기철과는 달리 운비는 짐짓 심각한 눈빛이 되어 무대 위에서 발랄하게 춤을 추고 있는 원찬을 뚫어져라 바라보았다. 선후배, 동기들을 막론하고 원찬의 주변으로는 여학생들이 와글와글, 득실득실 개떼처럼 모여 있었다.

무엇보다 섹시함이 자르르 흘러내리는 눈웃음이 압권이다. 할 수만 있다면 저 눈웃음을 호로록 들이마셔 버리고 싶다. 운비는 넋 놓고 원찬을 바라보다가 하마터면 주르륵 흘러내릴 뻔한 침을 후룩 들이마셨다. 후리후리한 키도 그렇고, 매끈하게 잘 빠진 몸매라는 건 두말하면 입 아프고, 잘생긴데다 남자다운 매력까지 가미된 세숫대야인 것도 마음에 쏙쏙 든다. 골고루 잘 버무린 생채처럼 입안에 절로 군침이 돌게 만드는 남자. 이 얼마나 바람직한 남성상인가!

운비의 입에서 눈요기로만 만족하지 못한 한숨이 푸시시 쏟아졌다.

한바탕 요란한 댄스 타임이 끝나자 지지부진한 블루스 타임이 되었고, 파트너를 찾지 못한 사람들이 너도나도 앞 다투어 무대를 내려왔다. 개중에는 예상했듯이 진건도 포함되어 있었는데, 그럼에도 그는 경쾌하게 걸어오더니 기철의 옆에 와서 털썩 주저앉는다. 기철이 맥주병을 공손히 앞에 놓아주자, 병째로 벌컥벌컥 몇 모금 들이켠 진건은 땅콩을 손바닥

안에서 바스러뜨려 입안에 톡 던져 넣었다.

"너희는 왜 춤 안 춰?"

"도깨비가 나가지 말래요, 자기 심심하다고."

"도깨비는 왜 춤 안 춰?"

"도깨비, 춤 못 춰요. 쟤가 무대 나가면 분위기 다 버려요."

"그래? 그럼 괜히 여기 오자고 했구나."

말투도 무슨 조선 시대인지 느릿느릿 짚신 끄는 소리가 난다. 듣기 거북스러워 운비가 대뜸 물었다.

"형은 원래 말투가 그래요?"

왠지 시비조로 들려 용택과 기철은 화들짝 놀라 못마땅한 표정인 운비를 쳐다보았다.

두어 번 눈을 껌벅껌벅하던 진건이 이윽고 대답했다.

"그래, 원래 그렇다. 근데 말이다. 나더러 왜 형이라고 부르는 거냐? 너, 남자냐?"

"여자는 형이라고 부르면 안 되나요?"

"안 되지. 앞으로 오빠라고 불러라."

"푸힛! 낯간지럽게 오빠라고 어떻게 불러요? 그냥 형이라고 부를래요."

"어허, 오빠라고 부르래도."

"싫다니까요. 여자애들이 나한테도 형이라고 부르는데요, 뭐."

"오빠라고 불러."

두 사람 다 고집이 만만치 않아서 용택과 기철은 바싹 긴장한 채 눈알만 왔다 갔다, 분위기 살피기에 여념이 없다.

아예 무시하기로 작정을 했는지 운비가 이젠 대꾸조차 않자 진건이 한 발 물러났다.

"그럼 선배라고 불러라. 여자한테 형 소리는 차마 못 듣겠구나."

"그래요, 그럼. 근데 선배는 왜 그렇게 춤을 못 춰요? 아, 진짜 시력 갈 뻔했네."

"나는 최선을 다한 거야."

꿋꿋한 진건의 대응에 지켜보는 용택과 기철은 속으로 박수를 보냈다. 나진건, 그가 누구던가. 군대가 적성에 딱 맞아서 특전사 하사관으로도 모자라 하마터면 말뚝 박을 뻔했다는 괴짜 중의 괴짜가 아니던가. 하필 동아리도 '차력 동아리'여서 1학년 때는 이 학교, 저 학교 다니면서 위문 공연도 참 많이 했다. 한때는 그의 아버지가 차력사라는 소문이 나돌더니, 휴가 나올 때마다 말뚝 박고 싶다는 말을 곧잘 읊어 대서 하루아침에 집안이 군 장성급으로 돌아서기도 했다. 하지만 그는 집안에서도 돌연변이라 일컬을 만큼 학자의 유전자는 하나도 물려받지 못한 사나이였다. ─ 진건의 집안은 전형적인 학자 출신이 대부분이다─ 그래서 항간에는 진건을 두고 데려다 키운 자식이 아닐까 엄한 소문이 돌았으나, 그의 집에 다녀온 이들의 눈으로 직접 확인한 바로는 아버지와 판박이로 쏙 빼닮았다는 사실에 근거하여 여전히 베일에 싸인 사나이로 남게 되었다.

용택과 기철은 절대 밀릴 것 같지 않은 '도깨비'와 '괴짜'의 만남이 비로소 두려워지기 시작했다. 올해도 조용히 지내기는 다 글렀구나, 하는 표정으로 두 사람은 운비와 진건을 불안하게 바라보았다.

"참, 도깨비 너는 어느 동아리냐?"

진건이 문득 생각난 듯 묻자 운비는 별 뜻 없이 대답했다.

"없는데요."

"그럼 우리 차력 동아리에 들어와라."

용택과 기철은 뜨악했다. 여자에게 차력이라니 어디 있을 법한 소리던가. 아니, 충분히 있을 법하다. 상대가 보통 여자가 아닌 도깨비라는 걸 깜박했다.

두 남자가 동시에 고개를 끄덕이는 사이, 운비도 선뜻 대꾸했다.

"그러죠 뭐."

두 남자는 그럴 줄 알았다는 듯 더욱 크게 고개를 주억거렸다.

***

　"누나, 누나."

　목소리에도 향기가 있다는 것을 운비는 그때 처음 깨달았다. 완전히 곤드레만드레 뻗어 있다가 녀석의 애타는 부름이 계속 이어지자 암흑 속에서 빛줄기들이 비 오듯 쏟아지기 시작하더니 곧 눈앞이 환해졌다.

　"누나, 정신이 좀 들어요?"

　정확히 50cm 정도 되는 거리에서 원찬이 걱정이 만개한 눈으로 내려다보고 있었다. 운비는 반짝반짝 빛이 나는 원찬의 노랗고 곱슬곱슬한 머리카락과 바둑알처럼 새까만 눈동자를 음미하듯 바라보았다. 불그스름한 입술은 통통하게 살집이 있어 굳이 입술을 부딪치고 빨아대지 않아도 가슴이 벌렁거릴 정도로 매력적이었다.

　젠장.

　운비는 입속으로 어물쩍 욕설을 씹음으로써 자신의 음흉함을 비난했다. 후배 녀석을 두고 이 무슨 음탕한 생각이란 말인가.

　"으음……."

　목이 탔다, 목구멍에 활활 타는 석탄을 통째로 틀어박아 놓은 것처럼.

　두리번거리며 겨우 상체를 일으켜 앉자 이내 그곳이 여관이라는 것을 알 수 있었다. 그제야 방안에 원찬과 단둘뿐이라는 걸 알고 잠이 후닥닥 달아났다.

　"딴 사람들은?"

　"다들 갔어요."

　"근데 넌?"

　"집까지 바래다주려고 했는데, 누나가 통 정신을 못 차려서 하는 수 없이 여기로 왔어요. 그래도 혹시 몰라서 깨울 수 있으면 깨워보려고……."

　아닌 게 아니라 원찬의 이마에 구슬 같은 땀방울이 송골송골 맺혀 있었다. 여기까지 데리고 오는 데도 꽤 많은 기운이 필요했던 모양이다. 손등으로 이마의 땀을 훔쳐내는 녀석을 보자 가뜩이나 타던 목이 더 말라붙는 것 같아서 마른 침을 꿀꺽 삼키며 곤혹스럽게 인상을 찌푸렸다.

"목 타죠?"

원찬은 눈치 빠르게도 냉장고 문을 열더니 음료수를 하나 꺼내와 손수 캔 뚜껑까지 따서 갖다 바쳤다. 녀석의 신속함이 마음에 들어 운비는 우중충한 기분을 가시며 시원스레 꿀꺽꿀꺽 음료수를 마셨다. 차가운 음료가 식도를 거쳐 몸속 깊숙이 흘러들어가자 물기가 없어 쪼그라들었던 내장들이 금세 활기를 띠고 소란을 떨었다. 음료수를 쉼 없이 한 번에 들이켜고 나자 꽉 막혔던 가슴이 시원하게 뻥 뚫리는 기분이다.

"후아!"

운비가 숨을 길게 토해내며 캔을 내려놓자 기다렸다는 듯이 원찬이 두 손으로 받아 쓰레기통 속에 톡 집어넣었다.

"어떡할래요? 여기서 계속 잘래요, 아님 집으로 갈래요?"

실컷 자는 사람 깨워놓고 하는 질문치고는 천진이 지나쳐 허무했지만, 다른 놈들이 아닌 녀석이니 참는다. 그런 생각을 속으로 품으며 다시금 침대 위에 네 활개를 치고 벌렁 드러누웠다.

"넌?"

"네? 저요?"

대개는 음험한 마음을 품고 있다가 들킨 마음에 화들짝 놀라는 시늉이라도 있어야 할 터인데, 그것은 전혀 당황한 투의 반문이 아니었다. 운비는 어째 그게 더 서운했다.

"그래. 넌 갈 거냐?"

"네, 가야죠."

가지 말라고 다리갱이라도 걸어서 침대에 자빠뜨리고 싶은 걸 가까스로 억누르며 심통 맞게 대꾸했다.

"그럼 가라."

"정말 가요?"

그래, 이제 대가리에 피딱지 겨우 씻길랑 말랑한 놈을 데리고 흑심을 품는 내가 되먹지 못한 년이지.

"보내줄 때 가, 인마."

거기엔 꼭 많은 걸 알면 다쳐, 하는 으박지름이 내포되어 있었다.

"정말 혼자 괜찮겠어요?"

피식. 물을 걸 물어라.

"그럼 문 꼭 잠그고 주무세요. 내일 몇 시에 뵐까요? 아까 그거 못 물어봤는데."

녀석이 끝까지 챙겼던 이유가 따로 있었구나. 뒤늦게 그 사실을 깨닫고 운비는 괜스레 시무룩해졌다.

"내일 수업 끝나면 몇 시지?"

"세 시요."

"나, 내일 학교 갈 수 있을지 모르겠으니까 세시 반까지 단대 앞에서 만나."

"네."

원찬은 착하게 대답을 하고는 침대에서 몸을 일으켰다. 나가다 말고 문득 그 자리에 멈춰 서더니, 그때까지도 꼼짝을 않고 침대 위에 드러누워 있는 운비에게 싱긋 웃으며 말을 건넨다.

"누나, 문……."

"오냐."

억지로 몸을 일으킨 운비는 비틀거리며 문께로 향했다. 현관 앞에 가지런히 놓인 두 개의 신발 중에 맵시 있게 생긴 구두를 끼어 신은 원찬이 살짝 눈인사를 하고는 문밖으로 완전히 사라진 뒤에야 문을 잠그며 탄식조로 중얼거렸다.

"참, 환장하겠네. 난 대체 왜 저렇게 곱상한 놈들한테 필이 꽂히느냐고. 빌어먹을."

운비의 입장으로서는 그것도 병이라면 병이랄 수 있었고, 남들이 보기에는 가히 중증 중의 중증이었다.

"누나!"

여관에서 열두 시까지 푸지게 자고 여관 종업원이 깨우는 바람에 마지못해 일어난 운비는 근처의 비디오방에서 한숨 더 자고 난 후에도 여태 술이 덜 깨서 비몽사몽으로 단대 입구에 기대 서 있었다. 그런데 어디선가 솜사탕처럼 달콤하고 아카시아처럼 향기로운 목소리가 운비의 귓구멍을 파고들었다. 긴 다리로 시원스럽게 달려나오는 원찬을 보자 우중충하던 마음이 화창한 봄 날씨처럼 활짝 개는 기분이다.

"어, 왔냐?"

운비가 히죽 웃으며 원찬의 등을 손바닥으로 다정하게(?) 탁 쳤다.

"어디로 갈까?"

"카페로 갈까요? 빈 강의실보다는 덜 썰렁할 텐데."

"그러지 뭐."

카고팬츠에 두 손 팍 찔러 넣고 건들거리며 걷는 운비와 그 옆을 자세 바르게 성큼성큼 걷는 원찬은 남들 눈에 지독스런 언밸런스를 연출했다. 오래전 희수와 그랬던 것처럼.

그렇게 나란히 캠퍼스를 빠져나가 학교 앞 카페의 한적한 곳에 자리를 잡았을 때까지도 두 사람은 행인들의 이목을 집중시켰다. 누가 보아도 묘하게 튀는 여자와 페로몬 향수라도 뒤집어쓴 듯 저절로 시선을 잡아끄는 남자라, 굳이 같이 다니지 않더라도 한 번쯤은 돌아보게 하는 외향이어서 더욱 그러했을 것이다.

카페에 들어간 지 얼마 되지 않아 원찬은 도깨비의 단독 인터뷰를 따낸 기분에 한껏 들떠 있었다. 원찬이 생글생글 색기가 뚝뚝 떨어지는 웃음을 지을 때마다 운비의 가슴도 덩달아 바람난 처자 궁둥이처럼 들썩들썩했다.

어이구, 저 달콤하게 녹아내릴 것 같은 미소.

“여자 친구 있냐?”

아이스 커피의 얼음을 입 안에 넣고 오도독 씹으며 운비는 심중을 담아 물었다.

“여자 친구야 많죠.”

잘못 물었다.

“애인은?”

“없는데요.”

그래야지.

씩 웃고는 얼음을 와드득 소리 내어 깨물어 먹었다.

“근데요, 누나. 진짜 궁금한 게 있는데요.”

“뭔데?”

“그 김희수 선배님이요.”

와드득 깨물어 먹던 얼음 소리가 뚝 끊기며 운비의 표정이 급속도로 어두워진다. 인터뷰에 응했을 때 희수에 대한 질문이 있으리라고 예상 못 한 건 아니지만 어쩐지 원찬은 희수에 대해 마음이 급해 보였다.

짐짓 태연한 척 대답했다.

“응. 왜?”

“정말 저랑 닮았어요?”

와드득.

차디찬 얼음이 신기하게도 아무 느낌이 안 난다. 녀석에게 너무 과민한 탓일까?

운비의 눈동자에 설핏 얼음처럼 차가운 은빛이 감돌았다.

“그래.”

“그 선배 많이 좋아했었어요?”

“말했잖아, 좋은 친구였다고.”

“누나는 애인 없어요?”

“없어.”

"네에."

말하고 나더니 원찬은 싱겁게 씩 웃는다.

이 녀석 봐라.

운비의 눈썹이 호의 있게 찡긋 밀려 올라갔다.

이후 원찬은 인터뷰에는 별 관심 없이 운비와 사적인 이야기를 나누기에만 정신이 팔렸다. 운비도 그다지 인터뷰에는 관심이 없어 보였고 원찬과 데이트를 즐기는 것 같은 기분에 나름 흡족했다. 원찬은 기대 이상으로 유쾌하고 활달해서 같이 있는 내내 운비를 즐겁게 해주었다. 그랬으니 운비가 원찬에게 더더욱 큰 호감과 욕심이 생겨난 건 어쩌면 당연한 결과였으리라.

차력 동아리에 가봐야 해서 인터뷰 아닌 1시간여의 데이트를 거기서 일단락하고 학생 회관으로 왔다. 3층 동아리 방들을 죽 훑다가 복도 맨 끝의 큰 붓글씨로 '차력'이라고 붙여 놓은 문을 노크한 뒤 활짝 열었다.

진건이 혼자 쌍절곤을 들고 이리저리 돌려보다가 들어서는 운비를 맞았다.

"왔냐?"

"아무도 없네요?"

"곧 올 거야. 앉아라."

낡고 긴 회의 테이블 앞에 의자를 쓱 돌려 앉았다. 방안을 둘레둘레 돌아보자 이리저리 처박아 놓은 집기들로 어지러웠는데, 모두 차력할 때 쓰는 용구다. 쇠사슬부터 전깃줄까지 험난하게 생긴 것들 일색이었다. 무슨 대학 동아리 방이 이리도 살벌하단 말이냐.

하지만 운비는 크게 개의치 않은 표정이다. 아니, 오히려 마음에 쏙 드는 얼굴이다. 쇠사슬을 보자 내재해 있던 팽팽한 기가 꿈틀거렸고, 전깃줄을 보자 짜릿짜릿 온몸에 전율이 일었다.

진건이 허름한 책상 위에서 종이 한 장과 볼펜을 챙겨 운비 앞에 놓아주고 그녀와 똑같이 의자를 돌려 앉았다.

"동아리 가입서야. 원래는 기수가 안 맞아서 2학년은 안 받는데, 넌 특별히 받아주는 거니까 농땡이 부리지 말고 잘해라."

"네!"

운비는 씩씩하게 대답하고 가입서를 단숨에 쓱쓱 써내려갔다. 가입서라 해봐야 형식일 뿐, 자기 목숨은 자기가 책임진다는 회칙 외에는 그다지 깊이 생각할 건 없어 보였다.

다 쓴 가입서를 진건 앞으로 쓱 밀어놓으며 물었다.

"이젠 뭘 하죠?"

대충 써 낸 가입서도 가입서랍시고 신중히 들여다보며 진건이 대답했다.

"훈련."

"네. 몸으로 때우는 거라면 뭐든 괜찮아요. 청소하는 것만 빼고요."

지저분한 방안을 휘휘 둘러보며 청소만은 어떻게든 피해가 보려 했으나, 진건은 한 푼의 에누리도 없었다.

"한 학기 동안 청소는 네 담당이다."

"그건 원래 신입생들이 하는 거 아닌가요?"

"그럼 장비 담당할래? 그거 다 들고 다니려면 꽤 힘들 텐데."

더 생각해볼 여지가 없었다.

"청소할게요."

가입서를 눈앞에서 쓱 내린 진건이 여전히 진지한 투로 말을 꺼냈다.

"원찬이 말이다."

"원찬이 왜요?"

"그냥 둬라."

이 방을 어디서부터 어떻게 청소해야 할까, 머릿속으로 굴려보다가 운비는 정작 진건의 말뜻을 제대로 못 알아들었다.

"네?"

"너랑 안 어울린다."

"뭐라고요?"

운비의 목소리 톤이 약간 높아졌지만 진건은 계속 일정한 톤을 유지했다. 그 짚신 찍찍 끄는 소리로.

"괜한 애, 벌집 쑤셔놓지 말란 말이다."

"무슨 뜻이죠?"

인상을 쓰며 묻는 운비의 목소리가 칼끝처럼 매우 날카로웠다. 진건이 처음으로 딱딱한 시선을 들어 운비를 똑바로 응시했다.

"못 알아듣는 척하지 마라."

"선배, 뭐야?"

의자를 탁 밀치고 일어나며 하는 도전적인 말투에 진건의 눈빛이 보기 드물게 차가워졌다.

"도깨비는 도깨비답게. 그 이름에 먹칠하지 마라. 인생 아무렇게나 살지 말란 말이다."

이 선배, 뭔가 알고 있다.

운비의 꽉 다물어진 턱이 가늘게 떨렸다.

중 　　　과　거

"운비야, 운비야."

희수의 목소리는 언제 들어도 달콤하다. 슬며시 눈을 떠 정확히 50cm 거리에서 내려다보고 있는 그를 올려다보았다.

"이제 정신이 좀 드니?"

가는 붓으로 세심히 그린 듯한 입술을 보자 당장에라도 그의 목덜미를 붙들고 키스하고 싶다는 유혹이 일었다. 하지만 탐하는 것조차 죄를 짓는 듯하여 마음이 쓰라리다 못해 뭉그러졌다.

비틀거리며 상체를 일으키자 희수가 내 겨드랑이 아래로 손을 끼워 부축해준다. 그의 손이 와 닿자 몸에 불길이라도 닿은 듯 뜨거워진다.

미치겠군.

속으로 그렇게 불만을 토해내며 커다란 베개 두 개를 포개어 뒤로 기댔다.

"목마르지? 잠깐만."

자그마한 냉장고에서 음료수를 꺼내어 직접 캔 뚜껑까지 따서 내미는 희수의 가느다란 손. 하루도 성할 날 없는 내 손과는 천지차이다. 그 순간 나는 깊은 회환에 잠겼다. 내가 남자로 태어나지 않은 것이 새삼 원망스러웠다.

그때가 1학년 가을 축제 때였을 것이다. 거액의 상금이 걸려있는 술 시합에서 거짓말 하나 안 보태고 소주 한 상자를 축냈다. 그리고 완전히 뻗어버렸다. 병원에 실려 가지 않은 게 기적이라며 당분간은 술을 자제해야겠다는 생각을 하고 있는데, 희수가 주머니에서 봉투를 하나 꺼내어 내 앞으로 살짝 밀어놓는다.

눈길을 깔아 봉투를 쳐다보며 물었다.

"이게 뭐야?"

"상금. 네가 이겼어."

"너 가져. 어차피 너 주려고 한 거니까."

"나?"

"그래. 일본 갈 때 보태 써."

"운비야."

그건 감격이라기보다 어떤 비애감이 서린 눈동자였다. 나는 그의 눈동자를 똑바로 바라볼 수가 없어 일부러 외면한 채 앉아 있었다.

"싫어. 이 돈 받을 수 없어."

울먹이는 희수를 보자 불현듯 복장이 터질 듯 아파 왔다.

"그럼 나더러 어쩌라고?"

신경질을 버럭 냈더니 그는 더욱 고개를 떨구며 가까스로 대꾸한다.

"너한테 미안해서 이 돈 못 가져."

"자꾸 속 긁지 말고 가져가. 그거 말고 너한테 해줄 것도 없잖아!"

"흑흑."

희수의 눈에서 기어코 눈물을 뺀 후에야 나는 침대에서 벌떡 일어나 여관방을 나섰다. 새벽녘의 공기는 시리도록 차가웠다. 아무 곳으로나 방향을 잡고 터벅터벅 걷기 시작했다. 눈물이 죄다 말라버렸다고 생각했는데, 또다시 눈시울이 뜨거워진다.

병신 새끼.

내 입에서 참다못한 욕지거리가 튀어나왔다. 그런데도 답답한 마음은 좀체 개운해질 기미가 보이지 않는다. 더 갑갑증이 몰려와 미칠 것만 같다.

고자 새끼.

씩씩거리며 그를 욕했다. 그 말을 하는데 참았던 눈물이 볼을 타고 주르륵 흘러내렸다. 나는 누가 볼까 무서워 손등으로 눈과 볼을 쓱쓱 문질러 닦고는 걸음을 빨리했다.

그 새벽에 적어도 두 시간가량은 그렇게 목적지도 없이 돌아다녔나 보다. 아침 해가 훤히 밝았을 때야 집으로 갔는데, 돌아다닐 때는 멀쩡하던 다리가 맥없이 풀어지더니 초인종을 누르자마자 고꾸라져버렸다.

눈을 뜨자 병원이었다. 의사 말이 하도 술을 마셔 대서 위가 다 헤졌단다. 겨우 대학 1학년이라는 말에 의사는 할 말을 잃은 듯했다. 그러면서 요즘 대학생들 잘못된 음주 문화 때문에 인생 여럿 망치는 것 봤다며 입에 게거품을 물었다. 남의 위 가지고 저렇게 떽떽거리는 의사는 처음 보았던 지라 나는 대꾸도 하지 않고 자는 척 눈을 감았다. 새벽녘에 여관을 나오며 다시는 술을 마시지 않겠다고 다짐했던 것이 그 순간 말갛게 날아갔다. 고자 새끼를 좋아하는 내가 한심스러워서 위에 구멍이 나든지 말든지 콱 죽어버리고 싶다는 생각만 간절했다. 고자도 보통 고자여야지. 제기랄.

생각만 하면 부아가 나서 욕지기가 절로 흘러나오는데, 그 소리를 들었는지 나가다 말고 의사가 눈에 핏발을 세우더니 악을 버럭버럭 질러대서 반나절도 못 되어 쫓겨났다. 다시는 저런 싹수없는 병원에 가나 봐라. 퉤!

대학 1년도 다 채우지 못하고 인생이 비비 꼬이기 시작한 건 바야흐로 그 고자 새끼를 만난 그날부터였다. 하필이면 제 몸 하나도 건사 못하는 남자에게 필이 꽂혀서는, 나의 대학 생활은 '도깨비'라는 명성에 비해 그다지 행복하지 못했다. 그 모든 게 고자 새끼 김희수 때문에 얻은 명성이었으니까. 할 수만 있다면 그날로 되돌아가서 그 새끼가 강간을 당하든지 말든지 내버려 두고 싶은 마음이 굴뚝같이 치솟는다. 남자 새끼를 강간하려는 놈이나 강간당해도 싼 놈이나 이제 와 생각하니 다 똑같다는 생각마저 든다. 그놈 때문에 낭비한 내 정열이 아까워 환장하겠다.

그럼에도 집에 돌아와 링거를 맞으며 최대한 안정을 취하고 있어야 할 나는 오로지 그 고자 새끼 생각뿐이었다. 안정이 다 뭔가. 링거가 아니라 알코올을 핏줄 속에 주입시키고 있는 것처럼 구토가 쏠리고 어지럼증에, 한기에, 스물한 해를 살 동안 감기 한 번 안 걸려 철근 체질을 자랑했던 나는 된통 몸살을 앓았다. 미치도록 희수가 보고 싶었다. 당장 내일 안 봐도 좋으니, 지금은 그를 한 번 봐야만 숨을 쉴 수 있을 것 같았다.

내 인생 전부라고 믿었던 희수. 하지만 나는 끝내 그에게 전화하지 못했다. 일주일을 집에서 끙끙 앓으며 누워 있는 동안 그에게 숱한 전화가 걸려 왔지만, 일부러 받지 않았다. 희수에 대한 사랑이 깊었던 만큼 그에 따른 배신감도 내게는 너무나 큰 것이었으므로.

ㄴ
노 래

열을 있는 대로 받아서 청소고 나발이고 즉시 차력 동아리 방을 뛰쳐나온 운비는 씩씩거리며 학생 회관의 계단을 밟아 내려갔다.

"좆도 아닌 게, 씨……!"

구사할 수 있는 욕을 총동원해 보아도 분이 안 풀린다. 간만에 최대치로 솟구치는 전투 게이지!

저 새끼가 뭘 알고 있지? 불길하다, 불길해. 희수에 대해서는 본인 외에 하나님과 나, 단둘만 알고 있는데 이게 어찌 된 일일까?

운비는 조금 전 동아리 방에서 진건이 했던 말을 되새겨 보며 근거를 잡고자 이리저리 머리를 굴렸다. 단지 원찬을 보호하기 위한 진건의 말에 너무 지나친 반응을 보인 것일 수 있지만 그렇게 이해하기에도 기분 나쁜 건 똑같다.

뭐가 안 어울린다는 거야? 새콤달콤 양념장 같은 놈과 바비큐 같은 내가 뭐가 안 어울리느냐고!

지나가는 사람들을 어물게 흘겨보며 두 주먹을 꽉 쥔 채 누구라도 걸리기만 해봐, 하는 얼굴로 계단을 걸어 내려갔다.

"어, 누나!"

마침 계단에 첫 발을 내딛고 있던 원찬이 활짝 웃으며 알은체를 한다. 카페에서 헤어진 지 얼마 되지 않아 또 학생 회관 앞에서 만난 걸 보면 보통 인연은 아닌 게 확실하다. 운비는 그것을 무작정 인연이라고 꿰차고는 붉으락푸르락했던 얼굴을 폈다. 그러다 자기도 모르게 안색이 확 굳었다. 원찬 옆에 꿰찬 건, 억지 인연이 아니라 누가 보아도 환상의 커플이랄 수 있는 아리따운 아가씨였기 때문이다. 베이비파우더처럼 아기 냄새가 폴폴 나는, 아직도 볼에 젖살이 통통한 여학생을 보자 별안간 속이 부글부글 끓어오른다. 쟤는 또 누구지?

여학생에게서 기분 나쁜 시선을 스윽 거두며 원찬에게 물었다.

"어디 가냐?"

"신문사요."

"아……! 그래, 가 봐."

"집에 가세요?"

"응."

"안녕히 가세요."

어찌나 인사성이 밝은지 원찬은 그저 언제 어디서든 허리를 굽실굽실, 깍듯한 선배 대접하기를 하늘같이 알았다. 그런데도 하나 기특한 맛은 없고 아침나절에 이미 다 빼내서 속에 남아 있을 리 없는 음식물이 거꾸로 치받쳐 오르는 느낌이다. 상큼 발랄한 미소로 연신 생글거리는 녀석의 인사를 받고도 왜 이렇게 기분이 저조한 걸까? 아, 열 받아.

"야!"

엉덩이가 보일 듯 말 듯 미니스커트를 입은 여학생과 방금 물에서 씻어 건진 상추처럼 푸릇한 원찬이 계단을 오르다 말고 똑같이 뒤를 돌아다보았다.

“원찬!”
“네?”
“신문사 볼일 언제 끝나?”
“금방 끝나요. 왜요?”
“기다릴 테니까 잽싸게 볼일 끝내고 나와.”
녀석은 금세 말귀를 알아듣고 싱긋 웃으며 대답했다.
“네. 십 분이면 돼요.”
통통 뛰어오르는 원찬의 발걸음이 경쾌하다. 녀석에게 무어라고 묻는
지 같이 뛰어올라 가는 여학생의 표정은 반대로 심각하기 이를 데 없다.
운비는 히죽 웃고는 내리쪼이는 태양을 향해 두 팔을 길게 뻗어 기지
개를 켰다.
뭐, 안 어울려? 안 어울리면 어울리게 하면 될 거 아냐.
아그그그, 햇볕 한 번 좋구나!
원찬이 계단 위에 덩그러니 앉아 있는 운비에게로 뛰다시피 돌아온 것
은, 그로부터 정확히 십 분 후였다.

“맛있냐?”
“네.”
기다란 손가락을 쪽쪽 빨며 귀염성 있게 웃는 원찬을 보노라니 운비는
뿌듯한 마음을 가눌 길이 없다. 귀여움과 섹시함의 조화라. 이거야말로
평소 운비가 지향하던 이상향이 아니었던가. 자식, 닭다리 뜯는 모습까지
환상적이로구나.
녀석의 조막만 한 머리를 든든하게 지탱하고 있는 굵은 목덜미를 앙,
깨물어버리고 싶다는 충동에 휘말리며 다정히 말했다.
“많이 먹어라.”
“누나도 어서 드세요.”
원찬은 노릇노릇 잘 튀겨진 통닭들 사이에서 다리 하나를 찾아내어 운

비에게 건네주며 자상하게 일렀다.

"뜨거우니까 조심하고요."

뜨거우니까 조심?

그 말의 의미가 어쩐지 야릇하게 느껴져서 운비는 가벼이 어깨를 떨었다. 녀석의 손에서 닭다리를 받아 쥐고 게걸스럽게 한 입 뚝 떼어 우물거렸다. 과연 녀석의 살맛은 어떨까 상상하면서. 이 닭다리처럼 감칠맛이 날까? 가히 황홀한 맛이겠지?

"으음, 맛있네."

입맛을 쓰읍 다시는 운비의 입가가 통닭에서 흘러나온 기름기로 번들거렸다.

원찬과 통닭 한 마리를 다정히 발라먹고 나자 약간 속이 부대끼는 듯했으나, 평소 소신답게 가볍게 무시하고 그곳을 나왔다. 화장실에 들러 손까지 꼼꼼하게 씻고 나온 원찬은 아직도 진한 비누 향이 남아 있는 손에 남자답게 오뚝하고 잘생긴 코를 박고 킁킁 냄새 맡다가는 견딜 만하다는 듯 콧등을 찡긋한다.

바지 주머니에 손을 꽂고 느린 걸음으로 걷던 운비가 문득 물었다.

"아까 그 여자애는 누구냐?"

"아, 혜리요? 저랑 동기잖아요. 어제도 술자리에 같이 있었는데 기억 안 나요?"

"그래?"

운비의 기억 회로에는 혜리인지 뭔지 전연 잡히는 게 없었다.

"아까 인사도 했는데……."

인사를? 못 봤는데.

그러고 보니 녀석만 눈에 있어서 넙죽 큰절을 했어도 몰랐을 거란 생각이 들었다.

"그랬어?"

얼버무리듯 말하고는 정작 원하는 답을 듣고자 재우쳐 질문했다.

"그래서 무슨 사이냐고?"

"친구인데요."

실상 제일 엿 같은 말이 '친구'라고 운비는 생각했다. 한때는 그 '친구'라는 말에 노이로제에 걸릴 정도였으니까.

"원찬아."

"네?"

"너, 노래 잘하냐?"

"네."

솔직해서 좋군.

"따라와."

성큼 보폭을 넓히는 운비의 곁을 기다란 컴퍼스로 보폭을 맞추며 원찬이 의아하게 물었다.

"어디 가는데요?"

"노래방."

자고로 노래란, 듣는 거 외에는 동요도 하나 제대로 안 불러봤던 운비였다. 아, 딱 한 번 있었다. 1학년 하계 MT 갔을 때. 학교 다닐 때도 제일 싫어했던 시간이 음악 시간이었고, 특히 악기가 첨가되는 날에는 결석을 하고 싶을 정도로 스트레스가 대단했다. 평소 노래방 가자는 말에 가장 거부감을 일으키던 사람이 제 입으로 노래방 가기를 자청하고 나서다니 용택이나 기철이 알았으면 기함 하지나 않았을까.

어쨌거나 얼마 후 운비는 원찬과 함께 학교 근처의 한 노래방에 앉았다. 원찬은 재기 발랄한 후배답게 운비 앞에서 춤까지 곁들여 완벽한 단독 콘서트를 펼쳐보였고, 굳건히 자리를 지키고 앉아 처음부터 끝까지 원찬의 노래만 줄기차게 들으며 운비는 은은한 눈초리로 혼자만의 콘서트를 감상했다.

내리 사십 분 동안을 열창한 원찬이 힘이 드는지 잠깐 마이크를 내려놓고 운비 옆으로 다가와 앉았다. 음료수를 꿀꺽꿀꺽 마시는 모습을 가만히 지켜보자니 운비는 괜스레 가슴이 울렁거렸다. 목에서 톡 튀어나온 남자의 상징인 결후, 영어로는 애덤스 애플이라 일컫는 그 부위를 보고 있노라니 불현듯 희수가 떠오른다.

자기도 모르게 손을 뻗어 이제 막 음료수 캔을 테이블 위에 내려놓은 원찬의 어깨를 터프하게 확 끌어당겼다. 그리고 벌이 꽃잎의 꿀을 콕 쏘 듯 덥석 그의 입술을 물었다. 향긋한 음료수 맛이 입안에 감돈다. 오렌지 맛인가?

움찔 놀란 원찬이 움직이지도 못하고 경직되어 있기에 부드럽게 그의 머리카락 속으로 손을 미끄러뜨려 곱게 매만졌다. 무슨 린스를 쓰는지 머릿결이 비단결이로구나. 꼭 비싼 강아지 털을 만지는 것 같은 느낌이 다. 손안의 매끄러운 감촉뿐 아니라 조금도 움직일 줄 모르는 녀석의 입 술 감촉 또한 좋기는 마찬가지. 아니, 머릿결 감촉은 저리 가라일 만큼 황홀하다. 그런데 이 녀석, 이대로 굳어버렸는지 끝까지 꼼짝 마라 자세 다. 조금 더 입술을 놀려볼까?

입술을 오물거려 녀석의 입술을 세게 쭉 빨아 당겼더니 그제야 몸이 딸려오는 듯 중심을 잃고 상체가 기우듬해진다. 혀끝을 살살 돌려 잔뜩 얼어있는 녀석의 입술을 쓱쓱 핥았다. 그러자 녀석이 열병에 걸린 것처 럼 사지를 부르르 떨면서 어깨에 손을 감아 올린다.

그렇지.

팔을 그의 겨드랑이 아래로 돌려 당겨 안았다. 원찬도 엉덩이를 주춤 주춤 가까이 당겨 앉으며 운비를 마주 껴안고 적극적으로 입술을 움직이 기 시작했다. 따스하고 간지러운 숨결이 입술에 맴돌고 살짝 벌어진 입 술 사이로 보드라운 혀를 들이밀자 일순 숨을 멈춘 듯했던 녀석이 입을 크게 벌려 순순히 혀를 받아들인다.

훗. 역시 녀석도 원하고 있던 거였어. 기철이 말마따나 색기 줄줄 흐르 는 눈웃음 봤을 때 보통은 넘을 거로 생각했었다니까.

입안에 가득 고여 있던 침이 그의 혀를 타고 끈적끈적하게 얽히자 가슴 저 깊숙이 내재해 있던 열망의 불꽃이 더는 견디지 못하고 물방울처럼 톡톡 터졌다.

손바닥으로 원찬의 작은 볼을 감싸고 오래도록 입술과 혀를 빨아들이며 운비는 가슴에 맺혀 있던 그 무언가가 소리 없이 사그라지는 걸 느꼈다. 바로 이 맛이거든!

자꾸만 들러붙는 입술을 겨우 떼고 열망에 흠뻑 젖은 원찬의 눈동자를 깊이 들여다보았다. 붉게 달아오른 볼은 뜨거웠고, 타액으로 젖은 입술은 더 없이 사랑스러웠다…….

에혀, 제기랄.

남자에 굶주린 처녀 귀신도 이보다는 낫겠다. 귀밑에 솜털도 안 가신 후배 놈과의 키스 상상이나 하고 앉아 있다니, 운비는 자신이 한심해 죽을 판이다. 눈앞의 망상을 떨쳐내듯 머리를 탁탁 흔들자 음료수를 마시다 말고 원찬이 돌아다보았다. 원찬과 눈이 마주치자 속내를 들킨 듯 운비의 얼굴이 시뻘겋게 달아올랐다. 미성년자를 꾀고 앉아 있는 퇴폐 도깨비가 된 기분이라니.

"왜 그래요, 누나?"

영문을 알 길 없는 원찬이 맑은 눈망울을 굴리며 묻자, 운비는 자기 머리를 쥐어뜯고 싶은 충동에 휩싸였다. 그리고 하마터면 입에서 '나랑 사귀자!'라는 말이 튀어나올 뻔했다. 진건만 아니었다면 마음이 주춤했을 리가 없다. 충고랍시고 한마디 한 것이 목에 걸린 가시처럼 껄끄러웠으니.

쾅!

문소리와 함께 누군가가 방으로 뛰어 들어온 것은 그때였다. 잠시 딴 생각에 빠져 있다가 운비는 반사적으로 고개를 홱 돌려 쳐다보았다. 자그마한 체구의 아가씨가 빌빌 떨면서 운비와 원찬이 앉아 있는 자리로 곧장 달려들었다.

"살려주세요, 살려주세요!"

미친 듯이 외치는 아가씨 뒤로 다시 한 번 문짝 부서지는 소리가 나며

문이 벌컥 열렸다.

“아악!”

아가씨는 기절할 것처럼 비명을 지르더니 소파를 뛰어 올라와 원찬의 뒤에 쏙 숨는다.

대체 이건 또 뭐 하자는 스토리일까.

황당해 있는 운비 앞으로 아가씨를 잡으러 온 것이 틀림없는 두 남자가 가소롭다는 표정으로 다가왔다.

“이리 나와, 쌍년아!”

“그렇게 숨는다고 우리가 못 찾아낼 줄 알았어?”

운비는 자리에서 일어나 다가오는 그들 앞을 쓱 가로막았다.

“뭐야, 당신들?”

“이건 또 뭐야? 비켜라, 다친다.”

한 세숫대야가 씨부렁거리는 말이 운비의 신경에 몹시도 거슬렸다.

“당신들 뭐냐고?”

“우리? 우린 저년 서방들이다. 그러니 곱게 내놔라.”

“씨불, 대한민국에서 언제부터 공식적으로 서방을 둘씩이나 됐냐?”

운비의 입에서 걸진 욕지거리가 튀어나오자 두 남자의 인상이 더욱 험악해졌다. 운비의 인상도 그에 못지않게 일그러졌다.

“뭘 봐, 새끼야?”

“요런 싸가지 없는 년 보게!”

남자 하나가 손으로 운비의 머리통을 탁 후려쳤다. 제법 강도가 셌는데 머리통만 휙 돌아갔을 뿐 제자리에서 끄떡도 하지 않았다.

서서히 고개를 든 운비가 혀를 차며 어이없다는 듯 피식 웃었다. 그러자 남자들이 더 발끈했다.

“어쭈, 이거 완전히 겁 대가리 상실한 년 아냐? 죽고 싶어 환장했지, 엉!”

남자의 손이 허공을 가로지른다고 느낀 순간, 누군가가 손목을 탁 낚아챘다. 한 대 맞으면 열 대로 갚아줘야 직성이 풀리는 게 운비의 성격인지라 남자의 손을 잡아채는 것도 당연히 그녀의 몫이어야 했다. 그러나 운비의 손보다 더 빠른 이가 있었으니, 바로 그녀의 옆에 서 있던 원찬이다.

예기치 못한 상황에 화가 머리 꼭대기까지 났던 것도 깜박 잊고 그만 눈이 동그래져서 옆에 떡 버티고 서 있는 원찬을 올려다보았다. 원찬의 얼굴이 잔뜩 굳어 있었다. 화가 난 듯 생글생글 귀엽던 눈매가 칼잡이처럼 살벌했다. 순간 그가 아닌 듯 느껴져서 운비는 어안이 벙벙해졌다.

"어디다 손대?"

"이것들이 오늘 쌍으로 겁 대가리들을 상실했구만!"

몹시도 짜증스럽고 거치적거린다는 듯이 남자는 주먹부터 휘갈겼다. 달려드는 남자의 턱을 머리로 들이받은 건 운비였다. 아니, 이번에도……원찬이었다.

주먹을 날리는 남자의 턱을 머리로 들이받고, 이어 테이블을 버팀목 삼아 가볍게 몸을 띄운 원찬은 휘돌려 차기로 또 다른 놈의 턱을 강타한 후 무용을 하듯 한 바퀴 팽 돌아 제자리에 멈춰 섰다.

"억!"

첫 번째 남자가 턱을 붙잡고 무릎을 쿵 찧었고, 두 번째 남자는 맥없이 뒤로 벌렁 나가떨어졌다. 별거 아니라는 듯 원찬의 눈썹이 실룩 움직였다.

생각지도 못한 원찬의 활약에 운비는 두 눈이 휘둥그레져서는 넋 놓고 바라만 볼 뿐이었다. 호오~, 이렇게 터프한 면이 있을 줄이야. 운비의 입에서 저도 모르게 휘파람이 휘익 나와 버렸다.

"어서 도망가야 해요! 밖에 또 있어요!"

멀찌감치 떨어져 오들오들 떨며 서 있던 아가씨가 다급하게 외치자 원찬이 운비의 손을 낚아채듯 잡고 방 밖으로 뛰었다.

지하 계단을 뛰어올라 1층에 왔을 때 아가씨는 아직도 벌벌 떨리는 목소리로 말했다.

"고맙습니다. 저는 뒷문 쪽으로 갈게요. 정말 고마워요. 이 은혜 잊지 않을게요."

말이 끝나자마자 뒷문 쪽으로 달아나는 아가씨를 지켜보던 운비와 원찬도 더는 지체할 수 없다 판단하고 서로 손을 잡은 채 건물 바깥으로 뛰어나갔다. 뒤이어 계단을 쫓아 올라온 남자 둘이 도망가는 운비와 원찬을 향해 소리쳤다.

"잡아랏! 저것들 당장 잡아!"

그러자 밖에서 얼쩡거리던 놈들이 일제히 부리나케 쫓아오기 시작했다. 운비와 원찬은 죽어라 뛰고 또 뛰었다. 노래 잘하고 놀다가 이게 웬 날벼락인지 기가 막힐 따름이었으나 어쨌든 삼십육계 줄행랑을 놓아 겨우 학교 안으로 숨어들어 갈 수 있었다. 잔디밭을 찾아 아무렇게나 쓰러져서는 한동안 거친 호흡을 내뱉으며 네 활개를 치고 누워 있었다. 얼마나 뛰었던지 제법 쌀쌀한 3월의 날씨에도 불구하고 온몸에 땀이 흥건했다.

숨을 헉헉거리며 깜깜한 밤하늘을 올려다보고 있다가 원찬이 운비 쪽으로 슬며시 고개를 돌렸다. 운비도 고개를 돌려 원찬을 마주 바라보았다. 두 사람은 동시에 풋 하고 웃음을 터뜨렸다.

"왜 누나가 우리 학교 명물인지 알 것 같아요. 난 누나처럼 용감한 여자는 처음 봤어요."

존경과 경이가 가득 담긴 눈으로 원찬이 말했고, 운비가 큭큭 웃으며 대꾸했다.

"자식, 너도 제법 용감하던데."

"난 남자잖아요."

자신만만히 말하는 원찬을 보자 희수가 원찬의 반만 했어도 좋았겠다, 문득 그런 생각을 들었다. 운비의 얼굴에 밤하늘처럼 어두운 그늘이 스르륵 내려앉았다. 희수는 잘살고 있을까.

상심이 드리워진 운비의 얼굴을 바라보며 원찬도 천천히 미소를 거두어들였다. 하늘을 보고 누운 운비의 얼굴 옆선이 무척 고왔다. 그러면서도 그 속에 담겨 있는 강인함.

자기도 모르게 그녀의 얼굴에 손을 뻗었다가 그만 잔디밭에 툭 내려뜨렸다.

도깨비와 캠퍼스 생활이라, 앞으로 꽤 즐겁겠는걸.

원찬은 운비와 똑같이 밤하늘을 올려다보며 피식 웃음 지었다.

매스컴 원론 강의가 끝나고 단대 지하에 있는 식당으로 내려가자 먼저
와서 줄을 서 있던 용택과 기철이 기다렸다는 듯이 손을 흔든다.

"어이, 도깨비!"

운비는 두 친구에게 어슬렁어슬렁 다가가면서 눈으로는 부지런히 식
당 안을 살폈다.

"겸둥이 안 왔냐?"

방금 강의실에서 나가는 것을 보고 따라왔는데 어딜 갔는지 보이지 않
는다.

"누구? 원찬이?"

호랑이도 제 말 하면 온다더니, 기철이 묻기가 무섭게 입구에서 원찬
이 어제의 그 미니스커트와 함께 나타났다. 생긴 게 무색하지 않게 옷걸
이도 좋은 원찬은 데님 청바지에 검은색 남방을 입어 오늘따라 더욱 섹
시해 보였다.

"안녕하세요?"

용택과 기철에게 허리를 반쯤 굽혀 싹싹하게 인사를 하며 다가오는 원
찬을 보고 운비는 괜히 콧대가 시큰거리는 느낌을 받았다. 싱긋 코를 찡
긋하여 기분 좋게 웃음 짓는 운비를 향해 원찬도 눈을 맞추며 빙그레 웃
었다. 무언의 미소 속에는 어제의 일 때문인지 어떤 동지 의식이 담겨 있
었다.

비어 있는 식탁으로 향하며 운비가 당연하다는 듯 일렀다.

"원찬, 내 밥그릇도 챙겨 와라."

"네!"

시원스런 대답에 운비의 마음은 한결 흐뭇해졌다. 자식이 말도 참 잘

듣는단 말씀이야. 후후.

잠시 후, 원찬이 양손에 가뿐히 식판을 들고 와 운비 건너편에 앉았다. 용택과 기철, 그리고 혜리인가 하는 여학생도 함께.

밥을 한술 크게 떠 입안에 퍼 넣는 운비에게 옆에 앉았던 용택이 물었다.

"동아리는 어떻게 됐어?"

"어제 가입했어."

운비의 말투가 심드렁하다. 개강한 지 삼일 만에 처음 강의실에 출두(?)한 운비는 진건도 2학년에 복학했으리라고는 정말이지 꿈에도 몰랐었다. 게다가 강의실에서 만난 진건이 어제 동아리에서 있었던 일에 대해서 일절 말이 없었기 때문에 더욱 신경이 거슬렸다. 이건 뭐랄까, 한마디로 기(氣)에서 밀리는 기분이다.

'이 도깨비가 기에서 밀리다니 말이 안 되지. 암!'

그만한 일로 동아리를 그만둔다고 생각한다면 오산이다. 운비는 볼이 미어터지도록 입안에 밥을 우겨넣으며 오후에는 동아리 방을 화끈하게 청소하리라 마음먹었다.

밥을 먹던 중에 건너편에 앉은 원찬을 보니 혜리와 조곤조곤 대화를 나누고 있다. 샴푸 선전에나 나올 법한 흑단의 긴 머리카락을 가진 혜리는 앞머리를 일직선으로 내려 더욱 앙증맞았다. 마스카라로 얼마나 속눈썹을 칠해놨는지 성냥개비 열 개는 거뜬히 올라가게 만들어 놓은 것만 빼면 제법 괜찮은 세숫대야라 할만 했다. 그게 다 고난도의 화장발일 수도 있겠지만.

'너랑 안 어울린다.'

불현듯 진건의 그 말이 비수처럼 심장에 푹 꽂혔다. 그런가 하면 화보 모델이라고 해도 무방할 원찬과 혜리는 썩 어울리는 그림이다. 그게 못마땅해진 운비는 뽀빠이가 즐겨 먹는다는 시금치를 젓가락으로 집으며 불퉁하게 말을 던졌다.

"원찬, 저녁에 시간 비워 놔라."

“네.”

용택이 어이없다는 듯 원찬을 타박했다.

“야, 인마. 넌 뭔 일인지 묻지도 않고 무조건 네, 냐?”

원찬이 싱긋 웃고는 대답했다.

“누나랑 인터뷰 중이거든요.”

“인터뷰?”

“네. 신문에 실을 거요.”

“아! 너 신문사에 있었지?”

기철이 그제야 기억난 듯 말하자, 원찬은 도깨비와의 인터뷰를 따낸 것이 엄청난 특혜라도 되는 양 들뜬 목소리를 내었다.

“네. 누나가 단독 인터뷰권을 제게 줬어요.”

“조심하는 게 좋을 거다. 이 물건, 아주 음흉한 도깨비야.”

용택의 주의에 운비가 투박한 말투로 일침을 놓았다.

“밥이나 처먹어, 새끼야.”

그러나 그 소리에 외려 파리하게 얼굴이 죽은 건 혜리였다. 그걸 뻔히 알면서 운비는 혜리를 향해 의미 있는 웃음을 씨익, 날려주었을 뿐이다. 물론 혜리 쪽에서 봐서는 가슴이 섬뜩해지는 미소로.

***

차력 동아리 방은 어제의 그 난장판이 아니었다. 수업이 끝나자마자 총알보다 더 빨리 학생 회관으로 달려온 운비는 3층 동아리 방을 박차고 들어가 짓 까불고 있는 몇몇 학생들에게 간단히 인사만 건넨 후, 몸을 박진감 넘치게 놀려 방안을 일사천리로 초토화했다.

문 앞에서 이 사태를 넋 놓고 관망하고 있던 남학생들이 그제야 어슬렁어슬렁 나타난 진건에게 누구냐는 눈짓을 보냈다.

“니들 도깨비 모르냐?”

진건의 느릿한 한마디에 모두 눈동자부터 우뚝 경직됐다. 그리고 정지된 그대로 고개만 돌려 방 한가운데서 만족스럽게 손을 탁탁 털고 있는 운비를 바라보았다. 아마도 진건은 어제 그렇게 뛰쳐나간 운비가 다시제 발로 동아리를 찾아올 것으로 생각지 않았던 모양이다. 아무에게도 새로 가입자가 있다고 말을 안 한 걸 보니.

진건의 의외라는 표정 위로 설핏 기특한 미소가 서렸다.

"저녁에 회식이라도 하자."

진건의 말에 운비는 딱 잘라 거절했다.

"오늘은 안 돼요. 선약 있어요."

"그럼 내일 하자."

"네. 그리고 청소한 걸로 오늘은 그냥 갈게요."

"그래, 수고했다."

방을 나가다 말고 잊었던 할 말이 생각난 듯 몸을 빙그르르 돌려 진건 쪽으로 향했다.

"선배."

"왜?"

"정말 원찬이가 나랑 안 어울린다고 생각해요?"

"가서 거울 봐라."

"그럼 원찬이한테는 어떤 여자가 어울려요?"

"혜리 아냐?"

대답할 여지가 없었다. 입맛을 쓰게 쩝 다신 운비는 툴툴거리며 동아리 방을 나갔다. 뒤에서 진건이 빙긋 미소를 지은 것도 모른 채.

학생 회관 계단을 내려가며 뻗쳐오르는 열을 가까스로 다스렸다. 바지 주머니에서 휴대전화를 꺼내 어디론가 전화를 걸자 곧 전화기 저 너머로 근사한 중저음의 목소리가 들려왔다.

[누나?]

이십 대 초반의 남자가 아니라 농염한 남자로 오인하기 딱 좋은 목소리. 야하, 원찬의 목소리만 듣고도 간장이 녹아드는 듯 다리 힘이 스르르 풀려버리는 운비다.

"나 지금 학생 회관 앞인데 당장 튀어 와라."

말한 대로 원찬은 순간 이동하듯 길 저쪽에서 모습을 드러냈다. 꽁지에 불이 나도록 달려오는 녀석을 보자 운비의 가슴이 찜질방에 들어앉은 듯 화끈 후끈거렸다. 숨을 헉헉 몰아쉬며 운비 앞에서 멈춰선 원찬이 잠깐 허리를 반으로 굽혀 호흡을 골랐고, 운비는 그런 원찬의 몸을 답삭 껴안아주고 싶은 걸 애써 참으며 호흡을 가다듬을 때까지 의지 있게 기다려주었다.

원찬이 비로소 허리를 곧게 펴기에 교문 쪽으로 방향을 잡고는 걸음을 떼었다. 운비의 옆을 성큼성큼 따라 걸으며 원찬은 흥미롭게 묻는다.

"어디 가는데요?"

"술 마시러."

"또요? 괜찮겠어요?"

화들짝 놀라면서도 남의 건강까지 챙기는 녀석이 갸륵하여 운비의 한쪽 입가가 쓱 말아 올려졌다.

"너 인마, 나 쫓아다니려면 술 양부터 늘려야 할 거다."

원찬은 느긋하게 대답했다.

"알아요."

"허! 알아?"

"네. 달리 도깨비겠어요. 진짜 도깨비하고도 술내기 했다면서요?"

농담인지 진담인지 알쏭달쏭한 투에 운비가 껄껄 웃었다. 원찬도 후후 따라 웃으며 부지런히 발을 놀린다. 그렇게 하여 두 사람은 보무도 당당하게 일전 학교 앞 지하 주점으로 들어가게 되었다.

"근데요, 누나."

몇 순배가 돌고 난 후 약간 알딸딸한 목소리로 원찬이 말을 꺼냈다.

"응?"

"인터뷰 왜 허락해 줬어요? 선배들이 누나는 그런 거 아주 싫어한다고
그러던데."

운비는 술잔을 기울이다 말고 물끄러미 원찬을 바라보았다. 눈알뿐 아
니라 광대뼈 부근도 발그스름한 녀석은 정말 궁금해 죽겠다는 표정이다.

술을 입안에 톡 털어 넣고 나서 솔직하게 대답했다.

"네가 마음에 들어서."

"희수 선배 닮아서요?"

"꼭 그것 때문은 아냐."

어쩐지 대답이 씁쓸하다.

"이거 들은 얘긴데요."

미적 말을 꺼내는 투가 안 했으면 싶은 말 같다. 운비는 살짝 미간을
찌푸리며 안주로 시킨 알탕을 한 술 후룩 떠먹었다.

"희수 선배 일본 갔다는 거 사실이에요?"

"흠! 누가 그래?"

"다들 그렇게 알고 있던데요. 누나랑 헤어진 이유가 그것 때문이라
고……."

가슴이 한 움큼 쥐어뜯긴 듯 욱신거려서 별로 내키지 않는 듯 물었다.

"희수에 대해서 왜 그렇게 알고 싶은 건데?"

"그거야 희수 선배를 빼고는 누나를 말할 수 없으니까요. 누나가 CC는
아니라고 했으니까 그건 둘째치고서라도 절친한 친구였잖아요. 그리고
거의 동시에 휴학을 했으니 둘 사이에 무슨 일이 있었을 거라고 짐작은
해요. 그거 저한테 말해주면 안 돼요?"

제법 예리한 질문에 운비는 피식 웃었다. 아마도 원찬은 술 힘을 빌려
용기를 내었을 거란 생각이 들었다. 운비가 쓸쓸하게 술잔을 테이블 위
에 내려놓자, 원찬이 잽싸게 한 잔을 가득 따라주었다. 술을 따르면서도
흘끔거리는 모양이 대답을 기다리는 눈치다.

"언젠가 말해 줄 날이 오겠지."

대답이 불만족스러운지 계속 빤히 쳐다보는 원찬에게 픽 웃으며 핀잔을 주었다.

"술이나 마셔, 인마."

원찬은 아쉬운 표정이면서도 말 잘 듣는 학생처럼 술잔을 들어 죽 들이켠다. 가볍게 인상을 찌푸리며 알탕을 떠먹는 모습이 무척이나 귀엽다. 동글동글 눈가로 나있는 붉은 취기도.

"나도 누나가 좋아요."

뜬금없는 말에 운비는 술을 따라주다 말고 물끄러미 원찬을 바라보았다. 원찬이 밑도 끝도 없이 싱긋 웃기에 무슨 의미인지 몰라 운비의 안색이 한층 굳어졌다. 어쩌면 녀석은 생각했던 것 이상의 무언가를 지니고 있는지도 모른다.

볼수록 흥미로운 녀석일세.

원찬의 잔에 술잔을 쨍 부딪치는 운비의 눈이 어떤 기대감으로 반짝거렸다.

그로부터 몇 시간 후, 운비는 술에 취해 해롱거리는 원찬을 부축하여 길거리로 나섰다. 축축 늘어지는 몸을 몇 번이나 다잡으며 가까스로 길가 화단에 주저앉히자 원찬의 상체가 푹 기울어져 운비에게로 완전히 기대진다. 그의 상체를 다잡아 똑바로 앉히며 어깨를 흔들어보았다.

"원찬! 원찬아!"

그러나 원찬은 좀체 정신을 차리지 못했다.

"젠장. 어쩌지?"

겨우 한 병에 나가떨어질 줄은 몰랐던 지라 운비는 매우 당황했다. 이럴 줄 알았으면 진작 집이 어딘지 알아 놓을 것을. 하는 수 없이 마지막 선택을 감행했다. 지난번에 원찬이 그렇게 해주었듯이 여관으로 데려가는 수밖에.

낑낑거리며 원찬을 부축하여 여관방으로 들어가 침대에 같이 고꾸라졌다. 운비도 적지 않은 술을 마셨던 탓에 덩치가 만만치 않은 녀석을 부축해 오자니 다리가 사시나무 떨리듯 후들거렸다. 원찬의 팔 아래서 간신히 빠져나와 상체를 일으켜 앉았다. 원찬은 숨소리 하나 없이 곯아떨어져 있었지만 구태여 깨우려고 노력하지 않았다. 단지 덮치지 않으려 노력했을 뿐이다.

우유통에 통째로 담갔다가 꺼낸 듯 뽀얀 볼 살이 유혹의 나래를 펼쳐댔지만 어금니 꽉 깨물어 참았다. 전신이 길죽길죽하여 쓰다듬고 어루만지기만 하여도 한밤이 후딱 지나갈 것 같았다. 그렇다 해서 유혹을 뿌리치느라 원찬만 혼자 내버려둔 채 여관방을 박차고 나갈 수는 없는 노릇이다. 엄한 놈들이 들이닥쳐 몹쓸 짓이라도 하면 그야말로 큰일이라는, 말도 안 되는 우려와 걱정을 앞세워 운비는 밤새 원찬의 옆에서 보초를 섰다. 대책 없이 흐릿한 붉은 불빛 아래서 보는 원찬의 얼굴은 하늘에 둥실 떠 있는 달덩이보다도 환하고 태양처럼 찬란했다.

쓰읍, 입맛을 다시며 곤히 잠들어 있는 원찬의 볼을 살그머니 쓰다듬어 보았다. 그런데도 녀석은 보쌈을 해가도 모를 만큼 잠에만 빠져 있다. 오히려 정신을 차리는 것보다 이편이 나을지도 모르겠다는 생각에 운비는 뿌듯한 미소를 만면에 머금었다. 만약 제정신으로 돌아온다면 이전처럼 아무렇지 않게 인사를 꾸벅하며 안녕히 계시라고 먼저 나가버릴지도 모를 일이기 때문이다. 그리고 이렇게 오래도록, 마음 놓고, 꼼꼼하게 원찬의 얼굴을 들여다 볼 수 있다는 사실에 솔직히 기뻤다.

원찬이 처음으로 몸을 움직인 것은 그로부터 한 시간이 훨씬 지나서였다. 엎드린 자세가 힘들었던지 무의식중에 몸을 반 바퀴 돌리더니 똑바로 돌아누웠던 것이다. 운비의 시선이 기다렸다는 듯이 아래로 쭉 내려가 녀석의 몸 중, 정확히 중간 부분에서 멈췄다. 증상 무!

지퍼를 열고 냉큼 확인을 해보고 싶을 만큼 납작하다. 술에 만취해 자고 있다는 건 생각지 않고 덜컥 심장이 내려앉았다. 운비는 남자라면 무조건 거기가 서 있든 죽어 있든 기본적으로 앞부분이 불룩해야 정석이라고 믿고 있다. 원찬의 얼굴을 살핀 후에 살며시 손끝을 아래로 가져가 청바지의 지퍼 부분에 갖다 대는데도 녀석에게서는 조금의 움직임도 엿볼 수 없었다. 검지, 중지, 약지 세 개를 나란히 붙여 조금 힘주어 내리눌렀다. 딱딱한 청바지 지퍼 부위만 느껴질 뿐 아직은 별 기색이 없다. 에라, 모르겠다. 이번에는 손바닥을 펴서 아래에서 위로 살살 문질렀다. 분명한 것은 아래쪽에서 손바닥에 한 번 걸리고 넘어오는 게 남자의 고환이라는 사실이었다. 그것만으로 한결 마음이 놓여 운비는 안도의 한숨을 후 내쉬었다.

제길. 이렇게 확인 작업까지 해야 하다니 심각한 노이로제다.

"으음……."

약간 몸을 뒤채이던 원찬이 이번에는 모로 돌아눕는다. 새우처럼 웅크리기에 그제야 서늘한 감을 느끼고 이불을 끌어다 덮어주었다. 자는 모습까지 섹시해 보이는 녀석. 그리고 그 옆에 누워 원찬의 얼굴에 구멍이 나도록 쳐다보던 운비도 어느 틈엔가 소로록 잠이 들었다.

얼핏 잠에서 깨어났을 때 침대에 앉아 내려다보고 있는 원찬이 시야에 들어왔다. 언제부터 그러고 앉아 있었는지 몰라도 눈이 마주치자 괜스레 머리를 긁적이며 시선을 돌린다. 얼굴이 살짝 붉어진 것도 같다. 상당히 멋쩍어하는 분위기라 운비는 자리에서 일어나 앉으며 고개를 갸우뚱했다.

여관방에서 둘이 보낸 것 때문에 그러나? 이럴 땐 또 한없이 순진해 보인단 말씀이야.

남녀 사이기에 앞서 선후배 개념이 더 강한 탓에 여관방에서 단둘이 아침을 맞은 것이 민망한 모양이었다.

"괜찮냐?"

"네. 흠!"

원찬이 괜한 헛기침을 하며 시선을 쓱 피하기에 운비는 장난기가 동하여 그의 팔을 잡아당겼다.

"왜 그래?"

"아니에요, 아무것도."

말은 그러한데 어쩐지 시치미를 뚝 떼는 표정이다.

어라? 뭐지, 이 녀석? 뭘 숨기는 거야?

수상한 낌새를 눈치 채고 미심쩍은 눈초리로 쳐다봤다.

"왜 그래, 인마? 어디 아프냐?"

"아, 아뇨. 그만 나가죠. 아니, 먼저 나갈래요? 같이 나가면……."

"같이 나가면 뭐? 남들이 오해라도 할까 봐?"

"그게……. 그래도 누나, 여잔데."

"쿡! 푸하하 하하하!"

운비의 파안대소에 원찬은 당황하는 기색이 역력하다.

"누나."

아무 짓도 안 하고 잠만 잔 건 데도 이렇게 어쩔 줄 모르는 숙맥하고 무슨 연애를 하겠다고…….

간밤에 원찬이 남자가 확실한지 몰래 확인해 보았던 게 무색할 정도라 녀석의 볼을 장난스레 톡 치고는 안심시켰다.

"걱정하지 마, 인마. 아무도 네가 나한테 당했지, 내가 너한테 당했다고는 생각 안 할 테니까."

"네?"

"아무 일 없었으면 된 거 아니냐고! 사내새끼가 쫄기는."

운비가 자리를 툭툭 털며 일어나는데, 원찬이 별안간 짜르르 앓는 소리를 내며 운비의 손을 덥석 잡아챘다.

"그게 아니라……, 누나가 좋아요."

"뭐?"

그건 간밤 술집에서도 들었던 말이 아닌가. 그런데 왜 이렇게 가슴이 방정맞게 뛰는 거지? 어제는 선배로서 누나가 좋다는 의미로 들렸으니 별다른 감정을 느끼지 못했다지만 지금은…….

운비의 얼굴이 살짝 일그러졌다. 이 녀석 봐라.

그런데 원찬은 운비가 잘 못 들은 줄 알고 크게 소리를 지른다.

"누나가 좋다고!"

눈 물

"희수야!"

감정이 격해진 내 부름에 희수는 매우 당황한 얼굴이다. 벌써 구석에 몰린 그를 향해 나는 슬금슬금 무릎걸음으로 다가가고 있었다.

"우, 운비야……."

이제 그는 내 코앞에 있다. 조금만 얼굴을 들이밀면 닿을 거리에.

나는 침을 꿀꺽 삼킨 후 희수에게로 천천히 얼굴을 가져갔다. 그의 입술과 꼭 쥔 두 손은 덜덜 떨리고 있다. 아직 입술을 대기 전인데도 몸이 위험스레 휘청거린다. 심장이 벌렁벌렁, 괜스레 내 손까지 달달 떨리는 듯하다.

마침내 입술이 닿자 희수가 주춤 뒤로 물러나다가 오히려 벽에 기대졌다. 나는 희수의 어깨를 꽉 내리눌러 꼼짝 못하게 하고는 더 세게 입술을 짓눌렀다. 이 알싸한 향. 그의 작은 입술이 몽땅 내 입 안으로 빨려 들어오는 것 같다. 정신이 몽롱해지며 온몸의 힘이 풀린다. 정신없이 뛰기 시작하는 심장 소리가 귀에 왕왕 울린다. 아아, 드디어 그와의 첫 키스다. 그렇게 오매불망 바라고 고대했던 첫. 키. 스!

그런데 이게 어찌 된 일일까.

내 입술은 미친 듯이 허겁지겁 그의 입술을 빨고 있는데, 그는 좀체 움직일 줄 모른다. 기절이라도 한 건가? 어깨가 바르르 떨리는 걸 보면 그렇지도 않다. 그런데 왜 아무 반응을 일으키지 않는 거지? 내가 싫어? 나와 키스하는 거 싫어서 그래?

키스를 하다 말고 입술을 떼어 흠뻑 젖어 있는 희수의 두 눈을 들여다보았다. 두려움에 떠는 그의 눈동자가 내 가슴에 콱 박혀서 조금 전 횃불처럼 뜨겁게 돌리던 혀가 굳어버리는 듯하다. 방금 내가 한 것이 키스가 맞는지 의문이 일 정도로 밋밋하고 무덤덤하기 짝이 없는 반응에 나는 깊은 상처를 받고 말았다.

희수는 도대체 왜? 왜 날 이토록 애타게 하면서도 끝끝내 거부하기만 하는 것일까.

"바보야……, 나 너 사랑해. 너도 나 사랑하지 않아?"

"사랑해. 하지만……."

"근데 뭐가 문제야? 사랑한다면서 손잡는 거 외에 왜 아무 짓도 안 해? 나와 키스하고 싶지 않아? 나 갖고 싶지 않느냐고!"

나는 막무가내로 화를 내며 희수를 윽박질렀다. 이곳 여관도 싫다는 그를 억지로 끌고 온 것이다. 내가 그렇게 여자로 매력이 없나?

도저히 참을 수 없어 그를 시험해 보고 싶었다.

"운비야, 이러지 마. 내가 잘못했어."

"씨발! 네가 뭘 잘못했는데!"

악을 버럭 지르자 희수의 눈에서 닭똥 같은 눈물이 후드득 떨어졌다. 남자 새끼가 걸핏하면 눈물이라니, 복장이 터져 돌아가실 것 같다.

"야, 이 새끼야! 네가 고자야, 뭐야? 대체 왜 이러는 건데!"

"미안해……, 미안해. 으흐흐 흑."

지랄용천을 해라.

침대에 폭 엎드려 눈물을 펑펑 쏟는 희수를 보자 미친 척하고 확 덮쳐 버리고 싶은 걸 이성으로 간신히 붙들어 맸다.

"나, 여자야."

너무 화가 나니 귀까지 이상이 생겨서 잘못 들은 줄 알았다.

"뭐?"

"나, 여자라고……."

나는 별안간 진공 상태에 빠져 귀가 멍멍했다.

이게 무슨 소리지? 여자? 여자라고? 싫다는 말을 그렇게 돌린다 이거지?

순식간에 희수의 가녀린 팔을 잡아 침대에 패대기쳤다. 그리고 비명을 지르든가 말든가 바지 혁대를 끌렀다.

"아악! 안 돼, 안 돼!"

발버둥을 치며 반항을 했지만 내 손에 걸린 이상 어림도 없다. 우악스레 희수의 가슴팍을 한쪽 무릎으로 내리누르고, 억지로 바지 지퍼를 열어 앞섶을 펼쳤다.

"아, 안 돼. 운비야! 운비야!"

다급하고 애절한 목소리만큼이나 내 마음도 마찬가지였다. 절박한 심정이 떨리는 내 손끝으로 전달되었고, 나는 있는 힘껏 희수의 팬티를 잡아당겼다. 그 안에서 잔뜩 오그라든 그의 성기를 발견했을 때는 차라리 안도의 한숨까지 내쉬어졌을 정도다. 비록 이 난리통에 힘없이 늘어져 있기는 하지만 남자의 상징물이 버젓이 있는데 여자라고?

"이건 뭐야? 지금 장난해?"

희수의 가슴팍을 내리눌렀던 무릎을 치우자 허겁지겁 앞섶을 감춘 그가 울먹이며 대답했다.

"몸만 남자야. 나, 너희가 말하는 트랜스젠더(trans-gender)라고!"

헉!

"뭐, 뭐, 뭐라……?"

심장이 짜각! 하고 반으로 쪼개지는 소리가 났다.

"흐흑, 미안해, 운비야. 네가 남자였음 좋겠어."

그 말에 더 상처를 입은 나는 상대가 희수이었기에 망정이지 졸지에 살인범으로 전락할 뻔했다.

"마, 마, 말도 안 돼……."

나는 평정심을 잃고 힘없이 축 늘어졌다.

내가 저를 얼마나 사랑하는데. 태어나서 이런 멋들어진 기분 처음이었고, 그저 불면 날아갈까 잡으면 부서질까, 얼마나 애지중지 공을 들였는데. 도깨비 짓 하고 다니는 게 멋있다는 한마디에 목숨 하나 있는 거 아끼지 않고 내놓았건만, 뭣이 어쩌고 저째? 트랜스젠더!

입에 거품만 안 물었지 거의 실신 지경으로 침대에 벌렁 나가떨어졌다.

그럼 이때까지 희수가 내게 보여주었던 사랑은 단지 우정에 불과했단 말인가! 아악, 안 돼! 난 그게 아니었다고. 난 정말 너란 인간을, 너란 남자를 사랑했단 말이다! 약해서 더 보호해 주고 싶었고, 우리가 함께한 순간들이 내게는 가장 소중한 추억이 되어 버려서 네가 아니고서는 앞으로의 내 인생을 생각하고 싶지 않단 말이야. 그러니 제발 아니라고 말해 줘. 악몽이라고 말해 줘. 제발. 제발!

"나 이번 학기 끝나면 일본 가, 성전환 수술하러."

"으어어엉……!"

그날, 내가 이름도 모르는 여관방에서 쏟은 눈물을 생각하면 지금도 이가 갈린다.

도깨비

원찬과 나란히 여관에서 나와 날이 훤한 거리를 걸으며 운비는 기분이 좋기보다 복잡하기 이를 데 없었다. 그녀의 뒤로 원찬이 시무룩한 표정으로 털레털레 따라왔다.

'이러면 꼭 내가 저에게 몹쓸 짓 한 년 같잖아. 쯧.'

왠지 억울한 생각이 들면서도 한편으로는 원찬이 측은하여 조용히 일렀다.

"먼저 가라. 수업 시간 맞추려면 서둘러야지."

그러나 원찬은 쉽사리 물러나지 않고 또 졸라대기 시작한다.

"누나, 정말 안 돼요?"

우뚝 걸음을 멈추고 풀이 죽은 녀석의 얼굴을 뚫어져라 바라보다 착잡한 심정으로 입을 열었다.

"후회 안 하겠냐?"

"절대!"

한 치의 망설임 없이 대답하는 통에 운비는 자기도 모르게 고개를 끄덕이고 말았다. 저렇게 확고하게 나오는데 못할 것도 없지, 하는 생각이 들었던 것이다. 원찬을 싫어하는 것도 아니고, 오히려 어떻게 하면 녀석과 한 번 엮여볼까 호시탐탐 노리고 있던 참인데, 저리 적극적으로 나온다면야. 물론 그 공세가 녀석이 아니라 운비 쪽이어야 하는 건데 그렇지 못해서 살짝 당황하긴 했다.

"그래도 좀…… 고달플 거다."

그 말을 허락으로 알아듣고 원찬의 얼굴이 금세 환해지더니 주먹을 불끈 쥐어 힘차게 "yes!"를 외친다. 그러고는 운비의 손을 잡고 좁은 골목을 달려 내려가기 시작했다.

"어어, 인마! 넘어져. 천천히 가."

얼떨결에 원찬의 손에 딸려 같이 뛰어가면서 운비는 찜찜한 기분을 떨칠 수가 없었다. 그 말이 어째서 녀석의 입에서 먼저 나온단 말인가.

"누나, 우리 사귀어요!"

평소 다리 근력이 튼튼했기에 망정이지 그 소리를 듣는 순간 한쪽 다리가 휘청 꺾일 뻔했다. 여관방 침대 위에서 마치 대단한 도전을 하는 양 야심 차게 외치는 녀석에게 다시 한 번 놀란 순간이었다. 물론 더없이 바라던 바이긴 하지만 원찬에게 선수를 빼앗겼다는 생각에, 진건의 보이지 않는 압력도 무시해가며 어떻게든 내 남자 한 번 만들어 보리라 흑심을 품었던 것이 그 순간 산산조각 나버렸다. 게다가 아침부터 여자와 여관에서 나온 주제에 손까지 당당하게 잡고 거리를 활보하는 자세라니, 뭔가 이건 아닌데 하는 생각이 운비의 머릿속을 강하게 억눌렀다.

그날 오후 학생 휴게실에서 친구들과 한 쪽에 앉아 장난질을 치고 있는 원찬을, 운비는 멀찌감치 떨어진 테이블에서 팔짱을 낀 채 심각하게 바라보고 있었다. 원찬의 옆에는 혜리라는 여자애도 함께였는데, 저리 아삼삼한 여자애를 두고 비록 스물세 살이긴 하지만 ―재수를 한 덕에 한

살을 더 잡수신 도깨비— 삶에 폭 찌들어 삭아 보이는 선배에게 대시한
저 녀석!

그의 입에서 사귀자는 말이 튀어나왔을 때 느꼈던 은근한 패배감이 바
로 그것이었다. 주도권을 빼앗겼다는 것. 쩝!

제 입으로 난 남자잖아요, 했던 것처럼 그건 남자들의 속성이 아니던
가. 하지만 원찬은 아무리 섹시한 미소년일지라도 운비에게는 마음껏 데
리고 놀 수 있는 스물한 살의 어린애에 불과했다. 야들야들한 —유들유들
일 수도 있겠으나— 원찬에 비해 운비는 그 이름도 무시무시한 도깨비가
아니던가.

"좋아, 까짓 거. 원래 연상 연하 커플들은 남자들이 의식적으로라도 주
도권을 잡으려 한다잖아. 귀여워서 봐줬다."

건너편에 앉았던 용택이 혼자 무어라 구시렁거리는 운비를 보고 의아
한 눈초리를 했다.

"연상 연하 커플?"

그 부분만 제대로 들은 모양이다. 용택은 곧 운비의 시선을 따라 원찬
을 흘끗 쳐다보다가 정색했다.

"너 진짜……!"

기세가 꼭 패 죽일 것처럼 굴기에 운비는 지레 찔려서 얼른 실토했다.

"내가 먼저 사귀자고 한 거 아니야."

"그럼 원찬이가? 거짓말하지 마. 그 말을 누가 믿어?"

"못 믿겠으면 직접 물어보든가!"

그때까지도 두 눈만 끔벅대고 있던 기철이 뒤늦게 사태를 파악하고 기
가 질린 표정으로 간신히 입을 연다.

"이제 봤더니 원찬이 저 새끼가 더 별종이었잖아!"

"니들은 친구도 아냐. 나쁜 시키들!"

'시키들'에 힘주어 외친 뒤 벌떡 자리에서 일어난 운비는 바지 주머니
에 두 손을 팍 찌르고 밖으로 어슬렁어슬렁 나갔다. 그런데 휴게실 문을

나서기도 전 어느 틈엔가 보고 원찬이 뒤쫓아 나온다.

"어디 가요?"

"동아리."

"아! 나중에 데리러 갈게요."

"됐어, 인마. 오늘 회식 있을 거야."

"그럼 또 술 마셔요?"

"그러겠지."

"전화할게요."

통통거리며 다시 휴게실 안으로 들어가는 녀석을 바라보는데 기분이 영 명쾌하지가 않다.

"죽겠구만."

운비는 자신이 한심해 죽겠다는 듯 인상을 쓰며 학생 회관 쪽으로 터덜터덜 걸음을 옮겼다.

동아리 방으로 들어가자 대여섯 명의 학생들이 모여 있다가 기다렸다는 듯이 일제히 쳐다본다. 진건이 언제나 그렇듯 무표정한 얼굴로 자리에서 일어나며 덤덤하게 말했다.

"왔냐? 나가자."

"인원이 이게 다예요?"

"그래. 왜?"

"생각보다 너무 적어서요."

"한 학기 하고 나면 힘들다고 도망가는 놈들이 태반이라."

"아, 네."

진건을 선두로 모두 우르르 방을 나갔다.

운비까지 합쳐 인원은 모두 여덟 명. 그 중 여자는 운비 혼자뿐이었다. 물론 그 아무도 운비를 여자로 안 본다는 게 문제였지만.

익히 운비에 대한 소문을 알고 있던 터라, 어쩌면 운비가 차력 동아리에 든 것이 당연하다는 반응들이다. 1학년 가을 축제 때 이미 그녀는 소주 한 상자를 그 자리에서 결딴냄으로써 마의 아성을 다지지 않았던가. 대운동장에서 있었던 그날의 결전은 한국과 일본 간의 경기가 벌어질 때 보다 더 치열했다고 전해진다. 또한, 축제의 장을 즐기는 학생들에게는 대단한 화젯거리가 되었다. 여자가 소주 한 상자를 마셨다는 건 이날 이 때껏 보지도 듣지도 못했을 뿐더러, 교내에서 술고래로 명성을 떨치던 선배를 완전히 보내버렸다는 것만으로도 운비에 대한 소문은 더욱 흉흉해졌다.

하지만 운비가 차력 동아리에 들어온다면 또 이야기는 달라진다. 1학년 시절 운비만 보면 탐을 내는 동아리들이 어디 한둘이었으랴. 가장 욕심을 낸 것은 온갖 운동부와 무술부 동아리들이었는데, 아직 동아리에 들지 않았던 학기 초를 돌이켜 보자.

하교하려고 정류장에서 희수와 서 있다가 몇 명의 특공무술 동아리 학생들과 시비가 붙었더랬다. 남자인지 여자인지 구별이 잘 되지 않는 희수를 보고 희롱을 한 것이 발단이 되어, 세 명의 남학생을 그 자리에서 땅바닥을 기게 만들어 놓았더니 하루아침에 온 학교에 소문이 파다하게 나버렸다. 그러더니 다음날로 당장 서로 자기네 동아리에 들이고자 섭외 전쟁이 벌어진 것이다. 가장 먼저 운비에게 목을 맨 것은 우습게도 그날 많은 학생이 지켜보는 가운데 보기 좋게 깨진 특공무술 동아리였다. 하지만 운비는 여자 뺨치게 생긴 놈과 매일 붙어다니면서 어울리지도 않은 다도(茶道) 동아리에 들어 모두의 기대를 무참히 저버렸다. 다도 동아리의 궂은일을 마다 않던 운비가 1년 만에 탈퇴했다는 소식은, 그나마 많은 동아리에 새 희망을 안겨다 주었다. 운비만 들어온다면 그보다 확실한 홍보 효과는 없을 테니까. 운비 자체로 그들에겐 색다른 마스코트나 다름 아니었으니 말이다.

진건이 제대하면서 그동안 침체해 있던 동아리 방이 단숨에 활기를 되찾더니, 역시 선배만 한 후배 없다. 말 한마디에 천하무적 도운비를 끌어오다니!

새삼 진건이 존경스러워지는 그들이었다.

"자아, 잔 들자."

학교 앞 한 술집에서 자리를 잡고 앉은 진건의 말에 와글와글 떠들던 동아리 녀석들이 일시에 조용해졌다.

"차동(차력 동아리) 만세!"

"만세!"

무슨 괴뢰군 같은 구호를 외친 그들은 사발에 따른 소주를 죽 들이켜고는 머리 위로 탈탈 털어 보였다.

운비의 휴대전화가 울린 것은 사발로 다섯 번 정도 마셨을 즈음이었다. 알딸딸하게 취한 상태로 운비는 전화를 받았다.

[누나?]

"어이, 껌둥이!"

[누나, 취했구나? 어디 있어요?]

"클클. 넌 어디냐?"

[학교요.]

"얼른 집에 들어가라."

[더 있어야 해요?]

"이제 시작인데?"

[그럼 더 기다릴게요.]

진짜 기다릴 폼이어서 냉큼 말을 잘랐다.

"야, 인마. 그냥 가. 언제 끝날지도 모르는데 어떻게 기다려?"

[저번처럼 취하면 어떡해요?]

"진건 선배랑 같이 있으니까 걱정하지 말고 들어가."

[네. 그럼 다시 전화할게요.]

"야. 야, 원찬!"

전화는 이미 끊겼고, 상석에 앉은 진건의 눈빛만이 싸늘하게 와 닿았다. 피부에 차디찬 얼음이라도 맞닿은 듯 움찔 놀라 시비조로 물었다.

“왜요?”

“반항이냐?”

“에?”

“왜 그랬냐?”

두서없이 왜 그랬냐니? 그럼에도 운비는 그 질문에 대답하여야 할 압박감에 시달렸다. 가만 생각해 보면 도깨비는 자신이 아니라 진건이 아닐까 싶을 정도다. 낮도깨비 같은 놈!

“뭐, 뭐가요?”

“또 못 알아듣는 척이냐? 원찬이 말이다.”

제기랄. 왜 다들 나만 갖고 그래! 흑심은 품었다지만 내가 꼬신 건 아니래도!

“아니, 그건 그 녀석이 먼저…….”

본의 아니게 실토를 하다 말고 불현듯 화가 나서 따져 물었다.

“선배, 진짜 이러기에요? 난 뭐 삼박한 놈이랑 연애 좀 하면 안 되나?”

“상대도 상대 나름이지. 거울 안 봤냐?”

“어우, 진짜 썰렁해서 못 들어주겠네. 걱정 붙들어 매요! 얌전히 다룰 테니까.”

“자기 마음도 제대로 못 다루면서 어떻게 타인의 마음을 다루겠냐.”

“…….”

후우. 입김을 훅 불어 얼굴의 열을 식혔다. 보이지 않게 고문하는 방법이 가히 예측을 불허한다. 좋다! 오늘, 이 낮도깨비의 정체를 꼭 밝혀내고야 말리라!

운비는 다시 한 번 사발을 들어 한 방울 흘림 없이 깨끗하게 비워냈다.

진건은 기어이 다리를 붙잡고 늘어지는 운비를 난감한 듯 내려다보았다. 운비가 너무 술에 취해 바람이라도 쐴 겸 학교로 다시 돌아와 잔디밭에 앉았는데, 해롱거리면서도 바짓가랑이를 꽉 쥐고는 놓지를 않는 것이다. 아무리 가지 않겠으니 놓으라고 해도 소용없었다. 불만과 불평이 가득한 얼굴로 씩씩 콧김만 내뿜고 있다.

"말을 해라. 왜 그러냐?"

운비는 혀가 배배 꼬이는 목소리로 캐물었다.

"선배가 알고 있는 걸 말해 줘. 나한테 뭘 숨기는 거지?"

"숨기긴 뭘 숨긴다고 이러는 거냐? 집이나 대라, 데려다 줄 테니."

진건은 운비의 강짜에도 짚신 찍찍 끄는 소리로 느릿느릿 대꾸했다.

"씨발, 그게 아니라니까! 희수에 대해 뭘 알고 있느냐고!"

"이 노움! 선배 앞에서 욕지거리나 하고 안 되겠구나. 엎드려뻗쳐!"

"에?"

엎드려뻗치라니, 이건 또 어느 나라 언어일까?

갑자기 낯선 언어에 운비가 아리송한 얼굴을 하고 있자 진건이 그 의미를 확실히 일깨워주었다.

"내 말 안 들리냐? 대가리 박으란 말이다!"

"에에?"

"하나…… 둘……!"

하늘 같은 선배의 명령이라 비틀거리는 몸으로 머리를 잔디밭에 거꾸로 처박았다. 손을 열중쉬어 자세로 취해보려 했으나 술에 만취하여 용이치가 않았다. 제대로 중심을 잡지 못해 옆으로 픽픽 넘어가는 운비에게 진건이 다시 한 번 엄격한 소리로 꾸짖었다.

"이놈의 자식! 똑바로 못 할까?"

머리 위에서 천둥이 꽝꽝 내리치는 소리에 운비는 시끄러워서라도 일단 말을 들어야겠다고 생각했다. 술이 머리꼭지까지 찼는데 거꾸로 처박고 있으려니 토가 쏠린다. 우욱!

"엄살 부릴 거냐!"

헛구역질을 하며 옆으로 벌렁 나가떨어지자 진건의 벼락같은 고함이 가차 없이 귓전을 후려친다.

에잇! 되로 주고 말로 받는다더니, 이게 웬 날벼락이야?

상대가 차력 동아리 선배라는 걸 간과했다. 우락부락한 몸치고는 별로 험악한 인상이 아니어서 안심한 데다, 특전사 하사관 출신이라는 게 믿기지 않을 정도로 말투나 행동이 어눌해서 얕잡아 보았던 게 실수다.

"따라 읊어라. 정신일도!"

얼른 머리를 잔디밭에 거꾸로 처박고 혀에 군기를 팍 넣어 큰 소리로 따라 외쳤다.

"정신일도!"

"하사불성!"

"하사불성!"

"열 번 외친다! 실시!"

"정신일도 하사불성! 정신일도 하사불성! 정신일도 하사불성······!"

그때 운비의 바지 주머니에서 휴대전화 벨 소리가 울렸다. 운비는 '정신일도 하사불성'을 정확히 열 번 구호하고서 머리 박은 자세로 주머니에서 부스럭거려 전화를 받았다.

"여보세요. 헉헉!"

[누나, 지금 어디에요?]

"이 녀석아, 조금 있다가 전화하면 안 되겠냐? 헤게겍!"

[누나, 목소리가 왜 그래요? 어디 아파요?]

"조, 조금 있다가 내가 전화 하마. 어흑!"

[어, 왜 그래요? 내가 갈게요. 나 아직 학교에 있어요.]

"일찍, 일찍 들어갈 것이지 여태 학교에서 뭐 하는 거야?"

[도서관에서 공부하고 있었는데······.]

역시 운비와는 차원이 다른 원찬이었다. 운비는 원찬과 대조적인 자신의 모습에 당황할 새도 없이 머리와 발끝으로 균형을 유지하느라 안간힘을 쓰다가 결국 기우뚱 옆으로 넘어가 잔디밭에 픽 고꾸라졌다.

"어이쿠, 나 죽네!"

[헉! 누나!]

그로부터 몇 분 후, 원찬은 필사적인(?) 노력 끝에 교문과 그리 멀지 않은 잔디밭에서 그때까지도 머리를 거꾸로 처박은 운비를 발견했다. 장소를 알아내고자 계속 켜 놓았던 휴대전화를 끄고 한달음에 달려갔다.

"누나!"

무릎을 꿇듯 털썩 그 앞에 주저앉은 원찬은 운비가 하는 꼴을 기가 막혀 쳐다보았다.

"여기서 뭐해요?"

"낑낑. 보면 모르냐? 얼차려 받는 중이잖아."

"그러니까 왜 얼차려 받고 있느냐고요?"

"선배한테 개기면 이렇게 된다."

"혹시 진건 선배 말하는 거예요?"

"끙끙. 말 시키지 마, 힘들어."

"일어나요."

"씨. 누구 맞아 죽는 꼴 보려고 그러냐?"

그러나 원찬은 물러날 기색이라곤 전혀 없이 외려 기분이 언짢은 투다.

"일어나라고요. 혼자서 이게 뭐 하는 짓이에요? 아무도 없구만."

"뭐?"

벌러덩!

중심을 잃고 다시 한 번 나자빠진 운비는 인상을 팍 쓴 채로 내려다보는 원찬을 멀거니 쳐다보았다. 원찬의 말대로 눈 씻고 찾아봐도 진건은 커녕 주위에 사람 그림자 하나 없다.

이게 어떻게 된 거라지? 방금까지도 있었는데.

"무슨 술을 이렇게 많이 마셔요? 그리고 진건 선배도 없는데 누가 얼차려를 줬다는 거야?"

"진짜야……. 방금까지도 여기……."

주정치고는 참 별나게도 한다. 그런 생각에 원찬은 더더욱 속이 상했다.

"어휴, 얼굴이 이게 뭐야? 안 되겠다, 업혀요."

"뭐?"

"집에는 가야죠. 또 여관에서 잘 거예요?"

"아, 아니……."

원찬과 사귀기로 한 마당에 앞으로 함께 여관에 갔다가는 감당하지 못할 일이 생길지도 모른다. 지난밤에는 간신히 참았다만 또 한 번 그런 기회가 온다면 그때는 무슨 짓을 할지 운비 자신도 알 길이 없었다.

여관이란 소리에 번쩍 정신이 드는 찰라, 운비는 벌써 원찬의 등에 업혀 있었다. 누가 볼까 무섭다. 그것도 완전히 술에 뻗어서 둘러맨 정도라면 모를까, 도깨비가 자기보다 두 살이나 어린 남자의 등에 업혀 가다니 학교 신문에 대서특필될 일이 아닌가. 게다가 정신이 점점 말똥 해져 오니 처음 업혀 보는 남자의 등이 어색한 건 당연하다.

'에이 씨, 쪽팔려 죽겠네. 그 낮도깨비 같은 인간은 대관절 언제 사라진 거야?'

문득 그런 생각이 들긴 했다. 이게 정말 다 술에 취해서 혼자 한 생쇼는 아니었을까, 하는. 정녕 그게 사실이라면 아주 갈 때까지 간 거나 다름없다. 주사도 그런 주사는 없을 테니. 아이고, 도깨비의 아성도 이제 내리막길이로구나.

그나저나 무거워 낑낑거릴 줄 알았더니 원찬은 별 힘든 기색 없이 씩씩하게 잘도 걸어간다. 야하, 갈수록 놀랍고 신기한 마음에 어깨너머로 두 팔을 축 늘이고 있다가 녀석의 목을 착 감으며 물었다.

"무겁지?"

"아뇨. 생각보다 가벼운데요."

"자식, 기특하네."

"남자가 이 정도도 못 업나, 뭐."

으쓱해 하는 투에 운비도 마음이 대책 없이 훈훈해진다.

"원찬."

"네?"

"고맙다."

"뭐가요?"

"그냥."

"술 마시지 마요."

"어?"

"앞으로 술 마시지 마."

오싹!

엥? 뭐, 뭐지, 이 기분은?

원찬의 한마디에 등줄기로 긴장감이 쫙 돌아 운비는 이것 역시 술 탓이라 억지로 주워섬겼다. 하지만 마음과는 달리 입에서는 걱정스러운 물음이 새어나왔다.

"화났냐?"

"앞으로 한 번만 더 이 모양으로 술 취해 있으면 진짜 화낼 거야."

어느새 원찬이 뒷말을 깔끔하게 생략하고 있다는 사실조차 인지하지 못한 채 운비는 원찬의 등 뒤에서 열심히 고개를 끄덕였다. 자신이 생각해도 술에 취해 혼자서 거꾸로 머릴 처박고 있었다는 게 한심스러웠던 것이다. 더욱이 이것도 불알 찬 남자 새끼라고 등이 화투판처럼 널찍한 게 꽤 편안하고 마음에 든다. 원찬의 어깨에 머리를 걸치고는 스르르 눈을 감았다. 가슴 속에서 콩닥콩닥 콩 볶는 소리가 들려온다. 입안으로도 고소한 맛이 감돌아 슬며시 입가에 미소를 머금은 채 어느 틈엔가 모르게 잠 속으로 폭 빠져들었다.

등 뒤에서 쌕쌕 숨 쉬는 소리를 들으며 원찬은 빙그레 웃음 지었다. 새벽녘에 잠에서 깨어났을 때 솔직히 깜짝 놀랐다. 잠결에 어렴풋이 여관이려니 생각은 했지만 운비가 가지 않고 여태 함께 있을 줄은 몰랐던 것이다.

'뭐야, 이거? 같이 잔 거야? 헉!'

놀라서 자리에서 일어나려던 원찬은 문득 곤하게 잠이 든 운비에게 시선을 고정했다. 이상스레 가슴이 불에 덴 듯 화끈 후끈거린다. 달걀형의 갸름한 얼굴에 길고 짙은 속눈썹은 눈을 떴을 때 부리부리하던 인상은 오간 데 없이 가냘픈 꽃잎처럼 가지런히 내려앉아 있었다. 도톰한 입술은 화장기 하나 없이도 충분히 매혹적이었고, 약간 까무잡잡한 피부는 초콜릿처럼 혀로 핥아보고 싶을 정도로 먹음직스러웠다. 자기도 모르게 침을 꿀꺽 삼키며 깊은 잠에 빠진 운비를 가만히 보고 있노라니 심장이 흙길을 달리는 마차 바퀴처럼 덜그럭거리기 시작했다. 이끌리듯 손을 뻗어 운비의 볼에 갖다 대려다 별안간 우뚝 정지한 원찬의 얼굴이 묘하게 구겨졌다. 몸에 이상이 온 것이다. 아랫도리부터 퍼진 열이 순식간에 얼굴까지 확 뻗쳐올랐다.

'흡!'

입술을 꽉 깨물며 두 다리를 오므리고 손으로 얼른 자신의 중심부를 지긋이 내리눌렀다.

'어으……, 으으……!'

낭패다. 거칠게 꿈틀대는 욕정을 가누지 못해 어쩔 줄 몰라 하며 원찬은 운비가 깨지 않도록 조심조심 침대를 내려와 잽싸게 화장실로 숨어들었다. 물론 건강하고 사지육신 멀쩡한 남자이기에 성적 욕구를 한 번도 느껴본 적이 없다면 거짓말이겠지만, 그건 어디까지나 상상 속의 여자나 동경하던 이상향을 두고 하는 자위 정도였다. 처음 운비를 보았을 때 그 묘한 분위기에 취해 마음이 쏠렸던 건 사실이지만, 이렇게 사람을 앞에 두고 성적 욕구가 불같이 일 줄은 몰랐다.

더욱이 그 황홀감이란 이제껏 해왔던 자위와는 차원이 달랐다. 혹여 운비가 잠에서 깨어 화장실에라도 올까 봐 숨을 죽이며 몰래 자위를 하는데도 욕구불만으로 미칠 것 같았다. 그나마 정신이 말짱한 놈이었기에 망정이지 그도 저도 아니었으면 당장에 침대로 뛰어들었을 거다. 이런 혼란 속에서 후환이 두렵다거나 할 이성을 차리기는 심히 어려운 일이지 않은가.

입안에 가득 고이는 달큼한 침을 열로 들끓는 목구멍으로 꿀꺽 삼키며 부지런히 손을 놀렸다. 물론 머릿속으로는 운비의 숨겨진 가슴과 매력적인 엉덩이와 상상만 해도 미칠 것 같은 거기를 생각하면서.

"아아……!"

운비의 아름다운 여성 속으로 깊이 빨려 들어가는 상상이 극에 달하자 머리가 통째로 불 속에 처박히는 느낌이 드는가 싶더니 전신으로 그 불길이 확 번진다. 신음 앓는 소리가 밖으로 새어나갈까 걱정은 되면서도 한 번 발동이 걸리자 정말이지 통제 불능이었다. 이렇게 상상만으로도 좋은데 직접 하면 과연 어떤 느낌일까.

"어흐흑……! 하아, 하아……아앗!"

눈앞이 아릿해지는 찰라, 몸 안에 잔뜩 고여 있던 우윳빛의 액체가 힘차게 분사되었다.

원찬은 거친 숨을 들이켜며 변기 위에 무너지듯 주저앉았다. 다리가 후들거려서 서 있기가 힘들었던 탓이다. 그 사이 운비가 깨지 않은 것이 천만다행이랄까. 재빨리 화장지로 젖어 있는 자신의 중심과 손을 닦아내고서 비척거리며 일어나 옷을 벗고 한바탕 샤워를 했다.

침대로 돌아왔을 때 운비는 그 자세 그대로 곤히 자고 있었다. 가만히 자는 얼굴을 내려다보고 있노라니 마치 그녀를 억지로 범한 것 같은 죄의식이 일었다. 하지만 솔직히 말하자면 자위를 하고 난 후에도 안고 싶다는 생각은 여전했다. 그냥 보고만 있는데도 뜨거운 침이 입안에 가득 고이며 두 손은 아름다운 여체를 만지고 싶어 그닐거렸다. 그 순간 운비를 처음 보았을 때 그녀에게서 내뿜어지던 빛 무리가 한 마리의 물고기가 되어 심장을 뚫고 헤엄쳐 들어오던 느낌이 고스란히 되살아났고, 울컥하고 무언가가 목구멍까지 치받쳐 올라와 따끔거렸다.

이루 말할 수 없이 혼란스러운 기분, 이런 감정이 사랑이라는 걸까?

불현듯 사랑에 관한 깊은 깨달음을 얻은 것처럼 원찬은 머리가 떵하게 울려서, 자고 있는 운비를 멍하니 내려다보았다.

　날이 환하게 밝아서야 잠에서 깨어난 운비는 아무리 후배라지만 남자와 단둘이 여관에서 밤을 보냈다는 것에 당황하는 기색조차 없었다. 운비의 성격상 예상했던 바이긴 하지만 너무 덤덤하니 자신이 남자로 매력이 없나 싶은 생각이 들어 원찬은 괜한 심술이 돋았다. 그리고 자신마저도 아무 일 없었다는 듯 여관방을 나가면 평생 후회할 것 같다는 생각이 들었다. 지금 생각해도 어디서 그런 용기가 나왔는지 모르겠다.
　"누나, 우리 사귀어요!"
　그 말을 듣고 충격을 심하게 받았는지 운비는 한동안 꼼짝 않고 서서 쳐다보기만 했다. 그러더니 아무 말 없이 돌아서 화장실로 향하는 것이 아닌가.
　잠시 후 화장실에서 도로 나와 세수를 했는지 수건으로 얼굴을 벅벅 닦고 난 다음, "나가자." 한마디 한 것이 다였다.
　여관에서 나와 운비를 쫓아가면서도 어떻게든 설득해야겠다는 마음뿐이었다. 운비를 놓치면 후회할 것 같다는 생각밖에는 아무것도 떠오르는 게 없었다. 어떻게든 이 여자를 내 여자로 만들리라, 원찬은 남자로서의 소유욕과 승부욕이 급상승하는 것을 느꼈다.
　그리고 마침내 그녀가 허락을 했다. 좀 더 시간이 걸리지 않을까 했더니 뜻밖에 순순히 응한 것을 보면, 그간 단순한 남자 후배로서 예뻐했던 게 아니었던 거다. 틀림없이 마음에 있었던 거야. 도깨비도 이 최원찬을 남자로 보고 있었던 거다.
　운비를 업고 가는 원찬의 발걸음이 한결 가벼워졌다. 도깨비의 단독 취재권을 얻은 것도 감개무량한데, 이젠 선후배 사이가 아닌 진짜 연인이라니 새삼 감격이 물결친다. 이 얼마나 꿈같은 일일 것인가.
　비록 술에 만취해 혼자 머리를 거꾸로 처박고 잔디밭을 구른다 해도, 교내의 모든 이들이 도깨비 같은 운비를 괴물 취급한다 해도 원찬의 눈에는 운비가 마냥 사랑스럽고 예쁘기만 한 것을. 어쩌다 이런 도깨비에게 필이 꽂혔는지는 모르겠으나, 그에게는 그 누가 뭐라 해도 엄연한 사랑이며 단 하나의 여자였다.

****

"어제 어떻게 된 거예요?"

강의실에 들어가자마자 진건에게 다가간 운비는 대뜸 따져 묻기부터 했다. 진건은 되레 자기가 물어보고 싶은 말이라는 듯 운비를 빤히 쳐다보았다.

"술 마시다 갑자기 사라져 버리는 게 버릇인 줄 알았다."

그 옆의 빈자리에 엉덩이를 끼어 앉으며 운비는 어울리지도 않게 놀란 토끼 눈을 했다.

"정말 어제 나랑 같이 있었던 거 아니에요?"

"뭔 소리냐? 또 무슨 사고 쳤냐?"

"아니요, 그런 게 아니라……. 근데 어떻게 전화도 한 통 안 할 수가 있어요? 술을 마시다 사람이 사라졌는데 걱정도 안 돼요?"

진건은 별거지 같은 소리를 다 듣겠다는 듯 혀를 차며 비웃었다. 하지만 그의 입에서 나온 소리는 평소답게 간단명료했다.

"다음에는 전화 하마."

어젯밤 택시를 타고 집 앞까지 고이 모셔다 준 원찬을 생각할 때 한 가닥 희망은 이렇게 하여 물거품처럼 사라져 갔다. 혼자서 그런 미친 짓을 했다는 게 아침에 깨어나니 더욱 창피해서 원찬에게 정말로 얼차려를 받았다는 걸 입증해 보이고 싶었는데 허사가 되고 만 것이다.

게다가 온종일 자신을 바라보는 사람들의 시선이 어제 다르고 오늘 다르자 운비는 뭔가 심상치 않은 기운을 감지했다. 한마디로 날도둑 내지는 날건달 취급하는 눈초리들이다.

"뭐야, 저것들? 왜 사람을 저런 눈으로 보는 거야?"

휴게실에서 나오다가 운비가 기분 나빠서 더는 못 참겠다는 듯이 팩 쏘자, 함께 나오던 용택이 당연하지 않으냐는 투로 말했다.

"어제 원찬이가 너 업고 갔다며? 이제 숨길래야 숨길 수도 없게 되어 버렸다."

"뭘 숨겨야 하는데?"

"너랑 원찬이 사귀는 거."

"그걸 왜 숨겨야 하는데?"

"허! 얼굴도 두껍지."

용택은 끝내 빈정거리며 가버렸고, 기철이 혀를 쯧쯧 차더니 안타깝다는 듯 주절댔다.

"이제 막 피기 시작한 꽃망울인데 아깝다. 쩝."

"이런 씨부럴 놈들이! 다 뒈지고 싶냐?"

단대가 떠나갈 듯 고래고래 악을 쓰고 있자니 원찬의 얼굴이 둥실 운비의 앞에 나타났다. 기철의 표현으로는 이제 막 피기 시작한 꽃망울인 원찬. 성질난 김에 악부터 쓰고 봤지만 운비 스스로 생각하기에도 자신에 비해 아까운 녀석이라는 생각이 들긴 한다. 어디서 이런 매력 덩어리를 만날 수 있을 것인가. 복 받은 게다.

살랑살랑 봄바람처럼 부는 따사로운 눈빛에 운비는 언제 욕을 하고 화를 냈냐 싶게 그만 눈이 해실 풀어져 버렸다.

"왜 그래?"

어제 부로 원찬은 아예 뒷말을 싹둑 해 잡숴서 정말 남자친구 같은 인상을 풍겼다. 그랬으니 저것들이 눈치를 안 채고 배겨? 그렇다 해서 사람을 이렇게 모독할 수는 없잖은가. 도깨비와 별종이 사귀면 왜 안 되는데? 도덕적으로 하자 있어, 법적으로 금지 시켜 놨어?

불현듯 분이 올라 이를 바드득 갈다가 원찬의 걱정스러운 기색을 보고 억지로 마음을 가다듬었다.

그래, 이 정도 모욕쯤이야. 누가 보더라도 삼박한 녀석을 학기 초부터 꿰찼으니 부아가 나기도 하리라. 흥! 그렇다고 이 도깨비가 기죽을 줄 알고? 어림도 없다. 더 보란 듯이 연애할 테니 두고 봐라.

"오늘도 도서관 가나?"

"응. 잠깐 신문사 갔다가. 누나는?"

이왕이면 저놈의 누나 소리도 때려치웠으면 좋으련만.

하지만 이 상황에서 서로 이름까지 부르는 지경에 이른다면, 더 엄한 인간으로 몰릴 우려가 있으니 참기로 한다.

"어제 어머니가 아무 말씀도 안 하셔?"

같이 학생 회관 쪽으로 걸어가며 원찬이 묻기에 운비는 아침으로 기억 회로를 돌렸다. 사실로 말하자면 학교에서 받은 시선이 그렇게 낯설지만은 않다. 그런 시선은 이미 집에서도 한 차례 받고 나온 참이었으니까. 엄마를 비롯해 여동생, 남동생, 심지어 이 층에 세 들어 사는 새댁까지 구린 눈으로 쳐다보았던 것이다. 왜 그러는지 아침에는 바삐 학교로 오느라 물어보지 못했지만 지금 생각하니 알만도 하다.

"내가 어제 말했는데, 누나 남자 친구라고."

더욱 알만 하다.

"근데 말야."

우울한 마음을 달래며 걷고 있는 운비에게 원찬이 무겁게 목소리를 깔았다. 운비는 본능적으로 그의 목소리에 귀를 기울였다.

"누나, 욕 안 하면 안 돼?"

"뭐?"

원찬은 짐짓 완고한 표정을 지으며 엄포를 놓는다.

"욕하지 마. 누나가 욕하는 거 싫으니까."

이 자식이 보자, 보자 하니까!

마음은 그러했지만 운비는 딱딱하게 굳었던 마음이 금세 흐물흐물 녹아내리는 걸 느꼈다. 그의 말이 강압적이라기보다 간곡한 바람처럼 들려왔기 때문이다. 원찬이 진지하게 목소리를 깔며 말을 할 때는, 그게 명령조일지언정 꼭 애달픈 간청처럼 들려온다. 어젯밤, '술 먹지 마' 했을 때처럼.

"욕 안 할 거지?"

확인 도장 찍듯 나직하게 이르는 음색에 이제 하락세에 접어든 도깨비의 아성은 그렇게 무너져 가고 있었다.

빌어먹을. 그래야지만 사랑을 입증이라도 할 수 있는 것처럼 원찬은 단호한 어투다. 간밤에 혼자 머리 처박고 생쇼를 했던 게 실상 진짜 생쇼임을 확인한바, 이토록 암울할 수는 없다고 운비는 속으로 부르짖었다. 그럼에도 그녀의 입에서는 달콤한 사탕 굴리는 듯한 목소리가 사르르 흘러나왔다.

"그래, 노력해 볼게."

가슴이 아달달 떨려오는 게 아무래도 전생에 꽃미남과 정분을 못 맺어 한 맺혀 죽은 게 분명하다. 막상 욕을 안 하겠다고, 아니, 노력은 해보겠다고 약속은 했지만 약속을 하자마자 욕이 하고 싶어 미칠 지경이다. 이토록 욕에 중독되어 있었다는 걸 운비 자신도 새삼 자각할 만한 것이었다. 그리고 처음으로 욕쟁이인 자신이 창피했다.

그래, 어느 남자인들 자기 여자 친구가 욕을 입에 달고 산다면 좋다고 할 것인가.

그럼에도, 원찬이 나중에 동아리로 직접 데리러 오겠다는 말을 남기고 신문사 쪽으로 통통거리며 사라져간 후 동아리 방에 앉아서도 운비는 욕 금단 현상에 시달렸다. 괜히 사지를 한 번씩 부르르 떨지를 않나, 때때로 어디가 가려운 듯 온몸을 비비 꼬면서 불편한 기색인 운비를 보고 책상 앞에 앉아 있다가 진건이 한마디 했다.

"드디어 알코올 중독 증세가 오는 거냐?"

욕을 할 수 없기는, 하늘 같은 선배인 진건의 앞에서도 마찬가지인 터에 ―실수로라도 그랬다간 어젯밤처럼 얼차려를 줄지도 모를 일이다―

운비는 우울하게 대꾸했다.

"이젠 술 안 먹기로 했어요."

"허허. 간만에 듣는 올바른 소리로구나. 얼마나 갈지 알 수는 없다만."

"원찬이랑 약속했어요."

진건은 눈이 휘둥그레져 쳐다보았다.

"원찬이가 술을 마시지 말라고 해?"

"네. 자식이 그래도 남자라고 명령조로 말하더라고요. 다시 봤네."

"어허허. 그렇구나."

상대가 도깨비라는 것에 굴하지 않고 남자답게 세게 나가는 원찬이 대견하다는 듯 진건이 너털웃음을 웃자, 운비는 내친 김에 오늘 한 약속까지 털어놓았다.

"욕도 하지 말래요, 듣기 싫다고. 우후후후. 녀석, 제법이죠?"

나름 호응을 얻고자 한 말이었는데, 진건은 조금 전과는 상반되게 정색하며 대꾸한다.

"그런 식으로 날 회유할 생각일랑 마라. 실컷 약속해 놓고 안 지키면 원찬이를 더 힘들게 하는 거다. 사랑이란 게 그저 귀엽다고 오냐, 오냐 해줄 차원인 줄 아냐? 쯧쯧. 그래서 원찬이 같은 녀석과 끝까지 사랑을 일구어낼 수 있겠냐? 준비해라. 오늘부터 본격적인 수련이다."

벼락 맞아 뒈질 놈!

이보다 더 모진 욕을 해 줄 수 있었지만, 원찬과의 약속도 있는 터라 한 단계 낮췄다. 운비는 벌떡 일어나 두 주먹을 부르르 떨고는 자신의 담당도 아닌 장비들을 아무거나 집어들고 밖으로 저벅저벅 걸어나갔다.

이제 막 장비를 챙겨들려던 다른 녀석 하나가 씩씩거리며 나가는 운비의 뒤통수에다 대고 어버버 말을 내뱉었다.

"그, 그거 내 담당인데……"

거기에다 대고 진건이 냉정히 한 마디 더 보탰다.

"내버려둬라, 힘이 남아도는 애다."

진 짜 도 깨 비

“으허허헝…….”

도대체가 울음이 그치질 않는다. 이곳이 교내 잔디밭 어디쯤 된다는
건 알겠는데, 같이 있는 사람이 정확히 누구인지는 알 수가 없다. 그런데
도 나는 그 누군가의 바지 자락을 붙잡고 쏟아져 나오는 울음을 주체 못
해 펑펑 울었다. 어찌나 격렬하게 울어댔던지 상대도 꿀 먹은 벙어리처
럼 계속 말이 없었다.

가끔은 술에 취해 아무 잔디밭에나 뒹구는 놈들 앞에 출몰한다는 진짜
도깨비. 문득 내 앞에 앉아 있는 놈이 진짜 도깨비는 아닐까 생각해 보았
지만, 그보다 나는 더 심각한 일에 빠져 아닌 밤중에 대성통곡을 하고 있
는 것이었으니.

희수가 트랜스젠더라는 걸 알고 난 이후, 나의 화려했던 대학시절은
그것으로 막을 내리는 듯했다. 하루가 멀다 하고 강의실에 앉아 있는 시
간보다 술집에 앉아 있는 시간이 더 많았으며, 집에서 보내는 시간보다

학교 잔디밭에서 뒹구는 시간이 일주일에 족히 닷새는 되었다. 바야흐로 도깨비의 암흑시대에 도래한 것이다.

그날도 어김없이 술집에 죽치고 앉아 있는 나를 찾아낸 건, 용택과 기철이다. 그때 이미 술에 만취한 상태라 이후의 기억이 하나도 안 나지만, 어쨌든 나는 누군가와 학교 잔디밭에 퍼질러 앉아 있었다.

“희수가…… 으흐흐흑. 희수가…… 으어어엉…… 여자래. 여자래, 으허허헝. 이제 난 어떡하라고. 내가 절 얼마나 사랑하는데. 제기랄, 저랑 나랑 뒤집어 나왔으면 얼마나 좋아. 나 이제 어떡해. 엉엉.”

누군가의 다리 가랑이를 붙잡고 쏟아놓았던 통곡. 하지만 나는 그때의 기억을 하지 못한다. 왜냐하면 완전히 필름이 끊겨 있었으니까. 아무에게도 하지 못한 말. 희수를 생각해서 앞으로도 하지 못할 말. 그와 아니, 그녀와 나 사이에 찢어 죽일 사랑 말고 하나 남은 게 있다면 그 비밀이었다.

고통 속에 몸부림치며 잔디밭을 굴렀던 것만 어렴풋이 기억난다. 머리를 수도 없이 잔디밭에 찍었던 것도 기억난다. 머리에서 피가 흐르고 너무 울어서 나중에는 목이 쉬어 완전히 잠겨버렸던 것도 기억난다. 그런데 왜 그 얼굴만은 기억나지 않는 걸까?

나는 아직도 그날 나와 함께 있었던 이가 진짜 도깨비라고 믿고 있다. 이따금 술에 취해 잔디밭을 뒹굴 때면 나타나 나와 술내기를 벌이던 그 도깨비 말이다. 밤새 술을 나눠 마시고 서로 어깨동무를 한 채 덩실덩실 춤을 추던 도깨비. 내가 이 학교에 오기 이전부터 전설로 내려오던 그 도깨비. 누군가 그랬었지. 산을 깎아 학교를 세운 탓에, 갈 곳을 잃은 도깨비가 여태 학교를 제 집 삼아 살고 있노라고.

그러고 보면 우리네 전설 속에 살아 있는 도깨비는 사실 그다지 나쁜 축에 끼지 않았다. 요술 방망이로 착한 사람들에게는 아무 조건도 없이 금덩이, 은덩이로 팍팍 인심도 잘 쓰고, 겨우 호두 바스러뜨리는 소리를 천둥소리로 잘못 알아듣고 꽁지가 빠져라 도망가는 순진무구한 위인들도 그들이었다.

나쁜 게 있다면 다 죄 많은 인간이었지, 적어도 도깨비는 이유 없이 사람을 괴롭히던 종족은 아니었다. 밤새 술 마시고 노래 부르고 씨름도 한바탕 하고 나면 언제 그랬냐 싶게 해가 중천에 떠서 내가 살아있음을 느끼게 해주던 나날들.

그런 화려한 밤은 가고 절망의 세월을 보낼 즈음에도 그 도깨비는 내게 나타나 한 맺힌 나의 절규를 묵묵히 들어주었다. 그렇게 모조리 토해내고 나자 어느 정도 현실을 직시할 수 있게 되어 나는 내가 할 수 있는 한 희수를 도울 길을 찾아보기 시작했다.

그러나 집에서도 가출하여 오갈 데 없는 처지가 되어 버린 희수를 도울 길은 여전히 막막했고, 무엇으로 어떻게 돕겠다는 건지도 기실 알 수 없었다. 그냥 조금이라도 희수와 함께 있고 싶었다. 일본으로 가고 나면 다시는 안 돌아올지 모른다는 두려움에 시도 때도 없이 심장 박동이 멈춰버리곤 했지만, 그것마저도 그의 앞에서 내색하지 못했다. 희수 역시 나만큼이나 힘들고, 아니, 나보다도 훨씬 자신의 미래에 대해 캄캄했을 테니까.

세상 어디에도 환영받지 못하는 그 길을 스스로 선택하고 책임지며 살아가고 싶다고 말했을 때, 나는 희수를 보내줄 수밖에 없었다. 그 누가 함부로 그런 길을 선택하며 자신의 삶을 외면한 채 방관하고 싶겠는가. 내가 그들이 아닌 이상 완벽하게 이해할 수는 없을 것이다. 조금, 아주 조금은 남자로서의 김희수를 사랑했던 만큼 여자로서의 김희수로도 이해하고 싶었다. 그것이 최소한, 사랑했던 이에 대한 배려이며 경의라고 생각했으니까.

성전환 수술을 받고자 일본으로 건너간 희수의 소식은 이후 전혀 알길이 없었다. 나는 희수의 무소식이 희소식이라고 막연히 믿으면서도, 그러나 그가 없는 학교를 나 혼자 아무렇지 않게 다닐 수는 없었다. 공황상태에 빠진 나 자신을 도저히 추스를 수가 없었기에 나 역시도 얼마 후 휴학계를 내고 말았다. 1년 동안 방랑객처럼 전국을 떠돌아다니며 무던히

방황도 많이 했고, 희수를 잊고자 피나는 노력도 했다.

　1년 만에 서울로 돌아왔을 때 나를 기다리고 있던 건 희수가 보낸 편지 한 통이었다. 다행히도 희수의 부모님이 이해해 주셔서 돈을 보내와 생각보다 빨리 성전환 수술을 하게 되었다는 것. 안심이 되었다. 일본에서 돈 벌어 수술을 받으려면 보내야 할 허송세월이 얼마이던가.

　비로소 희수를 마음속에서 덜어낼 수 있었다. 돌이켜 생각하면, 그가 성 정체성을 잃은 트랜스젠더라는 걸 알았을 때 왜 정나미가 뚝 떨어지지 않았는지 신기하다. 아마 자신이 죽도록 사랑하던 남자가 트랜스젠더라는 걸 안다면 어느 누가 충격을 받지 않을까마는, 단박 소름이 끼치기보다 하늘이 무너지는 아픔을 느낀 것은 내가 희수를 얼마나 사랑했는지를 보여준 단면이다. 그는 내게 처음으로 남자에 대한 사랑이 무엇인가를 알게 해 준 사람이었으니까.

　그러던 어느 날 희수가 돌아왔다.

로맨스

희수에게서 전화가 온 것은 운비가 발목에 모래주머니까지 차고서 그 넓은 대운동장을 스무 바퀴나 돌고, 것도 모자라 가져온 장비들로 온몸을 있는 대로 혹사하고 나서 숨이 턱 끝까지 차 질식 직전에 이르렀을 때였다. 바닥에 주저앉아 숨을 헉헉 몰아쉬며 전화를 받았더니 그 안에서 귀에 익은 미성이 들려왔다.

[여보세요.]

목소리를 듣자 운비는 가쁘게 쉬어줘도 모자랄 숨이 일시에 턱 막혀버렸다.

[여보세요? 운비야?]

제기랄.

콧날이 시큰해지면서 눈물이 핑 돌았다. 멈췄던 숨을 한꺼번에 혹 몰아쉬면서 물었다.

"너 어디야?"

[나 서울 왔어. 너 복학했다며?]

복학한 건 또 어떻게 알았는지.

"언제 왔는데?"

[며칠 됐어.]

"씨발, 근데 왜 이제 전화해!"

원찬과 한 약속은 까마귀한테 던져주고 운비의 입에서는 대뜸 욕부터 튀어나왔다.

[해야 할지, 말아야 할지 모르겠어서…….]

"있는 데나 얼른 대!"

희수에게서 장소를 듣자마자 벌떡 자리에서 일어났다. 다들 땅바닥에 줄줄이 늘어져 쉬고 있다가 운비의 거친 기색에 멍한 얼굴을 했다.

"야, 도깨비!"

진건의 부름이 귀에 들려올 턱이 없다. 운비는 그새 쏜살같이 대운동장을 가로지르고 있었으니까.

놀랍게도 희수는 학교 근처에 와 있었다. 그것도 1년 만에 완벽한 여자가 되어서는.

운비는 카페에 들어섰을 때 단박에 희수를 알아보았다. 긴 생머리를 연한 갈색으로 물들이고 진하다 싶을 만치 화장을 하고 있었지만 운비의 눈에는 하나도 낯설지가 않았다. 없던 가슴도 빵빵하여 그 호리호리하던 몸매가 글래머 소리를 들을 만큼 달라졌어도 한눈에 알아볼 수 있었다. 그러나 완전히 달라진 희수의 모습을 보는 순간 가슴이 모래성처럼 와르르 무너지는 느낌은 어쩔 수 없었다. 지난 1년간 상상하고 또 상상해 왔는데도 굉장한 충격으로 다가온다. 충격을 완화하고자 속으로 호흡을 가다듬으며 희수의 건너편에 바삐 엉덩이를 주저앉혔다.

"이렇게 와도 돼?"

걱정스러운 운비의 물음에 희수가 배시시 웃으며 고개를 아래위로 끄덕인다. 밝은 표정인 희수를 보자 운비는 괜스레 울컥했다. 정신없이 달려오느라 말라붙었던 입안을 희수의 앞에 놓인 물 잔으로 허겁지겁 들이켰다.

"후우."

깊은숨을 내뱉는 운비를 보고 희수가 빙그레 웃으며 말했다.

"넌 하나도 안 변했구나?"

희수의 눈빛이 아스라이 가라앉으며 얼핏 물기가 서린다. 일부러 희수의 시선을 피한 운비는 씩 웃으며 대꾸했다.

"도깨비가 어디 가겠냐? 잘 지냈어?"

"응. 너도 잘 지냈어?"

"그럼, 잘 지냈지."

희수의 고운 얼굴을 물끄러미 응시했다. 1년 만에 여자로 거듭 태어난 그. 저 남자 때문에 나사 하나 풀린 기계처럼 종횡무진 하던 대학 1년. 그리고 정말로 나사가 풀려버렸던 그 후 1년. 이젠 남자가 아닌 여자로 나타난 희수를 그래도 미워할 수 없고 원망할 수 없는 자신이 운비는 답답할 따름이다.

두 사람은 그간 1년 동안을 어떻게 지냈는지 시시콜콜 묻지 않았다. 이렇게 멀쩡하게 살아서 다시 만난 것만으로 힘든 시간이 고스란히 덮어졌다. 하지만 성(性)이 바뀌었다 해도 그는 분명한 김희수였고, 달라진 희수를 바라보면서 운비는 처음에는 몰랐던 서운함을 느끼고 있었다. 이제는 정말 여자가 되었구나, 생각하니 마음이 아릿하게 아파왔다. 운비가 알던 김희수는 이제 세상에 존재하지 않는다. 마치 희수가 죽기라도 한 것처럼 기분이 서글프고 이상했다.

희수는 무릎을 살짝 덮은 하늘거리는 치마를 입고 있으니 더욱 여자다웠다. 어깨는 운비보다 동그스름했고 허리는 스칼렛 오하라가 무색할 정도로 가늘었으며 치마 아래로 드러난 종아리는 한번 쓰다듬어보고 싶을 정도로 하얗고 늘씬했다. 그랬으니 지나가는 사람들의 시선을 모조리 그러모은 것은 당연했다. 누군가 자신을 알아볼까 봐 학교 근처에는 얼씬도 안 할 성싶은데, 희수는 자신을 완전한 여자라고 생각했는지 별 거리낌이 없는 태도다. 도리어 누가 알아볼까, 가슴이 오그라든 쪽은 운비였다. 그가 사람들 입에 오르내리는 것이 싫었기 때문이다.

"완전히 돌아온 거야?"

"아니. 다시 일본으로 가야 해. 잠깐 나온 거야."

그 말이 섭섭해서 운비는 그저 고개만 까닥까닥했다.

"나 여기 되게 와 보고 싶었어."

마치 옛 추억을 그리워하는 눈빛이다. 낄낄거리며 농지거리를 주고받던 이곳. 어디 이곳뿐이랴. 복학을 하고도 선뜻 와지지 않던 추억의 장소들이 한두 군데가 아니다. 그런데 이렇게 막상 마주앉고 보니 그때의 감정들이 새록새록 돋아난다. 자꾸만 가슴이 대바늘로 콕콕 찔리는 것처럼 아프다.

희수가 생긋 웃으며 말을 건넸다.

"너 복학했다는 말 듣고 안심되더라. 정말 잘했어."

"복학한 건 어떻게 알았어?"

"그냥."

무슨 대답이 그래? 하고 물으려다가 운비는 그만 입을 다물었다. 알려고만 들면 얼마든지 가능한 일. 직접 학교로 전화해 봤을 수도 있잖은가.

"넌 앞으로 어쩔 셈이야?"

"일본에서 바텐더 수업 받고 있어. 이번에 한국에 나온 것도 그 때문이야."

"바…… 텐더?"

"응."

술도 제대로 못 마시는 사람이 어떻게 바텐더를 한다는 걸까?

"그거 하면 생계는 괜찮은 거야?"

운비는 사실 그게 가장 걱정이었다. 이 여려빠진 것이 외국까지 나가 밥벌이도 못하고 천덕꾸러기처럼 살면 어쩌나, 그야말로 노심초사였던 것이다.

그런데 뜻밖에 희수는 포부가 대단하다.

"그럼. 밤에 일하는 거라 힘이 좀 들긴 하지만, 대신 보수가 세. 돈 벌어서 나중에 내가 하나 차리려고. 요즘 대세가 이색 바거든.”

20세기와 결별하고 새로운 패러다임이 적용되는 21세기.

그러나 IMF 후유증으로 말미암은 전반적인 경기침체 속에서 술집들도 대부분 불황을 겪던 그때, 일부 고급 주점이나 나이트클럽 등 호화판 업소는 이에 아랑곳없이 성행하는 대조를 보였다. 그에 따른 젊은 층을 위한 술집은 그들의 개성과 취향에 따라 더욱 세분화되는 시기이기도 했다. 소주방에 이어 소주 바 스타일의 업소가 등장하는가 하면, 카페 바, 클래식 바 등 기존의 요란한 음악 대신 조용하고 차분한 분위기의 바가 선보였고, 같은 취미를 가진 사람들끼리 모이는 스포츠 바, 바텐더가 마술을 부리며 손님을 끄는 매직 바, 포장마차 형식의 텐트 바 같은 이색 바들이 속속 생겨났다.

희수가 말하는 이색 바란, 이런 특색 있는 바들 중 하나이리라.

“부모님은 허락하셨어?”

“지금이야 내가 뭘 한다고 해도 어쩔 수 없잖아. 그저 사람 구실만 하고 살았으면 하셔. 그러지 말고 오늘 나랑 같이 갈래?”

“어딜?”

“실은 아는 선배가 거기서 일하는데 배울 점이 많다고 그래서. 어차피 너도 만났으니 술 한 잔 해야지.”

“어? 그, 그래야지……”

술 얘기가 나왔을 때에야 운비는 원찬의 얼굴을 번뜩 떠올렸다.

희수에게 원찬에 대해 말해야 하나, 말아야 하나?

희수가 운비에게 전화를 해야 하나 말아야 하나 고민했던 것처럼, 운비 역시 희수를 앞에 두고 그런 고민에 싸여 있었다. 어쩌면 너무 이르다는 생각도 들었다. 희수가 일본으로 돌아가는 날 얘기해도 되지 않을까? 아니면 술을 한 잔 하면서 자연스럽게 말을 꺼내도 되겠지.

한 가지 걱정으로는 술을 안 먹겠다고 원찬과 약속한 게 마음 한켠에 켕겼다.

'그래. 노력해 보겠다고 했지 완전히 안 먹겠다고 한 건 아니잖아? 더구나 희수를 이렇게 다시 만났는데 술도 한 잔 같이 안 한다는 게 말이 돼? 말하지 않는 이상 원찬이가 알 리도 없고, 나중에 전화 한 통만 해주면 되지.'

애써 자신의 속셈을 합리화시키면서 앞에 놓인 주스를 한 모금 입에 넣었을 때였다. 귓전으로 낯익은 목소리가 날아와 박혔다.

"누나!"

컥!

운비의 입에 담겨있던 주스가 잔 안으로 와르르 쏟아졌다. 놀라서 고개를 들자 원찬이 같이 온 친구들에게 양해를 구한 뒤 이쪽 테이블로 성큼성큼 다가오는 게 아닌가!

녀, 녀석이 여길 어떻게?

운비는 당황한 나머지 얼굴이 시뻘겋게 달아올랐다.

"원, 원찬아."

원찬이 운비의 맞은편에 앉은 희수를 고개를 기우뚱 기울여 쳐다보았다. 이 예쁜 아가씨는 누굴까?

"안녕하세요?"

인사성 바르기로 소문난 원찬은 희수에게 경쾌하게 인사를 건넸고, 운비는 누구라고 소개를 해야 할지 무척 난감했다.

"네, 안녕하세요?"

상냥하게 인사를 받은 희수는 난처해하는 운비에게 누구냐 묻듯 눈짓을 했다. 그런데 원찬이 한발 빨랐다.

"깨비 누나 친구신가 보죠? 전 깨비 누나 남자 친구, 최원찬입니다."

윽!

펑! 하고 폭탄이 머릿속에서 터지면서 운비는 아찔함에 두 눈을 질끈 내리감고 말았다. 고민하고 머리 굴릴 것도 없이 상황 종결.

"네? 남자…… 친구요?"

희수도 이런 충격은 자신이 트랜스젠더라는 걸 알게 된 이후 다시는 없다는 표정이다. 두 여자에게 강한 충격파를 안겨주고 원찬은 속으로 픽 웃었으나 겉으로는 한껏 예의를 갖춰 물었다.

"괜찮으시면 잠깐 앉아도 될까요?"

"네, 그럼요."

운비는 원찬의 넉살에 생전 겪어보지도 못했던 가슴 조마조마함을 경험했고, 운비의 옆에 떡 하니 자리 잡은 원찬은 슬며시 눈을 굴려 희수에 대한 본격적인 탐색에 들어갔다. 무척 예쁘다. 깨비가 예쁘니 이런 친구 하나 정도는 있으리라 예상했던 바지만, 정말 지나치게 예쁘다. 너무 예뻐서 뭔가 어색할 정도로.

"성함이 어떻게 되세요?"

원찬의 물음에 희수는 운비의 눈치를 한 번 힐끗 보고 나서 뜻밖에 담담하게 대답했다.

"김희수예요."

운비의 심장이 덜컥 굳어졌다.

희수도 이제 자포자기한 건가? 아니면 제 입으로 자신의 이름을 말할 수 있을 정도로 당당해진 것인가?

"누구…… 라고요?"

좀 전 희수가 원찬의 입에서 깨비의 남자친구라는 말이 나왔을 때 보였던 반응과 똑같은 어투다.

"김희수요."

환장하겠군.

"아……! 그럼 깨비 누나랑 같은……."

"네."

원찬은 희수에 대한 궁금증이 이제야 확실히 벗어진 듯 짐짓 개운한 표정을 지어 보인다.

음, 어쩐지. 저 사람이 바로 그 문제의 김희수였군.

작년인가 기철의 자취방에서 보았던 앨범 속의 사진. 사진 속에서도 운비 옆에 늘 붙어 있던 남자를 떠올리자 원찬의 미간이 살짝 접혔다. 다시 보니, 사진 속의 남자 얼굴과 오버랩되면서 조금 남다른 기분이 들었다. 운비의 옛날 남자 친구라고 한다면 괜한 경계심부터 들었겠지만 지금은 감정 정리가 잘되지 않는다. 이젠 옛날 남자 친구가 아니라 여자 친구라 해야 맞는 건가?

동일인이 확실한데 성이 완전히 뒤바뀌어 나타난 희수를 보니 적잖은 충격이었다. 그러니 운비의 심정은 어떠했을지 상상이 되고도 남는다. 원찬은 희수보다 운비에게 더한 측은함을 느꼈다.

그날 운비는 희수가 가보자던 술집까지 원찬과 동행했다. 운비로서는 원찬과의 동행이 그리 달갑지 않은 게 사실이었으니, 몰래 술을 마시려고 음모를 꾸몄던 것도 그러하거니와 희수와 함께라는 것에 몹시 마음이 불편했다.

외관에 못지않게 내관도 화려한 맛이 나는 바(bar)는, 들어서자마자 그 열기가 대단했다. 출입문을 열고 들어가자 정면으로 보이는 긴 바(bar) 앞에서 남자 바텐더가 한창 마술쇼를 벌이고 있었다. 바텐더가 검은색 손수건을 빈 칵테일 잔 위에 덮고 다섯 손가락으로 사라락 기를 불어넣자, 들썩이던 바(bar) 안이 일시에 조용해진다. 마술사 바텐더는 칵테일을 주문한 앞좌석 여자의 귓불을 슬쩍 만지는 척하더니 마지막 기운을 그 속에 훅 불어넣었다. 마침내 손수건을 거둬내자 비어 있던 칵테일 잔 안에 색깔도 야릇한 핑크빛 칵테일이 담겨 나왔다. 손님들이 우와, 함성을 지르며 요란하게 박수를 쳤고, 바텐더에게서 칵테일을 받아든 여자 손님은 신기하고 신비로운 기분에 볼에 홍조를 띠었다. 그것은 일종의 이벤트였지만 실지로는 처음 보는 광경이어서 운비는 잠깐 넋을 놓았다. 이곳이 요즘 새로이 각광받고 있다는 바로 그 매직 바인 모양이다.

설마 희수가 마술을?

운비는 흥분으로 고조된 희수를 흘끗 쳐다보았다. 이전에는 볼 수 없는 생동감이 희수의 얼굴에 만연해 있었다.

희수는 누군가를 알아보고는 종종걸음으로 달려가더니 어정쩡하게 서 있는 운비에게 오라는 손짓을 했다. 어슬렁거리며 바(bar)로 다가가자 안쪽에 서 있던 또 다른 여자 바텐더가 반갑게 인사를 했다.

"안녕하세요?"

"네, 안녕하세요?"

"내가 말했었지? 도깨비라고……."

"어머! 정말 그분이야? 어머, 어머!"

여자는 호들갑스럽게 손뼉을 짝짝 치며 좋아했다. 아마도 희수가 여자에게 자신의 이야기를 한 모양이라며 운비는 괜스레 얼굴을 붉혔다. 자기가 희수를 열렬히 사랑했다는 것도 말했을까?

테이블에 자리를 잡자 희수가 메뉴판을 운비 쪽으로 건네주었다. 그러나 원찬이 메뉴판을 중간에서 탁 낚아채더니 싹 돌려 희수 앞으로 도로 밀어 놓는다.

"선배님이 시키세요. 깨비 누나는 이제 술 안 마시거든요."

희수는 믿을 수 없다는 눈으로 운비를 쳐다보았다.

"정말이니, 운비야?"

"응? 으응, 당분간 자제 좀 하려고."

운비가 원찬의 눈치를 보며 얼버무리자, 희수는 그럼 그렇지, 하는 듯 피식 웃었다.

"후후. 복학하더니 딴 사람 같아졌네. 그럼 넌 주스 마셔. 원찬 씨와 난 술 마실 테니까."

운비는 그 말에 눈물이 다 핑 돌았다. 그 좋아하는 술을 앞에 놓고도 마실 수 없다니. 고문이로다.

운비가 혼자 입맛만 다실 때 원찬과 희수는 서로 주거니 받거니 다정하게 양주잔을 기울였다. 원찬이 화장실에 잠깐 간 사이, 희수가 빈 주스잔의 얼음을 오도독 씹어 먹는 운비에게 은근슬쩍 말을 걸었다.

"근사한데?"

운비는 동의하듯 고개를 주억거렸다. 희수가 다른 이들과 다른 게 있다면 자신을 날도둑 취급하기보다 진심으로 축하해 주고 있다는 것이다. 그것이 희수에게는 커다란 짐 하나를 더는 셈이었을 테니까. 어쩌면 이로써 희수에 대한 마음을 확실히 정리할 수도 있으리라, 운비는 막연히 그런 바람을 가져보았다. 희수도 그런 마음으로 연락을 해 온 것일 테니.

"실은 나도 너한테 고백할 거 하나 있는데……."

고백이라는 단어에 묘한 긴장감을 느끼고 희수를 바라보았다.

"뭔데?"

희수는 약간 들뜬 모습으로 쑥스럽게 말했다.

"너한테는 말 못했었지만, 사실 나…… 좋아하던 사람 있었어."

머리를 쇠망치로 한 대 꽝 맞은 기분이다. 운비가 얼떨떨한 기색을 떨치지 못하고 멍하니 쳐다보는데, 희수는 혼자만의 생각에 빠진 듯 계속 말을 잇는다.

"처음 봤는데 뭐랄까, 모든 걸 이해해 줄 것 같은 남자였어. 그래서 내 고민을 털어놨었지. 그냥 거짓이 아니라 진심으로, 날 진심으로 이해해 줬어. 그게 두고두고 고맙더라고. 혹시라도 모든 일이 잘 풀려서 한국에 돌아오게 되면 꼭 연락하라더라. 근데…… 너도 잘 아는 사람이야."

"뭐?"

썅! 뭐 이런 개 같은 경우가 다 있담! 한국에 돌아오게 되면, 이라고 했으니까 그럼 일본에 가기 전에 만났다는 뜻? 게다가 처음 본 남자한테 그런 고민을 털어놨다고? 1년 동안 제 몸에 파스처럼 찰싹 붙어다니던 나에게는 일언반구 없었으면서? 대체 어떤 새끼야!

하지만 희수에 대한 배신감을 느끼기도 전에 운비는 아는 사람이라는 말이 더 불길했다.

"아는 사람이라니, 누구?"

"혹시 여기 올지도 모르겠다. 아까 전화했었거든, 올 수 있으면 오라고.

원찬 씨도 있고, 너한테도 얘기하는 편이 나을 것 같아서."

그거 거짓말이지? 하고 물으려는 순간, 희수의 얼굴이 입구 쪽으로 돌아갔다. 얼결에 운비의 시선도 따라갔다가 놀라움도 잠시, 얼굴이 무섭게 일그러지기 시작했다. 술집 안으로 털털거리며 들어온 이가 바로, 진건이었던 것이다!

"씨불, 좆 됐네."

신음처럼 욕을 내뱉는 운비를 희수는 걱정스레 바라보았다. 같은 과 선배라 잘 지낼 줄 알았는데 아니었나 보다. 진건이 운비를 아주 잘 안다고 대답했었기에 오히려 잘되었다고 생각했었는데, 아무래도 괜한 짓을 한 것 같다. 운비의 표정이 저토록 처참하게 일그러질 줄이야.

희수가 난감해 하는 사이, 진건이 아무렇지도 않게 다가와 들고 있던 잡지로 운비의 머리를 한 대 톡 내리쳤다.

"이 녀석아, 그렇게 가버리고 전화도 안 하면 어쩌란 거냐?"

"어떻게 된 거예요, 이게? 다 알고 있었던 거예요, 그럼? 아니, 알면서 왜 아무 말도 안 해요?"

하지만 진건의 대답은 여느 때처럼 간단명료하다.

"언제 물어봤냐?"

운비는 발끈했다.

"지금 장난해요?"

"내가 지금 너하고 장난할 군번이냐?"

그러더니 그제야 희수 옆에 앉으며 알은체를 했다.

"얼굴 좋구나."

희수는 방긋 웃더니 다소곳이 인사를 했다.

"안녕하셨어요?"

"나야 뭐, 늘 안녕하지."

그때 화장실에서 나온 원찬이 아무 생각 없이 걸어오다가 정색했다.

"어, 형!"

원찬도 이곳에서 진건을 만나리라고는 생각을 못했던지 당황했다가 이내 얼굴 가득 반가움이 서렸다. 진건은 손만 들어 간단히 인사를 대신했다.

그리하여 네 사람이 처음으로 한자리에 모이게 된 역사적인 순간이다.

****

운비는 희수를 화장실에 몰아넣으며 다그치듯 물었다.

"대체 진건 선배는 언제 알게 된 거야?"

"군에서 휴가 나왔을 때 학교에 한 번 온 적 있었지? 기억 안 나?"

전혀 기억 회로에 없는 인간이다. 아무튼 이렇게 진건과 엮이게 되었다는 자체가 운비는 못마땅하고 배알이 뒤틀렸다. 꼭 평생 간직해야 할 절대비밀을 들킨 기분이다. 더욱이 아까는 황당한 나머지 생각을 못하고 있었는데, 처음 희수의 말에 의하면 분명히 좋아하던 사람이라고 했다. 기가 막히고 뒤까지 막힐 일이어서 질겁하여 물었다.

"네가 좋아한다던 사람이 그럼 진건 선배란 얘기야?"

희수의 어깨가 잔뜩 움츠러들었다. 운비의 목소리가 매우 살벌했기 때문이다. 같이 학교 다닐 때에도 운비는 한 번 눈에 거슬리는 놈들은 끝까지 작살을 내놔야 속이 시원한 인간이었다. 정의의 사도처럼 온 학교를 들쑤시고 다니면서 난리 북새통을 일으켰던 게 어디 한두 건이었던가. 학교에서 징계받고 쫓겨날까, 사고 때마다 쫓아다니면서 손이 발이 되도록 빌었던 이도 희수였다. 그마저도 이제는 추억이 되어버렸지만.

운비에게 상처를 주었던 사람도 자신이고, 그만큼 아끼던 친구이기도 했다. 한국에 왔을 때 가장 보고 팠던 사람도 그녀였고, 이젠 여자가 되어 돌아왔으니 자신의 본마음을 털어놓아도 된다고 생각해서 진건의 이야기를 꺼낸 것이었는데……

"왜? 진건 선배 안 괜찮아?"

"사람이 안 괜찮다는 게 아니라! 어쨌든! 젠장, 마음에 안 드는 것투성이야!"

희수의 눈가에 금세 실망의 빛이 서렸다. 운비가 진건을 마음에 들어 하지 않아서가 아니라 지나치게 반발하는 모양새가 어쩐지 이해가 가지 않았다.

이해할 수 없다는 듯 눈살을 찌푸리며 빤히 쳐다보는 희수 때문에 운비는 더욱 억장이 무너졌다.

대체 하고많은 남자 중에 왜 저 인간이 좋은 건데? 그깟 고민 한 번 들어줬다고? 자기가 해 준 게 그것밖에 더 있어? 누구는 집에서 쫓겨난 애, 어떻게 하면 인간답게 살려볼까 이리 뛰고 저리 뛰면서 있는 돈 없는 돈 박박 긁어 일본 갈 때 차비까지 보태줬건만, 저는 낮도깨비처럼 나타나 홀려 놓은 것밖에 더 있냐고!

"야, 김희수! 너, 저 인간이 얼마나 크렘린인지 모르지? 저 인간 속내는 도깨비도 몰라!"

"알았어. 알았으니까 소리 좀 지르지 마. 어쨌든 오늘은 이렇게 만났으니까 아무 말도 말아 줘. 부탁이야."

"경고하건대, 저 인간 앞으로 만나지 마. 알았어?"

"운비야."

"만나지 말라면 만나지 마!"

희수는 찔끔하여 그만 입을 다물었다.

운비는 진건이 모든 사실을 알고 있었다는 것이 속이 뒤틀리는 데다, 트랜스를 좋아한 게 미심쩍어 원찬과 사귀는 걸 반대했다는 생각을 하자 그것마저도 기분이 나빴다. 더구나 희수가 좋아하는 인간이라니 더더욱 복장이 뒤집힌다.

자리에 돌아와서도, 운비는 잔뜩 불만이 어린 얼굴로 얼음만 한 대접 이상을 씹어 먹었다. 그리고 진건이 자진하여 희수를 바래다주겠다고 하자 두 눈에 불똥이 튀었으나, 원찬 때문에 표를 내지도 못하고 혼자 안절

부절 못했다.

진건이 제 차에 희수를 태우고 휑하니 떠난 후, 운비와 원찬도 택시를 타고 운비의 집 어귀에 내렸다. 골목을 걸어 올라가며 원찬이 아무렇지도 않게 손을 잡기에 운비는 딴생각에 빠져 있다가 퍼뜩 정신을 차렸다.

"무슨 생각을 그렇게 해?"

"아니, 그냥."

"희수 선배에 대한 소문 들었었어."

"그래……?"

"미안해, 말 안 해서. 누나 입으로 직접 듣고 싶었거든. 희수 선배 그렇다는 거 알고 누나도 많이 놀랐었겠다."

놀란 거야 더 말해 무엇하랴. 이전 생각이 떠올라 운비의 입가로 씁쓸한 웃음이 드리워졌다.

"그래서 희수 선배 포기해야 했던 거구나?"

"뭐?"

"누나가 희수 선배 좋아했었다는 거 알아."

"원찬아……."

운비가 우뚝 걸음을 멈추자, 원찬이 씩 웃고는 운비의 양 어깨를 꽉 붙잡더니 진지하고도 자신만만하게 말했다.

"근데 오늘 희수 선배 보니까 누나 마음이 어땠을지 이해가 돼. 아마 나라도 견디기 어려웠을 거야. 내가 누나 마음 빈자리 채워줄 테니 염려 마."

어허, 이 녀석 보게.

남자답게 호언장담하는 모습이 기특하여 운비의 눈썹이 기분 좋게 실룩거렸다. 날이 갈수록 놀라움이 더해가는 녀석이어서 우울했던 기분은 금세 날아가 버리고 어떤 포만감으로 가슴이 가득 채워진다. 그러나 그것도 잠시, 어느새 그윽한 눈빛이 되어 바라보는 원찬 때문에 운비는 몹시 당황하는 기색을 띠었다.

손을 잡아끈 원찬이 어둑한 골목 구석으로 데려가더니 벽에 살포시 기

대놓는다. 흐릿한 가로등 아래 벽에 찰싹 기대진 채 키가 한 뼘은 더 차이
나는 녀석의 그윽한 시선을 받고 있노라니, 어디서 많이 본 듯한 그림이
다. 주로 남녀가 야심한 밤에 어두운 골목에서 나눌 법한 그 야릇한 장면!
꿀꺽!

적막을 깨고 침 넘어가는 소리가 귓전에 팍 박혀왔다. 그런데 가만 듣
고 보니 그건 운비 자신의 것이 아니었다. 원찬의 목 울대가 크게 한 번
울렁이면서 들려온 소리에 운비의 눈이 왕방울만 하게 커졌다. 어째서
그 소리가 원찬의 목구멍에서 나오느냐는 착각 천만의 눈초리다. 원찬을
호시탐탐 노린 건 도깨비 자신이었는데, 서서히 다가오는 원찬의 눈빛은
그런 관념을 완전히 깨부쉈다.

"눈 감아."

놀랍게도 그 명령 또한 원찬의 입에서 나온 것이었다. 뭐 하나 건질 게
없다가 운비가 한 것이라고는 원찬의 명령대로 순순히 눈을 감은 것뿐이다.

시, 심장이…… 심장이……. 에고, 나 죽네.

운비는 평소 원찬을 두고 했던 엉큼한 상상과는 달리 원찬의 얼굴이
가까이 다가오는 것만으로도 다리가 후들거릴 지경이었다. 벌이 꽃술을
물듯 녀석의 입술을 답삭 물기는커녕, 입술이 닿자마자 처음인 양 파르
르 떨리기까지 한다. 하긴 겉만 남자였던 희수와 억지로 한 키스는 키스
라고 할 수도 없으니, 지금이 첫 키스라고 해도 무방하긴 하겠다.

살짝 입술을 벌려 감미롭게 사륵 빨아들이는데 마치 심장이 쑥 뽑혀
나가는 듯 정신이 아찔했다. 때문에 운비는 자신이 주도를 해야겠다거나
그에 따른 어떤 행동도 취하지 못한 채 원찬이 하는 대로 가만히 내맡기
고만 있었다. 뺨을 어루만지며 몇 번이고 입술을 물고 당기다가는 감히
혀까지는 생각을 못했던지 아쉬운 듯 떨어져 나가는 바람에, 하마터면
이성을 잃고 녀석의 모가지를 잡아챌 뻔했다.

어느 정도 거리를 유지하여 떨어져 나간 원찬의 얼굴이 흐릿한 불빛
아래 열기로 이글거렸다. 원찬이 핥듯이 운비의 눈, 코, 입을 차례로 바

라보다가 촉촉 젖은 입술을 열어 속삭였다.

"내일…… 봐."

"어어…… 그래."

원찬의 달큼한 시선이 거둬지고 이내 등을 돌려 어두운 골목을 걸어가는 동안 운비는 그 자리에서 꼼짝도 하지 못했다.

하, 이런.

왠지 녀석에게 한 수 밀린 것 같은데도 불구하고 기분이 그리 나쁘지만은 않으니 별일이지. 진한 키스를 한 것도 아니요, 애무는 꿈도 못 꿨는데 가슴은 그 매직 바에서 보았던 핑크빛 칵테일처럼 요망하게 번져가는 것이다. 원찬과의 입맞춤은 야릇한 상상, 그 이상의 환희였다.

열기가 훅훅 느껴지기에 손바닥으로 양 볼을 감싸서는 체온을 감지해보았다. 뜨겁다. 아직도 설레는 마음이 가시지 않아 비척거리며 담벼락에서 등을 떼자마자 전화가 왔다. 원찬의 전화여서 기쁜 마음에 얼른 전화를 받았다.

[누나.]

"어, 왜?"

[아직도 밖에 있어?]

"어? 어, 이제 막 들어가려던 참이야."

[빨리 들어가, 날도 어두운데. 들어가는 거 보고 갈 걸 그랬나?]

"어허허. 자식, 농담은."

날 어두워져 골목에서 마주칠라치면 놀라는 쪽은 언제나 상대편이었던 걸 고려해 볼 때, 운비에게 원찬의 걱정은 한낱 농담에 지나지 않았다.

[그 자식 소리 좀 하지 마. 예쁜 입에서 자꾸 험한 말만 할 거야?]

계집애처럼 그저 쫑알쫑알 잔소리.

"알았다, 인마."

[인마 소리도!]

"거 참, 그럼 대체 내가 할 수 있는 말이 뭐야?"

[욕 빼고 다.]

앓느니 죽어야지. 앞으로 녀석의 잔소리를 어찌 견디나 그래?

머릿속으로는 걱정이 태산 같은데 정작 전화를 끊은 운비의 입에서는 흥얼흥얼 노랫소리가 흘러나왔다.

집으로 들어가 현관문을 열다가 마침 신발 한 짝을 막 신으려던 엄마와 정통으로 맞닥뜨렸다. 연달아 귀가 시간이 늦은 터에 엄마의 시선이 달가울 리는 없다만, 그래도 만 가지 생각이 한꺼번에 엉키는 표정이란 운비로서도 순간적으로 움찔할 만한 것이었다. 아니나 다를까, 한쪽 발끝에 걸쳐져 있던 실내화를 기술적으로 공중에 붕 띄워 손에 쥔 엄마가 운비의 튼실한 어깨 죽지를 사정없이 후려갈겼다.

"이 웬수야! 1년 동안 사람 속 태워서 명줄 줄여놓았으면 됐지 또 뭐가 불만이야? 왜 오밤중에 노래는 흥얼거리고 난리냐고!"

어릴 때부터 음악 시간을 병적으로 싫어하던 운비의 입에서 노래가 흘러나온다는 건, 가족들에게는 대단한 위협이었던 것이다.

"선배."

차에서 내려 희수의 집 앞까지 고이 데려다 준 진건이 이제 막 돌아서려 할 때였다. 다급히 부르는 소리에 진건은 다시금 희수와 마주 섰다.

"오늘, 와 줘서 고마워요."

"내가 고맙다, 잊지 않고 전화해 줘서."

희수는 수줍게 배시시 미소를 지었다. 콩닥콩닥 뛰던 가슴이 점점 크게 울리고 있다. 처음 진건을 보았던 날 느꼈던 감정은 이날 이때껏 한시도 사그라지지 않았다. 혹시나 하고 전화를 해봤더니 다행히 진건은 김희수라는 사람을 잊지 않고 있었다. 그것이 너무나 고맙고 행복해서 희수는 뭐라 말로 다 형용하지 못할 만큼 감동했다.

"일본에는 언제 돌아가나?"

"한 달 정도 있다가요."

"그래. 가기 전에 또 보자."

"네. 전화 드릴게요."

희수는 무뚝뚝하지만 남자다운 인상과 곧은 성품을 지닌 진건이 좋았다. 끝내 좋아한다는 그 말만은 할 수 없을지라도 희수에겐 유일하게 마음에 품은 남자다.

"근데 운비랑 사이가 별로 안 좋으신가요?"

진건이 껄껄 웃었다.

"안 좋기는. 같은 동아리에도 있는데."

"어머! 정말이요?"

그 정도로 가까운 사이면서 어째서 운비는 화를 낸 것일까. 희수는 아리송한 얼굴로 고개를 갸웃거렸다.

"운비가 다시는 나 만나지 말라고 했지?"

"네?"

희수는 그걸 어찌 알았을까 싶어 깜짝 놀라는 시늉을 했다.

그런데 진건은 하나도 기분 나쁜 얼굴이 아닌, 오히려 재미있다는 듯 큰 소리로 껄껄 웃어 제친다.

"녀석이 질투나 그래."

"질투요?"

"그래. 사랑이란 게 그리 빨리 잊힐 것 같으면 뭐가 걱정이겠냐? 도깨비 그 녀석 아직 너에 대한 마음 못 접었어. 그러니 네가 처신 잘해야 해."

"설마요. 전 이미 여자의 몸이 되었는걸요. 게다가 운비에게는 이제 원찬 씨가 있잖아요."

"원찬이 보고 뭐 느낀 거 없냐?"

"뭘요?"

"운비에게는 원찬이 그 녀석, 너 대용이다."

"네?"

그건 희수에게도 청천벽력 같은 소리였다. 그렇다면 오늘 진건을 좋아한다는 말을 꺼낸 것도 어마어마한 실수를 범한 것이나 마찬가지 아닌가.
그래서 그렇게 펄쩍 뛰었던 거구나.

진건이 이어 내뱉은 말은 가슴이 선뜩할 만큼 단호한 것이었다.

"온 김에 완전히 정 떼고 가라."

"하, 하지만……."

"네가 운비를 위해서 해 줄 수 있는 건 그것뿐이야. 넌 운비 마음을 다 몰라. 그 녀석이 너 때문에 얼마나 힘들어했는지, 얼마나 마음의 상처를 받았는지. 생전 처음 보는 나에게 네가 네 속마음을 털어놓았듯이, 도깨비 그 녀석도 내게 그랬다."

"운비가 선배한테 속을 털어놓았다고요?"

"그래. 술에 취해서 그 녀석은 날 기억하지 못한다만, 그날 밤 학교 잔디밭에서 내 바짓가랑이 붙잡고 통곡을 한 건 둘째 치고라도 맨땅에 머리를 들이받고 죽겠다고 난리를 쳐서 정말로 송장 하나 치르는 줄 알았다."

진건은 그때 기억이 새삼스러운지 혀를 내둘렀다.

"무, 물론 저 때문에 힘들어서 휴학까지 했다는 건 알아요. 그래도 운비는 씩씩하잖아요."

"그런 녀석일수록 감정적인 면에는 컨트롤이 잘 안 되는 법이지."

희수는 미처 자신이 모르고 있던 것을 깨닫고 어깨에 힘이 죽 빠져버렸다. 이젠 어느 정도 감정이 추슬러졌을 줄 알았는데, 아직 그대로라니……. 대관절 어떻게 해야 운비의 마음을 돌려놓을 수 있단 걸까?

진건이 상심한 희수의 어깨를, 힘을 북돋워주려는 듯 꾹 잡았다.

"걱정하지 마라. 잘 될 거다."

"부탁 하나 드려도 돼요?"

별안간 희수의 목소리가 비장하게 떨렸다.

"뭐냐?"

"선배님이 옆에서 좀 도와주시면 안 돼요? 운비가 정말로 원찬 씨와 잘 될 수 있도록 말이에요."

"떼어놓는 게 더 나을 텐데? 만약에 원찬이가 네 대용이란 걸 알아봐라. 그 두 녀석, 완전히 회복할 수 없게 될 거다. 그러기 전에 일찌감치 끝내 주는 게 낫지 않겠냐?"

"그럼 운비는 더 방황하게 될 거예요. 다시는 운비가 사랑 때문에 상처받는 거 보고 싶지 않아요! 도와주세요, 선배님!"

희수가 눈물까지 글썽이며 간청하는 바람에 진건은 곤혹스럽게 미간을 찌푸렸다. 희수가 트랜스젠더라는 걸 알았을 때 운비의 이루지 못할 사랑에 안타까워했던 것도 사실이었고, 원찬에게 쉬이 빠져드는 것을 보았을 때에는 빗나간 첫사랑 탓에 성급한 선택이라 생각했다. 그래서 뜯어말리고 싶었다. 원찬을 그리 오래 알고 지낸 건 아니지만 남자에겐 남자를 보는 눈이 있게 마련이다. 귀엽고 싹싹하고 예의 바르고 두뇌 명석하고, 무엇보다 건강하여 어디 한 군데 나무랄 데가 없는 녀석. 선천적으로 여자들뿐 아니라 남자들도 좋아할 인상과 성격을 두루두루 갖추었기에 그냥 보고만 있어도 흐뭇한 미소를 짓게 하는 매력 덩어리가 다름 아닌 원찬이었다. 그렇다 해서 운비가 원찬에게 여러모로 뒤떨어지기 때문에 둘 사이를 탐탁지 않게 여긴다는 건 아니다. 운비는 운비대로 마음에 쏙 들었으니 말이다.

그렇지 않고서야 동아리에 들라고 권하지도 않았을 거다. 원찬은 원찬대로, 운비는 운비대로 둘 다 아끼는 후배이기 때문이라고 한다면 이유가 될까. 괜한 애정 싸움으로 두 녀석의 사이가 멀어지는 것을 원치 않았다. 어느 한 쪽도 잃고 싶지 않았기에.

진건은 무슨 생각인지 골똘한 표정이더니 문득 장난스럽게 히죽 웃으며 말을 내뱉었다.

"그러다 정말 감당 안 되는 사태가 발생해도 난 모른다."

레 디 고 !

이건 말도 안 된다!

저 인간이 나와 원찬이를 이간질하려고 수를 쓰는 것이다!

뭐? 원찬이가 희수 대용이라고? 엿 같은 소리 말라 그래!

나는 분개하여 어쩔 줄 모르며 짐승 같은 인간한테 달려들었다. 그리하여 짐승과의 한판 혈투가 벌어졌다.

그곳은 동아리 방이었는데, 나와 나진건의 혈투에 다른 이들이 기겁하여 문을 닫고는 도망쳤다. 아니, 도망간 것이 아니라 진건의 나가라는 호통에 뜯어말릴 생각도 못하고 다들 내빼버린 것이다.

양쪽 손목을 꽉 움켜쥐고 놓아주지 않는 대신, 그는 무어라고 계속 떠들어댔다. 지금까지 들었던 느릿느릿 짚신 끄는 소리가 아닌 비교적 냉정한 말투여서 나는 더욱 분노를 참을 길 없어졌다. 제까짓 게 뭔데 희수 마음을 빼앗은 것만도 모자라, 이제는 원찬이까지 내 곁에서 쫓아내려 한단 말인가. 선배고 나발이고 오늘 어디 맞짱 한 번 떠보자, 그래!

"씨발 놈아! 네가 뭔데 나한테 이래? 선배면 이래도 되는 거야? 오늘부터 내가 너란 인간을 선배라고 불렀다간 개 아비다, 알아? 나쁜 시키! 후레자식!"

진건이 잡고 있던 내 손목을 뒤로 홱 꺾어 올렸다.

"아악!"

어떻게든 빠져나가려고 몸을 뒤채었으나, 그는 꼬떡도 하지 않았다. 몸을 뒤채이면 뒤채일수록 팔은 점점 뒤로 꺾여 고통만 더해질 뿐, 도깨비 인생에 이런 수모는 없었다. 그리고 앞으로도 없을 것이다.

얼마나 난리를 쳤는지 나는 어느새 탁자 위에 완전히 드러누운 상태였는데, 조금의 동요도 없는 시선으로 내려다보는 그를 보자 가슴에 울컥하고 없던 분노까지 치솟았다.

화가 난 나 자신을 어쩌지 못해 사지를 벌벌 떠는 내게 진건은 히죽 웃으며 말했다.

"너 진작부터 내 물건으로 찍었다. 어차피 나중에 나한테 오게 되어 있는데 원찬이한테 헛짓 그만 하고 놔 줘라."

뭐라? 이건 또 무슨 개 아들 같은 소리인가!

"이런 개 같은! 누가 누굴 찍어? 찍은 건 나야! 내가 최원찬을 찍었다고! 씨발, 내가 원찬이 놔줄 것 같아? 원찬이야말로 내 물건이야! 썅!"

진건이 얄밉게 웃으며 손가락을 딱 튕겨 내 이마 정중앙에 붉은 꽃을 만들어 놓았다.

"아얏!"

아픈 건 둘째 치고, 어린애 데리고 노는 듯한 그 여유로운 작태라니. 가슴이 벌렁벌렁 춤을 춰댔다. 원찬이가 개기는 건 귀엽다 치지만, 이 새끼가 나한테 개기는 건 정말이지 기분이 더럽다 못해 시궁창 같았다.

선배라 후배한테 개기는 건 참아줘야 한다는 건가? 그런 게 어디 있어? 법적으로 근거 있음 대봐라!

진건이 이를 부드득 가는 나를 약 올리듯 빙글빙글 웃는 낮으로 내려다보았다.

"도깨비, 그만 앙탈부려라. 세상에 남자 여자는 쌔고 쌨지만, 도깨비 같은 네 녀석 다룰 만한 남자는 나 하나뿐이다. 명심해라."

뭘 명심해, 이 미친놈아!

하루아침에 정신이 어떻게 되지 않은 이상, 이런 일이 벌어진다는 건 천지가 개벽할 확률만큼 적다.

"하루빨리 원찬이 정리해라. 안 그러면 내가 말을 하겠다."

"환장하겠네!"

정리할 만큼 진도나 나갔어야지 뭘 정리하지. 더구나 내가 왜 개랑 정리를 해야 하는데? 그런 삼박한 놈을 내던지고, 이런 미치광이 차력사랑 접 붙으라고? 내가 또라이냐?

나는 나오는 웃음을 참지 못해 키득거렸다. 죽도록 사랑하던 놈은 하루아침에 트랜스젠더로 판명이 나질 않나, 이제 제대로 된 꽃미남 하나 꿰차고 대학 생활 충실히 해 보려 작정했더니 별거지 같은 게 다 나타나 훼방을 놓네. 나도 사랑하고 싶다고! 연애하고 싶다고!

훌쩍 몸을 일으킨 진건이 그제야 뒤로 꺾었던 내 팔을 놓아준다. 비칠 거리며 일어나다가 다리가 풀려 휘청 탁자 아래로 내려앉을 뻔했다. 그런 내 허리를 얼른 안듯이 잡은 그는 얄밉게 싱긋 웃음을 흘린다. 그런 놈의 면상을 그대로 박아버릴까 하는 찰라, 놈은 귀신같이 알고 나를 밀치듯 떼어내고는 한 걸음 물러났다.

어윽, 내 저 자식을!

"가라, 그만 귀찮게 하고."

귀, 귀찮……

오늘도 요란한 훈련, 군말 한마디 없이 받고 온 나한테 느닷없이 태클 걸고 들어온 게 누구냐!

"웃기지 마! 절대로 원찬이 안 놔 줘! 미친 발광을 해봐라, 내가 놓나! 희수 그 새끼는 저런 나쁜 놈이 뭐가 좋다고! 에잇, 퉷!"

침을 탁 뱉어주고 씨근덕거리며 방을 나가는데, 내 등 뒤로 놈의 혀차는 소리가 끌끌 들려왔다.

"저거, 저거, 입버릇부터 싹 고쳐놔야겠군. 쯧쯧."

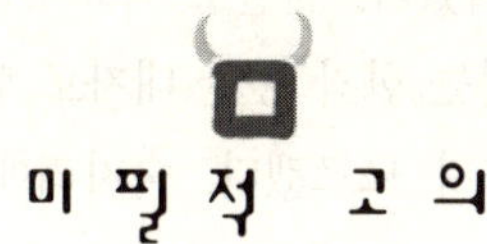

빈 동아리 방에서 진건은 창밖을 바라보았다. 지금쯤이면 도깨비가 한참 있는 대로 욕을 해대고 있을 생각을 하니 스멀스멀 웃음이 나왔다. 끌끌. 예상했던 대로 원찬이 희수 대용이라 했더니 사색이 되어 대들 때의 기세란.

그런 걸 은근히 즐기는 자신도 괴짜이긴 하지만, 사랑의 정체성도 못깨닫고 여태 헤매는 도깨비 그 녀석도 문제라면 문제일 터였다. 인간이 오죽 못났으면 옛사랑의 그림자를 덧씌워 헛사랑을 하고 있을까. 쯧쯧.

뭐 굳이 고백하자면, 도깨비에게 진작부터 찍었다고 한 건 다분히 의도적이었다. 녀석의 반응을 보고 싶었달까. 녀석을 도발하기에는 그보다 적합한 방법은 없다 싶었다. 물건 하나 들어왔다 싶어 관심이 남달랐던 것도 사실이고, 희수의 부탁대로 운비를 도와줘야겠다는 생각도 변함없었다.

진건은 오래전 휴가를 나왔던 그날을 떠올렸다. 학교 앞 술집에서 처음 보았던 도깨비. 그때 운비는 이미 만취한 상태였는데, 얼마 후 화장실에 갔다 나오다 술집 바깥으로 비틀거리며 나가는 것을 발견하고 걱정스러운 마음에 따라가게 되었다. 웬일로 학교로 다시 가나 했더니 한적한 풀숲을 찾아들어 간 운비는 한참 동안 대자로 뻗어 있었다. 왜 그렇게 운비에게 호기심이 일었는지 모르겠다. 술자리에서 용택과 기철이 한 말 때문이었을까?

도깨비. 그녀의 별명이라고 했다. 여자 별명치고는 좀 괴이쩍었지만, 가을 축제 때 소주를 한 상자나 먹었다는 말을 듣고 내심 운비의 정체가 궁금해지기 시작했다. 말총머리에 밉게 생기지 않은 얼굴, 조금만 가다듬었다면 제법 예쁘다는 소리를 들을 여자였다. 흥미 면에서 보자면, 외모를 제외하곤 성격이 여성스러운 데라고는 전혀 없어서 풍기는 이미지가 색달랐다는 것도 한몫했다.

그런데 남자보다 더 강인하게 보이던 운비가 울고 있는 것이 아닌가. 신음처럼 새어나오기 시작한 울음이 어느새 흐느낌으로 이어졌고, 곧 절규로 바뀌었다. 갑자기 벌떡 일어나 앉아 머리를 땅에다 들이받으며 악을 쓰기에 얼마나 놀랐던지 반사적으로 몸을 튕겨 저지했다.

"도깨비, 너 왜 이래?"

무엇이 그토록 운비를 고통스럽게 하는지 생각할 틈조차 없었다. 이마에서 흘러나온 피 때문에 그럴 경황이 없었던 것이다.

"희수가…… 으흐흐흑. 희수가…… 으어어엉…… 여자래. 여자래, 으허허헝. 이제 난 어떡하라고. 내가 절 얼마나 사랑하는데. 제기랄, 저랑 나랑 뒤집어 나왔으면 얼마나 좋아. 나 이제 어떡해. 엉엉."

처음에는 이게 다 무슨 소린가 했다. 그러나 곧 그 희수가 누굴 말하는 것인가를 알아차렸다. 술좌석에서 내내 운비의 옆에 붙어 앉아 있던 계집애 뺨치게 생긴 녀석. 그때의 충격이라니!

그런 까닭에 바짓가랑이를 붙잡고 나뒹굴며 통곡을 하는 운비를 묵묵히 지켜볼 수밖에 없었다.

"희수야! 희수야, 이 새끼야! 너 없이 난 어떻게 살라고……. 너 없으면 죽을 것 같단 말이야. 왜 그따위로 태어났어? 왜 여자로 태어나! 으흐흐 흑!"

사랑하는 남자가 여자라니, 이런 기구한 운명이 또 있을까. 사랑에 상처 입은 짐승 하나가 낯선 남자 앞에서 눈물을 펑펑 쏟으며 절규하던 모습이 진건은 아직도 눈앞에 선하다.

그나저나 그 고약한 입버릇을 어떻게 고친다?

곰곰 생각에 잠겼다가 문득 떠오르는 바가 있어 그의 입가로 야심 찬 미소가 단단하게 자리 잡았다. 자리에서 일어나 느긋하게 기지개를 켰다.

"도깨비가 얼마나 선전할지 두고 볼까?"

무료하던 일상이 슬슬 흥미를 더해가고 있었다.

원찬을 찾고자 생전 가보지도 않던 도서관을 다 뒤졌다. 그리고 열람실 한 귀퉁이에서 드디어 녀석을 찾아냈을 때 운비는 자기도 모르게 그 자리에 우뚝 멈춰 서고 말았다. 원찬이 올망졸망 예쁘게 생긴 혜리 옆에 나란히 선 채 같이 무언가를 열심히 들여다보고 있는데, 슬픈 그림을 보는 양 기분이 참 오묘했다. 정신없이 원찬을 찾으러 다녔던 게 그 순간 그렇게 허탈할 수가 없었다.

발길을 돌려 그곳을 나왔다. 그리고 비칠거리며 계단을 밟아 내려가 도서관의 앞뜰을 가로질렀다. 교문으로 가는 길을 따라 걸으면서 진건이 한 말만 귓전에 뱅뱅 맴돌았다.

'너에게 원찬이는 희수 대용일 뿐이다.'

아무 정의도 내릴 수 없었다. 정말 그런 거면 어쩌나, 부정하고 싶어도 혜리와 그림처럼 어울리는 원찬을 보는 순간 겁이 덜컥 나서 아무 생각도 할 수가 없었다. 더군다나 진건의 터무니없는 고백에 반쯤은 넋이 빠진 상태여서 누군가 쫓아와 팔을 낚아챈 것도 몰랐다. 입이 하 벌어져 눈앞에 있는 사람을 올려다보았을 때 어느 틈에 보고 따라왔는지 원찬이 서 있다.

“사람이 불러도 왜 그렇게 몰라?”

“어…… 미안. 부르는 소릴 못 들었어.”

“나 못 봤어? 왜 그냥 가?”

“응? 모, 못 봤어. 어디 있었냐?”

“열람실에. 아무튼, 걸음도 빨라요. 그새 여기까지 달아 빼?”

원찬은 투덜대면서도 뭐가 그리 좋은지 싱글벙글 웃는다.

“집에 가는 거야?”

“응.”

“착하네, 일찍 집에 가고. 같이 가자. 데려다 줄게.”

원찬이 손을 잡고는 성큼성큼 걷기 시작하기에 운비도 얼른 보폭을 넓혀 쫓아갔다.

“밥 먹고 갈까? 누나, 배 안 고파?”

“그래, 먹자.”

운비답지 않게 힘이 하나도 없는 목소리에 원찬은 고개를 기울여 얼굴을 들여다보았다.

“왜 그래? 안색이 창백해.”

“훈련이 너무 빡세서…… 아니, 너무 힘들어서 무리가 됐나 봐.”

“그러게 뭐 하러 그런 동아리에 들어? 그 동아리 힘들다고 소문났는데.”

“그래도 재미있어. 1년 동안 운동을 안 하다 갑자기 해서 그래. 염려 마.”

“난 그런 거 아주 질색인데. 입안에 휘발유 넣어서 불붙이고, 생살을 바늘로 꿰기도 한다면서? 남자가 하기에도 무시무시해 죽겠는데, 그런 걸 여자가 어떻게 해? 그거 그냥 관두면 안 되나?”

“싫어. 여기서 관두면 내가 지는 거야. 절대 그만 안 둬.”

운비가 이를 악물며 하는 말에 원찬은 절로 한숨이 푹 나왔다. 그러다 다치기라도 하면 어쩌려고.

그건 욕을 하거나 술을 마시는 차원과는 또 다른 사생활이라 강압적으로 관두라고 하기엔 무리가 있었다. 안 그래도 욕과 술은 자제를 하는 게 뻔히 눈에 보일 정도여서 동아리 문제까지 한꺼번에 들먹일 수가 없었다. 너무 쪼면 질려버릴지도 모르니까. 지금 이렇게 연인 사이까지 온 것만도 기적일 터에, 상대가 상대인지라 한 번 비틀어지면 원상태로 되기가 어려울 것 같았다.

원찬은 운비의 기운 없어 보이는 어깨를 폭 감싸서는 제 쪽으로 끌어당겨 안았다. 운비가 놀란 듯 쳐다보았지만 팔을 풀지 않았다. 사람들이 보거나 말거나 신경도 쓰지 않았다. 물론 그 사이 아는 이들에게는 도깨비와 사귄다니 미친 짓이라고 있는 대로 닦달을 들어야 했지만, 깡그리 무시했다. 그 정도의 반응은 이미 예상했던 바였으므로 깊은 충고로 새겨들을 가치도 없었다. 운비만 생각하면 마냥 좋고 만지고 싶고 안아주고 싶은데, 그거면 그녀를 사랑하는 이유로 충분하다.

학교 근처의 분식집에 들어가 같이 밥을 먹으면서도 운비는 평소답지 않게 울적해 보였다. 내내 눈치만 보고 있다가 밖으로 나왔을 때 원찬도 무언가 심각성을 깨닫고 걱정스레 물었다.

"왜 그래? 무슨 일 있어?"

그런데 운비는 주머니에 손을 찔러 넣고 터덜터덜 걷기만 한다. 세상 살맛 안 난다는 표정을 하고서.

"왜 그래? 얘기해 봐. 걱정되잖아."

"생각할 게 좀 있어서 그런다."

"무슨 생각인데? 내가 알면 안 되는 거야? 뭔데? 말 안 하니까 더 궁금하잖아!"

에잇, 자식 거!

습관처럼 욕이 툭 튀어나오려는 걸 참고 어깨에 사선으로 둘러맨 가방을 추스르며 말했다.

"그만 쫑알대고 집에 가."

"왜? 같이 가. 내가 집에 바래다준다고 했잖아."

"밥 먹었더니 기운 나서 혼자 가도 될 것 같아. 원찬."

"응?"

"만약에 말이다. 이 누나가 너 배신 때리더라도 울면 안 된다. 그럼 사내자식 아닌 거야, 알지?"

원찬이 그 말이 떨어지기가 무섭게 운비의 손을 잡아 세웠다. 그러더니 눈에 힘을 주어 매섭게 쏘아붙인다.

"뭐야? 누나, 지금 나 배신하겠다는 거야?"

"누가 지금 당장 배신한대? 남녀 간에 사귀다 보면 얼마든지 그럴 만한 가능성에 대해서 말하는 거지."

"지금 사귄 지 얼마나 됐다고 헤어질 생각부터 해? 생각할 게 있다더니 이거였어? 벌써 나한테 싫증 나?"

성질을 내는 모양새가 여간한 게 아니다. 그리고 남자의 이유 있는 성질은 여자로 하여금 안심하게도 만든다는 사실을 운비는 그때 처음 깨달았다. 하늘이 무너져도 난 절대 너와 못 헤어진다는 집착성 엄포가 흥분에 젖은 숨소리처럼 달콤할 수 있다니.

이렇게 말짱한 놈을 내 손으로 내던지라고? 보는 것만으로도 좋아서 미치겠는데? 오늘도 종일 녀석과 한 뽀뽀만 생각했는데?

운비는 급히 머리를 휘둘렀다.

"아냐, 아냐. 내가 실언했어. 미안. 그러니까 눈에 힘 빼."

원찬은 그래도 의심이 만개한 눈으로 확인을 거듭한다.

"정말이지? 그런 거 아니지? 한 번만 더 그런 소리 해 봐. 가만 안 놔둔다."

어쭈! 이젠 협박까지.

큭큭 웃음이 나왔다. 협박받고 이렇게 기분 좋아지기는 또 처음이다.

운비가 실없이 웃기만 하자 원찬이 그 잘생긴 얼굴을 팍 찌그러뜨리며 불만조로 묻는다.

"왜 웃어? 지금 장난친 거지, 어? 일부러 떠본 거지?"

그래, 내가 널 어떻게 버리겠냐? 기필코 사수 하마!

짐짓 달래는 투로 말했다.

"야, 넌 무슨 사내자식이 그렇게 새가슴이냐? 내가 무슨 말만 하면 벌벌."

"어어? 또 자식이라고 했다?"

"엇! 내가 그랬냐? 쏘리, 쏘리. 실수야, 인마."

"뭐야? 또 인마!"

"큭큭. 아, 술 당겨! 우리 포장마차 가서 딱 한 잔만 하면 안 될까? 이거 아무래도 금단현상 오나 보다. 진짜 우울해."

하지만 원찬은 단박에 일갈했다.

"누가 들으면 알코올 중독인 줄 알겠네. 안 돼! 술, 욕, 내 앞에선 절대 안 돼!"

원찬이 잡아끄는 통에 질질 끌려가며 운비는 눈물을 머금고 주절거렸다.

"너 진짜 너무 한다. 한 병도 아니고 딱 한 잔인데 그것도 안 돼? 한 번만 봐주면 안 되겠니? 원찬. 원찬아아—!"

오늘도 원찬은 집 앞에서 손으로 몸을 꽁꽁 처매듯 안더니 입술만 감질나게 비비고는 가버렸다.

대체 키스다운 키스는 언제 하겠다는 거냐? 혓바늘이 돋은 것도 아닐 텐데 왜 혀를 이용한 딥 키스를 하지 않을까, 요상하게 여기며 운비는 아쉬운 마음에 입맛만 다신 채 어슬렁어슬렁 집으로 들어갔다.

집으로 들어가자 가족들은 어제에 이어 살다가 이런 희귀한 동물은 처음 본다는 듯 일제히 운비를 바라봤다. 그리고 시계가 고장 났는지 너도나도 제 손목시계를 들여다보며 확인했다.

이제 불과 아홉 시. 그녀로서는 경이적인 기록이었다.

***

다음날은 온종일 빗줄기가 속사포처럼 쏟아 부었다. 그런데도 진건은 훈련을 거르지 않고 대운동장으로 전원 집합시켰다. 그는 운동모자를 푹 눌러쓰고 서서, 비를 쫄딱 맞으며 열중쉬어 자세로 군기가 바짝 든 녀석들에게 호령했다.

"비가 온다 해서 훈련을 쉴 줄 알았다면 오산이다! 지금부터 정확히 스무 바퀴를 돈다! 제일 늦게 도착한 놈은 팔굽혀 펴기 오십 회다, 알겠나?"

"옛!"

"좌향좌!"

착착!

진건이 목에 걸어놓았던 호루라기를 입에 물어 '삑'하고 불자, 모두 발맞추어 달리기 시작했다. 평소 말짱한 날씨 같으면 견딜 만하겠는데, 우중(雨中)에 달리는 것이다 보니 아무리 단련되어 있더라도 힘이 들기는 해서 열 바퀴 정도 돌고 나자 점점 뒤처지는 녀석들이 생겨났다. 맨 앞장은 아니었지만 운비도 중간쯤에서 끼어 달리고 있다가 그날따라 유독 뒤처지는 한 녀석 때문에 신경이 쓰여 몇 번이고 뒤를 돌아보았다.

에잇, 여기가 군대도 아니고 뭐 이리 빡빡하게 군담!

진건에 대해 내내 분이 풀리지 않는데다 하루쯤 그냥 넘어갈 수 있는 상황에도 박하게 굴자 더 분이 일었다. 게다가 뒤처지지 시작한 녀석은 점점 거리가 벌어져 저러다가는 낙오자가 될 것이 뻔했다. 적어도 행렬은 맞춰서 다 함께 들어가야 오늘의 훈련을 무사히 마칠 수 있을 게 아니겠는가.

안 되겠다 싶어 뒤처진 녀석에게 되돌아 뛰어갔다. 같이 뛰던 다른 녀석들이 힐끔거리며 돌아보다가 어찌할 바를 모르고 우왕좌왕했다.

"거기 두 사람, 지금 뭐 하는 건가? 똑바로 못 뛰나?"

바깥 라인에서 함께 뛰고 있던 진건이 삑 고함을 지른다. 후닥닥 뛰어간 운비는 뒤처진 녀석의 팔을 잡아 부축했다.

"괜찮아?"

동기이기도 한 녀석은 숨을 가쁘게 헉헉 몰아쉬며 대꾸했다.

"뭐 하러 와? 진건이 형한테 나중에 얼차려 받을 텐데."

"그럼 좀 어때? 얼차려 같은 거 하나도 안 무서워. 끝까지 뛰기만 해."

"그냥 가라니까. 쪽팔리게."

"쪽팔리는 줄 알면 똑바로 해야 할 거 아냐, 새끼야!"

"에이, 씨발! 내가 어쩌다가 계집애한테 도움을 다 받고……."

운비가 녀석의 머리를 한 대 후려치며 윽박질렀다.

"이 새끼가 어따 대고 욕지거리야. 죽을래!"

옥신각신하면서도 간신히 스무 바퀴를 채운 두 사람이 행렬에서 조금 뒤처진 채 들어왔을 때, 진건은 손끝을 까닥까닥하여 운비를 불렀다.

비를 맞아 머리끝부터 발끝까지 젖은 것은 두말할 필요도 없거니와 숨이 턱 끝까지 차 있어 똑바로 서 있기조차 어려웠지만, 운비는 이를 악물어 버티며 진건과 당당히 마주 섰다. 진건이 운비를 보고 뜬금없이 씩 웃었다. 쓸데없는 의협심 발휘했다고 야단을 칠 줄 알았다가 한시름 놓는데, 그가 근엄한 목소리로 이른다.

"오늘은 이만 해산. 도깨비만 빼고."

순간 운비의 얼굴이 사색이 되었다. 그제야 그의 미소가 순수한 의미가 아니었음을 깨달은 것이다.

나쁜 시키!

속으로 욕을 빠드득 씹어 삼키며 절망감에 고개를 푹 숙였다. 운비의 머리 위로 굵은 빗방울이 탱고의 선율처럼 타닥타닥 튀어 올랐다.

다른 녀석들이 걱정스러운 듯 힐끗거리며 비 내리는 운동장을 서서히 벗어나고, 잠시 후 아무도 없이 비만 억수같이 내리는 빈 운동장에는 진건과 운비 두 사람만이 서로 대치한 채 서 있었다. 진건이 운비의 앞을 좌우로 왔다 갔다 하며 거들먹거리듯 말했다.

"네 죄를 네가 알겠지?"

모르겠는데?

"너는 어제 하늘 같은 선배한테 입에 담지도 못할 욕을 퍼부었다."

네가 나한테 한 짓은 생각 안 하고?

별안간 걸음을 우뚝 멈춘 진건이 눈길을 깔아 운비를 노려보며 잇새로 뇌까렸다.

"이건 하늘 같은 선배한테 함부로 욕을 해댄 벌이다. 운동장 열 바퀴, 실시!"

또?

이게 좋아한다는 여자에게 할 짓이야? 두 번만 좋아했다간 아주 사람 잡겠다?

반발심이 울컥 치솟았으나, 어금니를 꽉 깨물어 참았다.

어디 두고 보자. 이 도깨비가 그리 호락호락하지 않다는 걸 보여주고 말겠어!

"뭘 하는 건가? 열 바퀴 더 추가할까?"

진건의 말투는 여전히 느릿느릿 늘어졌지만 그 속에는 어떤 위엄이 서려 있었다.

운비는 가타부타 대꾸없이 진건이 시키는 대로 운동장을 또 달리기 시작했다. 평소 같으면 운동장 열 바퀴쯤이야 거뜬히 뛰고도 남았겠지만, 지금은 스무 바퀴나 돌고 난 직후였으니 다리가 후들거릴 정도로 힘에 부쳤다. 얼굴에 사정없이 내리꽂히는 빗줄기는 또 어떻고? 점점 굵어져 한치 앞도 분간이 안 갈 정도여서 마치 물속을 뛰는 듯한 기분이 들었다. 다리는 천근만근 무겁고 얼굴에 부딪히는 빗방울들은 작은 돌멩이로 얻어맞는 것처럼 따갑고 아팠다. 한마디로 최악의 날이다.

간신히 열 바퀴를 돌고 난 후에 진건이 서 있는 곳으로 들어올 때는 문어발처럼 사지가 흐느적거렸다. 그 모양을 보고도 진건의 입에서는 한치 동정심 없는 말들이 튀어나왔다.

"앞으로 네 입에서 욕 나왔다가는 어떤 벌이 내 입에서 떨어질지 기대하는 게 좋을 거다. 알았나?"

"……네."

"목소리가 그게 뭔가? 크게 대답해라!"

"네!"

운비는 그때 생각했다, 저런 인간은 군대에서 사생결단을 내서라도 붙잡아 놓았어야 한다고. 학교가 무슨 군대인 줄 알고, 좋아한다는 여자를 자기 부하쯤으로 아는지. 미친 시키!

동아리 방으로 돌아와 젖은 체육복에서 평상복으로 갈아입었다. 방문을 두드리는 소리에 문을 열자 화장실에서 옷을 갈아입은 것은 물론이요, 씻기까지 했는지 수건으로 젖은 머리카락을 탈탈 털며 진건이 들어왔다.

"이제 가 봐도 되죠?"

걸음을 뗄 때마다 종아리에 통증이 와서 인상을 찡그리며 탁자 위에 던져 놓았던 가방을 주워드는데, 진건이 주머니를 뒤적거려 무언가를 하나 꺼내서는 툭 던진다. 얼결에 한 손으로 탁 낚아채듯 잡은 운비는 동그란 약통을 보고 황당한 표정을 감추지 못했다.

병 주고 약 주고! 진짜 욕 나오네.

하지만 승강이 벌일 기운이 없어 입안으로 그 말을 삼킨 채 바지에 달린 넓은 주머니에 약통을 쑤셔 넣고는 방을 나왔다. 쓰디쓴 침이 입안에 가득 고여 있다. 삼킬 생각도 없이 바닥에 아무렇게나 퉤 뱉자 학생들이 절룩거리는 운비를 이상한 눈으로 쳐다보며 지나갔다.

원찬과 맞닥뜨린 건 운비가 3층 계단을 엉거주춤 내려가고 있을 때였다. 원찬은 운비의 걸음새가 이상하자 설핏 얼굴이 굳어졌다. 무얼 했는지 머리카락은 흠뻑 젖어 있고, 얼굴은 생기가 하나도 없이 금방이라도 쓰러질 몰골이다.

"무슨 일이야? 걸음걸이가 왜 그래?"

"아무것도 아니야."

운비는 될 수 있는 한 표를 안 내려 애썼지만 통증을 숨길 수는 없었다. 걸을 때마다 종아리가 아려서 저절로 오만상이 찌푸려지며 신음 소리가 새어나온다. 그런데다 원찬은 졸졸 쫓아오면서 안달복달을 해대는 것이다.

"안 되겠다, 업혀."

"아, 됐어. 그냥 내버려 둬."

말은 그렇게 하면서도 울상을 짓는 걸로 보아 이만저만 아픈 게 아니라 여긴 원찬은 억지로 운비를 들춰 업었다.

"야, 너 지금 뭐 하는 거야? 내려 줘!"

운비가 기겁을 하거나 말거나 제 갈 길로만 성큼성큼 걸어갔다. 도대체가 저놈의 동아리 방에서 무슨 일이 있었는지 알 수가 있나. 도저히 불안해서 살 수가 없다. 어디 꼭꼭 숨겨 놓든지 해야 마음이 놓일 것 같다. 당장에 저놈의 차력 동아리를 그만두게 하든가 해야지!

운비를 업고 2층 신문사로 가자 모두 어디를 갔는지 신문사는 텅 비어 있었다. 운비를 의자에 조심스럽게 내려놓고 따뜻한 물부터 한 잔 건넨 원찬이 물었다.

"어떻게 된 거야?"

물을 한 모금 들이켜다가 운비는 떨떠름하게 반문했다.

"뭐가?"

"다리 말이야. 왜 절어?"

"훈련해서 그러지 뭐. 오늘은 운동장을 좀 많이 돌았거든."

기가 찬 듯 원찬의 입이 헤 벌어졌다.

"이렇게 비가 오는데 운동장을 돌았다고? 제정신이야?"

"차력하는 사람들이 뭐 그런 거 가리냐? 그리고 이 정도는 약과야. 차력하다 보면 다치고 깨지는 거 다반사거든. 네가 잘 몰라서 놀란 모양인데 나뿐만 아니라 다 그래."

"당장 그만두고 싶어?"

별안간 원찬이 버럭 악을 썼기에 계속 딴청만 피우던 운비는 움찔 놀라고 말았다. 어어, 진짜 화났나 보네. 이토록 화를 내는 모습은 처음이라 약간 당황이 되면서도, 그게 녀석의 애틋한 마음이려니 생각하니까 어쩐지 기분이 좋아진다. 그래서 씩 웃으며 별일 아니라는 듯 말해 주었다.

"어제 진건 선배한테 욕해서 벌 받은 거야. 사실대로 말했으니까 이제 됐지?"

그런데 원찬은 그 말에 더 황당한 얼굴이다.

"그럼 진건 선배한테 벌 받느라 이 지경이 됐단 말이야?"

"별거 아냐."

"별거 아닌데 이래?"

"내가 몸 중에서 제일 약한 데가 바로 다리거든. 나가자. 가면서 얘기해."

물 잔을 내려놓고 의자에서 일어서는 운비를 원찬이 팔을 잡아당겨 와락 끌어안았다.

"아무리 잘못을 했어도 그렇지, 어떻게 사람을……."

원찬은 참으로 진건이 원망스러웠다. 아무리 강하고 단단한 차돌 같은 운비라지만 여자는 여자다. 함부로 얼차려주고 험하게 훈련시키는 것에 화가 치밀어 올랐다. 선배만 아니라면 그냥!

"원찬……."

원찬의 따뜻한 품이 넓은 태평양 바다 속 같아서, 그 속에 빠져 죽어도 좋을 만큼 가슴이 붕 떠오른다. 그러자 괜스레 콧날이 시큰했다. 단 한 번도 남자에게서 보호를 받는다는 생각을 해본 적이 없는 운비였다. 오히려 그녀가 보호를 해주면 해줬지.

자식이 감동 주는 것도 여러 가지네.

원찬을 깊숙이 마주 껴안으며 진심으로 말했다.

"미안. 이제 진짜 욕 안 할게. 그게 내 스트레스 해소법이라 그래. 앞으로 조심할게. 그러니까 마음 아파하지 마."

"그거 꼭 해야겠어?"

"그렇다고 이 정도에 관둘 수는 없잖아. 하루 지나고 나면 괜찮아. 하도 오랫동안 운동을 쉬었더니 몸이 다 안 풀려서 그래."

"그럼 제발 진건 선배한테 개기지 마. 진건 선배가 사람 좋아 보여도

한 번 화나면 엄청 무섭대. 괜히 찍혀서 고생하지 말고 날 생각해서라도
적당히 좀 해, 알았지?"

"알았어. 앞으론 절대 안 개겨. 됐지?"

"응. 착하다, 우리 깨비. 후후."

운비를 감싸 안고 있다 보니 비 냄새가 난다. 코끝으로 운비의 목덜미 향
취를 맡자, 그 시원한 향이 더욱 진하게 폐부로 스며들었다. 흐음, 좋다.

어어, 그런데 이게 웬일? 향은 코로 들이마셨는데 기별은 엉뚱한 곳에
서 오는 것이다.

'헉, 맙소사!'

이젠 시도 때도 없구나. 이거 점점 병적이 되어가니 어쩐다?

속으로 숨을 훅 들이켜고 난 원찬은 품에서 슬그머니 운비를 떼어냈다.
폭 안겨서 한창 원찬의 품을 즐기고 있다가 운비는 얼떨떨한 표정을 지으
며 원찬을 올려다보았다. 아무렇지 않은 척하고 있지만 어딘지 모르게 곤
혹스러운 표정이 역력하다. 그러고 보니 이마에 진땀도 나는 것 같고.

갑자기 왜 이런다지?

원찬의 몸 상태를 알 리 없는 운비는 시선을 피하며 돌아서는 원찬을
의아하게 쳐다보았다.

"원찬."

뒤에서 나직하게 부르는 운비의 목소리에 원찬의 인상은 더욱 고역스
럽게 찌푸려졌다.

어찌 이런단 말인가. 운비만 생각하면 그게 통제가 안 된다. 운비를 안
고 싶다는 욕망에 젖어 몸뚱어리가 불같이 일어서는 것이다. 벌렁거리는
심장과 쉴 새 없이 껄떡대는 아랫도리를 잠재우고자 가까스로 호흡을 조
절하며 어떻게든 곤란한 상황에서 벗어나려 안간힘을 썼다.

"원찬, 왜 그래? 나 업고 와서 기운 빠져 그래?"

원찬의 팔을 잡아당겨 돌려세우자 원찬은 대답 대신 운비의 허리를 살
포시 끌어안는다.

선머슴 같은 운비가 남자에 대해 알 리 만무하니, 이젠 차동(차력 동아리) 문제뿐 아니라 남자의 본능 때문에라도 갈 길은 멀고 험난하게만 느껴졌다. 괜히 서둘렀다가 큰 낭패를 겪을까 조심스러워서 이제껏 진한 키스를 하고픈 것도 참고 일부러 고급스러운(?) 입맞춤으로 대신했건만, 이러다간 얼마 못 가 주체 못할 지경에 오고야 말리라.

"미안. 정말 미안."

운비는 원찬을 이해할 수 없다.

갑자기 뭐가 미안하단 걸까? 진건에게 벌을 받았다는 말을 듣고도 남자 친구로서 아무런 행동도 취할 수 없으니 속이 상해 이러는 걸까? 정말 욕 안 해야겠네. 이 녀석, 진짜 속상해하잖아.

원찬이 속상해하니 덩달아 기분이 울적해져서 이젠 정말 조심해야겠다고 생각하는 운비였다. 원찬을 마주 꼭 안아주며 등을 토닥였다.

원찬이 가슴에서 운비를 떼어 내려다보았고, 운비도 원찬의 눈동자를 똑바로 응시했다. 늘 가슴 설레게 하던 희수의 눈동자. 그리고 그 눈을 닮은 녀석.

원찬의 허리가 살며시 구부러졌다. 운비의 입술을 아래위로 밀어 입을 벌려놓고 조심스레 혀를 밀어 넣었다. 움찔 떨리는가 싶던 운비의 입술이 조금씩 벌어지기 시작하더니 마침내 완전히 혀를 받아들인다. 입안에 가득 문 혀를 강하게 끌어당기는 통에 원찬은 자기도 모르게 거친 숨을 탁 내뱉었다. 그것을 시발점으로 한 손으로는 운비의 뒤통수를 감싸고 다른 한 손으로는 허리를 받친 채 굶주린 늑대처럼 허겁지겁 입술을 빨기 시작했다. 이런 쪽으로는 타고난 듯 능숙하게 혀를 놀리는 원찬은 운비에게 역시 다크호스였다. 첫눈에 그 끼를 알아본 운비였으니 그의 서투르지 않은 키스가 꽤 흡족했던 것이다.

자식이 진작 이렇게 할 것이지. 뜸 들이다 속만 다 태워 먹을 뻔했잖아.

불덩이 같은 혀 두 개가 한꺼번에 뒤엉키니, 두 사람의 몸도 짚불을 놓듯 화르륵 타올랐다. 서로 갈구함이 지나쳐 두 사람은 어찌할 바 모르고,

영원으로 가는 길이 있다면 이대로 빠져들고 싶다는 생각만 간절하다.

그 순간 운비는 욕망과 절제, 그 차이를 엄중히 깨닫고 지금까지와는 달리 원찬이 진심으로 사랑스러워졌다. 그저 귀엽다, 괜찮다, 긴한 호기심과 오기로 갖고 싶다는 생각을 했던 것이 미안해진다. 끝도 없을 것 같은 키스를 해오는 원찬의 입술을 간신히 떼어내고 거리를 뒀을 때 열기로 들뜬 눈동자 두 개가 황홀감에 너울대는 것이 보였다.

"사랑해, 깨비야."

그의 입에서 꿈결처럼 흘러나온 소리에 가슴 한켠이 아릿하게 아팠다. 사랑한다는 소리가 이토록 듣기 좋은 것일 줄이야. 희수에게 그토록 듣고 싶었던 그 말을 이제 다른 이에게 듣고도 아무렇지 않은 걸 보면, 확실히 이 녀석이 좋긴 한가 보다. 적어도 진건의 말처럼 원찬이 희수 대용은 아니라고 운비는 강하게 부정하고 또 부정하였다.

그날 저녁, 운비의 집안은 때아닌 적막감이 흐르고 있었다. 정확히 말하자면 약간은 긴장한 채 앉아 있는 원찬과 그 옆에 엉거주춤 앉아 있는 운비, 그리고 상석의 아빠를 비롯하여 맞은편으로는 엄마, 여동생 운경, 남동생 운우까지 이제 막 시작될 중요한 경기를 관람하는 긴박한 표정이었다.

"그래, 몇 학년이라고?"

아빠의 질문에 원찬이 반듯하게 대답했다.

"예. 2학년입니다."

호오, 하는 모두의 시선이 운비에게로 향했다가 다시 원찬에게로 돌아왔다.

이번엔 엄마가 질문했다.

"무슨 과야?"

"운비 누나랑 같은 과입니다."

"아, 그렇군. 부모님은 다 생존해 계시고?"

"예. 2남 2녀 중 제가 셋째입니다."

원찬은 묻지도 않은 말까지 주워섬겼다. 그러자 가족들의 표정이 처음과는 달리 봄날의 아카시아처럼 화사하게 퍼진다. 아빠가 고개를 끄덕이며 만족스레 말했다.

"다복한 집안이로구먼. 아버님은 무얼 하시는가?"

"조그만 사업 하십니다."

"사업이라면 어떤……?"

이쯤 되니 운비가 나서지 않을 수가 없다. 이건 꼭 결혼 허락받으러 온 사람 취급이지 않은가.

"아빠, 그런 걸 왜 물어 보……."

"혹시 광성 제약이라고 들어보셨는지 모르겠습니다."

슬쩍 운비의 팔을 잡아당기며 원찬이 겸손히 대답했다. 그런데 아빠가 펄쩍 뛸 듯 되묻는다.

"광성 제약? 그 회사가 아버님이 운영하시는 사업이라고?"

원찬은 조금 쑥스러운 듯 대답했다.

"예."

광성 제약이라면 원찬의 말대로 조그만 사업 정도는 아니었다. TV에서도 곧잘 나오던 유명 제약회사였으니까. 그나저나 그게 뭐 그리 대수라고 저리들 놀란 얼굴에 화색이 만면한지 운비는 알다가도 모를 표정을 했다.

"야, 그만 가."

그래서 괜히 퉁명스럽게 말했더니 엄마가 죽일 듯이 노려본다. 움찔한 운비는 그만 입을 다물었고, 엄마는 급히 표정을 관리하고는 원찬을 향해 상냥하게 말을 걸었다.

"아유, 지난번에는 너무 경황이 없어서 차 대접도 못하고 그냥 보냈는데, 그게 내도록 마음에 걸리더라고. 그러니 오늘은 차 한 잔 꼭 하고 가, 응? 운비야, 뭐 하니? 네 방으로 가지 않고."

와, 진짜 속 보인다.

운비의 얼굴이 어이없게 우그러졌다. 참으로 속물근성이 뿌리 깊게 자리 잡은 가족이 아닐 수 없다.

"내 방엔 왜? 거기 청소도 안 해놨는데."

"아까 낮에 내가 다 해놨어. 그래도 명색이 네 남자친구라고 일부러 집까지 바래다주러 왔는데 그냥 보내면 예의가 아니지. 어서 방에 가렴. 엄마가 과일이랑 차랑 조금 있다 들여 보내줄게."

정말 적응이 안 되는 목소리여서 팔뚝에 소름이 오도도 돋았다. 나중에 원찬을 보내놓고 무슨 소리를 하려나 벌써 머리가 지끈거려 왔다. 게다가 원찬은 눈치껏 갈 생각은 하지 않고 과일과 차를 꼭 마시고 가고 싶다는 표정으로 쳐다본다. 굳이 말로 하지 않더라도 간청의 빛이 역력한 눈망울은 운비로서도 매몰차게 대할 재간이 없다.

"그래, 그럼 조금만 놀다가 가."

하는 수 없이 원찬을 데리고 절룩거리며 구석에 있는 방으로 갔다.

잠시 후, 온갖 모양을 다 내서 과일과 차를 내온 엄마는 아무도 안 들어올 테니 편히 있으라는 신신당부를 한 뒤에 문까지 꼭꼭 닫아주고는 조용히 사라졌다. 도대체가 가족이라는 이름이 무색하다. 딸로 취급을 하는 건지 마는 건지.

하긴 가족들 처지에서 본다면 위험한 건 원찬 쪽이었으리라.

운비는 엄마의 지나친 친절과 아량이 당최 못마땅하기만 하다.

"다리 많이 아파? 이리 와봐. 약 발라줄게."

일말의 흑심이라고는 엿볼 수 없는 원찬의 천진난만한 물음이 더 슬퍼서, 실망한 낯빛으로 주머니에서 진건이 준 약통을 꺼내어 그에게 툭 던졌다. 침대에 걸터앉아 있던 원찬은 날아오는 약통을 가뿐히 잡아채고는 뜨악하게 묻는다.

"약까지 갖고 다녀?"

"진건 선배가 주더라. 병 주고 약 주는 인간!"

"바지 걷어."

원찬의 요구대로 바짓단을 둥둥 걷어붙이고 말린 오징어처럼 침대에 납작 엎드렸다.

원찬은 손가락 끝에 약을 듬뿍 찍어서 신속하게 운비의 종아리로 가져갔다. 오랜 운동으로 알이 단단히 박힌 종아리. 거부감이라고는 없이 되레 다리를 내맡기고 무방비 상태로 엎드려 있는 운비를 보자 느닷없이 아랫도리에 힘이 불끈 들어온다.

이 종아리에 입을 맞추면 어떤 느낌이 날까?

손가락이 아니라 입술로 고이고이 마사지해주고 싶다는 생각을 하며 음흉한 시선으로 운비의 종아리를 슥 훑어 올라갔다. 다리 두 개가 모이는 삼각지대. 탱탱한 엉덩이 선이 그야말로 덥석 만져보고 싶을 정도로 유혹적이다. 자기도 모르게 거친 숨이 몰아쉬어 지는데, 끙 앓는 소리를 내며 운비가 몸을 뒤척인다.

그런데 우습게도 아파서 흘리는 신음 소리를 듣자 방금까지 불일 듯 일던 정욕이 거짓말처럼 사그라져 버렸다. 역시 몸보단 마음인 걸까.

어이없는 몸 상태에 픽 웃고 난 원찬은 손가락에 묻은 약을 운비의 종아리에 정성스럽게 발라 주었다.

"아, 시원해."

운비의 기분 좋은 감탄사에 한참 약을 발라주던 원찬이 싱긋 웃으며 말했다.

"자, 다 됐다."

자리에서 일어난 운비는 바짓단을 도로 내릴 생각은 하지 않고 나름 뇌쇄적인 눈빛을 원찬에게 찌릿 보내었다. 이 방으로는 아무도 얼씬 안 할 테니 아까 못다 한 키스를 나눠도 좋으련만.

그런데 원찬은 과일을 하나 집어 먹다 말고 왜? 하는 표정으로 응수한다.

앓느니 죽자. 그런 심정으로 심드렁하게 물었다.

"맛있어?"

“응. 너도 먹어.”

원찬이 포크로 사과 하나를 콕 찍어 건네주며 예의 그 반짝반짝 빛나는 미소를 짓는다. 누나에서 갑자기 너로 호칭이 바뀌었다는 것도 의식 못 할 만큼 운비는 원찬의 매력적인 미소에 흠뻑 빠지고 말았다.

에구, 네 녀석의 그 미소까지도 홀딱 마셔버리고 싶은 이 누나의 심정을 아냐, 모르냐?

원찬의 볼을 톡톡 치며 막내 동생 다루듯 말했다.

“많이 먹어. 비도 오는데 나 업고 오느라 힘들었지?”

“아냐, 힘들긴. 좋기만 하던걸.”

원찬은 그날 아무도 오지 않는 방에 단둘이 있으면서도 진한 키스는커녕 가벼운 입맞춤 한 번 안 해주고 얌전히 과일과 차만 먹고는 돌아갔다. 원찬이야 운비의 집에 처음 방문한 것이니 최대한 예의를 차려 자중한 처사였지만, 운비에게는 한없이 멀고도 험한 사랑이었다.

미 안 , 사 랑 아

"참, 양심도 없어요."

원찬이 가고 난 후, 여동생인 운경이 내게 한 소리다.

나는 그때 침대에서 취침 준비를 마친 상태였는데, 운경의 소리가 무엇을 뜻하는지 알고 있었기에 약 올리듯 흐뭇한 미소를 입가에 씨익 매달았다.

침대에 들며 운경이 매운 눈초리로 흘겼다.

"도대체 언니는 학기 초만 되면 교내에 대표 꽃미남만 사냥하러 다녀? 꼭 찍어오는 것들도 민망하게시리 저게 뭐야? 언니랑 어울린다고 생각해? 협박해서 끼고 다니는 거 아님, 절대 이럴 수는 없어."

"시꺼! 어디 감히 언니 남자친구를 놓고 험담을 해? 마침 비도 오겠다, 먼지 나도록 맞고 싶냐?"

운경의 입술 끝이 기괴한 모양을 띠며 삐죽 올라갔다.

"저거 봐, 정말 불가사의라니까. 어떻게 저런 인간한테 그런 꽃미남이

꼬일 수 있냐고?"

"저런 꽃미남만 꼬이냐? 미친 차력사 놈도 꼬인다."

그 말을 하는데 순간 진건의 뻔뻔한 얼굴이 떠올라 열이 확 뻗쳤다.

"미친 차력사는 또 뭐야?"

"자꾸 말 시키지 말고 자! 다리 아파 죽겠는데 짜증 나게."

"그리고 그것도 그래. 무슨 대학이 군대도 아니고 비 오는 날 훈련이냐? 미친 거 아냐?"

"말했잖아, 선배한테 욕하고 개기다 그랬다고."

"어이구, 아무리 내 언니지만 정말 구제불능이야. 원찬이가 불쌍하다!"

"이게 어디서 언니 남자 친구 이름을 함부로 불러? 확, 그냥!"

내가 종 주먹을 들이대니까 운경이 눈을 지릅떠 대들었다.

"나이도 똑같잖아!"

그랬다. 운경은 학교는 다르지만 원찬이와 똑같은 나이였다. 아직 변변히 남자 친구 하나 못 사귄 운경은 일전에 이어 정식이라고 할 수밖에 없는 원찬의 방문에 그만 눈이 뒤집힌 것이다. 물론 이해를 못 하는 바는 아니다. 2년 전, 희수를 집에 데려왔을 때도 그랬으니까.

희수는 지금쯤 뭘 하고 있을까?

문득 희수가 보고 싶었다. 아차, 전화가 있었지.

일본에 있을 때와 지금의 사정이 다르다는 걸 깜박한 나는 부리나케 희수에게 전화를 걸었다. 그리고 곧 희수의 차분하게 가라앉은 미성을 들을 수 있었다.

[여보세요?]

"희수야, 나야. 도깨비."

[어, 운비구나? 어디야?]

"집. 자려다가 네 생각이 나서 전화했어. 뭐 해?"

[여기 그 매직 바. 일하는 거 견학 왔어.]

"그렇구나. 내일도 거기 있어?"

[응. 왜?]

"내일 내가 거기로 갈까? 너, 보고 싶은데."

희수는 잠시 말이 없다가 이내 대답했다.

[그래, 원찬 씨하고 같이 와.]

"원찬이랑? 왜?"

[왜긴. 이제 남자 친구인데 어디든 같이 다녀야지. 아무 때나 와. 난 계속 여기 있을 거니까.]

"응. 으응, 알았어. 뭐 사다줄까? 먹고 싶은 거 없어?"

[아니. 그런 거 있으면 원찬 씨나 사 줘. 허튼 데 낭비하지 말고.]

허튼 데?

나는 그 말에 서운함을 느끼고 울컥했다. 언제 내게 희수란 존재가 허튼 데였던가. 오히려 미안함이 가득하건만 이런 소리를 들으니 그리 슬플 수가 없다.

"미안해, 희수야."

[뭐가?]

"너 왔는데 신경도 못 써주고……."

[별소릴 다 한다. 난 네가 날 만나준 것만도 고마운걸.]

어쩐지 희수의 목소리가 물기로 촉촉하게 들려, 나는 더욱 눈시울이 뜨거워졌다.

"너도 얼른 좋은 남자 만나야지, 진건이 그 새끼 빼고."

건너편에서 한숨 비스름한 소리가 들려온다. 그런데도 용심은 사라지지 않는다. 다른 남자 다 만나도 희수가 그 새끼를 좋다고 만나는 꼴은 못 보겠다. 왜냐하면 그 미친놈이 나더러 좋다고 했으니까.

세상천지에 이런 꾸리 꾸리 한 상황이 또 어디 있을까. 예전에 내가 사랑하던 남자는 이제 여자가 되어 나타났고, 그 여자는 나를 좋아하는 남자를 사랑하게 되었다. 이렇게 꼬이기도 어렵겠다는 생각에 내 입에서는 땅굴이라도 팔 만한 한숨이 비어져 나왔다.

더욱이 그 사실을 희수가 알아봐라. 희한한 사각 관계인 것이, 생각만 해도 골치가 지끈거린다. 어쨌든 희수와 약속을 하고 전화를 끊었다. 물론 원찬이를 달고 갈 생각은 없다. 희수를 남자로서는 포기했지만, 아니, 어쩔 수 없이 포기해야 했지만 허튼 데라고 일컬을 만한 존재는 아직 아니었으므로.

비연 (非戀)

　한잠 푹 자고 일어난 운비는 자리에서 일어나다 욱신욱신한 종아리 통증에 살짝 인상을 찌푸렸다. 간만에 긴장한 채 운동을 한 탓인지 종아리 빼고는 전신의 뻐근하던 기가 없어졌다. 몸이 한결 가볍고 정신도 맑았다. 목을 한 바퀴 빙 돌리자 뼈마디 으드득대는 소리가 경쾌하게 들려온다.

　운경의 침대와 제 침대 사이에 선 운비는 무릎을 반대쪽 가슴께까지 바싹 끌어당겨 올리며 허리를 비틀어 스트레칭을 했다. 어깨도 빙빙 돌리고 권투를 하듯 주먹을 쉭쉭 번갈아 내뻗기도 했다. 그러고는 폴짝폴짝 가볍게 뛰면서 온몸의 굳어진 근육을 부드럽게 풀어주었다.

　"좋은데."

　간만에 극기다운 훈련과 푹 자고 일어난 탓에 컨디션이 최상이다. 기운 난 김에 다리를 길게 내뻗어 옆차기까지!

　"아뵤!"

　쉭 바람 가르는 소리가 나자마자, 와장창!

마침 문을 열고 들어온 운경이 비명 비슷한 소리를 빽 질렀다.

"엄마얏! 야, 도깨비!"

찔끔. 그때까지도 다리를 일자로 죽 뻗은 채였던 운비는 발가락의 아픔을 느낄 겨를도 없이 발아래 처참하게 깨져있는 운경의 보석함을 내려다보았다. 워낙 액세서리를 좋아하는 운경의 보물들이 그 보석함 안에 모조리 들어 있었는데, 보석함이 열리면서 와르르 쏟아져 반쯤은 어디론가 날아가고, 나머지 반쯤은 엉망으로 뒤엉켰다. 쪼르르 달려온 운경이 무릎을 굽혀 앉더니 손도 못 대고 바르르 경련을 일으킨다.

"아으으, 이게 얼마짜린데……. 야잇, 웬수야!"

운경이 뒤늦게 찢어진 눈을 하고서 휙 고개를 돌렸으나, 운비는 이미 줄행랑을 친 후였다.

그러나 절대 손해 보고는 못 사는 운경은, 운비를 기어이 붙잡아 방안으로 끌고 와서는 서랍장이며 침대까지 모조리 들춰내어 없어진 귀고리 한 짝을 찾느라 아침부터 부산을 떨었다. 아무리 가족 중에서 힘이 제일 센 운비라 할지라도 혼자서 양쪽 침대며 그 중간에 놓인 서랍장까지 들었다 놨다 했더니 기운이 쏙 빠져 버렸다. 이대로라면 운경은 하루가 꼬박 걸리더라도 귀고리를 찾을 때까지 놓아주지 않을 것이다.

하는 수 없이 가방에서 지갑을 꺼내들었다. 이편이 훨씬 편하고 나으리란 생각에.

"얼마면 돼? 얼마면 되냐구?"

어쭙잖은 원빈 말투 흉내까지 내면서 묻자, 운경은 웃기지도 않는다는 듯 입술을 비틀며 말했다.

"오만 원만 내."

"뭐?"

기진맥진 침대에 앉아 있다가 운비가 펄쩍 뛰었다. 무슨 놈의 귀고리 한 짝에 오만 원씩이나 한단 말인가?

"야, 무슨 귀고리 한 짝에 오만 원을 불러? 양심이 좀 있어라."

"이거 수제라 구하기 어려운 거야. 그리고 어떻게 한 짝 값만 칠 수 있어? 귀고리는 한 짝 잃어버리면 무조건 쌍으로 값 쳐서 주는 거 기본 아냐? 누가 양심이 없는 건지 모르겠네."

"어휴, 저 나쁜 년. 언니한테도 사기를 쳐 먹네."

"그러게 누가 방에서 발길질하래? 지난번에도 방에서 쌍절곤 하다가 화장대 거울 깨 먹었잖아. 그거 누구 돈으로 사났어? 내 돈으로 샀지? 당장 돈 없다고 나눠서 갚는다고 했어, 안 했어? 도대체가 방에 남아나는 게 없어. 빨리 내놔!"

그렇게 시시콜콜히 따지고 드니 더는 잔소리를 견디기 어려워 지갑에서 잡히는 대로 돈을 꺼내며 소리쳤다.

"어우, 시끄러워! 옛다, 먹고 떨어져라!"

운경은 운비의 손에서 지폐를 착 빼앗아 손가락에 침을 퉤퉤 뱉더니 액수가 맞는지 세 본다. 그런데 아뿔싸! 너무 다그치는 바람에 잡히는 대로 준다는 게 그만 한 장이 더 가버렸다. 운비가 뒤늦게 눈치 챘을 때는 이미 운경의 지갑 속으로 삼켜진 뒤였다.

헉! 피 같은 내 돈! 저 돈이면 소주가 몇 병이냐.

깜짝 놀라 급히 손을 내뻗어 운경의 지갑을 잡아채려 했다.

"야, 한 장 더 갔잖아! 내 놔!"

하지만 운경은 몸을 싹 돌려 운비를 헛손질하게 만들고는 야멸치게 대꾸했다.

"이건 거울 값! 그때 육만 원 주고 샀으니까 이제 오만 원 남았어."

"뭐, 뭐?"

운비가 헛손질을 하느라 침대에 엎어진 채 기가 막혀 말까지 더듬는 사이, 운경은 날름 혀를 내밀고는 엉덩이를 살랑살랑 흔들며 방을 나갔다.

"저게 계집애니 참지, 사내새끼였으면 진작 내 손에 죽었다!"

아침부터 그 난리를 치는 통에 파란색 지폐는 다 털리고 빈털터리가 된 운비는 점심도 거르게 생겼다. 그래서 3학년 수업이 끝날 때까지 강의실 앞에서 기다렸다가 용택과 기철이 나오자 반갑게 알은체를 했다.

　용택과 기철은 운비를 보자마자 채권자라도 만난 양 그 자리에 얼어붙고 말았다. 운비가 예고 없이 찾아올 때는 다 그만한 이유가 있다는 걸 알기 때문이다. 그런 두 친구에게 빙긋 웃으며 다가간 운비는 주머니에 손을 꽂은 채로 건들건들 용택의 팔을 툭 치면서 말했다.

　"나 밥 좀 사 주라."

　용택이 그럴 줄 알았다는 듯 퉁명스레 핀잔을 주었다.

　"웬일로 오래 견디나 했네."

　1학년 때도 술값 때문에 용돈이 일주일을 넘기지 못했던 운비였으니, 지금쯤이면 빈털터리 신세가 되고도 남음이 있었다.

　"그리고 돈도 있으면 좀 줘 봐."

　너무나 당연하다는 투에 용택은 기가 차는지 같잖은 눈으로 운비를 흘겼다.

　"아주 맡겨놨지?"

　"친구지간에 거, 되게 야박하게 구네."

　기철이 중간에 끼어들었다.

　"네 남자친구 놔두고 왜 우리한테 와서 빌붙는 건데?"

　"아무리 그래도 어떻게 연하남자한테 빌붙냐? 쪽팔리게."

　"어휴, 이제 도깨비한테 남친 생겨 이놈의 사채놀음 좀 안 하고 사나 했더니, 어째 똑같냐?"

　용택의 구시렁대는 소리에 운비가 기어이 성질을 버럭 내었다.

　"줄 거야, 말 거야?"

　그냥 물러날 리가 만무하여 기철이 자진 뒷주머니에서 지갑을 꺼내들었다.

　"얼마 필요한데?"

　그러나 운비는 지갑을 탁 채서 열어보더니 어떻게 알고 신분증 뒤쪽에 꼬불쳐놓았던 수표 한 장을 꺼낸다.

“야, 야, 그건 비상금이야!”

기철이 기함 해서 뺏으려 들었지만, 운비는 지갑만 공중으로 훌쩍 던져주고는 앞서 걸어가 버렸다. 그러면서 잊지 않고 큰소리로 말했다.

“밥은 용택이 네가 사라.”

식당으로 내려가자 원찬이 입구에서 기다리고 서 있다가 십 년 만에 만난 것 같은 얼굴을 했다.

“어디 갔었어? 찾았잖아.”

수업이 끝나기가 무섭게 사라져버린 운비를 찾아다녔던 모양이다.

기철에게 돈을 빌려서 한결 기분이 좋아진 운비는 원찬의 통통한 엉덩이를 손바닥으로 툭 치며 물었다.

“어젠 집에 잘 갔냐?”

수업 시간에 약간 늦은 터라 운비는 지금이 원찬과 첫 대화를 한 셈이었다. 수업 시간에 보긴 했는데, 맨 뒷자리에 앉은 탓에 동글동글 잘생긴 뒤통수만 보았었다.

“응. 근데 무슨 좋은 일 있어?”

“너 보니까 좋은 거지, 뭐 특별한 일이 있겠냐?”

운비의 너스레에 원찬은 말없이 씩 웃기만 한다.

용택에게 밥까지 얻어먹고 휴게실로 온 운비는 원찬과 나란히 앉아 커피를 마셨다. 처음에는 다들 원찬을 불쌍하게 쳐다보더니 이젠 그런대로 봐줄 만한지 별 관심 없이 지나쳐 간다. 그 혜리라는 여자애만 빼고.

지금도 혜리는 딴 자리에 앉아서도 계속 힐끔힐끔 쳐다보고 있다. 애써 모른 척하고는 있지만 아무래도 원찬을 보는 시선이 남달라서 영 신경에 거슬린다. 운비의 입가가 떨떠름하게 비틀려 올라가는 것과 동시에 원찬이 문득 질문을 던졌다.

“오늘도 동아리 늦게 끝나?”

“아니, 일찍 끝날 거야. 왜?”

“오늘은 훈련 없어?”

"있긴 한데, 끝나자마자 어디 갈 데가 있어."

"어디?"

"약속 있거든."

"누구랑?"

희수, 그 이름이 목구멍에 한 번 턱 걸렸다가 넘어오며 입안에서 뱅글 맴돌았다.

운비가 말이 없자 원찬이 커피를 마시다 말고 빤히 쳐다보았다.

"어, 친구."

운비의 늦은 대답에도 원찬은 아무 의심 없이 고개를 끄덕인다.

"그래? 그럼 오늘은 혼자 집에 가야겠네."

"미안."

"아냐. 매일 나만 만날 수 있나, 친구도 만나고 그래야지. 대신 술 마시면 안 된다?"

"알았어. 안 마셔."

순응하는 운비가 예뻐서 원찬이 싱긋 웃음을 물었다.

하지만 운비는 원찬에게 거짓말을 해버린 게 마음 한켠에 걸려 안색이 어두워졌다. 희수를 만난다고 하면 신경 쓸 것 같아서 일부러 거짓말을 했으나, 본래 거짓말을 못 하는 그녀의 성격상으로 내내 찜찜함이 가시지 않았다.

오후에는 진건에게도 약속이 있어 일찍 가봐야 한다고 얘기했더니 웬일로 순순히 보내준다. 그것마저 이상하여 고개를 갸우뚱거리며 동아리방을 나왔다. 그리고 희수가 있는 매직 바로 향했다.

바 안으로 들어가자 아직 이른 저녁이어서 손님은 그다지 없었다. 희수가 바 앞에서 그 선배라는 여자와 무언가 이야기를 주고받다가 운비를 보자 빙긋이 웃었다.

"왔어?"

목소리가 가라앉아 있어서 운비는 신경이 날카롭게 곤두섰다.

"왜 그래?"

"응? 뭐가?"

"하나도 안 반가운 얼굴인데?"

희수는 부정도 긍정도 아닌 표정으로 운비에게 앉으라는 시늉을 했고, 운비는 희수에게서 시선을 떼지 못한 채 옆자리에 궁둥이를 붙였다.

"술 줄까? 아 참, 너 술 안 먹기로 했다고 그랬지?"

"그냥 얼음물이나 한 잔 주라. 얼음 많이 넣어서."

그 말에 안쪽에 앉아 있던 희수 선배라는 여자가 알아서 얼음물을 챙겨 건네준다.

얼음물을 한 잔 시원하게 들이켠 뒤 얼음을 하나 입 안에 넣었을 때, 바 안으로 낯익은 얼굴 하나가 들어왔다. 운비는 하마터면 입에 물고 있던 얼음을 탁 뱉어낼 뻔했다. 그가 다름 아닌 진건이었기 때문이다. 얼른 희수를 쳐다보았다.

희수는 슬쩍 운비의 눈을 피하며 자리에서 일어나 진건을 맞이했다. 좀 전 운비를 맞을 때와는 전혀 다르게 활짝 웃음을 지으면서.

운비는 입안에 물었던 얼음을 와드득 씹으며 진건을 쏘아보았다. 이 불쾌하고 오묘한 기분은 뭐지?

진건은 뻔뻔하게도 대수롭지 않은 표정으로 운비의 옆자리에 와서 앉았다. 그의 옆에 희수가 앉자 운비의 속이 용암처럼 부글부글 끓어오르기 시작했다.

"선배가 여길 왜 와?"

운비의 시비조에 진건은 태연히 대답했다.

"희수가 전화로 오라고 해서."

운비의 눈동자가 차갑게 변하여 진건의 어깨너머 희수에게로 향했다. 희수가 모른 척 물 잔을 기울이고만 있기에 벌떡 일어나 억지로 손목을 잡아 일으켰다.

"잠깐 얘기 좀 하자."

희수가 진건을 쳐다본다. 이 상황에서 그의 허락이 필요하다는 게 이해가 되지 않아 운비는 더욱 화가 솟구쳤다.

지금 누굴 보는 거야?

어금니를 꽉 깨물고 희수의 손목을 끌어 화장실 쪽으로 걸음을 옮겼다.

화장실 안에 급히 희수를 몰아넣고 부아가 끓는 소리로 으르렁댔다.

"내가 저 새끼 만나지 말라고 했을 텐데?"

희수는 내내 운비를 외면하고 있다. 몹시 곤혹스러운 표정을 지은 채.

대체 왜 이러는 거지? 왜 날 낯선 사람 대하듯 하는 거야?

운비는 희수의 팔을 세게 잡아당겨 제 쪽으로 돌려세웠다.

"날 봐! 저 새끼 만나지 말라는데, 왜 전화해서 오라 그랬어? 말해 봐!"

한숨을 폭 내쉰 희수는 마지못해 운비를 똑바로 바라보았다. 그 눈빛 속에서 운비를 향한 측은함과 곤란함이 고스란히 내비쳤다.

"이제 나, 네 남자 아니야. 그거 아직도 모르겠니?"

눈은 어느새 그렁한데, 목소리만은 냉정하기 그지없다. 희수의 눈빛, 목소리 다 운비에게는 낯설고 버겁다. 어찌하여 희수는 그런 말을 하는가.

"뭐?"

"왜 날 아직도 네 남자라고 착각해?"

"희수야."

"내 말부터 들어. 나, 예전의 김희수가 아니야. 똑바로 봐! 난 내가 선택해서 여자가 됐어. 내 마음대로 선택하며 살 수 있는 게 이 사회에 얼마나 되는지 알기나 하니? 나도 이제 내가 좋아하는 남자 만나고 싶고, 마음대로 사랑도 하고 싶어. 근데 너 때문에 다시 또 예전처럼 돌아가야 하겠니? 이게 어떻게 얻은 새 삶인데!"

"거짓말! 젠장, 거짓말이지? 저 새끼가 너한테 그렇게 말하라고 시키든? 그래서 나하고 만나지 말라고 해?"

운비는 당장에라도 화장실을 뛰쳐나가 진건의 멱살을 잡아챌 듯이 소리를 질렀다. 희수는 도리질을 치며 하소연하듯 말했다.

"아니야, 그런 거! 제발 부탁이야. 이러지 마. 넌 아직도 과거의 환영에서 벗어나지 못했어. 난 예전의 네가 알던 희수가 아니란 말이야. 그리고 이제 네 곁에는 원찬 씨가 있잖아."

"그게 뭐? 그래서 뭐? 원찬이가 뭐? 난 오늘 널 친구라고 생각하고 온 거야. 너 일본 가기 전에 실컷 보고 싶어서! 너 일본 가고 나면 또 언제 볼지 모르니까……."

운비의 울먹거림에 희수는 억지로 눈물을 삼켰다. 운비가 원찬이를 떼어놓고 혼자 오겠다고 했을 때, 고민 끝에 진건에게 전화를 했고 도움을 요청했다. 혼자서 운비를 만날 용기가 나지 않았던 것이다. 아직도 김희수라는 남자의 환영에 얽매어 있는 운비를 어떻게 대해야 할지, 어떤 말을 해줘야 좋을지 너무나 마음이 힘들고 아파서 어쩔 수 없이 진건에게 와 달라고 부탁했다. 그가 있으면 이런 말도 당차게 할 수 있을 것 같았다.

진건이 한 말 때문에 며칠 동안 괴로웠다. 운비가 원찬을 자기 대용으로 여기고 있다는 게 두려웠다. 단 한 가지 운비에게 원하는 게 있다면, 사랑하는 남자를 만나 행복하게 사는 모습을 보는 것뿐이다. 다시는 자신 같은 인간 때문에 힘들어하지 않고, 울지 않고, 여자로 떳떳하게 사랑받으며 사는 것뿐이었다. 운비를 여자로 사랑할 수 없었던 그 시간이 희수에게도 지옥이었다. 운비에게서 이성이 아닌 동성으로 인정받고 싶었던 그 세월이 지독히 힘들고 아팠다.

끝까지 동성으로 인정하지 않았던 운비. 그런 그녀를 두고 마지막으로 돌아섰을 때 어떤 마음이었는지 그 아무도 모른다. 희수라고 왜 자신의 처지를 한탄하지 않았겠는가. 그 누구보다 도깨비 그녀를 한 여자로 사랑하고 싶었다. 인정 많고 불의를 보면 참지 못하는 의협심 투철한 운비가 희수 눈에도 너무나 아름답고 멋져 보였으니까.

하지만 저주받은 운명이었기에 그럴 수 없었다.

그렇게 피눈물을 쏟고 이제 1년이란 시간이 지난 지금, 적어도 이렇게 변한 모습으로 운비 앞에 나타나면 여자로 인정해 줄줄 알았다. 그런데 아직도 변한 게 없는 운비가 안타깝고 애처로워서 희수는 힘에 부친다. 아직도 혼돈 속에 빠져 있는 운비가 안타깝다. 당당하게 운비 앞에 서고 싶었던 마음까지도 움츠러들게 하는 운비가 원망스럽다.

역시 그녀에게 이해를 바란 것은 무리였던 걸까. 이렇게 나타난 것이 이기적이며 잘못한 일일까. 이제 그만 운비에게서 자유롭고 싶다. 아니, 그녀를 위해서도 서로에게서 자유로워져야만 한다. 그래야 운비는 새로운 사랑에 집중할 수 있을 테니까. 희수는 그 사랑의 구원자가 원찬이길 진심으로 바랐다.

"미안해. 아무래도 내가 잘못 생각한 것 같다. 이렇게 나타나면 적어도 친구 정도는 될 수 있을 줄 알았어. 하지만 우린 친구로서도 힘든 사이로구나. 왜 그런지는 네가 더 잘 알겠지. 넌 아직도 날 여자로 생각하지 않으니까, 인정하지 않으니까. 그게 우리 둘이 친구가 될 수 없는 이유야. 무슨 말인지 알겠니?"

운비는 찬물을 뒤집어쓴 듯 머리가 띵해졌다.

아직도 인정하지 않고 있다고? 내가?

지난 1년 동안 그렇게 인정하고자 애썼는데? 그래서 돌아올 수 있었던 건데?

다시 혼란스럽다. 아무것도 눈에 보이지 않는다. 도운비가 김희수를 아직도 남자로 사랑하고 있다는 건가? 그는 이제 여자의 몸이 되었는데? 그렇다면 이제까지 희수를 드랙퀸(drag queen 여장 남자) 정도로밖에 생각하지 않았다는 것인가.

하지만 딱히 부정할 말을 내뱉지 못하겠다. 이 감정은 무얼까. 지금 눈앞의 희수를 바라보는 이 감정. 가슴이 터질 것 같고, 미칠 것 같은 이 감정은.

내게 희수는 과연 무엇이었던가.

"빌어먹을……."

신음처럼 욕설을 흘린 운비는 비틀거리며 화장실을 나갔다. 자리로 돌아가지 않고 곧장 그곳을 나와 어디론가 무작정 걸었다. 희수가 한 말이 가슴을 때리고 부서뜨리고 아프게 할퀴어댔다.

그래, 이건 아니야. 희수는 이제 여자인걸. 장난처럼 여장 남자로 꾸민 것이 아니라 진짜 트랜스젠더란 말이다. 잊었어? 소유욕처럼 불타오르던 사랑, 그거 다 허망한 거였잖아. 이제껏 네가 붙들고 있던 건 희수의 환영이었어. 진건 선배 말대로 원찬이를…… 희수의 환영 정도로 여기고 있었던 거니?

"미쳤어."

길 어디쯤에서 한쪽 다리를 굽혀 쪼그려 앉았다. 주먹 쥔 손으로 이마를 짚고 얼마를 그렇게 앉아 있었는지 모르겠다.

몇 발 뒤에서 바에서부터 쫓아 온 진건이 운비가 하는 꼴을 가만히 지켜보고 있었다.

길가 포장마차로 들어가 소주를 시켰을 때 진건이 옆에 와 앉는데도 운비는 놀란 기색이 전혀 없었다. 무표정하게 진건을 쳐다보고 나서 말 없이 술잔을 기울이기만 했다. 진건이 술병을 빼앗아 대신 따라주자, 술 잔을 들어 단숨에 한 잔을 들이켠 뒤 땅이 꺼져라 한숨을 내쉬었다.

진건은 자작하여 술 한 잔을 깨끗이 비워냈다. 어쩐지 평소 달게만 느껴지던 소주가 쓰디쓴 독주 같다.

"재밌겠군요."

퉁명스럽게 툭 내뱉는 소리에 진건이 맥 빠진 웃음을 지었다. 운비의 잔에 술을 채워주고, 또다시 자작하여 들이켰다. 지독하게 쓴 술이다. 기분이 좋지 않았다. 화장실에서 나온 운비가 넋 나간 사람처럼 밖으로 나가기에 정신없이 뒤따라 나왔었다. 희수에게 간밤에 전화가 와서는 바(bar)로 와달라고 했다. 운비에게 이만 놔 달라고 말을 하겠노라며.

한편으로는 빨리 결단을 내린 것 같아 안심이 되면서도 막상 운비의 고통을 지켜보기가 진건은 무척 괴롭다. 예전 그 잔디밭에서의 일이 또다시 벌어질까 봐 정말로 겁을 먹었다. 누군가의 고통을 지켜보기란, 자신의 살을 직접 째고 꿰는 고통보다 더 괴롭게 느껴진다. 그것이 남자가 아닌 여자일 경우엔 더더욱.

더군다나 사랑 아닌가. 한때 누군가를 목숨 바쳐 열렬히 사랑하고, 그 이별에 못 이겨 군대를 가고, 또 잊을 만하여 제대한 그였다. 세월이 약이라는 말이 있지만, 때론 세월도 못 이기는 것이 사랑이라는 생각이 들었다. 그런 면에서 운비는 자신의 모습과 상당히 닮아 있었다. 같은 도깨비 과. 진건은 처음부터 운비에게서 동병상련의 아픔을 느낀 것이었다.

"몸은 좀 괜찮으냐?"

"네. 덕분에 땡땡 뭉쳤던 근육들이 완전히 풀렸어요."

"후후. 동아리 방 쪽으로는 오줌도 안 쌀 줄 알았더니, 역시 도깨비답더구나. 쉽게 물러서지 않을 줄은 알았다만."

운비는 웃지 않았다.

"나에 대해서 얼마나 안다고 그래요? 내 머리 꼭대기에 앉아 있다고 생각하나 본데, 그거 착각 천만인 거 알죠? 나, 그렇게 우스운 인간 아니거든요?"

"널 우습게 본 적 없다. 난 널 특별나게 생각해."

"난 특별나지 않아. 그냥 평범한 인간일 뿐이야. 내 겉모습이 이렇다 해서, 내가 남들에게 보이는 게 이것뿐이라 해서 날 함부로 판단하지 마. 난 그냥 여자야. 그것뿐이야."

비애감에 젖은 운비의 말이 진건의 가슴 속에서 깊은 파문을 일으키며 퍼져 나갔다.

운비는 거칠게 한 잔을 들이켰다. 급히 한 잔을 더 따라서 연거푸 들이 켠 뒤 술잔을 소리 나게 탁 내려놓았다. 고개를 푹 숙이고 울화가 치미는 듯 힘겹게 숨을 고른다. 진건이 착잡하여 운비의 손에서 가만히 잔을 빼내었다. 그러자 술잔을 탁 빼앗으며 운비가 또다시 술병을 잡았다.

진건은 타이르듯 말했다.

"못 마시게 안 할 테니까 천천히 마셔."

"놔, 이거!"

진건의 손을 억세게 뿌리치고 술잔에 술을 따라 거침없이 들이켰다.

"자식, 고집 통 하고는."

입 끝으로 중얼거리던 진건이 기어이 운비의 손에서 술병을 빼냈다.

"내버려 두라니까!"

"따라 줄게, 준다고."

씩씩거리는 운비의 잔에 술을 따라주며 진건이 못 말리겠다는 듯 고개를 내저었다.

그 말에 안심을 했는지 이번에는 천천히 술 한 잔을 마신 뒤 운비가 조용히 뇌까렸다.

"원찬이한테는 아무 말도 하지 마요. 오늘 있었던 일 전부."

"그러지. 정리할 수 있을 때 해. 이런 상태로는, 시간이 지나면 지날수록 너는 물론이고 원찬이까지 힘들어져."

진건은 하루빨리 운비가 제 마음을 정확히 들여다 볼 수 있기를 바랐다. 새로운 사랑은 새 마음에 담아야 하는 것이 정석이니까.

"원찬이…… 진짜 좋은 녀석인데."

그 말을 하는데 운비의 눈에서 눈물이 핑 돌았다.

"그러니 하는 소리지. 괜한 애 상처 주지 마라."

"진짜, 진짜 괜찮은 녀석인데……. 보기만 해도 탐나는 녀석."

"누가 봐도 그래. 하지만 그뿐, 네 상대는 아니야."

운비를 자극하는 수법치고는 꽤나 짓궂지만 그렇게 하지 않으면 빨리 마음을 비울 수 없을 것이다. 운비에겐 지금 자신과 원찬을 동시에 제 삼자로 바라볼 냉정한 시선이 필요하다.

원찬이 자신의 상대가 아니라는, 뼛속까지 스며드는 진건의 일깨움에 가슴이 후들거려서 운비는 다시금 술잔에 술을 채웠다. 손이 떨리니 술이 잔을 넘쳐 바닥을 적셨다. 힘겹게 숨을 쉬면서 술을 들이켜자 눈물이 왈칵 가슴을 뚫고 치밀어 오른다. 눈을 꾹 감아 쏟아지려는 눈물을 가까스로 참았다. 하지만 눈을 떴을 때는 눈가로 반짝 물기가 남아 있었다.

"원찬이가 날 좋아해요. 아니, 진짜로 사랑하는 것 같아."

"잘 생각해라. 아직도 넌 희수의 그림자에서 벗어나지 못했어. 희수가 여자인가 남자인가 하는 성역과는 상관없이 말이야. 그때의 충격이 너무나 커서 아마 평생 그림자처럼 따라붙을지도 모르지. 그럼 누가 가엾어지겠냐?"

"원찬이도 알아요, 과거에 내가 희수를 사랑했었다는 거. 이해해 줬어. 자기가 내 마음 빈자리 채워 주겠다고 한 걸."

"문제는 너야. 확실히 마음을 비우지 못했잖아. 희수를 보고도 담담해질 수 있을 때에야 비로소 원찬이에 대한 감정 또한 분명해질 거다. 그땐 이미 돌이킬 수 없게 돼."

운비가 진건을 돌아보며 의아하게 물었다.

"그럼 선배는? 선배도 날 좋아한다며? 단지 동정인가? 아님, 이런 내가 흥미로워?"

진건이 피식 웃으며 술을 한 잔 쭉 들이켜고는 대답했다.

"동정도 아니고 흥미는 더더욱 아니다. 네가 여자로 보여. 이 정도면 대답 됐겠지?"

운비는 큭큭 웃음을 터뜨렸다. 그 웃음은 점점 커져서 나중에는 소름이 끼칠 정도였다. 포장마차에 있던 다른 손님들이 인상을 쓰면서 노려보아도 운비의 웃음소리는 좀처럼 사그라지지 않았다.

그렇게 웃기 시작한 것이 거리를 나와 택시를 타고 운비의 집 어귀에 함께 왔을 때까지도 계속되었다. 진건은 웃음을 말릴 생각은 없는 듯 내내 묵묵히 따라 걷기만 했다. 집 앞에 다다라서야 마침내 웃음을 그치고 돌아서 진건과 마주 섰다. 엄지를 뒤로 까닥거려 집 쪽을 가리켰다.

"다 왔어요. 여기가 우리 집."

"그래. 어서 들어가라."

운비가 어깨를 으쓱하고는 말했다.

"이제 이 문제는 내가 알아서 해. 그러니 선배는 끼어들지 마요. 괜히 일 복잡하게 만들지 말자고요. 쪽팔리니까."

진건이 피식 웃으며 응수했다.

"복잡하게 만들고 싶지 않다 해도 이미 그렇게 되어버렸다. 그냥 발 뺀고 구경만 하자고 도깨비 네 녀석한테 대시한 건 아니니까 말이야. 들어가라, 내일 보자."

"좋아. 내일 일은 내일 생각하지 뭐. 하지만 이거 한 가지만 알아둬요, 내가 선배를 죽이고 싶도록 미워한다는 거."

"후후. 애교도 살벌하게 하는구나. 간다."

진건이 돌아섰고, 볼에 한가득 공기를 물었다가 훅 내뿜으며 운비도 신경질적으로 초인종을 눌렀다.

***

"혜리가 원찬이 좋아하지?"

휴게실 창문에 기대어 운비가 묻자, 그 옆에 서서 담배를 피우던 기철이 미적 대답 했다.

"그럴걸."

용택의 대답은 더 확고했다.

"보면 몰라?"

자신의 눈에도 그렇게 보일 정도면 남들이야 벌써 다 아는 사실일 터. 운비는 물끄러미 원찬과 혜리를 바라보았다. 어느 누가 보아도 어울리는 두 녀석. 흔한 원찬의 장난에도 새치름 얼굴이 붉어지는 혜리는, 그러면서도 그다지 싫은 내색이 아니다. 외려 이마에는 나, 너 좋아해 라고 큼지막하고 또렷하게 쓰여 있다. 운비는 생각이 많은 얼굴로 두 녀석을 하염없이 바라보고 또 바라보기만 했다.

"안 들어가?"

용택이 물었고, 운비는 그제야 창에서 시선을 떼며 돌아서서 벽에 등을 기대었다.

"혹시 너 질투하냐?"

기철의 물음은 운비의 가슴을 더욱 착잡하게 만들었다.

질투라……

솔직히 말하자면, 지난번 열람실에서 보았을 때에도 눈에 불똥이 튈만큼은 아니었다. 희수였다면 그 정도로 그치진 않았을 테지. 새내기 시절 희수 곁을 불도그처럼 지키며 희수에게 눈길을 주는 사람이라면 여자고 남자고 가리지 않고 모조리 응징을 가했던 일을 상기해 볼 때, 혜리에게 느끼는 질투는 실로 가볍다 해야 옳았다. 그것은 자기 남자를 지키고자 하는 맹렬한 전투 본능이라기보다, 같은 여자로서 혜리에게 느끼는 작은 콤플렉스 정도에 지나지 않았으니까.

혼자 그런 결론에 도달하자 운비는 우울한 마음을 감출 수 없었다. 한숨을 푹 내쉬고는 서서히 휴게실에서 멀어져갔다.

"야, 어디 가?"

용택의 물음에 돌아보지도 않은 채 기운 없이 대답했다.

"강의실에."

평소답지 않은 운비의 모습에 용택과 기철이 심각한 낯빛으로 서로 쳐다보았다.

그로부터 얼마 후, 원찬이 헐레벌떡 운비가 있는 강의실로 뛰어들어왔다. 아직 오후 강의 시간이 되려면 한 시간이나 남아 있어서 강의실에는 운비 혼자였다.

창가 쪽 책상에 엎드려 있는 운비에게 다가온 원찬은 그 앞자리에 풀썩 주저앉았다. 고개를 기울여 운비의 얼굴을 들여다보았다. 운비는 눈알만 돌려 원찬을 한 번 쳐다보고서 무심히 창밖으로 시선을 돌린다.

용택과 기철이 휴게실 밖으로 불러내어 운비의 심사가 단단히 틀어졌다는 귀띔을 듣고 부리나케 달려온 그였다. 기철 말로는 혜리와 함께 있는

걸 보고 질투가 나서 그렇다 한다. 그러면서 앞으로 주의하라는 말까지 보
탰다. 아무리 도깨비가 성격이 남자 같아도 본질은 여자 아니겠느냐고.

강의실로 달려오면서 선배들의 따끔한 충고가 거슬리기보다 기분이
날아갈 듯 좋았다. 운비가 질투를 한다는 건 그만큼 자신을 사랑한다는
증거였으니까. 그런데다 강의실에서 혼자 기운 없이 엎드려 있는 운비를
보자 더욱 사랑스러웠다. 킥. 얼마나 삐쳤을까?

"어디 아파?"

"지금 몇 시냐?"

"두 시. 아직 한 시간 남았어."

"리포트 다 했냐?"

"다 했지."

"신문사엔 안 가 봐도 되냐?"

"수업 다 끝나고."

계속 딴말만 해대는 걸 보니 정말로 삐친 모양이다. 운비의 얼굴을 가
까이 들여다보며 애교 있게 물었다.

"나 때문에 삐쳤어?"

"내가 왜 너 때문에 삐쳐?"

여전히 목소리는 봄볕에 하늘거리는 아지랑이 같지만 불퉁한 뉘앙스
는 속일 수가 없는 거였다. 원찬이 속으로 쿡 웃고는 계속 말을 걸었다.

"오늘은 어디 가면 안 된다?"

"왜?"

"어제 하루 양보했으니까 오늘은 나하고 있어야지. 그러지 말고 희수
선배 보러 갈까?"

운비가 갑자기 번쩍 고개를 들었기에 원찬은 깜짝 놀란 시늉을 하며
빤히 쳐다보았다. 운비는 민감한 반응을 보인 것 같아 머쓱한 기분에 얼
른 원찬의 눈을 피하며 물었다.

"희수는…… 왜?"

"한 달 있다가 일본으로 다시 돌아간다고 하지 않았나? 그럼 자주 못 볼 텐데 또 안 만나?"

바보 같은 자식.

입안에 쓴 물이 감돌아 끙 신음을 삼켰다.

"너, 진짜 별종이로구나? 내가 예전에 좋아했던 사람이라는데 만나도 아무렇지 않아?"

"예전 일이잖아. 지금은 좋은 친구 아니었어? 내 눈치 봐서 일부러 안 만나고 그러는 거라면, 안 그래도 돼. 이왕 만나는 것, 같이 만나면 더 좋고. 희수 선배도 너한테 남자 친구 생겼다니까 무척 좋아했잖아. 우리가 좋은 모습 보여줘야 희수 선배도 마음이 홀가분해지지 않겠어?"

구구절절 맞는 소리다만 어쩌냐, 난 아직도 마음이 2차 세계 대전인걸. 실은 도대체 내가 지금 무슨 생각을 하고 있는 건지도 모르겠어. 혼란스러워서 미칠 것 같아.

답답한 마음에 눈앞의 원찬을 물끄러미 바라보았다. 원찬도 대답을 기다리듯 마주 응시한다. 한동안 침묵을 지키다가 마침내 어떤 결정을 내린 듯 운비는 진지하게 입을 열었다.

"원찬, 너 여자랑 자봤냐?"

원찬의 얼굴이 단박에 경직되었다. 난감하고 곤란하고 약간 놀란 듯도 하고 표정이 매우 복잡 미묘하다.

"아니……, 넌?"

"나도. 근데 자고 싶은 남자는 있었어."

"희수 선배?"

"그래."

솔직히 대답하자 원찬은 입술이 타는지 혀로 축인다. 경직된 원찬의 얼굴을 보자 운비는 괜스레 가슴이 먹먹하다.

"원찬, 너 나랑 자고 싶은 생각 있어?"

"왜 갑자기 그런 말을 하는 건데?"

"있어, 없어?"

원찬의 얼굴은 더욱 심각해졌다. 약간 화가 난 듯도 하다.

대답이 없기에 벌떡 일어나며 결심한 대로 다부지게 말했다.

"저녁에 만나. 지난번에 갔던 그 여관 있지? 거기서 내 이름 대."

"……."

휙, 원찬의 날카로운 시선이 운비를 올려다봤다. 운비의 심경 변화를 도무지 이해할 수 없었다. 운비 스스로 잠자리를 먼저 요구해 오다니, 이건 혜리에게 질투를 느끼는 차원과는 다른 심각한 문제가 있는 것이 분명하다.

물론 잠자리 요구야 운비의 털털하고 시원시원한 성격상 얼마든지 있을 수 있는 일이다. 하지만 겉으로 강한 척하는 여자들이 알고 보면 속은 여리고 물러터지기 십상이지 않던가. 원찬이 알고 있는 운비도 그런 여자라고 생각했었는데, 이건 뭔가 대단한 착오가 생긴 것이다.

어떻게 대답을 해야 좋을지 몰라 망설이는 원찬에게 운비는 마지막으로 원찬의 세포마다 잠재된 남성을 일깨워주는 한마디를 던져놓고 강의실을 나가버렸다.

"희수 대신 내 마음 빈자리 채워준다고 했지? 여덟 시까지 와. 기다릴게."

오후 강의 시간을 모두 제치고 학교 부근에서 가장 잘한다는 미용실에 갔다. 파마를 하기 위함이었다. 태어나 이날 이때껏 파마라고는 단 한 번도 하지 않았던 터라 마치 남자가 군대 가기 전 삭발을 하는 것 같은 비장한 각오마저 감돌았다.

여자는 심경의 변화를 일으킬 때 뭔가 변신을 꾀한다고 했다. 외모의 변신이라면, 가장 눈에 띄고 쉽게 할 수 있는 일이 헤어스타일 아니겠는가. 그런 면에서는 운비도 크게 다를 바 없었으니. 더구나 오늘은 원찬과 역사적인 첫날밤을 보내야 하는 중요한 날이다. 먼저 제안을 해놓고 이 모양 이대로 그를 맞는다면 너무 성의없는 짓일 거로 생각했다.

유리문을 열고 들어가자 그 시각에도 젊은 여성들이 머리를 손질하려고 삼삼오오 모여 순서를 기다리거나 커피를 마시면서 수다를 떨거나 잡지 삼매경에 빠진 것이 보였다.

"어서 오세요~!"

매니저인 듯한 여자가 발랄 깜찍한 목소리로 인사를 해왔다.

카운터로 간 운비는 휴대전화를 제외한 가방을 통째로 넘기고 매니저가 건네주는 가운을 걸쳐 입었다.

"특별히 찾는 분은 계신가요, 손님?"

아마 지정해 둔 헤어스타일리스트가 있느냐고 묻는 것 같았다. 운경이 머리를 새로 하고 올 때마다 헤어스타일리스트가 어떠니 저떠니 하던 말을 상기하고 운비가 대답했다.

"없는데요."

그렇게 소파에 앉아 재미도 없는 잡지를 뒤적이며 삼십 여분을 지루하게 기다렸다가 매니저가 안내해 주는 자리로 갔다.

"안녕하세요?"

참하게 생긴 헤어스타일리스트가 상냥한 목소리로 거울에 비친 운비에게 인사했다.

"어떤 모양의 헤어스타일을 원하세요?"

헤어스타일리스트가 물었을 때 운비는 즉각 대답할 수 없었다. 학교를 나올 때까지만 해도 머리 모양을 바꿔야겠다고 생각지 않았었으니 어느 정도는 충동적인 결심이라 해야 옳았다. 그리고 헤어스타일을 설명하기가 만인 앞에서 노래 부르는 일과 비등하다는 것을 절감했다.

"그냥…… 여성스럽게."

여성스럽게.

한 남자의 본능을 자극하기 위해서 운비는 그렇게 말했다. 누군가에게 예쁘게 보여야 한다는 생각을 해본 적이 없는 운비로서는 참으로 생경한 감정이었다. 약간의 쓸쓸함도 느껴졌고, 아울러 작은 설렘도 가졌다.

'그래, 이참에 확실히 원찬이와 잘해보는 거야. 위기는 곧 기회라는 말도 있잖아. 힘내자, 도깨비. 아자!'

자칭 헤어스타일 계의 베테랑급인 헤어스타일리스트는 운비의 꽁꽁 하나로 묶인 말총머리를 풀고 손으로 쓱쓱 빗어 내리며 모발 상태를 확인했다.

"전체적으로 무거워 보이는 직모라 길이는 그대로 하되 가볍게 쳐낼게요. 그리고 너무 고불고불한 파마보다는 볼륨이 풍성하게 들어가는 자연스러운 모양이 좋겠어요. 머리카락 색깔이 검어서 인상이 강해 보이는데, 연한 갈색으로 염색을 해보는 건 어떠세요?"

염색을?

염색까지는 염두에 두지 않았기에 운비는 약간 당황했다. 그보다 수중에 있는 돈이 기철에게 빌린 십만 원이 전부라는 게 문제였다. 외상도 되나요? 하고 묻고 싶었지만 그렇게 해 줄 턱이 없었기에 솔직담백하게 물었다.

"그럼 파마에 염색까지 겸해서 하려면 얼마나 하는데요?"

"원래는 머릿결이 상하기 쉬워서 파마와 염색을 같이 해드리진 않는데요. 모발을 보니까 파마를 해본 적이 없으신가 봐요? 무척 건강하네요."

모발이 건강해서 한꺼번에 별짓을 다 해도 크게 무리는 없겠다는 말로 들렸다.

"파마와 염색이 각각 삼만 오천 원씩, 칠만 원인데요. 학생은 20% 할인해 드려요."

칠만 원에 20%를 감하면 오만 육천 원.

빌린 돈 십만 원에서 반 이상이 헤어비로 들어가는 셈이다. 한동안은 용택과 기철에게 빌붙어야겠다는 생각을 하며 고개를 주억거렸다.

"해줘요."

그로부터 약 네 시간 후. 염색과 아울러 헤어스타일리스트가 서비스라며 영양제까지 듬뿍 발라 약간의 시간이 더 소요. 마침내 머리를 풀었을 때 뽀글뽀글 감긴 머리카락에 낯선 감정을 느끼며 운비는 헤어스타일리스트가 끝으로 머리 정리하는 모습을 담담히 지켜보았다. 감아서 젖은 머리카락을 드라이기로 말리고 헤어 에센스를 바르고 나자 검고 칙칙하던 직모가 꼭 가발을 쓴 것처럼 180도로 바뀌어 있었다. 자연스럽게 늘어진 연갈색 파마머리.

평소 스킨과 로션도 무시하고 귀찮다는 이유로 베이비 로션 하나로 꿋꿋하게 버틴 피부치고는 과히 좋아 보이는 까무잡잡한 피부와 그 위에 색깔로 덧칠하지 않더라도 또렷또렷한 이목구비 덕에 제법 미인이란 소리를 듣게 생긴 운비는 도깨비라는 투박한 별명보다는 지금 이 순간 아름답다고 표현해야 할 만큼 화사했다.

그런데도 어딘가 낯설고 멋쩍은 기분이 들어 거울에 비친 자신의 모습을 민망하게 바라보았다.

"어때요? 마음에 드세요?"

헤어스타일리스트가 멍해져 있는 운비의 어깨를 살짝 짚으며 생긋 웃자, 운비는 황급히 고개를 끄덕였다.

"아, 네. 좋네요."

꼭 가발 쓴 것 같아요, 라는 말은 속으로 하고 자리에서 일어났다. 그리고 피 같은 오만 육천 원을 주고 미용실을 나왔다.

염색하고 파마하느라 장시간 진을 뺐더니 맑은 공기를 쐬자 살 것 같았다. 손목시계를 들여다 본 뒤 잠깐 그 자리에 서서 어디로 갈 것인가 고민했다. 약속 시간이 여덟 시니 그동안 뭘 한다?

마침 배가 출출하기에 가까운 분식집으로 걸음을 옮기는데 그때까지도 멀쩡하던 가슴이 사르르 떨리기 시작했다. 대망의 첫날밤이 불과 1시간 반 앞으로 다가와 있었다.

별 리 (別離)

약속 시간 오십 분 전.

여관방에서 희수에게 전화를 걸었다. 집이라며 전화를 받은 희수에게 서론은 생략하고 본론만 얘기했다.

"나, 오늘 원찬이랑 잘 거야."

놀라서인지 할 말을 잃은 탓인지 건너편에서는 아무 말이 없다. 하긴 전화해서 뜬금없이 남자와 자겠다는 소리를 듣고 무슨 말을 할 수 있겠는가. 그럼에도 나는 희수의 침묵에 왠지 마음이 착잡했다. 가느다란 한숨을 내쉬며 다시 한 번 확고히 말했다.

"원찬이랑 잘 거라고. 내 말 듣고 있어?"

[응, 듣고 있어.]

희수의 목소리가 냉정하고 무겁게 들려 코끝이 찡했다. 지구에서 명왕성만큼이나 멀게 느껴지는 거리감이 희수와 나 사이에 머물렀다. 이젠 정말로 희수가 나를, 과거의 연인이 아닌 그렇다 해서 친구로도 여기고 있지 않다는 사실에 가슴 아팠다. 어떤 마음이었든 희수에게 잘해주고 싶었던 건 사실이지만 그것이 희수에게 고통이 되는 지금, 나는 더 이상 희수 곁에 머물 수 없었다. 어차피 일을 이렇게 만든 건 나니까 누구를 원망할 마음도 없었다.

단지 지금은 희수를 안심시키고 싶다는 것. 그리고 진심으로 원찬이와 잘해보고 싶다는 것. 이때껏 원찬이를 희수 대용으로 여기고 있었다는 것은, 나 자신에게 뿐 아니라 두 사람에게도 용납될 수 없는 일이기에, 내 마음을 바로잡고자 하는 것이다. 희수는 희수, 원찬은 원찬. 나는 오늘 그 분리 작업을 확실히 해야 한다. 아울러 그것이 진건의 코를 납작하게 해주는 길이라고 믿었다.

나는 전화 속의 희수에게 자신만만하게 말했다.

"그러니까 걱정하지 마. 나, 아무렇지도 않아. 진짜 원찬이 좋아해. 나보다 나이는 어리지만 진짜 남자 같기도 해. 착하고, 너처럼 빌빌거리지 않아서 속도 안 터지고, 놓치기 싫은 녀석이야."

[운비야.]

"하지만 진건 선배는 좋아하지 마. 내가 아직도 이래라저래라 해서 미안한데, 사랑하지 마. 진건 선배 따로 좋아하는 여자 있어. 그러니까 일본 가거들랑 거기서 한 놈 골라. 널 평생토록 여자로 사랑해 줄 수 있는 남자 찾으라고. 내 말 무슨 말인지 알아?"

내 눈에서는 벌써 눈물이 줄줄 흘러내리고 있었지만 무슨 말이든 해야 한다고 생각했다. 그래야 희수가 안심할 수 있을 테니까.

나는 코를 훌쩍이며 손등으로 눈물을 쓱쓱 문질러 닦고는 말을 이었다.

"널 여자로 인정해주지 못해서 미안해. 하지만 나한테는 너무…… 힘든 일이었어. 내가 남자였으면 싫을 때도 많았을 만큼 너한테 주어진 삶이 나에게도 고통스러웠어. 그래서 더 잊히지 않았나 봐. 다 잊었다고 생각했어. 이젠 괜찮을 것이라고 생각했어. 그런데 아직 모자랐나 봐. 시간이 부족했나 봐."

희수가 흑흑 소리를 내며 울었다. 내 눈에서도 하염없이 눈물이 흘렀다. 닦아도, 닦아도 한 번 흐르기 시작한 눈물은 좀체 그쳐지지 않았다. 이제 정말로 희수를 한 여자로 보내야 할 때가 온 것이다. 그것이 사랑이든 우정이든 연민이든 마음속에서 누군가를 억지로 들어내는 일은 생살을 찢는 것과 같은 아픔이었다.

웃으면서 보내주고 싶은데, 지난 추억까지 덜어내는 일이라 그런지 자꾸만 눈물이 흘러나왔다.

"미안해, 희수야. 네 마음 편하게 해 주지 못해서…… 정말 미안해."

전화를 끊은 나는 여관의 침대 위에서 한참을 울었다. 한때 내가 미치도록 좋아했던 사람. 그가 여자라는 걸 알았을 때 받았던 정신적 충격과 괴리감. 그가 선택한 삶을 저주할 수 없어 억지로 보내고 나서 오랜 시간 홀로 가졌던 방황.

그동안 내가 얻은 건 아무것도 없었다. 아무것도 버리지 않았으니 얻지 못한 것은 당연하다. 이제야 비로소 나는 회한의 눈물로써 내 마음속의 찌꺼기들을 씻어 내리는 것이었다. 이렇게 씻겨 내고 나면 다시 시작인 거다. 더는 지나간 환영에 얽매이지도 않고 희수의 삶을 가엾게도 여기지 않을 것이다.

희수에게서는 더 이상 전화가 없었다. 하지만 나는 안다. 내가 희수를 마지막으로 이렇게 떠나보내려 하듯이 희수도 나를 똑같이 떠나보내고 있다는 것을. 그것은 희수를 한 여자로서뿐 아니라, 한 인간으로서 이해하고자 하는 나의 의지였다.

지금까지 희수를 언제든 내가 돌봐줄 사람으로, 내가 아니면 안 될 사람으로 소유하려 했다는 걸 절실히 깨닫게 된 것이다. 희수는 이제 내가 사랑했던 한 남자임을 떠나, 진정으로 한 여자가 되었음을 나 스스로 인정하게 된 계기이기도 했다.

뜨거운 물에 샤워를 하고 눈가에 물기를 다 말려 보냈을 즈음 문을 노크하는 소리가 들렸다.

드디어 결전의 시간이 왔다.

사 랑

'어쩌지?'

운비가 맨몸에 가운 하나만 걸치고 욕실에서 나왔을 때 원찬은 매우 난감한 표정을 했다. 마음을 단단히 먹고 왔지만 막상 반쯤 헐벗은 운비를 보자 이 사태를 어떻게 받아들여야 할지 고민하지 않을 수 없었다. 말총머리가 구불구불한 인형 머리가 된 것을 보더라도 운비의 심경에 무언가 굉장한 변화가 있음을 알 수 있었다. 그랬으니 이렇게 갑자기 잠자리를 요구한 것이 아니겠는가.

"들어와."

원찬은 운비의 뒤를 상기된 얼굴로 따라 들어갔다.

운비는 침대에 다리를 꼬고 앉더니만 긴장한 듯 서 있는 원찬에게 시선을 주었다. 녀석의 마음부터 편하게 해주어야겠다는 생각에 부드럽게 목소리를 굴렸다.

"이리 와. 그렇게 서 있기만 할 거야?"

살짝 벌어진 가운 아래로 쭉 뻗은 미끈한 종아리에 마음이 혹할 때가 아니었다. 그에 앞서 운비의 오해를 풀어주어야 했다.

원찬은 혼자 추측했던 말을 한꺼번에 쏟아내었다.

"내가 뭘 잘못했는데 이래? 혜리 때문에? 걔랑 나, 아무 사이도 아니야. 그냥 과 친구야. 너도 알잖아."

저런 바보!

멍석 깔아줘도 못 하냐?

운비는 황당함을 감추고 애써 웃는 낯을 했다.

"그거 때문 아니야. 괜히 빼지 말고 이리 와, 응?"

하지만 원찬은 어떻게든 정절을 지켜야겠다는 일념인지 계속 그 자리를 고수했다. 마음 같아서는 녀석을 들춰 메어 침대에 자빠뜨리고 싶었으나, 날이 날이니만큼 운비는 평정을 잃지 않으려 노력했다. 사실 아무리 대담한 운비라 할지라도 이 상황에서 떨리지 않는다면 거짓말이다. 그녀에게도 오늘은 역사적인 첫 경험의 날이니까. 원찬도 동정이라는 게 (키스를 잘하는 걸로 봐서 약간 미심쩍은 부분이기도 하지만) 마음에 걸리긴 하지만, 이건 어디까지나 본능에 충실하면 되는 일 아니겠는가.

결국, 직접 나서야 하는 건가?

침대에서 일어난 운비는 어디서 본 건 있어서 나름 요염한 걸음걸이로 사뿐사뿐 원찬에게 다가갔다. 어깨로 흘러내린 긴 파마머리를 휙 뒤로 젖히며 셔츠에 손을 갖다 대자 원찬이 흠칫 놀라며 상체를 뒤로 뺀다. 운비가 절대 이 기회를 저버리지 않겠다는 듯 원찬의 셔츠 자락을 손으로 꽉 움켜잡고 자기 쪽으로 억세게 잡아당겼다. 그 기세에 허리가 앞으로 휘청 꺾인 원찬이 상체가 기울어져 운비와 입술이 닿을락말락하는 거리까지 근접했다. 긴장감과 불안감과 약간의 두려움이 뒤섞인 눈망울과 표정이란.

운비는 난 오늘 널 잡아먹을 도깨비야, 하는 걸 확실히 인식시켜주듯 의미심장한 미소를 지었다. 그럼에도 원찬은 좀처럼 경직된 얼굴을 풀지 않았다.

사내자식이 뭘 이렇게 겁먹나? 저도 마음이 있으니 여기까지 와 놓고, 빼기는.

인상을 쓴 채 꼼짝도 않는 원찬의 입술에 살짝 입맞춤을 했다.

'윽!'

그야말로 살짝 입술만 닿은 것뿐인데 원찬은 순간 침착함을 잃고 저도 모르게 와락 운비를 끌어안아 침대에 쓰러뜨렸다.

'그래, 깨비가 이렇게 원하는데 어쩌겠어? 이렇게 해서 내가 결백하다는 걸 증명해 보일 수만 있다면! 아, 근데 진짜 죽겠다. 나한테 잘 보이려고 파마까지 하다니, 왜 이렇게 귀여운 거냐?'

원찬이 무슨 생각을 하는지도 모른 채 운비는 침대에 드러누워 속으로 흐뭇하게 웃었다.

'그럼 그렇지. 끝까지 쪼다같이 굴면 어쩌나 걱정했는데, 이제야 사내새끼답네.'

정신없이 키스를 하고 있는 원찬을 보듬어 안았다. 키스만으로도 벌써 흥분이 격해진 녀석이라 이러다가는 제대로 속궁합이나 맞춰볼 수 있을지 걱정이었다. 하지만 경험이 없기는 운비도 마찬가지여서 다음으로 어떻게 해야 좋을지 막막했다. 녀석을 조금 진정시킨 다음 옷을 벗겨야 하나? 아님, 지금 이대로 옷부터 벗겨야 하나?

머릿속으로 이런저런 생각이 탕 속의 수제비처럼 둥둥 떠오르기 시작하더니 곧 뒤죽박죽 섞여버렸다. 이럴 줄 알았으면 책이라도 보고 오는 건데. 만일을 대비하여 사후피임약을 준비하느라 정작 중요한 실전에 대해서는 전혀 대책을 세우지 못했음이 뒤늦게 후회가 되었다.

하지만 어차피 이렇게 된 거 에라, 모르겠다 하는 심정으로 원찬의 셔츠를 더듬어 단추를 풀기 시작했다. 그런데 이 녀석 꽤 거칠다. 혀를 게걸스레 빨아대는 녀석 때문에 단추를 풀던 운비의 손이 몇 번이고 경련을 일으키며 주춤 멈췄다. 한동안 입술을 탐닉하던 원찬이 이제는 목덜미를 아예 파고들어갈 심산인지 억세게 애무하기 시작한다.

"아잇!"

운비는 목을 움츠리며 비명 비슷한 괴성을 내질렀다. 목덜미를 혀와 입술로 번갈아 핥으며 애무를 하는데 전신이 꽈배기 틀리듯 비비 꼬이는 것이다. 우와, 그 짜릿함이라니! 정신이 번쩍 드는 것 같기도 하고, 그 반대로 전원이 꺼지듯 확 나가버리는 것 같기도 하다.

"자, 잠깐만. 원찬, 잠깐만."

하지만 원찬은 운비의 말소리가 귀에 들리지 않았다. 다른 건 눈에 들어오지 않고 오로지 달콤한 향내가 나는 운비의 몸만 눈앞에서 어른거릴 뿐이다. 그 순간 남자는 한 여자를 책임질 수 있을 준비가 될 때까지 정절을 지키며, 마침내 그 한 여자만을 위해 자신을 아낌없이 바쳐야 한다는 아버지의 훈육은 말짱 도루묵이 되었다. 운비만 보면 발정 난 수캐처럼 몸에 이상이 오는 바람에, 밤이면 밤마다 주먹으로 허벅지 내리치며 참아오기를 몇 날이던가. 그냥 이 여자를 갖고 싶다, 안고 싶다, 이 여자와 사랑을 나누고 싶다, 그래서 완전한 내 여자로 만들고 싶다, 그 생각만 자신을 지배한다. 아아, 인간 최원찬이 진정한 남자로 거듭나려는 순간이다.

"깨비 너 왜 이렇게 섹시한 거야?"

목덜미를 빨아대다가 원찬이 운비의 귀에 신음처럼 말을 흘렸다.

"도깨비, 네가 너무 좋아. 좋아 죽겠다."

"나도 네가 좋아."

"나 사랑해?"

"……"

"왜 대답 안 해? 나 사랑하냐니까?"

"그럼…… 사랑하고말고."

그 말을 기점으로 별안간 원찬의 손이 빨라졌다. 상체를 벌떡 일으켜 스스로 셔츠를 훌러덩 벗더니만 침대로 훌쩍 내려서서 재빨리 바지 벨트를 푼다. 이미 전등은 끈 상태로 엷은 불빛만 남아 있어서 녀석의 나신이 희미하게 드러나기 시작했다. 매력적인 남자의 몸. 적당하게 붙은 근육들이 유혹의 손을 살랑살랑 흔든다. 게다가 우뚝 솟은 남성(男性)은 평소 운비가 상상했던 만큼이나 실하고 힘 있게 느껴졌다. 운비는 자기도 모르게 뜨거운 숨을 흡 들이켰다.

심. 봤. 다!

옷을 훌훌 벗어 던지고 원찬이 침대에 힘껏 몸을 던졌다. 운비의 가운을 양옆으로 활짝 열어젖히자 실오라기 하나 걸치지 않은 그녀의 몸이 그대로 눈앞에 훤히 펼쳐진다. 일순 심장이 멈춘 듯했다. 군살 하나 없이 탄탄한 몸이다. 오랜 운동으로 탄력 있고 미끈하게 잘 다듬어진 몸매. 하나의 도자기를 보는 듯 고아한 아름다움.

침이 꿀꺼덕 넘어갔다.

그 위를 조심조심 올라가 가만히 포갰다. 따뜻하다. 그리고 눈 아래 있는 여자는 매혹적이다. 커다란 손으로 운비의 동글동글한 머리를 쓰다듬었다. 이마도 매만져 보고, 눈, 코, 입도 모두 건드려보았다. 뺨을 어루만지며 입술을 머금는데 어찌 된 일인지 처음보다는 마음이 한결 가라앉는다. 왠지 경건함이 느껴진다고 할까.

사춘기에 접어들기 시작하면서 늘 최대 관심사였던 여자의 몸. 하지만 자신의 품에 안겨 뜨거운 눈길로 바라보는 운비를 보자 흥분은 고사하고 가슴 뭉클함이 자리 잡는다. 단지 육체의 호기심이 아닌 더 깊은 사랑이라는 감정이 강력히 작용했기 때문이리라.

원찬이 물끄러미 바라보고만 있기에 운비는 긴장해서 그런 줄 알고 포근히 감싸 안아주었다. 원찬이 짐짓 진중하게 물었다.

"정말 나랑 하고 싶어? 솔직히 말하면 너랑 하려고 온 거 아닌데."

원찬은 지금이라도 운비가 마음을 바꾼다면 기꺼이 놔줄 생각이었다. 굳이 오늘이 아니더라도 날은 얼마든지 많으니까.

"그럼 왜 왔어?"

"안 오면 네가 계속 혜리랑 나 사이 오해할 것 같아서 그거 풀어주려고. 근데 네가 유혹하니까 미치겠잖아."

"그러니까 하자고."

"정말 한다?"

"그래, 해."

담담하게 대답하는 운비를 보고도 원찬은 마음이 놓이지 않는지 한마디 덧붙였다.

"그럼 하다가 아프면…… 말해."

아프면?

아픔의 강도를 측정할 수 없어 운비는 난감하게 대답했다.

"그래."

원찬이 상체를 미끄러뜨려 아래로 내려갔다. 운비의 다리를 양쪽으로 벌려 처음 보는 여자의 그곳을 신기한 듯 들여다보았다.

으음, 이렇게 생겼구나.

실제로는 처음 보는 터라 원찬의 두 눈이 사춘기 소년처럼 흥분으로 고조되었다. 불빛에 붉게 물든 그곳이 번들거린다. 살짝 혀끝으로 맛을 보았다. 점액질이 혀끝에 닿자 쪽 빨아들였다. 그곳이 쏙 오므라들었다가 꽃잎처럼 다시 활짝 벌어진다. 어서 들어오라는 유혹의 샘.

아랫도리가 더욱 크게 팽창하여 견딜 수 없을 만큼 아파 왔다. 하지만 바로 들어간다는 건 예의가 아니지. 운비의 몸을 모조리 먹어버릴 듯 발끝부터 머리까지 샅샅이 훑고 올라갔다. 입술이 살결에 닿을 때마다 운비의 입에서는 뇌쇄적인 신음소리가 흘러나왔다.

일명 귀족 유방이라 하였던가. 맛보기조차 아깝고 탐스러운 가슴이 그곳에 있었다. 아껴먹듯 가슴을 살살 애무했다. 손으로 유방을 말아 쥐고 젖꼭지를 쪽 빨아먹자 흐읍, 하며 운비의 몸이 격하게 뒤척인다. 하아, 진짜 맛있구나. 볼록 솟은 젖꼭지와 동그란 젖무덤이 원찬의 남성을 애타게 자극했다.

더는 버티기가 어려워 조심스레 귀두를 운비의 그곳에 갖다 대었다.
운비의 다리를 양옆으로 벌리고 끼어 맞추는 식으로 천천히 들이밀자 강
하게 빨아들이는 느낌에 몸이 심하게 경련을 일으켜댄다.

"으으……!"

원찬이 입술을 질끈 악물었다. 낯선 침입자에 좁은 통로가 사방으로
밀려서 벌어지며 운비의 입에서도 아! 하는 짧은 비명이 새어나왔다. 끝
까지 들어간 원찬은 잠시 멈췄다가 천천히 허리를 앞뒤로 움직이기 시작
했다. 그럴 때마다 운비의 몸이 들썩들썩 춤을 추었고, 견디기 어려웠는
지 원찬의 등으로 손을 돌려 꽉 끌어안았다. 원찬의 몸놀림이 점점 빨라
지고 있다. 가벼이 신음도 내뱉고, 이따금 가슴을 손안에 쥐고 세게 빨아
대기도 한다.

"아윽……!"

점점 거칠어지는 몸놀림에 운비의 입에서 저도 모르게 비명이 터지자
원찬이 부지런히 허리를 놀리다 말고 걱정스레 물었다.

"아파? 하지 말까?"

미쳤어?

그럴 수 없다는 듯 운비의 손이 원찬의 허리를 꽉 움켜잡았다. 그러자
원찬이 끄응, 앓는 소리를 낸다. 금방이라도 폭주할 것 같은 느낌!

"으으, 나 금방 할 것 같아."

운비도 이것이 원찬의 첫 경험이라는 걸 참작해서 그만 고개를 끄덕였다.

"사정하고 싶으면 해."

"안에다 해도 괜찮아?"

"아까 약 먹었어."

말이 끝나기가 무섭게 원찬이 있는 힘껏 몰아붙였다. 금방 사정할 것
같다던 원찬은 그러고도 한동안 미친 듯이 파고들기를 그치지 않았다.

운비도 원찬이 격렬하게 치닫기 시작하고부터는 내내 아무 생각이 들
지 않을 만큼 머릿속이 텅 비었다가, 마지막에는 아랫도리가 통째로 떨

어져 나가는 듯한 아픔을 느꼈다. 그리고 어느 순간, 자신의 깊은 곳에서 우는 또 다른 누군가가 번뜩 눈앞에 나타났다.

'희수!'

운비는 이를 악물었다.

잘 봐, 보라고! 희수 네가 원하던 대로 난 이제 원찬이의 여자야.

원찬의 몸이 일순 굳어졌을 때 알아챘어야 했다. 무언가 이상한 낌새를 느끼고 눈을 떴을 때 땀을 뚝뚝 흘리며 원찬이 내려다보고 있었다. 그런데 그의 눈은 이제까지 이어지던 황홀감 대신 경악에 차 있었다. 영문을 모르고 숨이 차서 헉헉거리며 원찬을 마주 바라보았다.

"지금 뭐라고 그랬어?"

원찬이 띄엄띄엄 물었고, 곧 말을 이었다.

"지금…… 희수 불렀어?"

운비의 호흡이 딱 끊겼다. 그저 무의식중에 외쳤다 생각했지만 착각이었다. 자기도 모르게 희수의 이름이 입 밖으로 튀어나온 모양이다. 무섭게 얼굴이 일그러지는 원찬을 보자 숨이 멈췄던 것과는 반대로 아프도록 뛰어오르는 심장박동을 느꼈다.

"원, 원찬."

"말해! 지금 누구 이름 부른 거냐고! 분명히 희수라고 그랬어. 희.수. 라고!"

"아, 아니야. 안 그랬어."

"거짓말!"

벌떡 일어난 원찬은 조금도 지체함 없이 바닥에 널브러져 있는 옷가지들을 주워 입기 시작했다. 하늘이 무너진대도 이 같을 순 없을 것이다. 이 기막힌 배신감이라니!

운비는 가운으로 몸을 가릴 겨를도 없이 일어나 원찬을 붙잡았다. 하지만 이미 이성을 잃은 원찬은 손을 홱 뿌리쳤고, 때문에 침대로 털썩 나가떨어졌다.

"원찬, 내 말 좀 들어봐."

"들을 필요 없어!"

"그게 아니야, 네가 생각하는 그런 게 아니라니까!"

운비가 호소하듯 말을 해도 원찬은 눈을 감고 귀를 막은 듯 막무가내였다. 씨근덕거리며 옷을 다 입고는 나가기 전, 그때까지 침대 위에서 황당하고도 침통한 모습으로 앉아 있는 운비에게 차갑게 뇌까렸다.

"아무리 내가 희수 빈자리를 채워주겠다고 했기로 어떻게 이럴 수가 있지? 지금까지 날 뭐로 생각한 거야? 김희수라고 생각했어? 난 나야, 최원찬이야! 도깨비 넌 지금 나랑 사랑 나눈 거 아냐, 희수랑 한 거지!"

그 말을 끝으로 찬바람을 일으키며 나가버리는 원찬을 운비는 결국 붙잡지 못했다. 대관절 자신에게 무슨 일이 생긴 건지 아직도 어안이 벙벙한 탓이다.

이내 바깥문이 쾅 닫히는 소리가 들렸다.

***

유달리 봄볕이 따뜻한 날이다. 잔디밭에 누워 눈을 감은 원찬의 머리 위로 그림자가 드리워졌다. 슬며시 한쪽 눈을 떠보니 책 두 권을 가슴에 끌어안고 서 있는 이가 혜리다. 원찬은 귀찮은 듯 인상을 찌푸리며 다시 눈을 감았다. 지금은 누구라도 상대하고 싶지 않았다. 미니스커트를 입은 혜리가 다리를 옆으로 모아 얌전히 그의 곁에 앉았다.

"리포트 안 써? 이번 주까지 제출해야 하잖아. 이렇게 책도 빌려왔는데."

원찬의 얼굴 위로 따가운 햇볕이 내리쬐어서 혜리는 책을 들어 그림자를 만들어 주었다. 그런 정성을 아는지 모르는지 원찬은 눈을 감은 채 퉁명스레 쏘아붙였다.

"혼자 있게 좀 가줄래?"

그래도 혜리는 책을 내리지 않고 원찬의 얼굴을 내려다보기만 했다.

귀엽고 잘생긴 얼굴은 언제 보아도 미소를 짓게 한다. 게다가 다정하고 때로 터프한 성격까지.

그 '도깨비'인가 하는 괴상한 별명의 선배와 사귄다는 소문이 무색하게 그는 요즘 계속 혼자다. 그새 틀어졌나? 하지만 뭐, 바라던 바니 나쁘진 않다. 이전처럼 장난이나 다정하던 모습이 사라져서 그렇지, 차라리 고독한 편이 훨씬 낫다. 원찬이 그 무식하게 힘만 좋은 여 선배와 어울리기나 해서? 얼마간은 눈 버리는 줄 알았는데, 이제야 모든 게 제자리로 돌아온 느낌이다. 휴우.

"나중에 강의 끝나고 도서관에서 리포트 같이 하자. 이거 다 읽고 하려면 시간 턱없이 부족해."

원찬이 훌쩍 몸을 일으켰다. 그러고는 베고 있던 가방을 집어들고 성큼성큼 걸어가 잔디밭을 벗어났다. 늘 활력이 넘치던 그의 어깨는 축 처져 있고, 싱글싱글 잘 웃던 얼굴은 무표정하기 이를 데 없었다.

단대 건물로 들어가는 입구에서 운비와 마주쳤으나 원찬은 시선 한 번 주시 않고 그대로 지나쳤다. 마침 나오던 누군가와 탁 부딪쳤는데도 사과 한마디 하지 않고 되레 성질을 팩 내며 들어간다.

그 모습을 뻔히 지켜보고 있던 운비의 고개가 폭 수그러들었다. 함께 오는 중이던 용택과 기철이 둘을 번갈아 보더니 답답한 듯 혀를 쯧쯧 찼다.

"자알 하는 짓이다. 사귄 지 얼마나 됐다고 그새 이렇게 파투가 나냐? 도깨비, 너 또 무슨 사고 쳤어? 뭘 잘못 했기에 저렇게 딴 사람이 되느냐고?"

용택이 지나치게 흥분을 하자, 기철이 얼른 분위기 수습에 나섰다.

"남녀 문제는 당사자 둘 외에는 아무도 모르는 거야. 너무 그렇게 쪼지 마. 운비가 잘못한 거 아닐 수도 있지 뭘 그래."

"근데 왜 저 녀석은 아무 때나 칼잡이처럼 살벌하게 굴고, 이 녀석은 코가 석 자나 빠져 있느냐고? 그리고 내 장담하건대, 원찬이 잘못은 절대 아니야."

용택의 냉정한 판단에 운비는 발끈했다.

"쌍놈의 새끼가 똑같은 말을 해도 꼭 얄밉게 해요."

"그래, 도깨비 입에서 욕 안 나올 때 알아봤다. 며칠 가나 했어."

용택이 한심스럽다는 듯 핀잔을 주고는 먼저 들어가자, 가뜩이나 혈압이 올라 죽을 지경인 운비가 뒤에서 구시렁대었다.

"저 새끼는 꼭 나만 갖고 지랄이야!"

기철이 운비의 어깨를 툭툭 치며 진중히 조언했다.

"원찬이 마음 풀어줄 생각이나 해. 나도 요즘 같아선 원찬이 얼굴 보기 겁난다. 녀석이 얼마나 쌀쌀맞게 구는지, 참. 사귀다 보면 싸우기도 하고 그런다만, 난 솔직히 너희는 안 싸울 줄 알았거든. 대체 무슨 일이 있었 기에 그러냐?"

운비의 입에서 땅이 꺼지는 듯한 한숨이 쏟아져 나왔다. 그걸 다 말로 설명할 수 있다면 얼마나 좋겠느냐는 얼굴이다.

그때, 누군가 곁을 지나가면서 기철에게 인사말을 건넸다.

"안녕하세요?"

돌아보았더니 혜리다. 혜리는 운비를 보더니 샐쭉한 표정을 지으며 쪼 르르 이 층으로 달려 올라간다.

"이러다 혜리한테 뺏겨. 잘 잡아."

기철의 말에 운비는 더욱 심란해졌다. 여관에서 그 일이 있은 후 어느새 일주일이 지났건만, 곁에 다가가기도 어렵게 원찬은 180도로 딴 사람이 되어 있었다. 어떨 때는 평소 알고 있던 녀석이 맞나 싶을 정도다. 그게 서운할 정신은 없었다. 왜냐하면 녀석이 그러는 게 충분히 이해가 가고도 남았으니까.

두고두고 생각해도 기가 막힐 일이었다. 그렇게 희수와는 끝이라고, 원찬과 정말로 잘해 보겠다고 한 일이 엉뚱하게도 방향이 엇나간 결과를 낳은 것이다. 끝은 희수가 아니라 원찬이 되어버렸다 생각하자 억장이 무너져 내렸다. 더구나 보란 듯이 원찬 곁에 찰싹 달라붙어서 가는 혜리를 보자 혈압이 올라 뒷덜미가 뻐근해진다.

주머니에 손을 꽂은 채 그들 뒤를 따라 어슬렁어슬렁 올라가며 혼잣말처럼 중얼거렸다.

"에혀, 도깨비 시절도 이제 다 갔구나."

두 사람이 틀어졌다는 사실을 진건도 이미 알고 있다. 둘 사이에 무슨 일이 있었는지 모르겠으나, 눈치로 보아서는 운비 쪽이 차인 분위기다. 일주일 전쯤에는 한밤중에 희수에게 전화가 와서 이젠 정말 운비와 끝이라고 징징 짜는 소리를 들었었고, 그것이 곧 원찬에게도 해당하는 일일 줄은 미처 예상치 못했다. 원찬이 예전과 다르게 변해버린 걸 보자 꽤 심각한 일이 있었다는 것만 짐작이 갈 뿐, 운비도 내내 함구한 상태여서 정확한 내막은 알 길이 없었다. 계획했던 것과 달리 일이 요상하게 돌아가기에 슬슬 궁금증이 동하던 차여서, 오후에 운비가 동아리 방에 왔을 때 넌지시 물었다.

"원찬이랑은 확실히 끝난 거냐?"

운비는 진건의 얼굴에 드리워진 미소가 마땅치 않았다. 이건 그가 바라던 바대로 이루어진 셈이었으니까.

"아니, 아직."

단지 오기였을까?

가슴 한켠에 늘 맺혀 있던 희수. 하지만 이제는 그 자리에 원찬이란 존재가 또렷이 새겨져 있었다. 귀염성 있게 헤헤 웃으며 달콤한 목소리로 귓가를 간질이던 녀석. 결코 이대로 끝낼 수는 없다. 그러기엔 가슴이 너무 아프니까. 그런 일은 두 번 다시 겪고 싶지 않았다.

운비의 호언장담에 진건은 의외라는 표정을 지었다.

"호오, 아직? 내가 보기엔 원찬이가 널 본체만체하고 다니던데? 후후. 내 앞이라고 자존심 추켜세우는 거냐? 그런 거라면 필요 없다."

"나야말로 사양하겠어. 선배의 지나친 간섭 따윈 지금 내겐 하등 도움 안 돼. 녀석의 마음을 풀어줄 방법이 있을 거야. 끙."

운비의 입에서 고민스러운 신음이 삼켜졌다. 발목에 모래주머니를 꽁꽁 차고 허리를 편 그녀는 그때까지도 의자에 앉아 느긋하게 바라보는 진건에게 경고하듯 말했다.

"선배 좋아하는 꼴 보기 싫어서라도 원찬이와 못 끝내. 내가 여기서 주저앉나 안 앉나, 어디 두고 보라구요."

진건이 유쾌하게 웃어 제쳤다.

"클클클. 그래, 두고 보자. 얼마나 가나."

언제나 느끼는 거지만 운비의 지기 싫어하는 성격은 진건이 보기에도 높이 살만한 것이었다. 아마도 운비의 그런 모습에 매력을 느낀 건지도 모르지.

그날 운비는 일부러 뒷산의 험난한 산행 코스를 택하여 오르내리기를 반복했다. 평평한 운동장과는 판이한 훈련에 땀이 머리끝부터 발끝까지 비 오듯 쏟아져도 묵묵히 땅만 보고 달리고 또 달렸다. 그렇게 한바탕 땀을 쏟은 후에야 정신이 다소 맑아지는 듯했다.

그리고 집으로 돌아가는 길에 단단히 결심을 하고 원찬에게 전화를 걸었다. 한참 동안 벨이 울린 끝에 마지못해 받는 것처럼 기운이 하나도 없는 원찬의 목소리가 들려왔다.

[왜?]

"지금 잠깐 보자."

[왜?]

"할 얘기 있으니까 잠깐이면 돼. 학교 앞에서 기다린다."

운비는 원찬이 어디 있는지 묻지도 않고 막연히 기다린다는 말만 하고는 전화를 끊어버렸다.

학교 앞에서 그렇게 삼십여 분을 기다렸을까 한데, 학교 안에서 원찬이 인상을 찌푸린 채 터덜거리며 걸어 나왔다. 학교 안에 있었으면서 이제야 나타난 녀석을 보고 은근히 배알이 틀렸으나, 지금은 성질대로 굴 때가 아니었다. 원찬의 얼굴이 떫은 감 씹은 표정으로 일관하고 있었으니 말이다.

속으로 몰래 한숨을 삼키고는 싱긋 웃으며 원찬에게 말을 붙였다.

"잠깐 카페로 가자."

"그냥 여기서 해."

계속 뻗대는 녀석에게 내심 섭섭한 마음이 들었지만, 그것도 참는 수밖에.

"여기서 얘기하면 네가 곤란할 텐데?"

그 말에는 원찬도 순순히 따랐다. 난감한 듯 새끼손가락으로 얼굴을 쓱쓱 긁어내리더니 훌쩍 앞서 걸어간다. 그 뒤를 아무 말 없이 따라가자니, 학교 건너편 카페 골목 안으로 쑥 들어갔다.

얼마 후 두 사람은 카페 안, 칸막이 구석 자리에 마주앉았다. 그를 만나 무슨 이야기든 해야겠다고 결심했던 것과는 다르게 운비는 내내 초조함에 시달렸다. 할 말은 부지기수로 많은데 무슨 말부터 어떻게 꺼내야 좋을지 통 생각이 나지 않았던 것이다. 이럴 때 원찬이 먼저 운이라도 떼어주면 거기에 맞는 대답은 잘할 수 있을 것 같건만 그것마저도 용이치 않다. 원찬이 입을 꽉 다물고 창밖만 뚝뚝하게 바라보고 있었기 때문이다.

찬물을 한 컵 들이켜 타는 목을 가신 후에 먼저 운을 떼었다.

"흠! 실은 사과하러 보자고 했어."

원찬은 대꾸 없이 주스 잔을 들어 한 모금 마셨다. 운비 쪽으로는 쳐다보지 않았다. 처음부터 끝까지 고집스럽게 굳은 얼굴이다.

운비는 원찬의 얼굴을 찬찬히 살펴보았다.

해맑던 얼굴이 어쩌다 그렇게 되었니?

그게 다 자신 때문이라 여기니 가슴이 아파 왔다. 진실이야 어떻든 원찬의 마음에 큰 상처를 준 것만은 사실이니까. 눈시울이 뜨거워져 큼큼 목소리를 가다듬고는 본론을 꺼내었다.

"진심으로 사과할게. 그걸 어떻게 말로 표현해야 좋을지 내 머리로는 도저히 잘 모르겠어서 차일피일 미루기만 했었는데, 더는 미룰 수 없겠더라. 그건 뭘까. 희수는 내게……."

그때 주스 잔을 탁 내려놓으며 원찬이 격앙된 소리를 질렀다.

"희수 얘기 내 앞에서 하지 마! 그 얘기하려던 거면 그냥 가겠어."

하지만 운비도 지지 않았다. 어떻게든 자신의 본심을 이해시켜야 했다.

"들어! 듣기 싫어도 들어줘. 부탁이야. 너, 내게 인터뷰하고 싶다고 그랬지? 그거 한다고 생각하고 들어줘. 그럼 되잖아. 너희가 그렇게 알고 싶어 했던 희수와의 일 다 말하겠다고."

원찬의 냉정한 눈빛을 보고도 운비는 물러서고 싶지 않았다. 지금이 아니라면, 그를 붙잡을 기회가 더는 없을지도 모른다. 아니, 원찬을 곁에 붙잡아 두기 위해서가 아니라 그의 오해를 풀어주고 싶다는 쪽이 맞다.

하지만 원찬의 입에서 나온 소리는 얼음마왕처럼 냉담하기 그지없었다.

"이젠 알고 싶지 않아! 더 들어봐야 구구절절 사랑해서 못 잊고 있다는 말뿐 아니겠어? 남의 사랑에 찬물 끼얹을 만큼 사랑한 사람이잖아. 내가 뭘 더 이해해 주기 바라는 거야? 그래도 난 너의 과거까지 사랑하려고 노력했어. 네가 날 만나기 이전에 누굴 사랑했든 상관없었어. 그게 트랜스젠더든 뭐든 상관없었다고! 근데 넌 뭐야? 아직도 그런 과거에 절절 매여서 지금의 사랑 따위는 기만하고 날 갖고 놀았잖아."

원찬이 하는 말들이 차가운 장대비가 쏟아지듯 운비의 머리 위로 떨어져 내렸다. 운비는 할 말을 잃고 애꿎은 입술만 초조하게 잘근잘근 씹었다. 진짜 원찬이 맞나 의심이 든다. 자존심이 다쳤을 거란 생각은 했지만 이처럼 강경하게 나올 줄은 몰랐다. 그러자 운비의 인내심에도 슬슬 한계가 왔다.

"더 할 말 없으면 갈게."

일어서려는 원찬을 운비의 의미심장한 말 한마디가 붙들어 놓았다.

"널 사랑하는 거 거짓말 아니야."

원찬의 눈동자가 위태롭게 흔들린다. 천천히 고개를 든 운비는 망연한 눈빛으로 주춤 소파에 엉덩이를 붙이는 원찬을 바라보았다.

"한 번도 내가 아는 누군가에게나 내 일에 대해서 무책임해 본 적 없었어. 근데 희수에게만은…… 내가 사랑 이전에 한 인간으로서 아무것도 해 줄 수 있는 게 없었어. 남자치고는 너무나 약하고 여려 빠져서 평생 내가 돌봐줘야 할 사람이로구나, 그렇게 느꼈었어. 그리고 정말 그러겠다고 나 자신에게도 약속했었어. 그때는 누군가에게 나란 사람을 과시하는 게 좋았으니까. 지금 생각하면 터무니없이 유치한 치기였지만 말이야. 후우. 근데 그게 어느 날 산산이 깨져버린 거야. 희수를 위해서 내가 쏟았던 정성, 그 사랑이 한순간에 깊은 땅속으로 매몰되는 느낌, 그게 얼마나 처참한 거였는지 넌 몰라. 그건 희수뿐만 아니라, 나에게도 위기였어. 인생 최대의 위기! 너 같으면 좋아하던 사람이 트랜스젠더라는 걸 쉽게 받아들일 수 있겠니? 최악의 순간만 벗어나면 모든 게 다 원점으로 돌아올 거라고 믿었던 내가 어리석었어. 난 다만 전환점만 돌았을 뿐인데, 다 끝났다고 착각한 거지. 그러는 넌 날 사랑한다고 확신할 수 있어?"

원찬의 입술이 조금 비틀려 올라갔다. 사랑한다고 진행형으로 물은 것이 심기를 불편하게 한 모양이다. 그러나 운비는 정정하지 않았다. 그가 아직도 저렇게 막무가내로 화를 내는 이유가 일말의 사랑이 있기 때문이라고 믿어서다. 그렇지 않고서야 이 카페에 들어와 마주앉지도 않았을 테지.

원찬이 비틀린 입술을 간신히 열었다.

"학교에 입학하자마자 네 얘기를 수도 없이 들었어. 도깨비. 괴상한 별명을 가진 여자라는 것에 더 흥미를 느꼈을 법도 해. 널 처음 봤을 때 단순한 호기심이 아닌 여자로서의 매력을 느꼈어. 그래서 너와 연관된 그어떤 것이라도 이해하려고 마음먹었어. 하지만…… 나 역시 널 이해하기에는 부족한 남자인가 봐. 네가 아무리 희수 이야기를 돌려 말한다 해도 못 알아듣겠어. 내 귀에 하나도 안 들어와. 그냥 지금은 혼자 있고 싶어."

"……."

"널 이해할 수 있는 날이 오겠지. 그럼 더불어 널 용서할 수 있게 될 거야."

"이제껏 내가 널 잘못 알았구나."

무슨 뜻인지 몰라 하는 원찬의 당혹스러운 얼굴이 운비의 시선 속에 담겼다. 역시 남자란 인간들은 이토록 겉과 속이 판이한 모양인 게지. 넓은 아량의 소유자라도 된 양 희수에게 관대하게 굴 때는 언제고, 육체적인 관계에 돌입하자 세상에서 둘도 없는 적대관계로 몰아버리다니. 그 이중적인 잣대에 치가 떨렸다.

운비는 냉소를 지으며 비아냥거렸다.

"난 널 제법 남자로 봤는데 말이야. 그런데 어린애였어."

"뭐?"

원찬이 얼굴을 확 붉혔다.

턱을 바짝 쳐들어 원찬을 똑바로 노려보며 선전포고하듯 말했다.

"좋아, 관두자. 나도, 나 싫다는 남자한테 질질 매이는 거 도저히 체질에 안 맞아서 못해 먹겠다. 하지만 인터뷰는 언제라도 응해줄게. 네가 내킬 때 다시 찾아와. 먼저 일어난다."

더 마주앉아 있을 일 없다는 듯 냉정하게 일어나 계산서를 들고 칸막이 밖으로 나갔다.

"야, 야! 도, 도깨비!"

원찬이 분한 듯 더듬대며 이름을 불러도 운비는 카운터로 가 깨끗하게 계산을 마친 후, 한 번 뒤돌아 봄 없이 카페 밖으로 사라져 갔다.

카페 밖으로 나와서야 씩씩대며 뒤를 획 돌아보았다. 생각할수록 열이 뻗쳐올랐다.

사내자식이 왜 저리 좀생원인 거야? 그래도 먼저 사과를 했으면 받아주는 맛이 있어야지. 이거야 원, 네다섯 살짜리 애를 데려다 놓고 이야기를 해도 이렇진 않겠네. 그래, 까짓 거 뭐, 실연 한두 번 당해서 죽기야 하겠어? 불알 찬 새끼들, 다 거기서 거기지. 안 그래?

아무리 자위하려 애를 써 봐도 한 번 으깨진 심장은 회복불능이다. 희수 이후로 이리 막막하고 처참한 심정은 처음인 듯하다. 화가 나고 답답

해서 일단 자리를 박차고 나오긴 했는데, 녀석이 곧장 뒤따라 나오지 않
는 것도 서운하기 그지없다.
　정말 이렇게 끝낼 셈인가?
　미안하다고, 정말 잘못했다고 사과하려던 것뿐인데.
　눈자위가 시큰해지면서 눈물이 스르르 고였다.
　"나쁜 시키. 내가 저 사랑한다는 거, 진짠데. 진짜 아님 미쳤냐, 내가?
아무리 그래도 그렇지, 아무하고나 자고 싶다는 생각은 안 한다. 난 뭐
여자 아니냐? 그래, 어디 혜리랑 잘해 봐라. 얼마나 잘 먹고 잘 사는지
두고 보마. 쳇!"
　실연의 아픔, 운비에게는 이로써 두 번째다.
　첫 번째는 김희수, 지금은 여자가 된 남자.
　두 번째는 최원찬, 지금은 남이 된 남자.
　"아 씨, 돌아버려!"

실 연

　며칠 동안 학교에 가지 않았다. 가족들에게는 아프다는 핑계를 댔지만
그 아무도 믿어주지 않는다는 것 정도는 알고 있다. 당연하다. 2년 전,
희수 때문에 된통 아프고 난 것이 내 일생의 처음이자 마지막 병치레였
으니까. 그런데 이제 또 아프다는 핑계로 방에서만 뒹굴었더니 모두 긴
장한 채 내 눈치만 보는 형편이다. 그것마저도 지겹고 따분하던 차에 정
확히 나흘째 되던 날 저녁, 누가 찾아왔다고 운경이 부산을 떨어 침대에
서 일어났다.

　며칠 세수도 걸러서 초췌해진 몰골로 나가봤더니, 어이없게도 찾아온
이가 진건이었다. 원찬이 찾아올 것이라고는 기대도 안 했다. 원찬이었으
면 운경이 모르는 사람이 왔다고 말하지는 않았을 테니까. 평소에는 잘
기어오르는 운경이었지만 옛적 희수와의 일도 있고 하여 며칠 집에만 틀
어박혀 있었더니 제 나름대로는 분위기 파악에 실을 기한 모양이다.

　원찬에게는 전화 한 통도 없지, 게다가 불쑥 찾아온 이가 낯선 남자이

자 가족 모두 어색하고 당황해 하는 티가 역력하다.

"웬일이에요, 선배가?"

내가 별로 달가운 얼굴이 아니자 가족들은 더욱 내 눈치를 보기에 급급하다. 나 하나 때문에 집안에 초 비상령이 내린 거나 다름없으니 가족들 보기에 괜히 민망하고 미안해진다. 도씨 집안의 문제아가 이번에는 또 무슨 말썽을 부렸을까, 하는 조마조마한 표정들이다.

"죄송합니다, 이렇게 불쑥 찾아뵙게 돼서. 운비가 휴대전화를 안 받는 데다가 집 전화번호 기재를 안 해 놨더라고요."

진건이 정중히 사과를 하자 엄마는 뒷덜미를 긁적대면서 말을 얼버무렸다.

"아니 뭐, 괜찮아요. 선배라는 거 보니까 우리 운비가 걱정돼서 찾아왔나 보죠?"

"예. 연락도 없이 며칠 결석을 해서 교수님들도 걱정이 이만저만 아닙니다."

엄마가 슬쩍 내 팔을 꼬집었다.

"그러게 애는 왜 학교에 연락도 안 하고 결석이야?"

나는 엄마의 손을 툭 떨쳐내고는 퉁명스레 말을 쏘아붙였다.

"누가 선배더러 내 걱정해 달랬어요? 못 오면 아픈가 보다 하면 되지, 뭘 이렇게 찾아오고 그런담? 가요, 얼른. 지금은 누구 만나는 것도 귀찮으니까."

이번에는 엄마의 매운 손바닥이 내 어깨 죽지를 강타했다.

"손님한테 말하는 품새하고는. 자자, 앉아요. 운경아, 가서 차 한 잔 내오련?"

"예, 고맙습니다."

진건이 소파에 와서 앉았고, 아빠의 눈짓이 있어 나도 하는 수 없이 한쪽 구석에 궁둥이를 붙였다.

일전 원찬이 집으로 왔을 때와는 현저히 다른 메마른 공기가 우리 집

거실에 자욱하게 깔렸다. 정작 진건은 별 긴장이 되지 않는 듯 편안한 얼굴이었다. 도대체가 저 인간이 긴장할 때는 언제일까, 불쑥 궁금증이 일었다. 물론 그런 궁금증으로 시간을 낭비하기에는 내 실연의 상처가 너무나 커서 금세 잊고 말았지만.

"그래, 우리 운비 선배라면 같은 과 선배인가?"

아빠의 물음에 진건은 고개를 끄덕이며 정중히 대답했다.

"예, 그렇습니다, 아버님."

아버님?

내 눈썹이 기분 나쁘게 쓰윽 산을 이뤘다.

저 인간이 지금 어디 와서 누구한테 아무렇지도 않게 '아버님' 소리를 하는 거야?

"그래도 이렇게 걱정돼서 찾아와 주다니 고맙군그래. 1년 동안 쉬었다가 어렵게 복학을 결정한 거라, 우리도 걱정을 하고 있었다네. 그런데 아무래도 무리가 되었던 게지. 잘 아프지 않는 애인데, 한 번 앓으면 남들 몇 배는 힘이 드는 체질이어서 말이야. 워낙 건강한 녀석이라, 그러다가는 또 툴툴 털고 일어서기도 하고. 허허허."

"예. 저도 그렇게 생각하고 있습니다. 이번에는 실연의 충격이 꽤 컸나봅니다."

"뭐라? 실연의…… 충격?"

뜨아!

아빠는 물론이고 거기 있던 가족 모두 경악하여 입이 벌어졌다. 그 말을 아무런 힘도 들이지 않고 내뱉어버린 진건만이 우리의 반응에 아주 잠시 잠깐 당혹감을 내비쳤을 뿐이다. 눈알을 왼쪽 오른쪽으로 한 번씩 돌려 한결같이 놀라움을 금치 못하는 우리의 얼굴을 살핀 그는, 가증스럽게도 만면에 웃음을 머금으며 다음 말을 이었다.

"모르고 계셨나 본데, 제가 괜한 말을 꺼낸 것 같습니다. 전 가족들이니 당연히 아시는 줄 알고……."

　그러나 지금 우리 가족에게는 내가 그 말을 꺼내고 안 꺼내고가 중요한 게 아니었다. 당장 원찬과 끝났다는 게 중요했다. 가장 아쉬워하는 사람은 엄마였다. 내 옆에 앉았던 엄마는 애꿎은 내 허벅지를 무작스레 꼬집으며 이를 바드득 갈았다.

“그게 정말이니, 운비야?”

“아야야……! 엄마, 꼬집지 말고 얘기해.”

　나는 허벅지를 손바닥으로 싹싹 문지르며 사정하듯 말했다. 이건 적어도 이 박 삼일 감이다. 내가 오죽했으면 회수 때에도 일주일 동안 괴롭힘을 당하다가 가출을 단행했겠는가. 그 꼴을 또 당하지 않으려면 내일 눈 뜨자마자 고분이 학교에 가야 하리라. 이왕 쉬는 거 이번 주는 병가 처리하고 확실히 제쳐버리려고 했더니만, 저 몹쓸 인간 때문에 내 계획이 완전히 수포로 돌아갔다.

　건너편에 앉은 진건을 있는 대로 노려보고 인상을 써도, 그는 눈 하나 깜짝하지 않았다.

　나는 왜 이다지도 인덕이 없을까?

　새삼 인생에 회의감이 드는 찰라, 운경이 차를 끓여 내왔다.

　진건은 그날 차 한 잔을 알뜰히 다 마시고 돌아갔다. 가기 전에 내게 눈짓을 하기에 대문 밖까지 따라나갔더니 싱긋 웃기부터 한다. 며칠 집 안에만 박혀 있다가 별안간 바깥 찬바람을 쐰 탓인지, 아니면 놈의 능글맞은 낯짝을 봐서인지 속이 울렁거리며 현기증이 돌았다.

“내일은 학교 꼭 와라. 조만간 명문대학에서 차력 시범 있다. 그거 준비하려면 네가 필요해. 설마 동아리까지 그만두겠다는 생각은 아니겠지? 그럴 리가 있나. 그럼 도깨비가 아니지. 간다. 푹 쉬어라.”

　손을 반짝 들어 보이며 돌아서서 골목을 걸어나가는 그를 바라보는데, 뚜껑이 열두 번은 열렸다 닫혔다 했다. 재수 없는 인간은 뒤로 자빠져도 코가 깨진다더니, 그게 꼭 나를 두고 지은 말 같다. 어쩌다 저런 인간이 내 인생에 꼬여서는 가뜩이나 암울한 앞날이 더욱 캄캄해지려 한다. 무엇보다 내일부터 또다시 원찬과 마주칠 생각에 심란하기 짝이 없다. 아직 실연의 아픔, 다스리려면 멀었는데. 며칠이 지났어도 하나 나아진 게 없는데. 후우.

괜한 한숨만 어두운 하늘 저편으로 날려 보내고 빛을 잃은 별들만 무력하게 올려다보다가 어깨를 축 늘이며 집으로 들어갔다. 엄마는 나를 한 번 흘끔 쳐다보더니 아무 말 없이 찻잔들을 챙겨 식당으로 들어가고, 아빠와 운우도 슬금슬금 내 눈치를 보며 각자의 방으로 향한다. 운경이는 내내 궁금증이 만개한 얼굴이었으나, 내 표정에서 비집고 들어올 틈을 못 찾았는지 결국 먼저 잠에 곯아떨어져 버렸다.

그리고 내게는 또다시 실연의, 그 닷새째 밤이 찾아왔다.

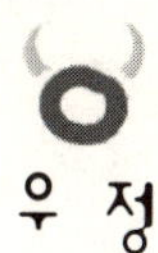

우 정

"아, 진짜 대책 안 서네. 저거 언제까지 저렇게 궁상떨고 있을 참이야?"

나흘 동안 코빼기도 안 보여서 근신 중인가 했다. 그런데 기껏 학교에 나오고부터 수업 시간 외에는 잔디밭에 죽치고 앉아 애꿎은 풀만 쥐어뜯으며 청승을 떨었다. 그런 운비가 못마땅하기도 하고 내심 걱정도 되어 용택은 기철을 옆에 두고 심술궂게 떠들어댔다. 말은 언제나 퉁명스럽지만 운비를 생각하는 용택의 마음을 모르는바 아니어서 기철도 심란하게 한마디 보탰다.

"그러게. 엉덩이에 뿔 난 소처럼 펄펄하던 게 풀 죽어 있으니 더 못 봐 주겠다. 정말 원찬이랑 끝난 건가?"

아닌 게 아니라 며칠 동안 원찬도 꼭 전투태세에 돌입한 녀석 같아서 다가가기가 쉽지 않았다. 걸핏하면 눈에 힘주고 대하는 통에 너도나도 슬슬 피하는 형편이긴 마찬가지였던 것.

원래 그런 놈이라면 선배로서 따끔하게 주의를 주겠지만 안 그러던 녀석이 그러니 모두가 살얼음인 양 대해지는 것이다.

기철이 운비의 쓸쓸한 뒷모습을 안쓰럽게 바라보다가 슬며시 물었다.

"혹시 희수 때문 아닐까? 일전에 학교 앞에 희수와 비슷하게 생긴 여자가 나타났다는 소문 너도 들었잖아. 그거 원찬이한테 들통 난 거 아냐?"

용택도 마침 같은 생각을 하고 있던 차라 더없이 심각한 낯빛이 되었다.

"글쎄다. 희수에 대해서는 그저 소문만 무성해서 운비에게는 말도 못 붙여 봤지만 아주 가능성이 없지도 않지. 원찬이가 이해하기에는 심히 쇼크 아니겠냐?"

"그러니 더 걱정이지. 도깨비 저거, 저러다 평생 제대로 된 연애 한 번 못 해 보는 거 아냐? 첫사랑 실패의 후유증이 저렇게 클 줄 어찌 알았겠냐? 저게 여자가 아닌 남자로 태어났어야 하는 건데."

그 말에는 함축적인 의미가 담겨 있었다. 그 시절에도 운비와 희수가 서로 성(性)이 바뀌었으면 하고 바라던 이가 한둘이 아니었으니 말이다. 그런 바람은 어느새 희수가 트랜스젠더라는 등, 그래서 운비와 정식 CC가 못 되었다는 등 사람들의 입방아에 수도 없이 오르내렸다. 결정적으로는 희수가 어느 날 갑자기 휴학을 해서 일본으로 갔다는 소문이 돌면서 확산하였고, 이어 운비까지 휴학을 해버리자 기정사실화되어 갔다.

소문들은 으레 그렇듯이 우후죽순처럼 돋아났다가 얼마 못 가 점차 사그라졌다. 그런 까닭에 세인들의 기억 속에서 완전히 사라진 줄 알았건만, 희수에 대한 소문은 운비의 복학과 함께 또다시 고개를 내밀고 있었다. 얼마 전에는 희수가 여자로 탈바꿈하여 운비와 만나는 걸 목격한 사람이 있다는 증언에 따라, 소문이 결코 소문만이 아니었음을 너도나도 입을 모아 수군거렸다.

운비 앞에서만 직접적으로 말을 꺼내지 않았다 뿐, 어지간한 사람이라면 희수가 트랜스젠더라는 소문을 모르지 않았다. 운비 자신만 그런 사실을 전혀 모르고 있을 뿐. 만약 그게 모두 사실일 경우, 운비가 겪었을 그 혼란의 시간이 용택과 기철로서도 백분 이해가 갔다. 때문에 이제 겨

우 마음잡아 학교로 돌아온 도깨비를 마냥 지켜보기에는 친구로서의 우
정이 아니라고 두 사람은 줄곧 생각하고 있었다.

용택이 담배를 손끝으로 교묘히 비벼 끄고는 꽁초를 길가 휴지통에 버
린 뒤 운비가 앉아 있는 잔디밭으로 내려갔다. 그리고 기철과 운비를 사
이에 두고 옆에 주저앉았다.

"여기서 뭐 하냐?"

"그냥."

운비의 대답이 우울하기 그지없었다.

"도대체 무슨 일 때문에 이래? 우리도 뭘 알아야 도와주든지 할 거 아냐."

기철이 답답한 듯 말하자 운비는 고개를 설레설레 젓는다.

"너희가 도와준다고 될 일이 아니야."

"어휴, 이걸 확 떠메다가 원찬이 앞에 내던져 주면 속이 시원하겠네."

악담인지 덕담인지 애매한 용택의 말에 운비가 큭큭 웃고는 손에 잡힌
풀들을 아무렇게나 휙 내던지면서 말했다.

"그래도 내 생각해주는 건 니들밖에 없구나."

"정말 원찬이 앞에 메다 꽂아줘?"

"나, 괜히 복학했나 봐."

도깨비 입에서 나온 소리치고는 너무 맥이 빠져서 용택과 기철은 당황
했다.

"야야, 안 되겠다. 우리 도깨비 데리고 여길 뜨자."

용택이 분위기를 쇄신시키느라 일부러 큰소리로 말하자, 기철은 어리
벙벙한 표정으로 물었다.

"어디로?"

"어디긴 술집이지. 가서 한 잔 푸자. 도깨비 계속 이렇게 내버려뒀다간
우리가 친구 자격도 없다고 욕먹게 생겼어. 일어나. 가."

용택이 먼저 일어나며 엉덩이를 툭툭 털었고, 기철도 운비의 손을 잡
아 일으켰다. 하지만 학교 앞 단골 술집에 앉아서도 운비는 다른 때처럼

술에 썩 호감을 두지 않았다.

"왜? 아직도 금주냐?"

"별로 안 내켜서."

"원찬이하고 한 약속 때문에? 깨졌다면서 그래도 약속은 지키려고?"

용택은 기철의 술잔에 가득 술을 채워주며 말을 비꼬았다.

"술이 안 당겨. 지금쯤이면 엄청 취해 있어야 맞는데 이상하게 그러네."

기철이 용택에게 술병을 인계받아 똑같이 용택의 잔을 채워주며 한마디 거들었다.

"그래, 그래, 잘 생각했어. 여기서 술에 절면 또다시 폐인 되는 거야. 자중해, 자중."

"자중 같은 소리 하고 앉았네. 어차피 끝난 거면 술 한 잔 마시고 싹 잊어버려. 도깨비 너, 복학하더니 영 마음에 안 든다? 언제 네가 사내놈 하나 때문에 기를 못 펴고 쩔쩔맸냐?"

용택의 면박에도 운비는 키득거리며 웃었다.

"그러게 말입니다. 내가 왜 이렇게 됐을까요? 나도 어이가 없네. 쩝!"

"마셔, 마셔. 이거 마시고 다 잊어버리는 거야. 내일 또 오늘처럼 궁상 떨고 앉았으면 그땐 정말 원찬이 앞에다 패대기쳐버릴 거야. 알았냐?"

용택이 따라주는 술을 한 잔 들이켜는데 진저리가 쳐진다. 운비는 오만상을 찌푸리며 안주로 나온 홍합 국물을 후루룩 떠먹었다.

"간만에 먹어서 그러나, 술 맛이 영 별맛이네. 어으, 써!"

꾀를 부린다 생각했는지 용택이 콧방귀를 풍 뀌었다.

"아주 요조숙녀로 거듭나고 싶어 안달이 났구나?"

"이 인간은 말을 해도 꼭 싹수없이 해요."

운비는 용택에게 한마디 응수하고 나서야 다시 술잔을 들었다.

"그래, 좋다. 마시고 취해서 다 잊어버리자. 내가 언제는 남자 덕 보고 살았냐? 아니네. 그리고 보니 네놈들도 남자는 남자로구나. 혹시 너희 둘 중에 나 좋아하는 놈 없냐?"

"어이구, 무슨 그리 섭섭한 말씀을. 난 너 감당 못한다."

기철이 먼저 두 손을 들었고, 이어 용택도 합세했다.

"내가 대학 졸업장 따기도 전에 명대로 못 죽을 거다. 원래 여자가 기가 세면 남자가 단명하는 법이라잖냐."

"그래, 새끼야. 벽에 똥칠하면서 오래오래 살아라. 이것들을 친구라고, 에잇!"

운비가 성질난다는 듯 술을 확 들이켜자, 용택과 기철이 키득대며 웃었다. 그렇게 마신 술이 꽤 늘어나서 세 사람 다 알딸딸하게 취해갈 무렵, 문득 옛 추억을 끄집어낸 건 기철이었다.

"그래도 우리 1학년 때가 참 재미있었는데. 그때 도깨비 활약 대단했잖아. 그거 기억나? 우리 담당 교수, 도깨비 때문에 파직당했던 거."

잊을 수가 있겠는가. 조교를 상습적으로 성추행하다 운비에게 직통으로 걸려서 한때 교내가 시끄러웠었다. 당시 대학원생이던 조교가 자신의 앞날을 걱정하여 고소를 하지 않겠다고 완강히 버티는 바람에 시간이 더 소요되었었고, 용케도 운비의 설득으로 해결점을 모색했었다.

용택이 그때 일을 떠올리며 대답했다.

"그 교수 이름이 공태만이었지? 소문에 듣자하니 국내에서는 도저히 얼굴 들고 살 수가 없어서 외국으로 이민 갔다는 말 있던데. 그 조교 누나는 다행히도 좋은 회사에 취직해서 잘 지내나 보더라고."

근래 들어 제일 듣기 좋은 소식이어서 운비는 입가로 미소를 씩 걸었다. 지금 생각해도 그때 끝까지 엉겨 붙어 싸웠던 건 참 잘한 일이다 싶다. 그때는 총장실에도 엄청 들락거렸었는데. 오죽하면 총장 할배가 도깨비 이름만 들어도 편두통이 생길 정도라 했을까. ─이 말은 총장이 도깨비에게 직접 한 얘기다─

그런데 그것도 다 머나먼 옛날이야기처럼 아득하기만 하다.

"세상살이가 다 그랬으면 얼마나 좋을까?"

"그럼 뭐가 걱정이겠어? 그나저나 원찬이와 왜 헤어지게 됐는지 정말

말 안 해 줄 거야?"

한 잔 거하게 먹여놨으니 이제부터 사건 추궁에 들어갈 조짐이어서 운비는 애꿎은 이마만 벅벅 긁어댔다.

"어려서."

"어리긴 해도 내가 보기엔 속이 꽉 찬 녀석 같던데?"

"너무 차서 문제다. 사람이 좀 빈 듯해야 비집고 들어갈 틈도 있는 건데, 그 녀석한테는 그게 안 되네."

"애먼 원찬이 핑계 대지 말고 네가 뭘 잘못했는지나 말해."

정곡을 콕 찌르는 용택의 핀잔에 운비는 속으로 뜨끔했으나 대충 얼버무리는 쪽을 택했다. 용택과 기철에게 어떤 비난을 들을지 알 수 없었기 때문이다.

"네가 나중에 장가가서 애를 낳은 후에나 말해 주마."

이건 또 무슨 뜬금없는 소리냐는 듯 용택이 술을 마시다 말고 인상을 팍 썼다.

"도대체 여기서 왜 애를 낳은 후가 나와?"

"그때까지는 죽어도 말 안 하련다. 지금 생각해도 내가 참 어처구니없는 짓을 했거든."

"큭큭. 도깨비 네가 잘못을 했으니 이렇게 가만히 있지, 안 그랬어봐라. 벌써 학교가 들썩거리고도 남았을 거다. 어휴, 불쌍한 원찬이 녀석. 혜리만 살판나게 생겼구나."

"에이, 씨! 술 맛 다 떨어지네."

혜리 이름이 나오자 운비의 입에서 말이 불퉁하게 튀었고, 용택과 기철은 또 키득거리며 웃었다.

그때부터 운비는 가속도가 붙었는지 적잖은 술을 마셨다. 술집을 나와서는 자연스레 기철의 자취방으로 향했다. 그곳에서 2차를 할 셈으로 소주를 몇 병 더 사왔는데, 얼마 지나지 않아 운비는 한쪽 구석에 쪼그리고 앉은 채 잠이 들었다. 그제야 서로 눈치를 보던 용택과 기철이 운비의 얼굴 앞에 손을 휘저어 완전히 잠들었는지 확인했다.

"정말 괜찮을까?"

기철이 걱정스레 묻자, 용택은 더 생각할 여지도 없다는 듯 일갈했다.

"운명에 맡겨야지."

그러고는 휴대전화를 들어 어디론가 부리나케 전화를 걸었다.

늦은 시간까지 도서관 책상 앞에 앉아있으면서도 책이 머릿속에 들어오지 않아 원찬은 애를 먹었다. 펜 끝을 입에 물고 멍하니 앉아 있자니 등 뒤로 누군가 살금살금 다가와 선다. 안 봐도 알 만한 사람이어서 굳이 돌아보지 않았다. 모른 척 다시 고개를 숙이자 그 누군가가 재빨리 귀에다 대고 속삭인다.

"커피 한 잔 하자, 졸린 것 같은데."

졸음이 오는 건 아니었지만 커피는 마시고 싶다는 생각을 하던 참이었다. 같이 마셔야 할 사람이 혜리라는 게 걸리긴 하지만. 과 사람들이라면 누구를 막론하고 스스럼없이 지내는 편이라 혜리에게도 별다를 게 없었는데, 지난번 운비가 혜리 때문에 신경 쓴다는 선배들의 말을 듣고 난 이후 원찬도 왠지 혜리가 꺼려졌다. 혜리가 자신에 대해 특별한 감정이 있다는 건 알지만 그렇다 해서 이제껏 잘 지내다가 별안간 경계한다는 것도 우습지 않은가. 그럴 만큼 원찬에게 대단한 존재도 아니었고.

손안에서 빙글빙글 돌리던 펜을 책 위에 탁 내려놓고 자리에서 일어났다.

밖으로 나가자 혜리가 그새 자판기 앞으로 가 커피를 빼고 있었다. 커피 잔을 들고 나란히 이 층 테라스로 나온 두 사람은 아직은 쌀쌀한 밤바람을 맞으며 여유 있게 커피를 마셨다.

"아, 맛있다. 커피 맛있지?"

원찬은 테라스 난간에 기댄 채 건성으로 고개를 끄덕였다.

"추워 보인다. 겉옷 입고 나오지 그랬어?"

"괜찮아. 정신 번쩍 들고 좋은데 뭐."

혜리는 물끄러미 원찬을 올려다보았다. 요즘 같아선 그가 안쓰러울 지경이다. 통 기운도 없고 시무룩해 있어서 덩달아 기분이 좋지 않다. 이게 다 그 도깨비 같은 선배 때문이라는 건 알겠는데, 그 여진이 생각보다 너무 오래간다. 언제나 예전의 최원찬으로 돌아올 수 있을까?

안타까운 마음에 넌지시 물었다.

"아직 기분 제로야?"

원찬은 대답 없이 커피 잔 속의 커피만 이리저리 돌렸다. 얼른 식혀서 한 입에 마셔버리고 이 자리를 벗어나고 싶다, 그런 생각에.

"그 선배 때문이란 거 알아. 하지만 안 될 성싶은 나무는 쳐다보지도 말랬다고, 이제 그쯤 했으면 되지 않았니? 그 선배, 너랑 애초부터 맞지 않았어."

원찬의 눈빛이 매서워졌다. 혜리는 순간적으로 흠칫했지만 이상하게도 한 번 열린 말문이 쉽게 닫히지 않았다. 어쩌면 너무 오래도록 그를 바라봤고 기다려서, 이젠 더 기다리기 어려워 그런 것일 수도 있었다. 처음엔 도깨비란 선배가 무서워서 주춤거렸었지만 지금은 상황이 다르지 않은가. 둘 사이에 틈이 벌어졌을 때 잽싸게 물어버리는 거야.

"나만 그렇게 생각했던 거 아니야. 모두 그랬어. 그 선배가 어떤 선배인데 너랑 어울리겠니?"

원찬은 거칠어지는 호흡을 입 밖으로 훅훅 내뿜으며 불쾌하게 대꾸했다.

"그 선배가 뭐 어때서? 교내에서 도깨비라고 추앙했던 건 다 그런 인간들이었어."

"어쨌든 날라리는 날라리잖아."

혜리가 새치름하게 말을 돌리자 원찬은 더욱 화가 불거졌다.

"날라리?"

"그거 내가 한 말 아니라 다들 그렇게 불러. 그리고 하고 다니는 것도 그렇고. 소문 들었는데 1학년 때 그 김희수라는 선배하고……."

"닥쳐!"

원찬이 커피 잔을 바닥에 팽개치며 소리를 질렀다. 혜리는 화들짝 놀라 튀어 오르는 커피를 피해 뒷걸음질쳤다. 이렇게 과격한 모습은 처음이어서 당혹감이 컸다.

원찬은 분을 참지 못하여 혜리를 태워버릴 듯 노려보며 뇌까렸다.

"한 번만 더 내 앞에서 도깨비 욕해 봐. 욕하는 것들 다 가만 안 둘 테니까."

"원찬아……"

혜리는 무서워진 원찬이 그저 생경하고 낯설어 어리둥절하기만 하다.

사람이 저렇게 변할 수도 있나? 그 여자가 대체 뭐라고?

원찬은 입술을 꼭 깨무는 혜리를 쏘아보다가 쌀쌀맞게 몸을 돌려 테라스 밖으로 나가버렸다. 혜리가 뒤늦게 불러보려 했지만 어느새 완전히 몸을 감추어 보이지 않았다. 분한 마음에 혜리는 땅을 차며 발을 동동 굴렀다.

원찬이 용택에게서 전화를 받은 건, 이제 막 테라스에서 벗어났을 때였다. 지금 기철의 자취방에서 한 잔 하고 있으니 오라는 것이다. 선배가 오라면 열 일 제쳐놓고 가야 하는 후배의 처지인 건 맞지만 지금은 그 어느 때보다도 그들의 전화가 반가웠다. 어차피 공부도 안 되고 술 생각만 간절하던 차였으니 말이다.

그래서 부랴부랴 가방을 챙겨 학교에서 그리 멀지 않은 기철의 자취방으로 찾아들었을 때 어찌 된 일인지 방안은 불이 꺼져 깜깜했고 고요하기 짝이 없었다. 혹여 장난을 치는 건가 싶어 방 안으로 조심스레 들어서서 벽을 더듬어 불을 켰다.

그런데 웬걸. 있어야 할 용택이나 기철은 오간 데 없고 방 한쪽 구석에서 누군가가 덩그러니 누워 잠을 자고 있는 것이다. 등을 돌린 데다 얼굴 반쯤까지 이불이 덮인 상태여서 누군지 정확히 알 수는 없었지만 느낌상 적어도 용택이나 기철은 아닐 거라는 생각이 들었다.

가까이 다가간 원찬은 이불을 가만히 거둬냈다. 그러다 멈칫.

삐져나온 머리카락이 뺨을 덮은 채로 운비가 세상 모르게 곯아떨어져 있는 게 아닌가.

이런.

원찬의 얼굴이 고역스럽게 찡그려졌다. 곤하게 자고 있는 운비의 얼굴을 내려다보노라니 가슴이 뜨겁게 데워진다. 오라고 전화만 해놓고서 감쪽같이 사라져버린 선배들을 뭐라고 할 처지도 못 되었다. 그들이 원하는 것이 무엇인지 잘 알고 있었으니까.

마음고생이 심했던 듯 일주일새 수척해진 얼굴을 보니 화가 났던 것도 잊고 마음이 아팠다. 손끝으로 가만가만 흘러내린 머리카락을 쓸어 올려주자, 용택이나 기철이라고 생각했는지 운비가 별 저어함도 없이 똑바로 드러눕더니 머리를 베개에 잘 가누어 고인다. 원찬은 딴마음이 생기기 전에 빨리 이곳에서 나가야 한다는 생각을 하며 자리에서 일어났다.

"원찬……."

가슴이 철렁하여 천천히 뒤를 돌아보았을 때 다행히도 그것은 운비가 잠꼬대로 흘린 소리였다. 하지만 가슴 속 깊은 곳에서 스며 나오는 뭉클한 감정까지 숨기지는 못했다. 그렇게 미워하고 원망했던 도깨비이건만 꿈속에서도 애절하게 불러대니 그만 마음이 맥없이 노그라지는 것이다. 이거야말로 도깨비에게 홀린 기분이다.

'제길.'

다리의 힘이 빠져 바닥에 무너지듯 주저앉은 원찬은 원망이 가득한 눈으로 운비를 바라보았다.

설핏 잠에서 깬 운비는 목이 타서 손을 더듬어 물을 찾았다. 그러다 누군가의 발이 머리맡에 만져지는 걸 느끼고 깜짝 놀랐다.

"아, 맞다. 여기 기철이네 집이었지."

혼잣말을 중얼거리며 부스스 일어나 앉자 어둠 속에서 누군가가 조용히 움직인다. 목덜미를 손으로 벅벅 긁으며 아무 이름이나 내키는 대로 먼저 불렀다.

"용택아, 나 물 좀. 물 못 찾겠어."

그리고 손안에 물 대접이 들어오긴 했는데, 한 번 쉼 없이 들이켜고 나서야 들고 있던 물 대접을 내던질 만큼 놀라자빠졌다.

"어이쿠!"

스탠드 불빛으로 흐릿하긴 했지만 그건 용택이나 기철이 아닌 틀림없는 원찬이다!

"어휴, 깜짝이야! 너 여기서 뭐 하는 거야?"

그제야 방 안에 원찬과 단둘뿐이라는 사실을 깨닫고 정색하여 물었다.

"용택이랑 기철이는?"

"오니까 없었어. 용택이 형네로 갔나 봐."

"뭐? 그럼…….."

"일부러 너 혼자 두고 나 불러들인 거야."

운비는 속 입술을 꾹 다물었다.

망할 놈의 자식들이 끝까지 사람을 골탕먹이네. 술 한 잔 마시고 다 잊어버리라고 할 때는 언제고, 이제 나더러 어쩌라고?

물을 한 대접이나 마셨건만 목이 타기는 좀 전보다 더해서 자꾸만 마른 입맛을 다셨다. 눈치만 보다가 머쓱하게 말을 건넸다.

"야, 그, 그렇다고 이렇게 있냐? 나 혼자 있는 거 봤으면 그냥 가지 그랬어?"

"네가 나 붙잡았잖아."

"엉? 내, 내가 언제? 난 그냥 잠만 잤는데…….."

"그럼 내가 여기 뭐 하러 죽치고 앉아서 밤을 꼴딱 새는데?"

운비로서는 기가 막힐 노릇이었다. 기억나는 일이라고는 술 마시고 잔 것밖에 없는데. 아니, 언제 누가 왔다 갔는지도 모르는데 언제 붙잡았다는 것일까? 이렇게 일절 거리낌 없이 또박또박 따지고 드는 걸 보면 괜한 트집을 잡는 것도 아닌 듯하다. 이전 학교 잔디밭에서처럼 술에 취해 또 생쇼를 해댄 건 아닐까, 슬슬 걱정스러워지기 시작했다.

"나, 나 아무 짓도 안 했어. 정말이야! 그냥 이렇게, 이렇게 잠만 잤다니까."

답답한 마음에 베개를 베고 자는 시늉까지 해가며 무죄(?)를 입증하려 애썼다. 하지만 원찬의 얼굴은 더더욱 무섭게 변해갈 뿐이다.

"그리고 누가 남자 자취방에서 함부로 술 취해서 자래?"

이건 또 뭐라는 소릴까?

운비는 전혀 못 알아듣겠다는 듯 멀뚱멀뚱한 표정으로 원찬을 바라보았다.

"그럼 졸려 죽겠는 걸 어떡해? 그리고 용택이나 기철이가 친구지 남자야?"

"아무리 친구래도 남자는 남자지. 네가 여자이듯이! 그러게 왜 술 마셔? 누가 술 마시라고 했어?"

"그거야 속이 상하니까……."

"너보다 더한 나도 술 안 마시는데 뭘 잘했다고 넌 남자 자취방까지 와서 술을 마시고 자? 아주 살판났지, 어?"

운비의 얼굴이 점점 우거지상으로 변해갔다.

"야, 그만 좀 뭐라 그래라. 그렇다고 내가 죽을죄 지은 것도 아니잖아. 술 마시지 않겠다고 한 건 너하고 사귈 때나 얘기지, 지금은…… 아니잖아."

"아니면 이렇게 아무 데서나 술 마시고 자도 된다는 거야?"

"그게 아니라……."

이래저래 궁지에 몰리게 된 운비는 진땀을 뻘뻘 흘리며 변명하기에 급급했다. 궁색한 변명을 늘어놓으면서도 대체 왜 이래야 하나, 하는 생각은 전혀 들지 않았다. 단지 원찬의 마음을 상하지 않게 하기에만 온 정신이 쏠려 있었다. 술을 마신 것도 꼭 들킨 것처럼 미안했고, 아무리 친구네 집이라지만 취해서 뻗어 잔 것도 이제 생각해 보니 지각없는 행동임에는 사실이다. 원찬의 말이 구구절절 맞는 듯해서 그저 철딱서니 없는 여편네라도 된 양 용서를 구하기에만 간절했다.

"내가, 내가 정말 잘못했다. 다시는 술 안 마실게. 앞으로는 친구 자취방에서도 안 잘게. 정말이야. 그러니까 화 좀 내지 마라, 어? 난 원찬이 네가 화내면 무서워."

솔직히 무섭기야 하겠냐만 지금은 무서워하는 척하는 게 상수라는 것쯤 운비는 통박으로 일일이 재고 있었다. 그제야 조금 마음이 풀린 듯 원찬의 목소리가 한결 누그러진다.

"정말 술 마시지 않을 거지?"

"그럼. 내가 이제 술을 입에 대면 개 아들이다."

그러자 원찬이 안색이 확 바뀌어 캐묻는다.

"너, 나 없을 때 맘대로 욕도 했지?"

화들짝 놀란 운비는 황급히 두 손을 내저었다.

"아니야. 욕 안 했어. 아니, 몇 번 하기는 했는데 심하게는 안 했어. 맹세해."

원찬이 곧 의심스러운 눈초리를 풀고 다시 물었다.

"앞으로 욕도 절대 하지 마, 알았어?"

"그래, 안 해. 안 한대도."

제발 그만 좀 해, 하는 심정으로 원찬의 안색만 안절부절 못하고 살폈다. 마침내 원찬의 얼굴에 작으나마 평안함이 깃들였다. 매서운 눈초리만 풀어도 저리 얼굴이 천지차이인데, 운비가 놓았을 가슴은 어떠했겠는가.

엄청난 난관이라도 통과한 듯 안도의 한숨을 내쉬는 걸 보고 원찬이 자기도 모르게 쿡 웃음을 터뜨렸다. 그러나 아직은 웃을 때가 아님을 깨닫고 얼른 정색하며 헛기침을 큼 했다.

운비도 맥없이 원찬을 따라 배시시 웃다가 후닥닥 웃음을 감추었다.

흠흠!

멋쩍고 어색한 분위기가 둘 사이를 잠시 오갔다.

원찬이 이불 위에서 꼼지락거리는 운비의 손을 곁눈질로 쳐다보다가 슬그머니 잡았다. 따스한 피부가 와 닿자 멀쩡하던 가슴이 별안간 화끈

후끈 달아오른다. 이미 운비가 잠결에 이름을 부른 순간, 모든 화는 거짓
말처럼 사그라지고 없었다. 사랑하는 거 거짓말 아니라는 운비의 말이
가슴에 콕콕 박혀와 외려 자신의 옹졸함을 탓하고 말았던 그였다. 그리
고 평소 도깨비답지 않게 진땀을 뻘뻘 흘리며 쩔쩔매는 모습을 보자 그
렇게 사랑스러울 수가 없었다.

팔불출이 따로 없네. 이렇게 한순간에 다 녹아내리다니. 결국 이리 쉽
게 용서해 줄 거 왜 그렇게 다잡았대? 서로 속만 진탕 상하고 아까운 시
간만 죽였잖아. 아니지, 아니야. 여기서 도깨비를 잡고 가려면 어쩔 수
없지. 앞으로 넌 내 손안에서만 있어야 해. 내 품 안에서만 있어야 한다
고. 내 말 알아들어, 도깨비?

상체를 기울여 고개를 살짝 비튼 원찬은 운비의 입술로 다가갔다. 가
슴 속에서 퉁 다당 퉁 당 드럼 두들기는 소리가 나며 잡은 손에 땀이 차
기 시작한다. 뜨겁게 달궈진 입술이 맞닿자 숨을 고르기가 더욱 버거워
진다. 한 입에 운비의 입술을 들이마시며 상체를 꽉 끌어안아 바닥에 눕
혔다.

그리고 정신없이 운비의 혀를 빨아대고 입술을 훔치며 키스에 몰입했
다. 가슴을 더듬어 손 안에 쥐자 운비가 품 안에서 사랑스럽게 꿈틀거린
다. 그것이 더 큰 자극이 되어 원찬은 운비의 티셔츠 안으로 거칠게 손을
밀어 넣었다. 맨살을 쓰다듬어 올라가자 한층 경련이 심해진 그녀다. 자
신의 손짓에 따라 미세하게 반응하는 운비의 몸이 좋다. 놓치지 않으려
는 듯 입술을 마주 움직이고 부산스레 혀를 읽어매는 운비가 미치도록
좋다.

불현듯 운비의 입속에서 흘러나왔던 희수란 이름이 정수리를 할퀴고
지나갔다. 설마 지금도, 하는 생각보다 원찬은 팽배해져 오는 질투심에
몸부림쳤다.

뺏기지 않겠어, 그 누구에게도!

자신도 모르게 잠재되어 있던 소유욕이 불타올라 운비의 티셔츠를 거

칠게 위로 확 젖히고 브래지어를 끌어올려 그 안에 감춰진 두 알의 사과 중 하나를 덥석 입에 물었다. 사과향이 입안에 가득 감돌아 정신이 아찔했다. 고인 침을 목구멍으로 꿀꺽꿀꺽 삼키며 사과 꼭지를 쪽쪽 빨아댔다. 그에 따른 반사작용으로 끊임없이 쏟아지는 신음. 아랫도리가 뜨거워지고 운비의 속으로 들어가고 싶은 욕망에 사로잡혀 원찬은 서둘러 바지를 벗어 내렸다. 운비의 온몸에 낙인을 찍듯 키스를 퍼붓고 짓누르며 성이 바짝 오른 자신의 중심을 손으로 매만졌다. 손안에 뜨거운 방망이 하나를 쥔 듯 피부가 진저리를 쳐댔다.

"우, 운비야. *끄응.*"

열에 들뜬 원찬의 목소리가 황홀감에 젖어 있는 운비의 의식을 가만히 깨웠다. 손을 잡아당기기에 살며시 상체를 일으켜 앉으니 고개를 뒤로 힘껏 젖힌 원찬이 보인다. 시선을 아래로 내리자 커질 대로 커져 핏줄이 툭툭 불거진 그의 중심이 거대한 위상을 뽐내며 불끈 솟아 있었다. 운비는 자기도 모르게 침을 꼴깍 삼키고는 그가 원하는 것이 무엇인지 몰라 멍하니 바라보기만 했다.

"빠, 빨리……!"

원찬의 목구멍에서 들들 끓는 소리가 새어나와서야 천천히 손을 움직여 마치 귀한 물건을 잡듯이 그의 중심을 움켜잡았다.

"으흑!"

원찬이 폭주하듯 호흡을 내지른다. 손안에서 꿈틀대는 그것을 느끼자 운비는 기분이 묘해졌다. 어떤 흉측함이나 거부감이 일기보다 호기심이 만개해지는 것이다. 앞으로 하체를 죽 밀기에 그제야 그의 요구를 깨닫고 조심스레 입에 물었다. 머리를 포근히 감싸는 원찬의 손. 입안 그득 밀려들어 오는 원찬의 그것 때문에 중심을 잡고자 그의 허리춤을 꽉 움켜잡았다.

한 번, 두 번, 세 번…….

원찬이 즐기듯 천천히 허리를 움직였다.

"하으윽, 죽겠네. 으흑……!"

헐떡거리는 녀석의 숨소리가 신비하고도 사랑스럽게 들린다. 운비도 가만히 눈을 내리감고 시시각각 변해가는 원찬의 호흡과 입안에서 느껴지는 그의 존재감에 야릇한 기분으로 치달아 올라갔다. 처음부터 이렇게 강한 걸 원하는 원찬에게 다소 놀라웠지만 서서히 애무를 해주다 보니 어쩐지 그 답다는 생각이 들어 웃음이 나왔다.

"아앗, 멈추지 마. 좋아, 좋다고!"

원찬은 정말 좋은가 보다. 운비의 입안이 얼얼할 정도나 되어서야 급히 자신을 빼낸 그는 달콤하게 젖어 있는 운비의 입술에 짙은 키스를 해주었다. 처음인 그녀에게 과도한 요구를 한 것 같은 미안함과 기대 이상의 충족감을 준 것에 대한 고마움의 표시였다.

입술을 떼고 이번에는 여태 불끈거리는 그것을 직접 제 손으로 문지르기 시작했다. 흐린 불빛으로 보기에도 너무나 붉어서 겁이 날 정도였지만 원찬은 손놀림을 멈추지 않았다. 끝에 대롱 매달린 무채색의 물방울이 신기하여 운비는 혀끝을 살짝 갖다 대어보았다. 그러자 원찬의 입에서는 더욱 격한 신음이 터졌고, 이어 뿌연 액체가 허공에 뿌려졌다.

"으으윽! 하아, 하아……."

운비는 눈을 질끈 감았다가 손끝으로 얼굴에 묻은 정액을 만져보았다. 온통 젖어있는 녀석의 그곳도 다시 한 번 매만져 보았다. 한껏 붉게 달아오른 원찬의 얼굴도 올려다보았다. 원찬은 얼른 상체를 숙여 다시 한 번 열정적인 키스를 퍼붓는다.

입술이 떨어져 나가고 난 후 그가 달콤하게 속삭였다.

"이건 벌이야. 희수 이름 부른 벌."

쿡. 귀여운 녀석.

운비는 소리 내어 쿡쿡 웃었고, 원찬도 싱긋 웃고는 끝없이 이어질 듯 자꾸만, 자꾸만 입술을 부딪쳤다.

다음날 점심나절에 단대 앞뜰에서 만난 용택과 기철은 운비를 보고 능글맞은 웃음을 지으며 다가왔다. 습관처럼 욕부터 튀어나오려는 걸 가까스로 참으며 운비는 떨떠름한 표정으로 두 녀석을 바라보았다.

용택이 은근슬쩍 운비의 속을 떠보았다.

"어떻게 됐냐? 아까 원찬이 보니까 화해한 모양이던데?"

"뭔 소리가 듣고 싶은데? 나쁜 시키들! 니들은 친구도 아냐. 고양이한테 생선을 던져줘도 유분수지."

"그 말은 곧 네가 고양이고, 원찬이가 생선이란 뜻이지? 킬킬. 원찬이 얼굴이 아주 환하게 폈더라. 좋겠다, 쓰벌."

운비가 휴게실 쪽으로 걸음을 옮기며 투덜거렸다.

"미안하구나, 니들이 원하는 쪽이 아니라서."

기철이 깜짝 놀라며 물었다.

"그게 무슨 소리야? 설마 원찬이 어제 안 왔다는 건 아니겠지? 그럴 리가 없는데……."

운비는 빈정대듯 대답했다.

"왔긴 왔는데, 네놈들이 상상하는 그 꼬롬한 의식은 없었다 그 말이지."

흠흠! 이 대목에서 약간 켕기긴 한다.

"우와, 역시 원찬이가 신사이긴 하구나. 아니면 네가 어제 너무 술에 취해서 기운이 없었던 거든지. 근데 그 자식 무지하게 기분 나쁘네."

고개를 갸우뚱하며 미심쩍어하는 기철의 말에 운비도 궁금증이 일지 않을 수 없었다.

"왜?"

"아니, 밥상 다 차려놓고 먹을 거 챙겨놔 줘도 그걸 못 해?"

"쌍놈의 시키들! 날 지켜주지는 못할망정 뭐가 어쩌고 저째? 나, 여자거든!"

역시나 운비에게 '우아'의 경지는 멀고도 험한 것이려니.

내 입에서 기어이 욕 나오게 하는 이놈들을 그냥!

분해서 이를 바드득 가는 운비에게 용택이 여전히 비아냥거렸다.

"그러게, 여자지. 근데 왜 원찬이는 널 거들떠도 안 봤다는 거야? 걔 정말 너 좋아하는 거 맞아?"

녀석들이 번갈아 놀리는 통에 운비는 거기서 일단 말을 끊었다.

"됐다, 됐어. 나중에 네놈들 장가갈 때 어디 한 번 보자. 신혼여행지까지 쫓아가서 괴롭혀 줄 테다!"

"킬킬킬. 처녀 딱지 좀 떼어보라고 이 엉아들이 힘 좀 썼건만, 어쩌냐? 그래도 원찬이랑 화해한 건 맞지? 에혀, 차라리 원찬이 녀석을 잡고 따로 교육을 해야 하려나?"

"나가 죽어!"

녀석들의 너스레에 한바탕 웃음보를 터뜨린 후 다같이 휴게실로 가고 있을 때였다. 원찬과 동기이면서 같은 2학년인 동호가 휴게실에서 나오다가 반갑게 아는 척을 했다.

"이제 오네요. 안 그래도 찾으러 가려던 참이었는데."

"왜?"

운비가 묻자 동호는 뜬금없이 히죽 웃으며 용건을 말했다.

"오늘 오후 강의 끝나고 정외과(정치외교학과) 애들이랑 피구 하기로 했는데 어때요?"

피구?

운비의 입술이 호기심으로 쓱 말려 올라갔다.

운동이라면 격투기도 마다하지 않을 터에 피구야 애들 간식거리지. 흐흐

"2학년들끼리 붙는 거야?"

"네. 다른 사람 몰라도 형은 꼭 와야 해요."

동호는 운비를 '형'이라고 부른다. 장난인지 진심인지는 모르겠으나, 그게 모두의 귀에는 자연스럽게 들린다.

동호의 말에 운비는 온몸의 근육이 실룩대는 전투력을 느꼈다.

"당근이지! 뭐 내기하는 거냐?"

동호와 어울려 휴게실에 들어가자 이전처럼 싱글거리며 친구들과 장난질을 치는 원찬을 발견할 수 있었다. 원찬이 눈이 마주치자 빙그레 웃는다.

원찬의 의미 있는 미소를 보며 운비는 그에 대해 무한대의 깊은 애정을 느꼈다. 그 새벽에 나누었던 짙은 애무. 외려 여관방에서 발가벗고 몸을 섞을 때보다 —이 또한 아쉽게도 끝까지 가지 못하였으나— 더 뇌쇄적이며 노골적이던 원찬.

돌연 그의 남성적 향과 맛이 오감을 자극하여 운비는 가볍게 전율했다. 그리고 이번 일을 계기로 원찬이 확실히 주도권을 잡았다는 것을 느낄 수 있었다. 그 새벽에 그저 고분고분 원찬이 시키는 대로 한 것뿐 아니라 앞으로도 그가 원하는 일이라면 그 어떠한 것이라도 다 해주고픈 마음이 들었으니 말이다. 물론 지금에 와서 누가 주도권을 잡느냐는 크게 중요하지 않다. 왜냐하면 원찬과 다시 이어졌다는 것에 진심으로 안도하고 있었으니까.

사랑해.

원찬이 눈으로 말한다. 싱긋 웃으며 대답했다.

나도 너란 놈을 정말로 사랑하는 것 같다.

운비는 알고 있었다. 어느 순간이었는지는 정확히 모르겠지만 자신의 인생에 늘 이끼처럼 끼어 있던 회수라는 존재, 그것이 원찬과 냉전기를 보내는 동안 말끔히 씻겨 사라지고 없다는 것을. 그리고 그 자리에는 오롯이 최원찬이라는 한 남자가 들어앉아 있다는 것을.

"아악!"

"윽!"

"흐억!"

단대 소운동장에서는 때아닌 처참한 비명이 난무했다. 배구공을 손에 쥔 채 마치 쥐새끼를 코너에 몬 고양이 눈을 한 운비는 경기장 안의 상대편 수비 선수들을 날렵하게 죽 훑었다. 상대적으로 남자 수가 월등히 많은 정치외교학과 학생들은 얕잡아 보았다가 된통 쓴맛을 보는 중이었다. 어떻게 여자 팔 힘이 남자들보다 낫다는 것이냐.

운비가 던진 공에 사정없이 얻어맞고 아웃된 정외과 학생들은 맞은 부위가 얼얼한지 하나 같이 굳은 상을 하며 물러났다. 그건 배구공이 아니라 야구공으로 160km에 육박하는 강속구에 얻어맞은 충격이었다.

여학생들에게는 그나마 속력을 조절하여 괜찮은데, 운비의 눈에 걸린 남학생들은 무릎 이하 손으로 받기 어려운 곳만 골라 던지는 통에 '뻑' 내지는 '빡' 하는 박 깨지는 소리를 내며 하나 둘 장외로 빠지기 시작. 십여 분 만에 열다섯 명으로 구성된 수비진은 급격히 줄어들어 현재 세 명이 간신히 살아남아 있었다.

두 명은 그래도 정외과에서 운동깨나 한다는 놈들이었고, 또 한 명은 어쩌다 보니 요리조리 도망가기에 바빠 일찌감치 죽어나가는 게 신상에 이롭다는 기지를 채 발휘하지 못한 가엾은 여학생이었다. 지금도 여학생은 언제 이렇게 다 죽어나갔냐 하는 얼굴로 새파랗게 질린 채 한 남학생 뒤에 숨어 있었다.

혀를 내밀어 입맛을 쓱 다신 운비는 여학생의 방패 역할을 하고 있는 남학생을 다음 타깃으로 삼았다. 잘만 하면 한 방에 두 명이다.

슈욱!

페인트 모션! 팔이 큰 회전을 돌며 따로 혼자 떨어졌던 남학생에게 날아가는가 싶더니 중간에서 급살 맞게 방향을 틀어 남학생과 여학생이 일렬로 서 있는 쪽으로 빠른 속도로 회전하며 날아갔다.

퍽!

"꺅!"

맞기는 앞에 선 남학생이 맞았는데, 비명은 뒤에 선 여학생이 질러댄다. 허리를 C 자로 꺾어 살짝 피하려던 남학생은 공의 회전이 빨라 허벅지 부분을 얻어맞고 그 충격에 벌렁 나자빠졌다. 남학생이 넘어지는 바람에 그 뒤에 숨어 있던 여학생이 같이 걸려 넘어지면서 내지른 비명이 운동장을 요란하게 울렸다. 과연 공포의 피구가 아닐 수 없었다. 아니, 공포의 도깨비라고 해야 할까?

"살살 좀 합시다, 거!"

정외과에서 누군가 목소리를 높여 항의를 했다.

운비는 막걸리 내기만 아니었어도 하는, 죄송스러운 표정을 그쪽으로 싱긋 보냈다.

경기장 안으로 굴러들어온 공을 잡은 상대편 마지막 선수가 바짝 약이 오른 눈빛으로 대여섯 명 남아 있는 신방과 학생들을 향해 공을 날렸다.

"엄마얏!"

망둥이처럼 이리 뛰고 저리 뛰던 정미가 맥없이 공에 얻어맞고 물러났다. 공을 잡은 건 진건이다. 5대 1로 궁지에 몰린 정외과 선수는 약간 두려운 듯 진건과 마주 섰다.

휙!

진건이 공을 던진 것을 용케 피한 정외과 수비 선수. 데굴데굴 굴러온 공을 잡아 빠른 공격을 시도하는 신방과 공격 선수. 그야말로 접전이다. 마지막 선수답게 미꾸라지처럼 요리조리 잘도 피해 다니던 정외과 선수는 그 와중에 신방과 수비 선수 두 명을 장렬히 전사시키는 기염을 토했다. 그러나 공이 중앙선 공격 지역에 서 있던 운비의 손에 들어갔을 때에는 남학생들의 공격을 받을 때보다 한결 더 긴장하는 표정이 역력했다. 아무리 열세라도 여자가 던진 공에 맞아 죽을 수는 없다는 각오를 다지는 듯했다.

"후우."

낮게 호흡을 고른 운비가 슝 공을 던지는가 싶더니 직접 맞추지 않고 수비 진영에 있던 진건에게 패스했다. 반사적으로 공을 받은 진건이 미처 공격선을 예상치 못하고 당황하는 정외과 수비 선수를 향해 무자비하게 투하했다.

쿠앙!

무슨 대포알 날아가는 소리가 나면서 공은 정확히 상대방 선수의 오른쪽 어깨에 가서 박혔다. 휘청한 상대방 선수, 높이 솟아오른 공을 받으려고 허겁지겁 손을 내뻗는다. 하지만 얻어맞은 충격이 컸던지 그만 손끝에서 튀어 오른 공은 무심하게도 더 이상 받을 수 없는 곳에 가서 굴러 떨어져 버렸다. 끝까지 혼자서 분투하는 모습을 지켜보던 양 진영에서 동시에 희비가 엇갈리는 소리가 터졌다.

정외과 선수들은 아쉬움의 비명을, 신방과 선수들은 승리의 함성을.

공수가 바뀌면서 2차전.

이제 공격진에서 수비진으로 들어간 운비와 원찬은 본능적으로 찰싹 달라붙어 서 있다가 문득 눈을 맞추었다. 경기는 경기이고, 사랑은 사랑이다. 이렇게 붙어 있다가는 신경이 쓰여 경기에 집중할 수 없을 것이다. 서로 생각이 통했는지 각자 알아서 끝과 끝으로 떨어져 섰다.

정외과 공격 선수들은 1차전에서의 분풀이를 할 참인지 단단히 벼르는 양 오글오글 모여 있는 신방과 수비 선수들을 잡아먹을 듯 노려보았다.

심판을 보던 사회학과 남학생이 경기 시작을 외치자 곧 각 팀의 수비진이 일사불란하게 움직이기 시작했다. 공격과 수비, 각각 열다섯 명으로 구성된 팀은 약 십분 가량이 흐른 후 양 팀 똑같이 다섯 명 정도를 남겨 놓았다. 경기를 하는 중에 얼핏 보니 혜리는 끈질기게 원찬을 따라다니고 있었는데, 별것 아닌 일에 운비는 은근히 신경이 쓰였다. 이리저리 휩쓸려 다니면서 가히 의도적이라 할 정도로 원찬에게 스킨십을 하고 있었기 때문이다. 하지만 원찬은 경기에 정신이 팔려서인지 혜리에겐 관심도 없는 듯했다.

괜한 신경성이라 생각하면서도 자꾸 시선이 원찬과 혜리 쪽으로 가는 통에 슬슬 짜증이 일기 시작했다. 생각 같아서는 혜리 년을 먼저 아웃시켜버렸으면 딱 좋겠는데 같은 편이라 그럴 수도 없고, 지금도 원찬의 등 뒤에 서서 한 손으로 그의 허리춤을 꼭 붙잡은 모습을 보자 속이 부글부글 끓어올랐다. 가련해 보이는 것도 정도가 있는 법!

일부러 약한 척, 가련한 척 남자로 하여금 보호본능을 일으키는데 선수인 여자애들을 보면 주는 것 없이 얄밉다.

"흑!"

세게 입김을 토해내는데 상대 진영에서 공이 날아왔다. 운비 쪽이다. 잡으려면 얼마든지 잡을 수 있었지만 일부러 공을 피하는 척하며 원찬 쪽으로 뛰었다. 아니나 다를까, 1차전에서 최후의 선수였던 정외과 남학생이 운비를 중점적으로 노렸던지 연달아 무서운 강속구를 날렸다.

"퍽!"

그 소리는 운비의 것이 아니었다. 정확히 공이 날아오는 지점을 곁눈으로 간파한 운비가 이번에도 피하는 척하면서 원찬의 뒤에 숨어다니던 혜리를 정통으로 들이받았던 것이다. 원찬을 붙잡고 있던 손을 놓치고 벌러덩 나자빠진 혜리는 돼지 멱따는 소리를 내지르며 흙먼지가 뽀얗게 일어나는 바닥에 개구리처럼 쭉 뻗어버렸다.

"우앵~!"

신방과 주장 진건이 심판에게 타임을 불러 잠시 경기가 중단되자, 쓰러져서 한동안 정신을 못 차리던 혜리는 동료 선수들의 손에 부축되어 일어나 앉자마자 크게 울음을 터뜨린다. 스물한 살이나 되는 여자 입에서 아기들이나 할 법한 울음소리가 터져 나오리라고는 예상을 못 한 터여서 운비는 어이없게 픽 웃어버렸다. 넘어질 때 까졌는지 팔 한쪽을 완전히 갈아서 무척 고소했다. 일부러 부딪쳤다는 걸 안 사람은 진건뿐. 원찬은 운비와 부딪쳐서 다쳤다는 생각에 혜리의 상태를 살피며 난감하게 물었다.

"괜찮아?"

혜리는 원찬이 염려스럽게 물어오자 운비를 찢어 죽일 듯 노려보더니 더욱 서럽게 울어댔다.

"흑흑, 너무 아파. 저렇게 무식하게 부딪치는 사람이 어디 있어? 우애앵~!"

요란한 사이렌 소리보다 무식하다는 말에 운비는 팔짱을 낀 채 주저앉아 있는 혜리를 못마땅하게 내려다보았다. 다음에는 과 씨름대회나 하자 그럴까? 그럼 저 조막만 한 계집애를 모래찜질시켜 버릴 수 있을 텐데.

"경기를 하다 보면 그럴 수도 있지. 그럴 거면 뭐 하러 들어왔어?"

운비가 심드렁한 목소리로 나무라자 혜리는 매우 억울하다는 듯 소리를 질렀다.

"나도 이렇게 과격한 운동 같은 거 싫다구! 인원수 모자란다고 억지로 하라고 해서 온 거란 말야! 앵~!"

"야, 야. 거치적거리니까 일단 나가. 경기 방해돼."

원찬이 주의를 주는 눈빛으로 쳐다보기에 운비는 손을 휘젓다 말고 슬그머니 입을 다물었다.

"그래, 깨비 누나 말대로 혜리 넌 그냥 나가는 게 좋겠다."

그제야 혜리는 원찬의 말이니 듣는다는 듯 손등으로 눈물을 쓱쓱 야무지게 닦아내더니 까진 팔뚝을 입김으로 호호, 불며 장외로 빠졌다.

"이제 해볼 만하네."

거머리처럼 원찬의 곁에 붙어다니던 혜리가 비로소 떨어져 나가자 운비는 삶의 의욕이 불끈불끈 솟는 듯했다. 목을 좌우로 뚝뚝 꺾고, 앉았다 일어섰다 가볍게 몸을 풀고 나서 상대 진영을 향해 손을 쭉 내뻗으며 위협적으로 소리쳤다.

"자, 이제 다들 죽었다고 복창해라!"

그로부터 5분여가 흘렀을 때 전투기처럼 날아 미사일처럼 꽂히는 운비의 눈부신 활약에 정외과 수비 선수 다섯이 차례로 장렬히 전사하고, 경기는 그리 어렵지 않게 2대 0 신방과의 압승으로 막을 내렸다.

아름다운 청춘

"건배!"

학교 앞 주점에서 신방과와 정외과 학생들은 서로 어우러져 막걸리 파티를 벌였다. 다 함께 잔을 들고 마시고 넉넉하게 서로의 잔을 채워주었다. 경기할 때야 미군과 아랍군처럼 살벌하게 굴었지만 경기가 끝난 후에는 네 편 내 편이 없이 평화로웠다. 이런 맛에 과끼리 경기를 즐기는 것 아니겠는가.

1차전에서 마지막까지 버텼던 선수, 정외과 예비역 심무홍이 같은 좌석에 앉았다가 감탄했다.

"와, 괜히 도깨비라고 하는 게 아니구나 싶더라구요. 솜씨 한 번 볼까 했더니 정말 대단하던데요."

"어유, 별말씀을. 선배님이야말로 진짜 잘하시던데요, 뭘."

내가 겸손하게 말하자 심무홍은 경기할 때와는 달리 은근한 눈빛이 되어 바라본다. 그의 노골적인 시선에 다소 당황했던 나는 어색함을 무마

하고자 막걸리 잔을 들었다. 하지만 그 후로도 심무홍의 시선은 줄곧 끈끈이처럼 내게 들러붙어 있었다. 혜리가 원찬에게 그러는 것처럼.

지금도 원찬을 사이에 두고 나와 혜리는 양옆에 앉아 있었는데, 건너편에 앉은 심무홍은 일부러 내게만 술을 권했다. 원찬이 앞에서 내색하기가 어려워 나는 그가 권하는 술을 계속 받아마셨고, 급기야 올 것이 오고야 말았다.

원찬이 또 술을 권하는 심무홍에게 불현듯 적대감이 서린 말투로 말리고 나섰던 것이다.

"이제 그만 하죠. 너무 마시는 것 같은데."

심무홍은 조금 언짢은 기색을 내비치며 원찬을 삐딱하게 쳐다보았다.

"이 정도에 취할 것 같진 않은데?"

그 말 속에는 왜 네가 나서느냐는 노기가 서려 있었다. 그도 그럴 것이 예비역인 심무홍에 비하면 원찬은 까마득한 후배가 되기 때문이다. 원찬의 불편한 시선이 심무홍의 언짢은 시선과 팽팽하게 얽혔다. 일순 술자리 분위기가 싸늘해진다. 기껏 기분 좋게 어우러져 주점에 와서 신경전에 휘말릴 수는 없기에, 두 남자의 신경전 원인이 된 내가 적극적으로 나섰다. 과장되게 너털웃음을 터뜨리며 경기 연장전처럼 살벌해지는 분위기를 완화했다.

"하하하. 왜들 이러시나? 술 마시자고요, 술!"

그러고는 심무홍의 잔에 막걸리를 따라주려 하자, 곁에 앉았던 원찬이 내 손목을 탁 움켜쥐더니 막걸리 통을 쏙 빼간다.

"나랑 한 약속 잊었어? 이제 술 마시지 않기로 했잖아."

물론 오늘 같은 날은 예외로 허용할 만했고, 이제껏 아무 소리 하지 않다가 갑자기 약속 운운하는 걸 보니 술을 마시는 것보다 다른 남자에게 술을 따라주는 것이 기분 나쁘다는 뜻 같았다.

"그래도……."

내가 모두의 눈치를 보며 어설피 웃어넘기자 원찬은 얼굴색 하나 안

변하고 엄포를 놓듯 좌중을 향해 말했다.

"앞으로 누구든 도깨비한테 술 권하면 가만 안 있을 테니 그렇게 알아!"

어디서 많이 듣던 소리다 싶어 나는 어안이 벙벙해졌다. 그것은 1학년 초, 신입생 단합회에서 희수를 두고 내가 한 말이 아닌가.

"어, 어!"

더없이 썰렁해진 분위기에 딱 한 사람만 큭 웃더니 이어 박장대소를 했다. 나는 얼굴이 화끈 달아오르는 걸 느끼며 큰소리로 웃고 있는 진건을 찢어 죽일 듯 노려보았다. 그의 눈에는 내가 원찬에게 꼼짝없이 잡혀 사는 도깨비로 비칠 게 뻔했기 때문이다. 원찬과 단둘이만 있을 때라면 얼마든지 감동할 만한 상황이었겠지만 도깨비가 두 살이나 어린 후배 녀석에게 꽉 잡혀 산다는 게 남들 눈에는 얼마나 우습고 해괴망측해 보이겠는가.

그리고 보니 대다수의 남학생은 떨떠름한 표정으로 자기네들끼리 위로하듯 술잔을 부딪치고, 여학생들은 하나같이 나도 누가 술 못 마시게 곁에서 챙겨주는 놈 없나 하는 부러운 눈초리다.

그런가 하면 혜리 년은 느닷없이 자리를 박차고 일어나더니 피구 경기장에서처럼 우앵~ 하고 사이렌 소리를 내지 않아서 그렇지, 경기하느라 누군가에게 빌려 입었던 운동복을 벗고 원래대로 갈아입은 미니스커트 자락을 휘날리며 주점을 뛰쳐나가 버린다.

대관절 이게 다 뭐하자는 스토리인지. 나는 머리가 아파와 술잔 대신 물 잔을 들어 벌컥벌컥 들이켰다.

그제야 원찬과 심상치 않은 사이라는 걸 알아차린 심무홍은 김새는 얼굴로 조용히 술잔을 들었고, 술자리는 점점 화기 애매한 분위기로 물들어갔다. 아, 이 어정쩡한 분위기라니.

하지만 나는 원찬을 원망할 수 없었다. 나 또한 혜리가 원찬에게 꼬리를 흔드는 걸 참지 못하고 온몸으로 부딪쳐 사수했으니 말이다. 그때부터는 막걸리도 원찬이 따라준 한 잔으로 사이다 팍팍 타서 아껴먹고 또 아껴먹었다. 홀짝홀짝 막걸리를 마시고 있자니 괜스레 웃음이 픽 터져 나왔다. 모든 사람이 지켜보는 앞에서 이 여자 내 여자니까 집적거리지 말라는 선고를 내린 것이 처음엔 쪽팔려 죽을 지경이었으나, 가만 생각해 보니 기분이 그리 좋을 수가 없다. 사람 마음이란 거, 참 이상도 하지. 후후.

모두와 헤어져 집 앞에 왔을 때 일전 나를 담벼락에 기대놓고 첫 입맞춤을 했던 그곳에 마주한 원찬은, 그때와는 비교할 수도 없게 '바람과 함께 사라지다.'의 레트 버틀러처럼 내 허리를 휘어잡아 안은 채 깊은 키스를 해왔다. 나도 그의 목에 두 손을 감고서 그의 향기로운 입술과 혀에 정성을 기울여 호응했다.
살짝 입술을 떨어뜨린 원찬이 설탕이 입 안에서 녹는 듯한 목소리로 속삭였다.
"사랑해."
어둠 속에서 반짝반짝 빛을 내며 바라보는 두 개의 눈동자. 눈이 부셔 그 눈동자를 제대로 볼 수가 없다.
"나도…… 사랑해."
우리는 누가 먼저랄 것도 없이 다시 한 번 뜨겁게 입술을 부딪치고 혀를 흡착했다.
등 푸른 생선처럼 생동감 넘치는 열망이 가슴 속에 자리 잡으며 나는 내게 찾아온 사랑을 그렇게 꼭꼭 부여잡았다.

장 미

"자아, 잘 봐라."

다음날 오후, 동아리 방에서는 진건의 몇 가지 간단한 차력 시범이 있었다. TV에서나 보았을까, 실지로는 처음이어서 운비는 매우 흥미로운 눈길로 그가 하는 양을 지켜보았다.

우선 캔 음료수를 한 손으로 찌그러뜨리기. 손안에 캔을 단단히 잡고서 기합을 준 진건은 별로 어렵지 않게 와자작 구겨버렸다. 압력 때문에 캔 뚜껑이 우지직 소리를 내며 뜯어지는가 싶더니 거품을 머금은 음료수가 와르르 쏟아졌다.

그 옆에서 보조를 하고 있던 녀석이 캔을 받아든 대신 수건을 건넸다. 진건이 수건으로 손을 닦으며 말했다.

"이건 기본적인 거다. 운비도 들어오고 해서 차력이 무엇인가 간단한 시범으로 보인 것이다. 조만간 명문대학에서 시범이 있을 예정이니까 그날을 대비해서 열심히 연습하기 바란다. 영한이와 종모는 나와 함께 시범을 한다. 인규와 혁수는 보조이니 호흡이 맞도록 익혀 둬라. 그리고 철호와 학재는 그날 장비 책임이다. 하나도 빠짐없이 잘 챙기도록.”

“네!”

한 손으로 캔을 종이처럼 구겨버리는 게 기본이라면, 고도로 훈련된 차력은 과연 어떤 것일까? 운비가 그런 생각을 하는 도중에도 진건의 공지는 계속되었다.

“영한이와 종모는 각각 편수곤(차력 쌍절곤)과 각목 격파, 끝으로 화공술을 시범으로 보인다. 계란 밟기와 손바닥으로 대못 박기, 맨발로 불 위 걷기, 이로 물동이 지기 등의 고난도 시범은 내가 한다. 질문?”

회의 탁자 맨 끄트머리에 앉았던 운비가 슬그머니 손을 들었다.

“뭔가?”

“난 뭐 해요?”

“넌 눈만 제대로 달고 오면 돼.”

“그럼 구경만 하란 건가요?”

“이제 들어온 지 얼마나 되었다고 시범단에 낄 생각부터 하는 거냐? 무슨 일에든 다 절차와 순서가 있는 법이다. 딴 사람들 하는 거나 눈에 잘 익혀 둬. 그것도 훈련의 연장이니까.”

재미없네.

운비는 입맛을 쩝 다시며 진건의 다음 시범을 지켜보았다.

장비들 틈에서 인규가 제법 두툼해 보이는 쇠 파이프 하나와 철근 두 개를 가져와 탁자 위에 올려놓았다. 진건은 손에 파우더를 묻히고 쇠 파이프를 들어 양끝을 두 손아귀에 꽉 움켜잡았다. 휠 듯이 탄력을 주며 짧게 기합을 넣자 거짓말처럼 쇠 파이프가 반원을 그리며 우그러진다. 진건에게야 그리 어려운 일이 아니겠으나 운비에게는 보통 신기한 구경이 아니었다.

이번에는 철근 두 개를 동시에 뭉뚱그려 잡는 진건을 운비는 어린아이처럼 반짝반짝 눈을 빛내며 지켜보았다. 쇠 파이프 한 개 적보다는 훨씬 힘이 들어간 듯 보였으나 이번에도 철근은 늘어진 엿가락처럼 휘어졌다.

다음으로 이어진 차력은 달걀 위에 올라서기. 진건은 조용히 눈을 감고 두 팔을 한 번 힘 있게 앞으로 내뻗었다가 단전에 모아 쥐며 기를 충전했다. 정신을 집중하고 힘을 분산시키느라 그의 얼굴에서 굵은 핏줄이 탁탁 불거졌다. 실지 차력에서의 고난도에 속하는 모래, 자갈, 유리, 머리 못, 못 판, 숯불 밟기 등의 기술은 이 달걀로 훈련하는 것에서부터 시작된다.

차력무예 삼대 공법, 즉, 체력과 기술, 정신이 합력하여 순발력과 민첩성, 판단력, 집중력이 하나가 되어 움직이지 않으면 차력무예를 좀처럼 발휘하기 어렵다. 드라마나 영화의 무술 감독으로도 알려진 차력의 달인 오재성 씨 예를 들자면, 언젠가 이런 적이 있었다고 한다. 친구와 등산을 간 날 밤, 모닥불 가에서 친구와 그는 술래잡기를 하며 쫓고 쫓기는 장난을 치고 있었다. 쫓기다가 자신도 모르는 사이에 모닥불을 밟고 지나쳤는데, 쫓기는 일에만 정신이 집중되어서인지 모닥불이 뜨거웠는지 차가웠는지 그 당시에는 전연 느낄 수가 없었다는 것이다. 다시 말해서 정신력을 그만큼 중요시하는 것이 바로 차력이다. 불 위를 걷는다는 건 마음가짐만 갖고서는 긴장만 쌓이고 쌓일 뿐이지만, 체력과 기술과 정신을 합일치하여 그 정신력으로 발휘되는 담력이 있으면 누구나 가능하다는 것이 차력 무예인들의 일치된 의견이다.

여하튼 진건은 그간 수도 없이 훈련해 왔던 것 중에 차력 기공 기예의 기초 훈련법을 시행하고 있었다. 마지막에는 호흡마저 완전히 죽이고 맨발로 달걀 서른 개가 꽉 차 있는 판 위에 천천히 올라섰다. 그가 숨을 죽이니 동아리 방안의 모든 생물과 무생물까지라도 쥐죽은 듯 고요해졌다. 그리고 마침내 그의 다른 한 발도 달걀판 위에 나란히 올라서자 운비는 자기도 모르게 침을 꼴깍 삼켰다.

야아, 됐다, 됐어!

절로 감탄사가 만발했다. 하지만 작은 깃털 나부끼는 소리 하나에도 진건의 발밑에 무참히 깔린 달걀들이 파삭! 깨져버릴 것 같아서 진건이 다시 한 발, 한 발 원 위치 시킬 때까지 긴장감을 늦추지 못했다. 진건의 두 발이 얌전히 달걀 위에서 내려지자 안도의 한숨마저 쉬어졌다. 굳이 말하자면 지금까지 진건을 허접한 개그 차력사 정도로 생각한 건 아니었지만, 그렇다고 대단하게 여긴 적도 없었다. 그래봤자 차력 훈련을 쌓는 중인 대학생에 불과했으니까. 그런데 지금은 그가 조금 달리 보이기도 한다. 역시 이런 훈련은 몸소 직접 체험해보고 겪어봐야 진수가 가려지는 모양이다.

앞으로 기대를 걸어 봐도 되겠는걸.

운비는 진건에게 자신이 들어야 할 말을 되레 속으로 주절대며 뿌듯한 미소를 입가에 걸었다.

진건의 발아래 깔려서도 돌멩이처럼 꿋꿋이 버텨냈던 달걀들은 그 길로 뜨거운 물 속에 투신(?)했고, 얼마 후 그들의 간식으로 환생(?)하여 아낌없이 바쳐졌다. 운비가 방금 익혀 나온 달걀을 손안에서 돌돌 굴리며 진건의 발 냄새가 난다느니 농담을 했어도 누구 하나 귀담아듣는 이는 없었다. 그렇게 달걀 삼십 개가 게 눈 감추듯 여덟 명의 입속으로 들어간 후에야 동아리 방에서의 고단한 하루가 끝이 났다.

동아리 회원들이 모두 가고 난 후, 뒷정리를 마친 운비는 진건과 나란히 동아리 방을 나왔다. 이미 어두워진 교정을 어슬렁어슬렁 걸어 내려가며 자랑 조로 진건에게 말을 걸었다.

"나, 원찬이하고 화해했어요. 어제 선배도 봤죠?"

무슨 뜻인지 모르게 진건이 후후 소리 내어 웃었다. 하지만 운비는 마냥 들떠 있어서 비웃는 듯한 그의 반응에도 꽤 관대하게 나왔다.

"그러게 내가 뭐랬어요? 이대로 안 주저앉는다, 그랬잖아."

"연적 상대가 원찬이라 좀 자존심이 상하긴 한다만 그런대로 견뎌보마."

진건의 느긋한 태도가 못마땅하여 운비는 입술을 삐죽였다.

"쳇! 난 선배의 그 거만하고 유들유들한 태도가 제일 싫더라. 꼭 자장면 같아."

"자장면?"

"네. 시커멓고 느끼하고 한국 음식인지 중국 음식인지 헷갈리고, 하여간 맘에 안 드는 것투성이야."

무슨 말인지 몰랐다가 그때서야 감을 잡고는 진건이 큰 소리로 하하 웃었다.

"그래도 맛있잖냐. 대국민이 가장 선호하는 음식이기도 하고."

"난 예외야. 자장면 안 먹거든."

"그 맛있는 걸 왜 안 먹냐?"

"별로 안 당기더라고요."

이래저래 참 특이한 녀석이다.

교문 앞까지 거의 다다랐을 때, 진건의 발걸음이 서서히 멈췄다. 운비의 얼굴에 해사한 웃음이 번졌다. 교문에서 기다리고 서 있는 이가 원찬이었기 때문이다. 원찬은 지나가는 사람들의 시선을 한몸에 받고 서 있었는데, 그리 낯선 풍경은 아니었다. 머리카락을 노랗게 물들이고 앙증맞은 귀고리까지 한 훤칠한 키의 스타일 좋은 녀석이 장미 꽃다발까지 한 아름 안고 서 있는 모습이라니!

녀석에게는 자체 발광체가 있어 저리도 빛이 나 보이는 게 아닐까, 착각을 일으킬 정도다.

"이제 끝났어요?"

원찬은 진건에게 알은체를 하며 장미 꽃다발을 운비의 품에 안겼다. 운비는 어쩐지 기분이 기기묘묘했다. 왜냐하면 이날 이때껏 남자에게 꽃다발을 받기는 처음이었기 때문이다. 외려 이런 화사한 꽃다발은 원찬에게나 더 어울릴 것 같다. 벌써 그림이 안 되지 않은가, 그림이!

가슴 속에서 벌레가 꼼질거리듯 스멀스멀 간지러움이 피어난다.

우하하, 살다 보니 이런 날이 다 있구나!

운비의 입이 함지박만 하게 벌어지는 걸 보고 원찬이 빙그레 웃으며 진건에게 말했다.

"저기, 죄송한데 저흰 먼저 가볼게요."

그러더니 운비의 손을 잡고 이내 멀어져갔다. 원찬의 손에 끌려가면서도 마냥 행복해 보이는 운비의 뒷모습을 지켜보는 진건의 입가로 흐뭇하고도 쓸쓸한 미소가 드리워졌다. 두 녀석에게서 과거 자신의 모습을 고스란히 보는 탓이었다.

막간 보고라도 할 겸 희수에게 전화해 볼까?

진건은 곧 주머니에서 휴대전화를 꺼내들며 교문 쪽으로 걸음을 옮겼다.

"웬 꽃이야?"

장미 속에 코를 박고 킁킁 향을 맡으며 운비는 멋쩍게 물었다. 사람들이 죄다 자기만 흘끔거리며 쳐다보는 것 같아서 부끄럽고 어색하다. 쌍절곤이나 어울릴 만한 여자에게 장미라니, 오늘 이 꽃다발을 집으로 가지고 들어가면 또 한바탕 소란이 벌어질 것이다. 가문의 기적이라고.

"맞춰봐."

원찬의 말에 운비는 멀뚱멀뚱해졌다.

무슨 날이지? 내 생일인가?

얼핏 날짜를 셈해 보고 나서 고개를 갸우뚱했다.

생일은 아직도 멀었는데. 그럼 원찬이 생일?

"네 생일이야?"

원찬이 어이없다는 듯 웃음을 푹 쏟아냈다.

"내 생일에 너한테 장미 선물 해?"

"그럼 뭐지? 우리 만난 지 백일 되려면 아직도 멀었고. 아, 모르겠다. 무슨 날인데?"

그런데 원찬이 눈빛을 반짝 빛내며 대답한다.

"너랑 화해한 기념."

"에?"

황당하기 이를 데 없다가 운비는 얼른 감정을 옭아맸다. 무슨 기념일 어쩌고 하는 거라면 괜히 하는 일 없이 머리 복잡해지는 그녀인지라 지금도 반사적인 반응이 튀어나올 뻔했다. 밸런타인인지 빨래 타임인지 해마다 온갖 요변을 떨며 초콜릿 포장에 열을 올리던 운경에게도 비싼 밥 먹고 어지간히 할 짓 없다고 타박만 하던 그녀가 아니었던가. ―애인이 생긴 지금도 그다지 이해는 가지 않는다만― 그러나 이럴 때는 원찬의 장단에 맞춰주는 게 상책이리라. 그의 말대로 특별하게 생각하면 나름 그렇기도 하고.

"오호, 역시! 너 한 번씩 감동을 바가지로 퍼주는 데는 정말 못 당하겠구나. 고마워. 이거 거꾸로 말리면 드라이플라워 되는 거지? 아니다. 운경이한테 해 달라고 해야겠다. 이런 건 또 걔가 전문이라."

원찬이 뿌듯하게 미소 지었다.

"이래서 여자는 여자라는 거야. 여자들 백이면 백, 꽃다발 받고 안 좋아하는 사람은 없거든."

확실히 그렇게 믿는 눈치여서 운비는 어설픈 웃음만 실실 흘렸다. 사실 꽃보다는 운동 기구 사주는 게 더 좋은데. 쌍절곤도 너무 오래 써서 낡았고.

그러다 문득 웃음을 터뜨렸다. 이런 언밸런스가 또 어디 있으랴. 꽃이 어울리는 남자와 쌍절곤이 어울리는 여자라. 쿡쿡. 사람들이 왜 그리 안 어울린다고 하는지 제대로 대뇌에 와서 박힌다.

"꽃다발 받은 게 그렇게 좋아? 앞으로 자주 사줘야겠다."

원찬의 순진한 말에 운비는 더욱 크게 깔깔대며 대꾸했다.

"그래, 자주 사 줘. 이것도 꽤 괜찮은 묘미네. 도깨비와 장미. 오늘 내게 특별한 날인 것만은 확실한걸. 후후."

가까운 카페로 가 식사하고 후식으로 차를 마시며 두 사람의 데이트는 늦은 저녁까지 이어졌다. 일전에 왔던 칸막이로 된 카페여서 은밀한 데이트를 즐기는 커플들에게는 단연 인기가 높았다. 그 안에서 운비와 원찬도 나란히 앉아 서로 끌어안은 채 연인끼리의 달콤한 대화를 나누었다. 원찬의 가슴에 기대어 창밖을 바라보자니 운비는 기분이 몽롱해졌다. 남자의 품이 이리도 따뜻한 것이었던가. 장난처럼 늘 품에 안아주기만 했던 희수에게는 전혀 느끼지 못했던 푸근함이었다. 그러고 보니 정말 한동안 원찬에게 빠져 있어서 희수에 대해서는 기억상실증 걸린 사람처럼 까마득히 잊고 있었다. 운비의 입가로 씁쓸한 미소가 감돌았다. 희수 아니면 죽을 것 같던 사랑, 하지만 이젠 희수가 아닌 원찬이 그런 남자가 되어버렸다.

"이렇게 있으니까 좋아?"

원찬이 운비의 팔뚝을 쓱쓱 문지르며 물었다. 아닌 게 아니라 운비는 내내 가슴에 기댄 채 떨어질 줄을 모르고 있었다. 마냥 편안하고 고즈넉해 보여서 그렇게 속삭여 물은 것이다.

"응. 후후, 난 있지 언제나 내가 안아주고 감싸주는 쪽이 편하고 좋았었는데, 꼭 그렇지만은 않다는 거 너 만나고 알았어. 이따금 이런 나 자신이 생뚱맞고 우습기도 하지만 지금은 안 그래. 정말 좋아."

"이제 매일 안아줄게."

원찬이 귀에 가까이 대고 속삭이는 바람에 운비는 등줄기로 전기가 찌릿 올라 목을 움츠렸다. 그러자 원찬은 장난스럽게 웃으며 입술로 살며시 귀를 깨문다.

"야아, 하지 마. 간지러워."

운비는 기겁하면서도 그리 싫지 않은 듯 원찬의 품 안에서 보채었다.

"가만있어 봐. 안 그럼 더 한다?"

못 말리는 녀석 같으니. 처음부터 순진하기만 한 녀석은 아니란 거 알았지만 한 번 발동 걸리니 과감의 도가 넘쳐난다. 마음을 열면 몸도 자연히 따라가지는 건가? 아니면 남자의 본성인 늑대 기질이 드디어 나타나는 것인가?

미운 눈초리로 눈을 흘겼으나 생글 짓궂은 웃음을 담은 원찬의 눈동자가 운비의 가슴을 송두리째 뒤흔들어 놓았다. 두근두근. 첫 키스도 아니건만 어째서 이렇게 가슴이 떨리는 것일까. 눈을 감고 원찬의 입술을 받으며 운비는 이 느낌을 오래도록 누리고 싶다는 생각을 했다. 그의 목덜미에 팔을 감아 세게 끌어안았다.

"으음……."

원찬이 엷은 신음을 흘린다. 감각적으로 움직이는 혀의 놀림에 운비는 단전 부위에서 찌르르 신호가 오는 것을 느꼈다. 원찬과의 첫 섹스를 시도했던 그날이 떠올랐다. 희수의 이름을 흘리는 실수를 한 덕에 끝까지 해내지는 못했지만 그때의 긴장 되고 떨리던 기분이 고스란히 되살아난다. 아울러 기철의 자취방에서 원찬의 그것을 입으로 달궈주던 기억도.

그런 마음을 들여다보기라도 했는지 원찬의 손이 운비의 허벅지와 사타구니 안쪽을 더듬어 화로처럼 뜨거워진 그곳을 어루만졌다.

"하아……."

깊은 굴속에서 울리는 듯한 소리가 운비의 입에서 흘러나왔다.

손끝으로 운비의 그곳을 자극하고는 있지만 청바지라 감이 부족하여 원찬은 좀 더 세게 문질렀다. 잇새를 뚫고 어렵사리 신음이 새어나오고 있어 그 소리가 더욱 흥분을 유발시켰다. 운비의 손을 끌어다 자신의 중심부로 가져갔다. 그리고 불끈 힘이 들어간 그것을 그녀의 손에 쥐어주었다. 만지작만지작. 마치 손 장난감을 쥐고 노는 것처럼 그녀의 손놀림이 장난스럽다.

"아아……!"

가벼운 터치에도 온몸이 바들거릴 정도로 경련이 인다. 커질 대로 커져버린 그것은 운비의 손안에서 돌파구를 찾기 위해 격하게 버둥거린다. 원찬은 운비의 젖가슴을 탐하고 싶은 욕구에 시달린다. 운비를 안고 싶다. 운비의 그곳을 마음껏 파고들고 싶다. 그러자 허리가 지끈하게 아파왔다.

"운비야, 네 바지 지퍼 좀 내려봐."

한껏 몸이 단 원찬의 속삭임에 운비는 가슴이 철렁 내려앉았다.

“왜?”

“빨리.”

“하지만 여긴……. 야, 안 돼. 미쳤어?”

아무리 대범한 운비라도 이런 요구는 당혹스럽기 짝이 없는 것이었다. 종업원이라도 들어오는 날엔! 생각만 해도 눈앞이 노랬다.

“손으로만, 응? 너 만지고 싶단 말이야. 그럼 여관으로 가자고 한다?”

이 녀석, 참.

난감하여 고개를 저었다.

“하지 마. 여기 너무 불안하잖아. 키스만 해.”

“아아, 싫어. 빨리.”

급해진 원찬이 조르듯이 말을 내뱉더니 직접 바지 벨트를 풀려 했다.

“안 하는 대신, 응? 응, 운비야?”

울상이 되어 계속 조르고 보채는 원찬 때문에 운비는 어쩔 줄 몰라 칸막이 바깥쪽을 살폈다.

“아무도 안 온다니까. 아, 내 재킷으로 가리자. 그럼 됐지?”

원찬이 한쪽에 벗어 놓았던 재킷으로 하체를 덮었다. 망설이다가 재킷 안으로 손을 넣어 벨트를 풀고 지퍼도 느슨하게 벌려주었다. 안달 난 원찬의 손이 즉각 운비의 바지 안쪽을 비집고 들어왔다. 그리고 팬티 안까지 침범하여 음모를 쓰다듬고 내려가 깊은 동굴 안으로 손가락을 쑥 집어넣었다.

“으흑……!”

운비는 거침없이 튀어나오는 신음에 놀라 자기도 모르게 입술을 아프도록 깨물었다. 고개는 자동으로 소파 등받이에 기대지고, 가슴 속에서 한차례 뜨거운 불길이 휩쓸고 지나간다. 이 아찔함. 조금 전까지 긴장했던 마음은 오간 데 없고 그 순간 되레 원찬에게 매달리고 싶은 심정이었다.

원찬이 눈앞에서 재미있다는 듯 빙글거렸다.

“거 봐. 너도 좋지?”

손가락을 살살 돌려 부드럽게 애무하는 원찬의 얼굴에는 성적 호기심
이 덕지덕지 묻어 있었다. 한 번의 침입에 그토록 정신이 아찔해졌던 것
이 무안하여 운비의 얼굴이 발갛게 달아올랐다. 그런데 원찬은 살며시
안색을 살피더니 여전히 달콤한 목소리로 속삭인다.

"말해 봐. 좋아, 안 좋아?"

"……."

"어어, 말 안 하네?"

말꼬리가 슬쩍 비꼬아 올라가는가 싶더니 원찬의 손놀림이 약간 거칠
어졌다. 이제는 하나가 아닌 손가락 두 개가 같이 꿰뚫고 들어와 안을 헤
집기 시작했다. 또다시 운비의 신음이 불거졌다.

이러다 옆방에 들리는 거 아냐?

걱정스러워 사정하듯 말했다.

"조, 좋아. 그러니까 살살 해."

"아직 아니야. 네 눈빛 보면 알아."

이 상황을 즐기는 쪽은 녀석이라는 걸 고려해 볼 때, 그건 맞는 말이었
다. 아직도 불안한 심리가 작용하여 운비는 육체적인 반응만 하고 있을
뿐, 즐기는 입장은 아니었던 것이다.

혀로 한 번 제 입술을 훔친 원찬이 촉촉하게 젖은 목소리로 말을 이었다.

"매일 너만 생각나. 내 손에 의해서, 내 입술에 의해서, 내 몸에 의해서
여자로 반응하는 널 보고 싶어. 네가 나만의 여자로 느껴질 때가 아주 좋
거든. 그러니까 넌 내가 하는 대로 따라오기만 하면 돼."

운비는 그때 무어라 반박하지 못했다. 원찬이 진지하게 말을 한 탓도
있었지만 우습게 느껴지지도 않았다. 외려 그의 말에 순종하면 정말 여
자다운 여자가 될 수 있을까, 그런 망측한 바람마저 들었으니.

원찬의 어깨에 두 팔을 올리고 머리를 끌어당겨 입을 쪽 맞춘 운비가
말했다.

"너, 너무 야해."

"큭큭큭. 네가 섹시해서 그래. 널 생각하기만 해도 이게 막 선단 말이야. 내가 꼭 십대 청소년이 된 기분이라고."

"이러다 나중에 네가 감당 못하는 사태가 올 텐데 두렵지 않아?"

"오우, 노! 절대! 못 믿겠으면 지금 확인해 봐도 돼. 어때? 지금 할까?"

운비는 설핏 눈을 흘겼다.

"나쁜 놈. 이제 봤더니 완전 선수잖아?"

"사랑하는 여자 앞에서는 어느 남자라도 선수가 되게 마련이지. 자꾸 쫑알대면 정말 해 버릴 거야. 가만있어."

원찬의 손놀림이 또다시 거세어졌다. 끈적끈적하고 축축한 물기가 그의 손가락과 운비의 팬티를 흥건히 적시기 시작했고, 키스 또한 점차 짙어져 갔다.

원찬이 자신의 바지 벨트를 풀고 앞섶을 펼치자, 운비가 손을 집어넣어 성난 그것을 살살 달래주었다. 원찬의 손놀림이 거칠게 파고드는 통에 정말로 하고 싶다는 욕망이 활활 일었다. 그래서 그를 마음껏 느끼고 싶었다.

다음번에는 내가 못 견딜 것 같아.

운비는 속으로 그렇게 외치면서 손을 앞뒤로 세게 움직였다. 원찬이 신음을 삼키느라 혀를 입안으로 깊숙이 밀어 넣고 아래에서 그렇듯이 정신없이 헤집어대었다. 아래위가 같이 공격당하자 젖꼭지가 곤추세워지고 몸은 더욱 경직되어만 갔다. 덩달아 운비의 손놀림도 빨라졌다.

원찬이 불현듯 손놀림을 멈추고 숨을 가쁘게 혹 들이켜며 입술을 떼었다.

"끄응, 할 것 같아."

"안 돼, 바보야."

말은 정색했지만 왜 그렇게 웃음이 나오던지 운비는 눈가로 빙글빙글 웃음을 담아 원찬을 바라보았다. 이젠 반대로 쩔쩔매는 원찬의 얼굴이 시야에 들어온다.

"안 되겠다, 잠깐만 기다려."

서둘러 바지를 추슬러 입은 원찬이 훌쩍 일어나더니 칸막이 바깥으로 사라졌다. 운비도 서서히 호흡을 가다듬으며 테이블 위에 놓인 물 잔을 들이켰다. 아직도 아래의 느낌은 살아 있어서 저절로 어깨가 부르르 떨렸다. 본의 아니게 팬티가 흥건해지긴 했지만 별로 개의치 않았다. 그보다는 한참이 지나도 돌아오지 않는 녀석 때문에 조금 걱정스러운 마음이 들었다.

얼마나 지났을까. 불그죽죽해진 얼굴로 돌아온 원찬을 보자 킥 웃음이 나왔다. 곁에 털썩 주저앉은 원찬은 혀를 내두르며 아직도 황홀경에 젖은 눈빛으로 말했다.

"나 큰일 났다, 깨비야. 이래서 어떻게 계속 견디지? 차라리 우리 결혼해버릴까?"

"크하하하! 결혼? 결혼이라고? 넌 이제 겨우 스물한 살이야. 그리고 내가 결혼이라니, 상상이 돼?"

"우리 집에서는 별로 상관 안 해. 형도 대학생 때 결혼했고, 누나도 졸업하자마자 결혼했거든. 나만 좋다면야 다 개인 의견 존중해 주니까."

"그래도 안 되는 건 안 되는 거지. 졸업반 정도라면 모를까."

"당장 죽겠으니까 그러지. 그때까지 어떻게 기다려? 지금도 미치겠는데."

투정부릴 걸 부려라.

그런 마음에 운비는 풀썩 어깨를 가라앉혔다. 아무래도 녀석의 교묘한 마술(魔術)에 걸려들었다는 느낌과 함께.

운비를 집 앞까지 바래다주고 돌아오는 길. 원찬은 골목을 거의 빠져나왔다 싶을 때쯤 공연히 뒤로 돌아보았다. 운비의 모습이 보이지 않자 그의 입가로 음흉한 미소가 내려앉기 시작했다. 그리고 주먹을 상하로 가로질러 "yes!"를 외쳤다. 이것으로 작전 성공!

그는 휘파람까지 술술 불며 가벼운 발걸음을 떼었고, 정확히 어제 오후 정외과와 피구 시합하기 전의 일을 회상했다.

경기를 하기 전 화장실에 다녀와야겠다고는 볼일을 보고 나오는데 기다렸다는 듯이 용택과 기철이 팔을 끌어 단대 앞 잔디밭으로 데려간다. 영문을 몰라 하며 원찬은 선배들이 이끄는 대로 따라갔다. 잔디밭에 앉자마자 용택이 불쑥 묻는다.

"야, 인마. 너 어제 어떻게 된 거야?"

"뭐가요?"

원찬의 어리둥절한 반문에 기철이 마치 비밀교섭이라도 하는 듯 목소리를 낮춰 말을 건넸다.

"어젯밤에 자취방에 온 건 맞지?"

"네, 갔었죠."

"운비하고 아무 일 없었어?"

원찬은 그때 일이 생각 나 얼굴이 후끈 달아올랐다.

순식간에 달아오르는 원찬의 얼굴을 지켜본 용택과 기철은 예상대로 들어맞았다는 표정을 지어 보였다.

"그럼 이제 운비 마음 확실히 잡은 거냐?"

"글쎄요."

원찬의 말이 애매하자 성격 급한 용택이 톡 끼어들었다.

"글쎄요 라니? 어제 운비랑 썸씽 만든 거 아냐?"

"썸씽이라면 썸씽이겠지만, 확실한 썸씽이 아니라서……."

"아, 답답해! 대체 뭔 소리야? 그래서 운비랑 했다는 거야, 안 했다는 거야?"

용택이 버럭 소리를 지르는 바람에 원찬은 입맛을 쩝 다셨다. 아무리 터놓고 지내는 선후배 사이라지만 그런 문제까지 입에 오르내리고 싶지 않았다.

"알고 싶은 게 뭔데요?"

그래서 뚱하게 둘러치자 용택과 기철은 뭔가 알 듯 말 듯한 얼굴을 했다.

"좋아. 개인 프라이버시라 대답하기 싫으면 일단 그건 접어두고 앞으로 대책은 있는 거냐?"

"무슨 대책이요?"

"이런 답답한 녀석을 봤나. 도깨비 앞으로 어떻게 구워 삶을 거냐고? 우리가 가만두고 보기만 하려고 했더니 불안해서 더는 안 되겠다. 도깨비가 오죽 대가 세냐? 이러다가는 너 평생 쥐여살지 않음, 얼마 못 가 또 삐걱대기 십상이야. 지금부터 우리가 하는 말을 잘 새겨들어라."

"네, 말씀하세요."

용택이 짐짓 진지한 투로 작전을 지시했다.

"도깨비를 고분고분한 여자로 만들려면 말이지. 여자의 본능을 자꾸 자극해야 해. 무슨 말인지 알겠냐?"

"모르겠는데요."

"극단적인 방법으로야 병원에 가서 여성 호르몬을 지속적으로 투여하는 것이 제일 낫겠다만, 우선은 여성적인 감성을 일깨워줘야 한다 그 말이지. 도깨비 너는 사랑스러운 여자다, 라는 걸 자꾸 되새겨주라고."

"아! 네, 그건 저도 그럴 참이었어요. 물론 쉽지는 않으리란 거 알지만요."

처음에는 운비를 존중하는 차원에서 스킨십도 자제를 했었지만 지금은 상황이 다르다. 이미 서로 볼 거 못 볼 거 다 본 사이에, 이젠 어떻게 도운비가 이 인간 최원찬에게 완전히 빠져들게 만들지 연구해야 할 시점이었다.

"그리고 두 번째."

이번에는 기철이 눈을 번뜩였다.

"원래 여자의 기를 죽일 때는 공개적인 장소를 활용하는 방법이 제일 좋아."

"공개적인 장소요? 거기서 뭘 하는데요?"

"여자를 꼼짝 못하게 하는 기술. 바로 이거!"

기철이 원찬의 눈앞에 들어올린 건 바로 집게손가락 하나였다.

순간 원찬은 그것이 무얼 의미하는지 알 것 같아 입이 쩍 벌어지고 말았다.

아무리 선배들이라고 해도 그렇지, 어떻게 그런 충고를!

"고마워요, 형!"

원찬이 눈을 초롱초롱 빛내며 기철의 손을 한 번 덥석 잡더니만 휙 일어나 소운동장 쪽으로 뛰어갔다.

"어어. 야, 원찬아! 원찬아, 인마! 얘기는 다 듣고 가야 할 거 아냐!"

"저 자식, 대체 무슨 생각을 한 거야?"

용택도 황당해서 멀어져 가는 원찬을 멀거니 바라보았다.

"그러게. 난 아직 본론에 들어가지도 않았는데."

기철이 집게손가락을 들어올린 이유는, 본격적으로 말을 시작할 때 나오는 특유의 제스처에 지나지 않았던 것.

하지만 원찬은 아직도 기철이 일러준 손가락 기술이 확실한 효과를 거두었다고 믿고 있다. 게다가 과연 그런 일이 가능할까 여겼었지만 역시 밀어붙이는 데는 장사가 없는 모양이다. 도깨비의 그 황홀해 하던 표정이 눈앞에 어른거리자 잘 걸어가던 그의 걸음걸이가 살짝 늦추어졌다. 상상만 해도 아랫도리가 받들어 총 자세를 취한다.

아무려면 어떤가, 도깨비에게 효과만 좋으면 됐지. 막상 해보니까 스릴도 있고 재미도 있고, 도깨비 마음도 잡고 기분도 좋고, 도랑 치고 가재 잡고, 매부 좋고 아우 좋고. 줄곧 야한 비디오에서만 본 탓에, 손가락 하나로 여자들이 정말 그렇게 좋아하나 의문이었던 게 오늘 확실히 풀렸다. 이 탁월한 실험 정신!

이렇게 살살 달궈서 도깨비가 먼저 매달릴 때까지 애를 태우는 거야. 큭큭.

원찬은 혼자만의 상상에 어깨를 추썩거리며 웃었고, 하늘에서는 아직도 덜 익은 사내 녀석의 뒤통수를 내려다보며 달님 또한 푸시시 웃음을 흘렸다.

자 장 면

내가 생각했던 대로다. 장미 꽃다발을 들고 들어가는 나를 보더니 가족들 얼굴이 일제히 짠 듯이 경직된다. 딸내미가 장미 꽃다발 들어오는 게 그리도 불만이며 신기한 일인가?

"그건 또 어디서 났어?"

소파에 앉아 TV를 보고 있던 엄마가 물었다. 일전에 진건이 방문한 이후로 원찬에 대해 아무 말도 없던 엄마여서, 나는 괜스레 우쭐해 하며 대답했다.

"원찬이가 줬어."

"뭐? 원찬이가?"

엄마는 소파에 푹 기대앉았다가 엉덩이를 들썩할 정도로 원찬이라는 이름에 반색했다.

어휴, 속보여.

나는 입을 삐죽하고는 운동화를 벗느라 장미 다발을 한쪽에 놓아두었다. 엄마가 쪼르르 달려오더니 장미 다발을 자기 것인 양 품에 안고 우아하게 향을 맡았다.

"어머나, 너무 화사하고 예쁘다. 역시 애가 고급스런 티가 팍팍 나더니 장미 꽃다발 하나에도 격이 지네. 그래, 원찬이와는 다시 괜찮아진 거야?"

정작 엄마가 묻고 싶은 요지는 그것이다. 내가 원찬이와 다시 사귀기로 했느냐, 안 했느냐.

그래서 엄마 듣기 좋으라고 일부러 목소리를 쾌활하게 높였다.

"화해의 꽃다발."

"아유, 우리 멋진 딸. 그래, 밥은 먹었어? 어머나, 시간이 벌써 이렇게 됐네? 과일 좀 챙겨다 줄까? 아님, 엄마가 아까 낮에 식혜 해 놨는데 그거라도 먹을래?"

엄마의 지나친 호들갑에 나는 너털웃음을 웃고 말았다.

"그럼 식혜나 줘 봐. 엄마 식혜 잘하잖아. 난 엄마가 한 식혜가 제일 맛있더라."

"네가 다른 음료수는 싫어하잖니. 그래서 일부러 너 때문에 한 거야. 원찬이는 또 언제 놀러 온다니? 식혜 해 놨을 때 오면 좋을 텐데."

"내일 토요일이니까 오라 그러지 뭐. 괜찮지?"

"아유, 그럼 괜찮지. 괜찮고말고. 여보, 내일 원찬이 온대요. 당신도 일찍 들어와서 같이 저녁 먹읍시다. 근데 원찬이는 무슨 음식 좋아하니?"

"몰라."

엄마의 눈초리가 살짝 일그러졌다.

"넌 애인 식성도 모르니? 전화해서 물어봐."

"알았어. 근데 엄마."

"응?"

"원찬이가 그렇게 맘에 들어?"

엄마가 얼굴을 더욱 화사하게 펴며 대답했다.

"아직 나이가 어려서 그렇긴 하다만 애는 일단 반듯하고 심성이 고와 보여서 괜찮더구나. 왜?"

2년 전 희수를 보고 엄마뿐 아니라 온 가족이 걱정하던 거에 비하면, 지금의 원찬은 참으로 복 받은 녀석이랄 밖에.

"엄마가 좋아하니까 나도 좋아서. 고마워, 엄마."

내가 고분고분하게 말하니까 엄마도 마음이 짠했는지 들뜬 목소리가 금세 차분해졌다.

"아직 어려서 앞으로의 인연이야 알 수는 없다만 사귀는 동안이라도 재미있고 좋은 추억 많이 만들어. 희수 때처럼 속 끓이지 말고."

"엄마······."

"어서 들어가 씻어. 식혜 갖다줄게."

엄마는 곧 내게서 등을 보이고 식당 안으로 들어갔다. 엄마에게는 어쩔 수 없이 두 사람이 비교되었던가 보다. 그래서 더 원찬이와 잘되길 바란 건지도. 지독했던 그 사랑이 또다시 반복될까, 엄마는 엄마대로 얼마나 걱정을 하고 있었을까. 그런 생각에 나는 가슴이 뭉클하여 눈시울을 붉혔다.

운경은 내가 일러주지 않아도 장미 다발을 내 침대 머리맡에 거꾸로 매달아 두었다. 잠자리에 들어서야 원찬에게 전화를 걸어 내일 집으로 오라는 말을 했다. 그리고 엄마 말대로 무슨 음식을 좋아하는지도 물었다.

[나, 자장면 좋아하는데.]

"자장면?"

문득 진건에게 자장면 같다고 했던 말이 떠올라 나는 피식 웃음을 터뜨렸다.

[응. 근데 그건 왜?]

"아, 엄마가 내일 저녁 먹자 그러셔서. 너 무슨 음식 좋아하는지 물어보라셨거든."

[나야 가리는 거 없어. 못 먹는 음식 빼고는 다 먹으니까.]

"그럼 그렇게 말한다?"

[응. 어머니가 해 주시는 음식이면 다 좋아한다고 말씀드려. 참, 어머니는 뭐 좋아하셔? 내일은 정식 초대니까 빈손으로 가면 안 될 것 같은데.]

"우리 엄마? 음…… 글쎄, 모르겠네."

[뭐 그래? 딸이 엄마가 뭘 좋아하시는지도 몰라?]

나는 얼른 수화기 쪽을 손으로 가리고 옆 침대에서 엎드려 책을 보는 운경에게 물었다.

"운경아. 엄마, 뭐 좋아하시냐?"

운경이 다리를 까닥까닥 까불며 별로 깊게 생각지도 않고 대답했다.

"엄마도 자장면 좋아하는데."

"자장면 말고 선물로 할 거 말이야."

운경이 선물이라는 말에 귀가 번쩍 뜨이는지 고개를 돌려 쳐다보았다.

"선물? 원찬이가 엄마 선물 사온대? 내 건?"

"저런 썩을 년이!"

습관적으로 튀어나온 욕 때문에 기겁하여 놀란 건 오히려 나다. 수화기를 막고 있긴 했지만 원찬이 못 들었을 리 없다는 생각에. 아니나 다를까.

[도깨비, 너 방금 또 욕했지? 하여간 틈을 못 줘. 내일 보자, 어?]

"원, 원찬. 그게……."

[선물은 생각했다가 내일 다시 전화 줘. 끊는다.]

"어어, 야, 원찬!"

하지만 전화는 이미 끊어졌고, 나는 도끼눈을 하여 운경을 노려보았다. 찔끔한 운경이 슬그머니 일어나 밖으로 나가도 지금은 졸려서 다잡을 기운이 없어 그만 머리를 베개에 폭 고였다.

에혀, 내일 녀석은 또 얼마나 야단을 칠까. 도깨비 신세가 이리도 가련해질 줄이야.

그러면서 불현듯 스쳐 지나가는 것이 카페에서의 진한 애무였다. 섬세하게 또는 거칠게 키스하고 애무하던 원찬의 손길이 환상처럼 내 몸에 와 닿아 나는 가슴이 두근거리고 아랫배가 무언가에 눌린 듯 묵직해지며 더 깊은 곳에서는 짜릿한 쾌감이 번졌다.
　미쳤나 봐.
　이성은 그러한데, 육체는 그렇지 못하니 어찌하랴.
　녀석의 달콤한 향기가 코끝에 스치고 가슴을 간질이면 아무리 도깨비
라도 별도리가 있는 거였다. 우후후.

차 력

리허설 장소로 마련해 준 명문대학 체육관에서 아침 일찍 준비사항을 점검하고 최종 리허설을 거치는 동안 운비는 동료가 하는 걸 죽 지켜보았다. 진건이 차력 시범의 순서와 안전에 관한 지시사항을 일러주고 장비를 일일이 다시 한 번 점검하는 모습은, 지금까지와는 달리 몇 배나 더 긴장감이 감돌았다.

그리고 마침내 11시 정각이 되자 야외무대 대기실에서 마지막 기를 가다듬는 진건에게 빙긋 웃으며 격려했다.

"잘해요, 선배."

진건이 짧은 미소로 대답했다.

"그래."

마치 운동선수가 경기에 임하기 전의 자못 긴장된 공기가 두 사람 사이에 흘렀다. 운비가 그에 못지않은 초조와 긴장감으로 심장이 두근거리기 시작한 것도 그때부터였다. 손에서 자꾸 땀이 나는지 쓱쓱 비비는 진건에게서 남다른 느낌을 받은 것 또한.

그건 평소의 편하기만 하던 선배라는 이미지보다 무예인으로서 존경심이었다.

무대에서 사회자가 소개하며 부르는 소리가 들렸다. 모두 무대 위로 우르르 올라가 인사를 한 것으로 그날의 차력 시범은 시작되었다. 무대 뒤의 커튼 틈으로 진건이 무대 위에서 벌이는 차력 시범을 지켜보며 운비는 부지런히 다음 순서의 준비를 도왔다.

모든 차력 시범은 순서에 의해 완벽하게 이어졌다. 차력 시범을 보러 온 관객들은 대학 축제 때 흔히 볼 수 있는 엽기나 개그 쪽으로 가볍게 여겼다가, 전통 차력 시범인 것에 굉장한 호응도를 나타냈다.

차력에 대한 올바른 이해와 소개를 취지로 한 시범이었지만 일반 대학생들의 수준보다는 훨씬 높은 강도의 차력이었기에 대단히 흥미진진했다. 마지막 하이라이트인 화공술. 철호와 학재가 진건이 입에 머금을 휘발유를 챙기고 휘발유를 묻힌 봉과 링들을 따로 준비하여 무대로 올라가는 동안, 운비는 대기실 뒤에서 무대 위를 지켜보았다.

공중에 링들을 걸어놓고 불을 붙이자 단숨에 화르르 타올랐고, 그 사이를 동료가 물찬 제비처럼 공중회전 돌기로 뛰어넘는 시범이 벌어졌다. 그리고 이어 진건이 휘발유를 입에 머금고 봉에 불을 붙여, 마치 용처럼 공중에 불꽃을 내뿜었다.

"우와~!"

운비가 감탄사를 내뱉고 있을 때 누군가가 불쑥 대기실로 뛰어들어 왔다. 무심코 고개를 돌렸다가 운비의 미간이 불쾌하게 찌푸려졌다. 한눈에 보기에도 취객이다. 이런 시각에 취객이라니 이곳이 대학교라는 것을 생각할 때 눈살을 찌푸리고도 남을 일이었다. 아마 대학 인근에 부랑자가 활보하고 있었던 모양이다. 그런데……

운비는 아직 시범이 진행 중인데다 대기실에 혼자뿐이어서 취객을 조용히 밖으로 내보내야겠다고만 단순하게 생각했다. 제대로 걸음을 떼지도 못하는 남자가 한쪽에 놓아둔 휘발유통을 들었을 때까지만 해도 말이다. 휘발유를 통째로 머리 위에서부터 뒤집어썼을 때는 그녀도 너무나 놀란 나머지 말문이 막혀 '어어……!' 소리만 흘러나왔다. 어디 그뿐인가. 남자가 괴괴한 미소를 짓더니 그대로 운비가 서 있는 곳으로 돌진한다.

들어설 때까지만 해도 제대로 걸음걸이조차 못 떼던 남자치고는 돌진하는 힘이 꽤 거세어서 운비는 미처 그를 붙잡지 못했다. 계단 끝에 서 있던 운비를 탁 밀치고 무대 위로 뛰어올라간 취객이 진건에게 달려든 것도 순식간의 일이었다. 무대 위에서는 한창 화공술로 인해 불바다 천지였으니, 그다음 일은 상상이 가고도 남으리라.

운비는 급히 정신을 차리고 계단에서 벌떡 일어나 무대 위로 뛰어올랐다. 그러나 무대 위에는 이미 불에 활활 타오르는 취객의 전신으로 아수라장을 이루고 있었다. 진건이 맨 손으로 남자를 붙잡아 쓰러뜨리는 것이 보였다. 관객들의 비명과 급작스런 사태에 어찌할 바를 모르는 진행 요원들, 그리고 동료.

때마침 진건의 다리로 불이 옮겨 붙고 있었다. 진건도 갑자기 뛰어든 괴한 때문에 당황했다가 불이 붙어 있는 링을 지나며 순식간에 불이 옮겨 붙은 취객을 반사적으로 붙잡은 것이었다. 하지만 붙잡는 순간 화력이 얼굴로 확 달려들면서 숨을 쉬기가 어려웠다. 입을 벌릴 수는 더더욱 없는 노릇이었다. 왜냐하면 입안에 머금었던 휘발유가 아직도 남아 있었으니까.

억지로 숨을 참으며 남자의 몸에서 불을 끄려고 주변을 둘러보았다. 만약을 대비해 소화기를 준비해 둔 것이 얼마나 다행이던지.

진건은 자신의 다리에 불이 옮겨 붙은 것도 깨닫지 못하고 서둘러 소화기부터 들었다. 운비가 부랴부랴 커튼을 뜯어 달려온 것도 동시다발적으로 일어난 일이었다.

소화기를 들려다 진건의 다리가 휘청했다. 다리가 뜨겁다. 그리고 땅 속으로 녹아내리는 것처럼 무겁다. 누군가가 옷가지로 그의 다리를 내려치고 있었다. 그제야 진건은 풀썩 그 자리에 한쪽 다리를 꿇듯 내려앉았고, 소화기를 쥔 손이 취객을 붙잡았을 때 화상을 입었는지 벌겋게 짓물러 있었다.

"형! 형, 내 말 들려요?"

누군가의 목소리가 연방 귓전을 때렸지만 이상하게도 감이 멀었다 가까웠다 일정치가 않았다. 입 안에 남아 있는 휘발유 냄새가 불현듯 역겹게 느껴지며 구토증이 와락 일었다.

'왜 이러지?'

일어나보려 했지만 어지러워 몸의 중심을 잡기가 여의치 않았다. 얼핏 커튼으로 불이 붙은 취객을 정신없이 내리치는 운비가 보였다.

'위험해, 바보야. 위험하다고. 딴 놈들은 모두 뭐 하고 저리 위험한 일을 왜 운비에게 시키는 거야?'

진건이 끙 소리를 내며 소화기를 디딤 삼아 몸을 일으켰다. 그리고 무의식중에 소화기를 열어 바닥에 쓰러져 몸부림을 치는 취객에게로 다가갔다. 운비를 툭 밀어 한쪽으로 비켜나게 한 뒤 소화기로 남자의 몸에 남아 있는 불기를 진화했다. 남자의 몸에서 연기가 모락모락 피어올랐다. 이제 됐다 싶은 안도감에 소화기를 내리고 슬쩍 고개를 돌렸을 때 놀란 눈으로 바라보는 운비의 얼굴이 시선 속에 담겼다.

빙글빙글. 돌연 어지럼이 강하게 일더니 정신이 몽롱해진다.

쿵!

눈앞에서 스르르 쓰러져버리는 진건을 운비는 멍하니 바라보았다. 이미 다리의 불은 꺼져 있었지만 옷이 살에 찰싹 달라붙어 흉측했다. 몸이 이 지경이 되었는데 끝까지 취객의 몸에 붙은 불을 끄고는 정신을 놓아버린 진건이 경이로웠다. 몸 전체로 불이 옮겨 붙지 않은 게 얼마나 다행인가. 차라리 졸도해버린 진건을 보자 안도의 한숨이 내쉬어졌다.

이로써 차력 시범은 한 명의 미친 취객에 의해 완전히 망쳐버렸고, 진건과 취객은 얼마 후 도착한 구급차로 병원에 이송되었다.

"어, 원찬아."

[아직 안 끝났어? 왜 전화 안 해?]

진건을 입원실에 두고 복도 의자에 앉아 있다가 운비는 원찬의 전화를 받고 속으로 긴 한숨을 내쉬었다. 이런 일은 별로 알리고 싶지 않은데. 하지만 순순히 실토하는 쪽을 택했다. 나중에 어차피 알 게 될 터, 미리 말 안 했다고 잔소리를 해댈 것이 분명해서다.

"나 지금 병원에 있어."

[병원이라니? 왜?]

병원이라는 말만으로 원찬은 완전히 질린 목소리다.

"사고가 좀 있었어. 진건 선배가 다쳤어."

[얼마나? 어느 병원이야? 내가 지금 갈게.]

병원 이름과 호실을 알려준 후 전화를 끊었다. 그때 마침 철호가 병실에서 나왔다.

"들어가 봐."

"깨어났어?"

"응. 너 찾아."

병실로 들어가자 진건이 가늘게 눈을 뜨고 쳐다보았다. 그러나 운비는 마주 웃어주지 못했다. 대기실에 그 취객이 들이닥쳤을 때 바로 조치를 취했더라면 하는 아쉬움과 자책감 때문이었다.

"좀 어때요?"

"속이 아직 메스꺼워. 이것만 가셔도 좋겠는데. *끄응……*."

진건이 고통스럽게 인상을 찡그린다. 아마도 휘발유 때문에 기관지가 그을려서일 것이다. 그래서인지 목소리도 무척 탁하고 쉬었다. 손과 다리는 또 어떠한가. 벌겋게 피부가 일어난 것을 보자 눈살이 찌푸려지고 살들이 진저리를 쳐댔다.

"미안해요. 내가 대처를 잘 못해서……."

"누구라도 그랬을 거야. 자책할 필요 없어."

"선배, 진짜 용감하더라."

"아프고 볼 일이네, 칭찬을 다 해주고."

"진심이에요."

"너하고 같은 과라 그런 것뿐이야."

"나하고 같은 과?"

"그래. 도깨비 과."

운비가 픽 웃었다.

그거 쓸데없는 데 의협심만 강하다는 말 맞지?

"다행히 선배는 가벼운 2도 화상이래요."

"그 사람은?"

"빨리 불을 끈 게 주효하긴 했는데, 화상이 생각보다 심해서 아직 잘
모르겠어요."

"목마르다. 물 좀 줘."

"네."

물 잔에 물을 따라 진건에게 조금 먹여 주었다. 그런데도 입술은 금세
깡말라서 보기에 안쓰럽기 그지없었다. 몇 번이고 입안을 적셔주고 있자
니 연락을 받고 그의 어머니와 누나가 왔다. 진건이 그렇게 된 것이 꼭
자기 탓만 같아서 운비는 몸 둘 바를 몰라 했다.

원찬이 병원에 도착했을 때 진건은 잠이 든 상태였다. 두 사람은 그쯤
해서 조용히 병실 밖으로 나왔다. 병원을 나서며 운비와 한 인터뷰 기사
를 편집하느라 바빠서 차력 시범을 보러 가지 못했던 것이 비로소 후회
막급인 원찬이었다. 운비가 다치지 않아 얼마나 안심이든지.

"많이 놀랐지?"

다정히 손을 잡으며 묻는 원찬을 보고 운비는 빙긋 웃었다. 놀라긴 저
가 더 놀랐을 것을.

"놀랄 정신도 없었어. 지금도 꿈인지 생신지 모호하다."

"그 남자 뭐야? 자살이라도 할 셈이었대?"

긴 수술이 끝나고 겨우 목숨을 건진 취객에 대한 이야기를 운비는 의사에게 직접 들었다. 평소 공부를 많이 하지 못했던 것에 비관했던 남자였단다. 그래서 대학생들에 대한 적개심이 두텁게 자리 잡아 늘 그 대학교 주변을 배회했었고, 불을 보는 순간 충동적으로 자살을 시도했던 모양이다. 그것이 자칫 남의 목숨까지 앗아갈 뻔했다는 걸 그 남자는 알까?

그때의 상황을 떠올리니 새삼 눈앞이 아찔하며 분노가 일었다.

"그랬나 봐. 세상에는 왜 그렇게 불행한 사람들이 많은지 모르겠어."

원찬이 잡은 손에 힘을 주었다. 그러고는 조르듯 말을 꺼냈다.

"너 차력 동아리 그만두면 안 돼? 진짜 불안해 죽겠다."

"이런 일 한 번 있었다고 어떻게 당장 그만둬? 진건 선배도 입원한 마당에."

"나중에 퇴원하고 나서 말하면 되지. 그러자, 어?"

"싫어. 그럴 각오도 없이 어떻게 차력을 배워?"

원찬은 답답하여 인상을 구겼다.

"차력 배워서 뭐 하게? 그쪽으로 전공 살려 나갈 것도 아니잖아."

"그냥 취미로 하는 거지 뭐."

"무슨 여자가 취미로 차력을 배워? 딴 거 배우면 되잖아."

"딴 거 뭐?"

"위험한 거 빼고는 아무 말도 안 할게. 그러니까 그만둬라, 제발."

원찬이 하도 심각하고 절박한 얼굴을 해서 운비는 딱 잘라 거절하지 못하고 난처한 표정을 지었다. 가뜩이나 차력 동아리에 든 것을 못마땅하게 여기고 있던 터에 이런 불상사가 생겼으니 원찬의 마음을 이해 못 하는 것도 아니다. 하지만 문제는 운비가 전혀 관둘 생각이 없다는 데 있었다. 원찬을 설득하기에는 이해시킬 만한 요소가 너무 적고, 그렇다고 그만두겠노라 마음에도 없는 약속을 할 수는 더더욱 없었다.

"야, 최원찬. 아무리 우리가 연인 사이여도 서로 지켜줄 건 지켜줘야 하는 거 아니냐? 이건 어디까지나 사생활 문제야. 자꾸 이러면 곤란해."

그러자 원찬의 얼굴이 돌덩이처럼 확 굳어진다. 운비는 속으로 찔끔했으나 모른 척 외면했다. 하나 둘 원찬의 요구를 들어주다가는 한도 끝도 없게 되리라.

원찬이 손을 잡아당기기에 그 자리에 멈춰 섰다.

오늘은 시달리기 싫은데.

뚱한 표정으로 원찬을 올려다보자 단단히 삐친 듯 원찬이 콧구멍을 벌름거리며 씨근덕댄다. 하는 수 없어 선수를 쳤다.

"원찬, 나 피곤하다. 오늘은 그만 하면 안 될까?"

"널 위해서기도 해. 그러다 다치면 어떡할 건데? 진건 선배도 다치고 싶어서 저렇게 입원했어? 사람 일이라는 게……."

"야! 그만 하자고. 남자 새끼가 왜 이렇게 잔소리가 많으냐?"

"뭐?"

에이 씨, 결국 화를 내버렸네.

얼른 마음을 돌이키고 원찬의 손을 흔들며 달래기 시작했다.

"그러지 말고 나 한 번만 봐주라. 대학 졸업해서까지 하겠다는 것도 아니잖아."

"몰라. 마음대로 해!"

원찬이 손을 팩 뿌리치더니 앞서 쌩 가버린다.

아, 자식 참.

하지만 운비는 금세 그를 따라붙지 않았다. 막무가내로 동아리를 그만두라고 나오는데 어떻게 해야 할지 알 수가 없어서다. 말로 설득하기는 말발이 딸려서 쉽지 않을 것이고, 지금 당장은 자꾸 얘기해 봤자 싸움밖에 될 것이 없었다. 그런데 저 녀석 봐라? 끝내 인사 한마디 없이 뒤도 안 돌아보고 택시에 올라타는 게 아닌가.

"어?"

운비가 걸음을 멈추고 원찬을 바라봤지만, 택시는 이미 휑하니 그 자리를 뜬 후였다. 곧 머리에 쥐가 내리듯 지끈거리기 시작했다.

남자 새끼가 성질머리하고는. 계집애도 아니고 지금 뭐 하자는 스토리야? 그래, 어디 네 마음껏 까탈 부려봐라. 나도 성깔 있다 이거야. 이 정도 핍박에 내가 굴복할 줄 아냐? 내가 저더러 다짜고짜 신문사 일 그만두라고 하면 그만둘 거야? 오냐, 오냐 했더니 아주 기어오르네, 자식이! 기껏 사람이 다쳐서 병문안까지 온 주제에 위로는 못해줄망정 속을 더 긁어놔? 이번에는 순순히 넘어가나 봐라. 어림도 없다. 안 그래도 일전에 화해한 이후 녀석의 엉기는 강도가 갈수록 세져만 가기에 불안하던 차였는데 잘되었지 뭐. 이참에 버르장머리를 단단히 고쳐놔야지. 여기서 또 지고 들어가면 앞으로는 더할 게 뻔한데 생각만 해도 피곤하다. 이쯤 해서 그동안 실추되었던 도깨비 체면 좀 세워보자.

운비도 그만 화가 머리끝까지 올라서 때마침 도착한 택시에 훌쩍 올라탔다.

"어서 오십시오. 어디까지 모셔다 드릴까요, 손님?"

"왕십리요."

그런데 백미러로 운비의 얼굴을 유심히 살피던 기사 아저씨가 불쑥 질문을 던진다.

"혹시 최고대학 학생 아니세요?"

깜짝 놀란 운비가 반문했다.

"그걸 아저씨가 어떻게 아세요?"

"맞구나! 제가 방금 저녁을 먹고 오는 길인데요. 뉴스에서 오늘 명문대학교에서 했던 차력 시범이 나오더라구요. 불에 타서 죽을 뻔한 남자를 구했다면서요? 참 장하십니다. 오늘 제가 운이 좋네요. 학생을 직접 만나게 되다니. 하하."

엥? 소식 한 번 빠르네. 학교 방송국에서 촬영을 한다더니, 아마 그게 자료 화면으로 고스란히 공중파를 탄 모양이다.

기사 아저씨의 과한 칭찬에 운비는 멋쩍게 인사를 했다.

"뭘요. 고맙습니다."

기사 아저씨는 TV에 제법 얼굴이 크게 나오더라며 연예인을 본 듯 신기해했다. 하지만 내일 학교에 가면 온 학교가 떠들썩할 것 같은 예감이 들어 운비는 마뜩찮게 인상을 썼다. 복학해서는 좀 조용히 살자 했더니 어디를 가든 사건 사고가 끊이지 않는 것도 팔자인 건가? 가족들이나 원찬이 보면 또 있는 대로 닦달을 해대겠군.

그때부터 전화통에 불이 나기 시작하는데, 가족들을 비롯한 선후배들과 친구들이다. 그래서 휴대전화 벨 소리를 완전히 죽여 놓았다. 기분도 그렇고 하여 지금은 누구에게도 시달림을 받고 싶지 않았다.

집에 들어갔더니 가족들이 난리법석을 떨어댄다. TV에 멋지게 나오더라면서. 딸이 다친 것을 염려하기보다 TV에 나온 것이 더 화제인 가족들을 보자 운비는 사춘기 소녀처럼 왜 태어났나 싶은 자괴감이 들었다. 화면 발이 죽이더라는 운경의 말에는 주먹이 울었지만 애써 참고 방으로 들어왔다.

피곤한 하루였다. 픽 쓰러지듯 침대에 드러누워 주머니에서 휴대전화를 꺼내어 들여다보았다. 그 많은 부재중 전화와 메시지 중에서 원찬의 것만 눈 씻고 찾아봐도 없다. 그때까지 같이 있었으니 TV를 보진 못했다 할지라도 그렇게 삐쳐서 갔으면 지금쯤 전화해 줘야 마땅하건만.

기분이 이루 말할 수 없이 울적하다. 어렵사리 화해한 지가 얼마나 되었다고 그새 삑사리가 난단 말이냐. 이렇게 어렵고 힘든 거 싫은데. 차라리 몸이 힘든 건 견디겠는데, 마음이 힘든 건 견디기가 어렵다.

***

"너무 했나?"

침대에 엎드려 휴대전화를 손안에서 만지작대며 원찬은 혼잣말을 중얼거렸다. 이쯤 되면 전화가 올 때도 됐는데, 영 감감무소식이다. 하지만 여기서 물러날 순 없다. 어떻게든 동아리를 그만두게 해야 한다. 진건 선배가 다친 걸 보니 눈앞이 캄캄해져서 오로지 운비를 차력 동아리에서 빼내올 생각밖에 나지 않았다. 그 고운(?) 얼굴에 화상 흉터라도 나 봐라. 그동안은 기회만 노리고 있었지만, 마냥 기회만 노리고 있기엔 마음이 다급해서 안 되겠다. 설마 또 비틀어지기야 하겠는가. 그런 생각에 원찬도 짐짓 세게 나갔던 것이다.

일전에 초대받아 운비의 집에 갔을 때 사위 대접을 받은 데다 원찬도 운비와 짐짓 먼 미래까지 생각하고 있던 참이어서, 여기서 확실히 잡고 들어가야 할 것 같았다. 하지만, 웬걸. 그 밤이 다 가도록 운비는 전화는 커녕 문자 쪼가리 하나 없는 것이다. 침대에 뒹굴면서 초조하게 전화를 기다리고 있던 원찬은 슬슬 조바심이 일기 시작했다.

"전화를 안 한다, 이거지? 뭐야? 진짜 화난 거야? 그럼 안 되는데……."

그러다 마구 고개를 내저었다.

"아니지, 아니야. 여기서 무너지면 안 돼. 운비가 먼저 손들고 나오기 전에는 절대 먼저 전화하면 안 된다고!"

제법 강단 있게 휴대전화를 머릿장 위에 탁 내려놓고 스탠드 불을 껐다. 잠을 청해보지만 올 리가 만무다. 잠을 자보려 애쓰면 애쓸수록 점점 눈이 말똥말똥해진다.

보고 싶다. 아우, 보고 싶어 미쳐.

"에이 씨, 내가 왜 그랬지?"

뒤늦게 후회해 봐야 소용없다는 걸 알면서도 원찬은 우거지상이 되어 베개로 제 얼굴을 짓누르며 자신의 속 좁음을 책망했다.

그렇게 혼자서 전전긍긍하던 밤을 보내고 아침에 학교로 가자마자 단대 입구에서 어슬렁거렸다. 지금쯤이면 운비가 학교에 나타날 시간이다. 아니나 다를까, 저 멀리 운비의 모습이 나타났다. 얼른 벽 뒤로 숨었다가 운비가 단대 입구로 들어서자 마침 화장실에 갔다 오는 척했다.

그런데 보자마자 샐쭉할 줄 알았던 운비는 아무렇지도 않게 인사한다.

"왔냐?"

“어? 어어, 왔어?”

원찬은 내심 당황했다.

왜 아무렇지도 않지? 화를 내야 정상인데.

“흠! 어제는 잘 갔어?”

“그럼. 못 갈 이유라도 있어?”

풍기는 뉘앙스에 감정이 살짝 묻어난다.

그럼 그렇지. 화를 안 내면 그게 어디 사람인가. 그럼 이제 남자답게 달래주면 되는 건가? 므하핫!

“나중에 수업 끝나고 보자.”

나름 한 수 접고 들어갔는데, 돌아오는 건 그게 아니다.

“끝나고 병원 가야 하는데?”

원찬의 얼굴이 설핏 굳어졌다.

“병원? 진건 선배한테?”

“응. 병문안 가야지.”

“아……!”

하긴, 당분간은 그래야겠지.

“그럼 같이 가지 뭐.”

“그러던가.”

대답이 영 시큰둥하다. 꼭 같이 가기 싫다는 것도 같고.

때문에 기분이 살짝 나빠졌다.

“먼저 올라간다.”

“어…….”

정말로 먼저 가버리는 운비를 보며 원찬은 심통이 나서 입이 쭉 나왔다.

씨, 저게! 그런다고 내가 무서워할 줄 아냐? 되레 오늘 내로 넘어오나 안 오나, 두고 보라지.

무슨 생각인지 손가락을 딱 튕긴 원찬이 운비의 뒤를 여유만만하게 성큼성큼 따라갔다.

병실로 들어갔더니 누군가 등을 보이고 앉았다가 자리에서 일어난다. 운비는 등만 보고도 누구인지 금세 알아봤다. 단지 이전과 달라진 게 있다면 문득 그, 아니, 그녀가 아름다워 보인다고나 할까. 이제야 확실히 희수가 여자로 인식되는 듯하여 기분이 묘해진다.

"희수야."

일전에 여관방에서 그렇게 전화를 한 후로 처음 만나는 거라 괜스레 서먹했다. 그건 희수도 마찬가지였던지 어설픈 미소만 입가에 담는다.

"잘 있었어?"

"그래. 병문안 왔구나?"

"응. 어제 전화했다가 알았네. 놀랐겠다."

"진건 선배가 저만하니 다행이지 뭐."

희수가 진건에게 양해를 구했다.

"저희 잠깐 나갔다 올게요. 괜찮죠?"

진건이 흔쾌히 응했다.

"그럼. 천천히 있다 와라."

병원복도 끝 자판기가 있는 휴식 장소로 온 운비와 희수는 한동안 말 없이 커피를 마셨다. 무슨 말을 어떻게 해야 할지 망설여지는 사이가 되었다는 것이 두 사람을 더욱 어색하게 몰고 갔다.

"어제 TV 봤어."

아무래도 먼저 말을 꺼내는 게 낫겠다고 생각했던지 희수는 문제의 발단이라고 해도 과언이 아닐 어제의 사건 이야기를 끄집어냈다.

운비는 객쩍게 웃었다.

"그랬어?"

택시 운전기사도 알아볼 정도이니, 오늘 학교에서도 단연 화제로 떠올랐다. 어디를 가든 운비를 알아보았고, 오후에는 총장에게까지 전화가 왔다. 용감한 일을 했다며 격려 차원에서 한 전화였지만 2년 전 도깨비 이름만 들어도 편두통이 인다는 양반이 맞나 싶을 정도로 띄워 주기에 참으로 요지경이다 싶었다. 어느 날 눈을 뜨니 스타가 되어 있더라, 하던 어느 배우가 떠올랐다. 그새 인터넷에서는 어제의 동영상이 떠돌았고, 불에 타 죽을 뻔한 취객을 진건과 함께 몸 사리지 않고 구해냈다는 것에 너도나도 칭찬을 아끼지 않았다. 물론 개중에는 사람들이 이야기에 살을 붙이는 바람에 누구나 할 수 있을 법한 일에도 일대 영웅으로 추앙되는 것은 한순간이구나, 하는 생각이 들었다.

일본에서 지하철에 떨어진 사람을 구하다 숨진 고(故) 이수현 같은 사람도 있는데, 거기에 비하면 그까짓 건 살신성인이라고 할 수도 없었다.

운비는 어깨가 으쓱하기보다 사람들의 과도한 반응에 어색하고 민망하기 짝이 없었다. 1학년 새내기 시절 숱하게 얽히고설켰던 사건 사고들에 비해 어제의 일은 말 그대로 조족지혈(鳥足之血)이었으니까. 그래서 학내의 유명한 도깨비가 되었던 것이지만.

마침 희수가 옆에 있어서 하는 말이지만, 1학년 때 운비의 활약은 그야말로 대단한 것이었다. 한 가지 예를 들자면, 그해 여름 계곡으로 MT를 갔을 때의 일이다. 낮에는 신나게 물에서 놀고, 밤에는 큰 대야에 음료수, 맥주, 소주, 거기다 안주 겸 과자까지 짬뽕하여 탄 일명 폭탄주로 몸 보시까지 한 후, 모두 해롱대는 정신으로 온갖 게임을 섭렵하던 날.

벌칙으로 제일 싫어하는 노래를 메들리로 들려주고 나서 운비는 모두의 야유를 받으며 취기를 가라앉히고자 잠깐 바깥으로 나왔다. 따라나온 희수가 달빛을 받고 서 있는 운비 곁으로 다가왔다.

"괜찮아?"

모두의 집중 공격을 받아 유독 술을 많이 마신 운비였던지라 걱정하는 희수의 눈빛이 따뜻했다.

"어, 괜찮아. 놀지 왜 나왔어?"

"그냥."

술이라도 깨볼 겸 계곡 쪽으로 방향을 잡고 산책 삼아 걷기 시작한 지 얼마 후, 계곡물 시원스레 콸콸 흘러내리는 소리와 휘영청 밝은 달이 고즈녁한 분위기를 자아내는데, 달빛을 받아 아름다운(?) 희수가 운비의 눈에 오롯이 들어왔다. 넋이 빠질 만큼 섬세한 옆선에 운비는 슬그머니 본능이 고개를 들었고, 뚫어져라 바라보는 운비의 시선을 느끼고 희수가 살며시 고개를 돌렸다.

운비는 자기도 모르게 희수에게 한 걸음 쓱 다가섰다. 손을 들어 그의 얼굴에서 가장 예쁘게 생긴 입술을 가만히 매만졌다. 만난 지 5개월째. 그는 손잡는 것 외에 한 번도 포옹을 하거나 키스를 시도하지 않았다. 언제나 희수를 탐했던 건 운비 쪽이었고, 지금도 그러했다. 하지만 오늘 밤은 그냥 지나치지 않겠다, 결심이라도 한 사람처럼 희수의 옷깃을 꽉 쥐었다.

움찔하는 희수가 느껴졌으나 무시하고 입술을 가져갔다. 그리고 이제 막 접촉(?)을 눈앞에 둔 시점에서 어디선가 느닷없는 비명이 들려왔다.

"끼야악!"

에이 씨.

결정적인 순간에 훼방을 놓는 여자의 비명소리에 운비는 인상을 팍 찌그러뜨렸다. 대체 어떤 년이야?

속으로 씨부렁거리며 비명 소리가 난 계곡 아래로 달려내려 갔다.

"어푸, 어푸! 사람 살려. 사, 사람 살려요!"

어떤 뱅충맞은 인간이 이 오밤중에 계곡물에 빠진 모양이다. 그렇게 밤에는 조심하라 귀에 물집 생기도록 경고했건만!

얼마 전 장마로 물이 불어 낮에는 더 신나게 수영을 할 수 있어 좋았지만 밤에야 물귀신이나 좋다 할 게 아닌가.

젠장맞을. 깜깜해서 뭐가 보여야 구조를 하든가 말든가 하지. 소리로만 간신히 위치 추적이 가능한데, 눈을 찌푸리고 집중하자 계곡 중간에 있는 커다란 바위에 위태롭게 매달려 있는 사람의 형체가 어슴푸레 보인다.

"엇, 저기 있다!"

희수가 휴대전화로 한창 게임과 벌칙 술에 맛이 가 있을 용택에게 구원을 요청했다. 밤이 깊은 시각인데다 이런 계곡까지 구조대원을 기다리기에는 시간이 촉박했다. 금방이라도 물에 휩쓸려 빠질 것 같은 여자 때문에 불콰하게 취했던 술이 확 깨버린 운비는 무엇을 찾고자 함인지 두리번두리번 주변을 둘러보기 시작했다. 하지만 첩첩산중 계곡에 밧줄 따위가 있을 리 없어 다시 숙소로 올라가야 하나 고민하고 있는데, 용택과 기철을 비롯한 과 사람들이 희수의 연락을 받고 우르르 달려내려 왔다. 숙소에서 빌려왔는지 용택이 운비가 구하고자 했던 인명 구조용 밧줄을 손에 들고서.

"묶어."

운비가 자청하여 구조대원으로 나서자 용택이 말리고 나섰다.

"넌 가만있어, 내가 할 테니까."

"네가 나보다 수영 잘해? 빨리 묶어!"

"야, 야, 관둬. 내가 해."

학과대표인 선배가 책임감을 느끼며 자기가 하겠다고 나선다. 서로 자기가 하겠다고 하는 바람에 애꿎은 시간만 자꾸 지체되고 계곡에 빠진 여학생은 기진맥진했는지 비명소리가 점차 사그라졌다.

"저러다 빠지겠어!"

운비가 용택의 손에서 밧줄을 홱 빼앗아 직접 제 몸에 묶었다. 술을 마시지 않았다면 그대로 물에 뛰어들었겠지만 그러다간 자칫 둘 다 빠져 죽는다. 어릴 때 걸 스카우트를 해서 밧줄 묶는 요령을 잘 터득하고 있던 운비는 순식간에 제 몸을 단단히 밧줄로 묶은 뒤 더 지체할 것 없이 계곡 물로 뛰어들었다. 밧줄에 줄줄이 달라붙은 학생들이 운비를 격려했다.

"운비야, 조심해!"

"언니, 조심해요!"

재수를 해서 동기들보다 한 살이 많은 운비에게 여학생들은 언니라고 불렀다.

운비는 동기들과 선배들의 격려에 힘입어 힘차게 헤엄쳐 바위에 매달려 있는 여학생에게 다가가는 데 성공했다. 누군가 했더니 3학년 선배 중 한 명이다. 일찌감치 술에 나가떨어지더니 어떻게 혼자 계곡까지 왔는지 놀랄 일이었다. 아마 바람 쐬러 나왔다가 발을 헛디딘 모양이다.

제법 물살이 거세어서 한 손으로 바위를 붙잡고 다른 한 손으로 여학생을 붙들고 있으려니 점점 기운이 달렸다. 술 때문에 평소 같으면 왕복을 하고도 거뜬했을 체력이 금세 바닥을 보인다. 숨이 턱 끝까지 턱턱 차오르는데, 여학생은 살았다 싶은지 운비에게 와락 매달렸다. 때문에 바위를 놓칠 뻔했던 운비는 아귀에 힘을 넣어 가까스로 버텼다.

"정신 차려요! 이러다간 둘 다 죽어!"

"사, 살려줘. 살려줘."

거의 혼몽한 상태로 여학생이 기를 쓰며 운비의 목에 매달린다.

"컥! 이거 놔! 이렇게 잡으면 어떻게 구조를 하나?"

"어엉, 무서워!"

에이, 쓰바! 술을 못 마시면 마시질 말든가. 이게 웬 민폐람.

"끙!"

여학생을 한 손으로 겨우 잡아뗀 운비는 온 계곡이 떠나가라, 고래고래 소리를 질렀다.

"고이 살아나가고 싶거들랑 정신 차리란 말야!"

그제야 깜짝 놀라 정신이 든 여학생은 눈을 끔벅이며 무의식적으로 고개를 끄덕였다.

"내가 바위 위로 밀어올려 줄 테니까 힘 좀 써 봐요. 알았어요, 선배?"

"아, 알았어. 흐흑."

"울지 말고! 울 시간 있으면 어떻게 살아나갈 것인가 궁리나 해! 바위 미끄러우니까 조심하구요."

손가락 끝을 바위틈에 끼워 넣고 악력으로 버티며 다른 한 손으로 여학생의 엉덩이를 받쳤다.

"끄응!"

젖 먹던 힘까지 내어 여학생을 바위 위로 올리는 데 성공. 그것만으로도 힘이 빠져버린 운비는 숨을 거칠게 헉헉 몰아쉬며 잠시 바위를 붙잡은 채 호흡을 골랐다. 그러고는 남은 힘을 그러모아 훌쩍 바위 위에 올라앉았다. 바위로 올라가며 반바지 아래로 드러난 허벅지가 죄다 쓸렸지만 긴박한 상황이라 아픈 줄도 몰랐다.

장시간 물속에 빠져 있었던 탓에 여학생은 오들오들 떨면서 훌쩍거렸다. 빨리 밖으로 내보내야겠다는 생각에 운비는 제 허리에 묶었던 밧줄을 풀어 여학생을 단단히 묶고서 남은 끈으로 자기 허리에 동여매었다.

"자, 이제 물속으로 같이 들어갈 거예요. 다른 사람들이 끌어당겨 주기만 할 거니까 겁먹을 필요 없어요."

"시, 싫어. 무서워."

이렇게 무서울 거 혼자 계곡에는 왜 내려왔담.

"그럼 밤새 혼자 여기 있던가."

퉁명스럽게 말하자 여학생은 바들거리는 손으로 운비의 젖은 옷자락을 와락 움켜쥔다. 픽 웃고는 손을 들어 강가에 오글오글 모여 있는 사람들에게 신호를 보냈다.

여학생이 주르륵 미끄럼을 타듯 바위를 내려가 물속에 다시 들어가고 잇달아 운비가 들어갔다. 건너편에서 영차, 영차 거리며 줄을 잡아당겼다.

그리하여 두 사람이 무사히 강 밖으로 나왔을 때 여학생은 기진맥진하여 바닥에 주저앉고, 운비도 몽롱해지는 정신을 추스르며 그 자리에 쓰러져 누웠다. 끌려나오면서 거센 물살에 중심을 잡느라, 그리고 여학생의 몸까지 뒤에서 붙잡고 지탱하느라 힘이 다 빠져버렸다.

"운비야! 운비야, 정신 차려!"

희수의 안타까운 부름이 늘어진 테이프처럼 멍멍하게 들린다. 그리고 들여다보며 뭐라고 소리치는 얼굴들이 가물가물 흐릿해지더니 곧 시야가 깜깜한 암흑으로 변했다. 그 길로 용택의 등에 업혀 숙소로 돌아온 운비는 워낙 강철 체질이라 얼마 후 거뜬히 일어났지만 술 마신 채 구조하러 들어간 무모한 정신에 용택의 질타만 귀에 물집 생기도록 들어야 했다. 물에 빠진 3학년 여학생은 두말할 것 없고. 운비가 재빨리 구해냈기 망정이지, 조금이라도 시간이 지체되었다면 그때 벌써 하계 MT 갔다가 사고사로 방송을 탔을지도 모를 일이다.

사람 목숨 구하려다 이승 하직할 뻔했던 그날의 사건. 하지만 사람들은 몰랐을 것이다. 그 무모한 객기가 실은 희수 앞에서 보이고 싶었던 애정의 과시였다는 걸. 때로 사랑은 그렇게 미친 짓도 서슴지 않게 한다.

운비의 지나간 상념을 깨뜨리며 희수가 조용히 물었다.

"원찬 씨 잘 지내지?"

"응. 오늘도 같이 오자고 하더니 무슨 일이 생겼는지 갑자기 약속을 취소했어."

"그렇구나."

희수는 뜬금없이 풋 웃음을 쏟아냈다.

"너희 두 사람, 안 어울리는 것 같으면서도 잘 어울려. 너한테는 원찬 씨 같은 타입이 제격이다 싶어. 세심하고 다정다감하고 잘 챙겨주고……."

운비는 희수를 물끄러미 바라보았다.

"정말 그렇게 생각해?"

"아냐? 서로 사랑하잖아."

마치 희수에게 원찬과의 사이를 허락받은 양 슬며시 웃음이 나왔다. 그러자 마음이 둥실 가벼워진다. 정말 희수에게서 이성의 덫을 벗어버린 것일까? 왜 이렇게 기분이 좋아지지? 정말 이상하다.

"고마워, 희수야."

눈물을 글썽이는 희수를 보자 운비도 마음이 짜하다.

마음을 덜어내니 이렇게 편한걸. 괜히 나 하나 욕심 때문에 너까지 힘들게 했구나, 싶어 이제야 운비는 자신의 잘못을 뉘우친다. 희수의 손을 잡고 진심을 담아 말했다.

"그동안 나 때문에 힘들게 했던 거 용서해."

희수는 급히 도리질을 쳤다.

"그런 말 마. 너 아니었으면 나, 사람 구실도 못하고 살았을 거야. 나한테는 네가 평생 은인이야, 운비야."

방긋이 웃는 희수의 미소가 예쁘다. 운비는 잡은 손에 힘을 한 번 꾹 주었다.

치 통

앓는 이가 빠진다.

그 말은 지금의 내 기분을 두고 이르는 것일 게다. 내 인생에서 늘 치통 같던 희수. 병원에서 희수와 헤어져 집으로 돌아오며 문득 그런 생각을 했다.

그런가 하면 실컷 병원에 같이 오자고 하고서는 전화로 갑자기 일이 생겼다고만 하고 이제껏 연락이 없는 원찬이 녀석은 새로운 치통 거리로 자리 잡을 모양이다.

대체 무슨 일이 생겼기에 연락도 없는 거야? 아침에도 하나 반성하는 기미는 보이지 않고 넉살 좋게 아는 체를 하더니만 사람 속 긁어대기로 작정을 한 건가?

어젯밤 녀석의 페이스에 말려들지 않기로 다짐과 결심을 거듭한 끝에, 아침에도 그렇듯 의연하고 태연하게 대면할 수 있었건만 슬슬 화가 치밀려고 한다.

녀석, 대체 무슨 꿍꿍이지?

"다녀왔습니다!"

큰소리로 인사를 하며 거실로 올라서는데 내 눈에는 틀림없는 원찬이 혼자 떡 하니 소파에 앉아 있는 것이 아닌가. 우뚝 정지한 채로 녀석을 바라보았다.

원찬이 싱긋 웃으며 곰살궂게 말을 건넨다.

"이제 와?"

"뭐야, 너? 네가 왜 우리 집에 와 있냐?"

그러자 부엌에서 나오던 엄마가 원찬 대신 내 말을 받아쳤다.

"무슨 말을 그렇게 해? 원찬이가 못 올 데라도 왔니? 너 해주라고 고기까지 사 왔더라. 참 자상하기도 하지."

쳇! 자식이 이제 잔머리까지 굴리네. 괜히 미안하니까 둘러쳐서 사과하시겠다?

"밥 먹고 왔는데?"

내가 무뚝뚝하게 말하는데도 원찬은 별로 아랑곳하지 않는 얼굴이다.

"고기야 뭐, 내일 먹어도 되지. 어머니, 저 이제 운비 방에서 놀아도 되죠?"

어쭈, 이제 우리 집을 자기 집 화(化) 시켜가는군.

게다가 엄마는 원찬의 말이라면 그저 샐샐.

"그럼. 이제껏 나랑 놀아줬으면 됐지 뭐."

그냥 둘이서 놀아, 죽도 척척 잘 맞는데.

뚱하게 두 사람을 쳐다보다 이렇다저렇다 말도 없이 내 방으로 획 가버렸다. 원찬이 부리나케 내 뒤를 따라온다. 방으로 들어오자마자 문부터 찰칵 잠그기에 나는 인상을 팍 썼다.

"야, 문은 왜 잠……?"

윽!

녀석이 밑도 끝도 없이 별안간 덮치는 바람에 무방비 상태로 서 있다가 침대로 벌렁 나자빠졌다.

"야, 너 미쳤……?"

이번에도 말을 다 끝낼 수 없었다. 왜냐하면 녀석의 입술이 내 입술을 억세게 짓눌렀기 때문이다.

이 자식이 보자 보자 하니까, 누굴 물로 아나? 얼른 안 비켜? 맞아봐야 정신 차릴래?

마음은 그러한데, 어째서 내 몸은 그리 따라주지 않는 것일까? 우습게도 원찬이 갈구하듯 내게 키스를 퍼부어대는데 서운했던 감정이 복받쳐 눈물까지 핑 돈다.

나쁜 놈. 결국 이럴 거면서 꼭 사람 복장을 한 번씩 뒤집어!

원찬이 못 견디겠다는 듯이 아랫도리를 내게 밀착시키자 나도 모르게 신음이 호륵 새어나왔다. 도대체가 내 몸은 어떻게 만들어진 거라냐? 왜 녀석이 몸으로 밀어붙이면 꼼짝을 못하느냐고? 나는 역시 선천적으로 밝히는 체질이었던가?

내숭의 'ㄴ' 자도 모르고 자라온 티가 이런 데서 확실히 난다. 자고로 '베갯머리송사'라는 말이 있다. 보아하니 오늘 원찬은 바로 그, '베갯머리송사'를 할 참인 것 같다. 하지만 내가 넘어갈 것으로 생각했다면 오산이다. 내가 접수할 수 있는 한계는 키스까지만이다. <u>으흐흐.</u>

한참 동안 입안을 집요하게 헤집어대던 원찬이 긴 여운을 남기며 내게서 떨어져 나간다. 얼굴을 반짝 들고 나를 내려다보는데 들들 끓던 화가 신비롭게도 마술처럼 사라져갔다.

왜 이렇게 잘생긴 거냐? 마음 약해지기시리. 쯧.

게다가 눈웃음까지 살살 쳐댈 때면 결심 아니라 결심 할아버지가 와도 막아낼 도리가 없음을 느낀다. 여자가 미남에 약하다는 건 불변의, 곧 불가항력의 법칙이런가.

그런데 녀석, 오늘 그쯤 했어도 좋았으련만 의욕이 지나쳤다. 키스만으로는 아무래도 아쉬웠던지 바지에 손을 대는 것이다. 어허, 감히 여기가 어디라고!

　원찬의 손이 재빨리 내 바지 벨트를 풀고 있다. 혹여 밖으로 소리가 새어나갈까, 나는 기겁하여 뇌까렸다.

　"야, 너 지금 뭐 하는 거야? 돌았냐?"

　"만지기만 할게."

　"누구 들어오기라도 하면 어쩌려고?"

　이깟 녀석 하나쯤 거꾸로 메다꽂는 건, 유도 아니다. 하지만 그럴 수도 없고 나 이거 참. 이 노릇을 어찌한다?

　원찬이 막무가내로 바지 벨트를 풀어헤치기에 나야말로 다급해졌다. 사실, 원찬이 이렇게 세게 나오리라고는 생각을 못 했다. 일전 카페에서의 대담성을 간과했다. 녀석은 어떻게 된 게 갈수록 대담무쌍 해지는지 알다가도 모를 일이다.

　"하지 마. 하지 말라니까!"

　기어이 그의 손을 떨쳐내며 내가 빠져나가려 버둥거리자, 이번에는 작전을 바꾸어 가슴을 공격해 왔다.

　"아윽!"

　가슴을 동그랗게 말아 쥐고 옷 위로 깨물었기 때문에 내 입에서는 가차없이 신음이 터져 나왔다. 티셔츠를 훌훌 끌어올리고 이제는 브래지어까지 쑥 밀어올려 맨살을 입술로 비벼 대는데, 이성은 이미 물거품처럼 존재감 없이 사라져갔다.

　"어흑, 미쳐!"

　나도 모르게 원찬의 머리카락을 움켜잡았다. 그러자 원찬은 더욱 세게 가슴을 애무한다. 젖꼭지를 이로 깨물고 가슴 둔덕을 혀로 핥아대자 그렇게 거부하던 저 아래에서 슬그머니 물기가 새어나온다. 젠장, 돌아버리기는 이제 내가 돌아버릴 것 같다.

　내가 정신을 못 차리고 있을 때 어느 틈엔가 벨트를 풀어내 바지 앞섶을 느슨하게 벌인 그는 손을 밀어 넣어 촉촉해진 아래를 매만지기 시작했다.

"아으으……!"

입술을 깨물어 신음을 참아보려 해도 이게 마음대로 되지 않으니 환장할 일이지. 게다가 이 녀석 보게. 성큼 아래로 내려서더니 바지를 확 끌어내리고 제 얼굴을 들이미는 것이 아닌가. 만지기만 한다고 했잖아!

그보다 간드러진 신음이 먼저 쏟아진 것은 말하나 마나.

그동안 열심히 테크닉이라도 익혀 온 건가? 전신으로 열이 확 오르는데 차라리 녀석의 것을 넣어주었으면 하고 애타게 바랄 정도였으니 말다했지. 이러다 정말 녀석과 결혼해야 할 상황이 오는 거 아냐?

점점 원찬에게 몸이 길들어 간다는 불길한 생각이 들 때쯤, 실컷 나의 그곳을 탐미하고 난 녀석이 마침내 내 위로 올라왔다.

정말 하려는 건가?

불안함과 두려움이 거대한 바위가 되어 가슴을 짓눌렀다. 왜 이렇게 겁을 먹는 건지, 나 자신에게 놀랄 만큼. 그런데 원찬은 내 옷을 도로 반듯이 입혀주고 대신 긴 키스를 해준다. 그제야 안도의 한숨이 쉬어지면서 키스의 짜릿한 기분을 만끽할 수 있었다.

입술을 떼고 빙그레 미소를 머금은 채 나를 내려다보며 그가 부드럽게 속삭인다.

"네가 다치는 게 싫어. 이렇게 곱게 있다가 널 아내로 맞고 싶거든. 네 몸에 작은 상처라도 나는 거 정말 싫어. 그럼 내가 못 견딜 것 같아. 이해하지?"

나는 물끄러미 원찬을 바라보았다. 그래도 동아리는…….

"넌 내가 다치는 거 좋아? 내가 만약에 그런 동아리에 있다고 생각해 봐. 넌 어떨 거 같아?"

어떻긴 뭐가 어때? 당장에 들춰 메서 빼내왔을 테지.

"운동도 좋지만 여자가 하기에는 너무 과격해. 무엇보다 내가 걱정돼서 아무것도 손에 잡히질 않는단 말이야."

그 정도라고? 생각을 분산시켜 봐, 이 녀석아!

"사랑해, 운비야."

끙끙 앓듯이 내뱉는데, 말 그대로 직격탄이다.

나는 분명 전생에 남자였던 게다. 조르듯 감미로운 목소리로 '사랑해' 하고 말하는데 가슴이 다 녹아내린다. 베갯머리송사의 위대함을 다시 한 번 깨닫는 순간이다.

내가 졌다, 졌어!

"딱 1년만! 1년만 할게."

"정말이지?"

"그렇다니까. 솔직히 들어오자마자 그만둔다고 하기에는 이 도깨비 자존심 문제 아니겠니? 너도 그 정도는 이해할 수 있지?"

"큭큭. 그럼, 그럼. 어이구, 예쁘다, 우리 도깨비."

말하고 나서 이렇게 빨리 후회되기는 처음이다. 에혀. 그놈의 사랑이 뭔지, 앓는 이가 하나 빠지니까 또 하나가 생겨났다. 젠장.

No! 코멘트

"출국은 언제냐?"

진건의 쉰 목소리는 여전하다. 진건의 어머니가 잠깐 집에 다니러 간 사이, 늦은 시각까지 희수는 병실을 지키고 있었다.

"원래 예상은 한 달만 있으려고 했는데, 막상 집에 돌아오니까 가기가 싫네요. 그래서 핑계 삼아 자꾸 미루는 중이에요."

"공부만 끝내면 돌아올 거 아니냐?"

"글쎄요. 일단 공부부터 해보고요. 생각으로는 그래도 일본이 더 낫겠 다 싶고."

그 점에서는 진건도 같은 생각이었다. 성에 대한 보수적인 경향인 것은, 뿌리 깊은 유교 사상 때문이라도 살기 어려운 곳이 대한민국이지 않던가.

분위기가 짐짓 무거워지자 희수가 화제를 바꾸었다.

"그래도 운비가 원찬 씨와 잘 되어가는 것 같아서 마음이 놓여요. 선배 가 도와준 거 맞죠?"

지나간 생각에 진건이 픽 웃음을 터뜨렸다. 결과적으로는 도와준 셈이니 그렇다고 봐야겠지. 하지만 서로 죽고 못 사는 두 녀석을 보면 자꾸 장난기가 동한단 말씀이야. 사실 연인이라는 게 찢어놓으려 들면 더 접착제처럼 붙는 자석 성질이 있지 않던가. 너무 쉽사리 이어진 것 같아서 별안간 할 일을 잃은 사람처럼 재미가 없어졌다. 그래서 애매하게 대답했다.

"글쎄."

희수는 문득 운비가 전화로 했던 말을 떠올렸다. 진건에게 좋아하는 여자가 있다던 말. 그게 누굴까? 내내 그 여자가 궁금했는데, 이렇게 아파 누워 있는 진건을 보자 그 의문점이 더욱 커져만 갔다. 이곳에 있다 보면 한 번쯤은 그녀의 방문을 기대해도 좋을까? 하지만 어쩐 일인지 종일 지키고 있어도 방문은커녕 전화 한 통 없다. 다른 사정이 있어 못 오는 건지, 벌써 다녀간 건지.

진건을 흠모하지만 끝내 자신의 남자로는 가질 수 없을 것이다. 자신에게 남자라는 존재는 환상에 지나지 않는다는 현실이 희수를 새삼스레 낙심케 했다.

운비가 병실에 찾아온 것은 다음날 저녁 무렵이었다. 침대를 비스듬히 세워 반쯤 일어나 앉았다가 병실로 들어서는 운비를 보자 진건은 탱탱 튀어 오르는 공처럼 활력이 솟구쳤다.

"왔냐?"

"에구, 목소리가 아직 그러네? 영 듣기 거북하구만. 큭큭."

"그거 병문안 와서 할 소리 맞냐? 아이고, 목 아프다."

"손은 좀 어때요? 어제보다는 낫네?"

운비는 부산스레 진건의 손과 다리를 들여다보며 큰소리로 떠들었다.

"이놈아, 조용히 좀 해라. 여기 병실이다."

"뭐 먹을 거 없나? 배고파 죽겠다."

"냉장고 보면……."

　그러나 진건이 일러주기도 전에 운비는 벌써 냉장고 문을 열어 음료수를 꺼내고 있었다.

　진건은 그녀의 빠른 동작에 놀라움을 금치 못하고 끙 신음을 삼켰다. 온종일 조용하던 병실이 운비가 오자마자 단숨에 소란스러워졌다. 그래서 좋다, 언제나 시끌시끌한 도깨비가.

　음료수 하나를 단숨에 들이켜고 난 운비가 말했다.

　"딴 사람들은 내일 다 같이 오겠대요. 그래서 혼자 왔어요."

　"나 없다고 훈련 게을리하는 건 아니겠지?"

　"쳇. 왜 그 말이 안 나오나 했네. 걱정 붙들어 매요. 선배 없어도 다들 알아서 잘하니까. 선배 없으니까 오히려 분위기만 좋더라."

　"꼭 영영 입원하고 있으라는 말 같구나?"

　"속 좁게 받아치기는."

　진건이 속으로 뜨끔해서는 괜스레 헛기침을 했다.

　"흠! 이 녀석아, 그러게 일부러 시비 걸지 말란 말이다."

　"어구구, 왜 또 날 갖고 이러실까? 아 씨, 배고파! 이거 말고 먹을 거 또 없어요?"

　"사오고나 그런 말, 해라."

　"우리 사이에 무슨. 선배가 아무것도 못 먹는다면서요? 그래서 안 사왔지. 나중에 퇴원하면 맛있는 거 사줄게요, 퇴원 기념으로."

　"나중에 뒷말하기 없기다?"

　"어이구, 누가 노친네 아니랄까 봐 노파심은."

　"거기 서랍장 아래 열어봐라. 빵 있을 거다."

　"앗싸!"

　그 자리에서 빵 몇 개를 결딴낸 후에야 운비는 만족스러운 한숨을 내뱉었고, 운비가 하는 양을 가만히 지켜보던 진건도 귀여운 여동생 보듯 흐뭇한 미소를 입가에 걸었다.

　별안간 무슨 생각이 들었는지 진건이 손짓을 했다.

"운비야, 잠깐만······."

운비는 입가에 묻은 빵 부스러기를 손으로 탁탁 털어내며 가까이 다가 갔다. 그런데 더 가까이 오라 한다. 무슨 일인가 하고 별 의심 없이 상체를 구부려 진건에게 숙였다. 딴에는 목이 아파서 작게 소리를 낮춰 말하고자 함인 줄로만 이해했다. 그런데 손바닥에 화상을 입어 여의치 않은 진건이 팔을 둘러 끌어안는 게 아닌가.

"어······!"

운비가 깜짝 놀라는데, 진건의 팔에 더욱 힘이 실렸다. 아무 말 없이 끌어안고만 있는데도 운비는 기분이 묘했다. 매정하게 뿌리치지 못한 것도 그 때문이다. 하여튼 도깨비의 가장 큰 단점이 바로 이 정에 약하다는 것 아니겠는가.

"에헤이, 왜 또 이러시나? 지금 환자라 봐주는 거 알죠? 빨리 이 팔 풀어요."

괜히 우스갯소리로 을러댔으나 진건은 그럴 생각이 전혀 없어 보였다.

"나도 환자라 지금 이 정도로 봐 주는 거다."

하여간 입만 살아서.

"실은 말이다."

진건이 무언가 얘기를 꺼내려는데, 누군가 문을 열고 들어왔다. 운비는 별생각 없이 고개를 돌렸다가 기절할 듯 놀랐다.

헉! 원찬!

들어서다가 원찬은 눈앞에 보이는 광경에 순간 멈칫했다.

어라? 뭐지, 저 분위기는?

그의 눈빛이 사뭇 굳어지며 인상은 차갑게 식었다. 신문사 일이 좀 늦어질 것 같아서 먼저 가라고 해놓고 생각보다 빨리 끝난 덕에 부리나케 달려왔더니만 상상조차 하지 못했던 일이 기다리고 있지 않은가. 게다가 둘 다 당황해 하는 꼴이라니!

도깨비, 너 정말 이럴래? 누구 죽는 꼴 보고 싶냐? 어떻게 된 여자가 하루도 잠잠하게 지나갈 때가 없는 거냐고! 우쒸!

짧은 찰나에 뚜껑이 수십 번은 열렸다 닫혔다 하는 중에 엉거주춤 진건의 품에서 빠져나온 운비는 당황해 하며 말을 건넨다.

"와, 왔어? 늦는다더니 빨리 왔네? 이럴 줄 알았으면 같이 오는 건데 그랬다."

지금 그 말, 들켜서 아쉽다는 거지, 엉?

씩씩거리며 방 안으로 들어온 원찬이 이를 악다물고 진건을 노려보았다. 그다음으로는 운비.

흠칫!

눈빛이 여간 살벌한 게 아니어서 운비는 가슴이 달달 떨려오기 시작했다. 저 녀석 화나면 꼭 그다음 단계가 그건데. 그럼 오늘도 죽어난 거구나. 어흑!

"원찬아."

진건이 상황을 설명하려는 듯 입을 여는데, 원찬은 인상을 그린 채 진건을 뚜렷이 노려보며 말했다.

"남자 대 남자로 말하는데, 아무리 내가 존경하는 선배라도 내 여자 건드리는 건 용서 못 해요."

그러고는 두말하지 않고 운비의 손을 잡아끌어 밖으로 나가버렸다.

그렇게 하여 현장범으로 딱 걸린 운비는 무어라 변명할 여지없이 원찬의 손에 끌려 병실 밖으로 나가게 되었다.

"야, 어디 가는데? 잠깐만 내 말을 좀……."

그런데도 원찬은 앞만 보고 돌진하는 개선장군처럼 묵묵히 걷기만 했다.

에라, 모르겠다. 가봤자 대한민국 땅 아니겠어?

운비도 체념하고는 원찬이 이끄는 대로 따라갔다.

병원 앞에서 택시를 잡아 운비를 안쪽으로 밀어 넣었다. 그때도 운비는 군소리 없이 원찬의 말을 따라주었다. 이럴 때는 원찬이 먼저 입을 열 때까지 기다려주는 게 상수다. 집으로 가나 했더니, 원찬은 집과는 거리가 먼 엉뚱한 곳을 행선지로 밝혔다. 행선지는 강남구에서 꽤 이름 있는 백화점 앞.

무슨 생각인지 몰라 가만히 두고 보고만 있다가 백화점 안의 옷가게에 들어가서야 원찬의 의도를 알아차렸다. 원찬이 매장의 이 옷 저 옷을 들춰보더니 다짜고짜 옷 하나를 고르고는 입어보란다. 녀석도 참, 스트레스 푸는 방법도 여러 가지로구나. 이 시점에서 왜 옷을 사는 건데?

하지만 운비는 일언반구 하지 못했다. 원찬은 아직도 잔뜩 화가 나 있고, 거부의 말을 한마디라도 할 시에는 장소 불문하고 무슨 짓(?)을 할지 두려워서다. 하는 수 없이 그가 건네는 옷을 받아들고 한쪽 구석에 있는 탈의실로 들어갔다.

어, 그런데 이건?

젠장! 치마잖아! 치마를 어떻게 입어? 어릴 때 치마 입혔다고 대성통곡한 이래 단 한 번도 입어본 적 없건만! 이 자식, 날 엿 먹이려는 거냐? 치마 싫어하는 줄 알고 일부러 그러는 게 틀림없다. 그렇지 않고서야 하고많은 옷 중에 왜 정장이냐고오오!

울며 겨자 먹기로 일단 옷을 갈아입고 나오자 원찬은 이리저리 눈대중으로 살피더니 마음에 드는지 두말하지 않고 지갑을 꺼내어 카드를 건넨다.

사, 사려고? 그냥 골탕만 먹이려는 거 아니었냐?

운비는 놀라서 입이 동굴처럼 쩍 벌어졌지만 말릴 엄두는 나지 않았다. 점원이 계산을 하는 동안에도 원찬이 생각할수록 분이 오르는지 이를 부드득 갈아댔기 때문이다. 어느 그뿐인가. 1층으로 도로 내려와서는 더 간악한 짓을 자행했다. 운비가 칼보다 더 무서워하는 일명, 삐딱구두를 사서 신긴 것이다.

단화도 많더구만, 왜 하필 삐딱구두냐고?

할 말이야 태산같이 많았으나 삐딱구두를 신은 채 원찬의 손에 끌려 볼썽사납게 비틀거리며 백화점을 나왔다. 백화점 앞에서 택시를 다시 잡아타기에 이젠 어딜 가려나 했더니 십여 분도 안 되어 내려선 곳이 이쪽

끝부터 저쪽 끝까지 담벼락밖에 보이지 않는 으리으리한 집 앞이었다.
운비는 그제야 감을 잡았다. 원찬의 집!

"야, 여기 왜 와?"

기함 하여 원찬의 팔을 부여잡았다. 도살장에 끌려가는 소의 눈망울은
저리 가랄 정도로 겁을 먹은 눈이다. 하지만 원찬은 운비의 사정을 조금
도 봐 줄 마음이 없었는지 손을 틀어잡아 대문 쪽으로 이끌더니 잽싸게
벨을 눌러버린다.

"야야, 최원찬. 원찬, 왜 이래? 이성을 찾아!"

"너야말로 왜 이러는데? 여기 우리 집이야. 내가 못 올 데 데려왔어?"

"야야, 그래도 이건 아니지. 갑자기 이러면 어떡해?"

"나는 언제 너희 집에 사전에 말하고 갔어? 피차일반이잖아."

그때 벨 속에서 예쁘고 우아한 목소리가 들려왔다.

[원찬이니?]

"응, 엄마."

당당하게 대답한 원찬이 꽤앵~ 소리를 내며 열리는 문 속으로 운비를
끌어당겼다. 비틀비틀 중심을 잡으려 최대한 노력하며 원찬의 손에 이끌
려 웅대한 뜰을 가로질렀다. 벌써 식은땀이 온몸으로 좔좔 흘러내렸다.

현관으로 들어서자 원찬 혼자일 줄 알았던 가족들이 동행이 있자 한결
같이 놀라는 표정을 짓는다.

원찬은 집에 왔을 때 떨거나 하는 기색이 전혀 없었는데, 나는 왜 이렇
게 북풍 한파인 걸까?

운비는 속으로 웅얼거리며 얼굴로 땀이 흥건하게 흘러내린 것도 모른
채 어정쩡하게 현관에 서 있었다.

"어머나, 손님이 같이 올 거면 전화라도 좀 주지 않고서. 어서 와라."

설마, 원찬. 가족들 앞에서 결혼 어쩌고 할 건 아니지? 그럼 나, 쪽팔려
서 그 자리에 대자로 누워 버릴지도 몰라. 그러니 제발! 그 말만은 제발
참아다오!

원찬이 손을 끄는 통에 운비는 간절한 바람을 가지고 거실로 올라섰다.

게다가 웬 가족들이 이렇게 많다는 거냐? 애들까지 우글거리는 걸 보니 오늘 무슨 날인가? 알뜰살뜰하게도 낳았네. 대체 애들이 하나, 둘, 셋, 넷……, 품에 안은 애까지 다섯. 나이도 젊은 사람들이 웬 애만 이렇게 많이? 아무래도 이 집안은 힘닿는 데까지 낳자는 출산 장려 집안인가보다.

이래저래 놀라운 사태에 운비는 혼비백산할 지경이었다. 아이를 안은 여자가 원찬과 엇비슷한 분위기인 걸 보니 아마 누나인 듯하다. 원찬의 엄마가 운비를 보고 당황했다면, 누나는 상냥하게도 분위기를 쇄신시킬 줄 아는 지혜를 타고났다.

"원찬이 여자 친구구나? 얘기 많이 들었어요. 어서 와요. 마침 잘 데려왔네. 오늘 아버지 생신인데."

아버님 생신? 아하, 그렇구나. 그런데 난 왜 데려온 거야?

식은땀을 뻘뻘 흘리며 엉거주춤 서 있는 운비를 원찬이 소파로 데려갔다. 빼딱구두를 갑자기 벗어서인지 낮은 실내화가 구름을 탄 듯 아무 느낌이 없다.

"아, 아, 안녕하세요?"

얼결에 대중없이 인사부터 올리고 난 운비는 이마에서 뚝 떨어지는 땀방울을 보고 손등으로 쓱 훔쳤다. 아이고, 더워.

"이 녀석아, 이리 귀한 손님을 아무 말도 없이 데려오는 법이 어디 있어?"

원찬의 목소리만큼이나 자상하게 들리는 목소리의 주인공은 중년남자인 걸로 보아 분명 아버지이리라. 분위기가 오우, 희끗희끗 살짝 흰머리가 들어간 것이 중년 특유의 멋스러움이 느껴진다. 게다가 얼굴은 원찬과 판박이다. 원찬의 미래를 보는 것 같은 묘한 기분에 운비는 잠시 넋놓고 원찬의 아버지를 바라보았다.

"앉아요. 아가씨가 그 도깨비인가?"

"예? 아, 그렇습니다. 제가 그 도깨비입니다."

겸연쩍게 대답을 하자 다른 가족들이 소리죽여 웃었다.

“그럼 숙모는 도깨비 방망이 있어요?”

수, 숙모?

운비는 도깨비 방망이 있느냐는 대여섯 살 남짓 된 남자아이의 말보다 자연스레 흘러나오는 숙모라는 소리에 더 놀랐다. 집요한 놈. 언제 어린 조카들한테까지 세뇌를 시켜놨냐?

“호호호. 민아, 그런 건 없어.”

아이의 엄마인 듯 원찬의 누나가 대신 대답한다.

“도깨비라면서 왜 방망이가 없어? 그럼 삼촌은 부자가 될 수 없는 거야? 금 나와라, 뚝딱 못하잖아.”

삐질, 또다시 땀방울이 얼굴 분화구를 비집고 나온다. 그런 와중에 원찬이 내뱉은 말이 운비의 뒤통수를 강타했다.

“절 받으셔야죠.”

오잉? 절이라니? 절, 절이라니?

“절은 무슨. 됐다, 애.”

원찬의 엄마가 먼저 기겁하기에 운비도 덩달아 안심을 했다.

그렇지. 휴우, 살았다.

“앞으로 결혼할 여자인데 당연히 절 받아야죠. 형도 처음 형수, 집에 데려왔을 때 큰절 받으셨잖아요.”

결혼! 헉, 이 녀석이 오늘 기어코 일을 내는구나.

“그거야 인석아, 사전 약속이 있었던 거고 지금은…….”

“운비가 절 올려야 한다고 일부러 옷까지 사 입고 왔단 말이에요. 절 안 받으시면 저도 서운해 할 거예요.”

내, 내가 언제?

운비는 다급한 마음에 원찬의 허벅지를 슬쩍 꼬집었으나, 원찬은 꿈쩍도 하지 않았다. 대신 날아오는 건 능청스럽고도 매몰찬 그의 한마디.

“뭐 해, 절 안 하고?”

차라리 날 죽여라, 이놈아. 당최 치마를 입고 절을 해봤어야 말이지.

그러다 넘어지기라도 하면……. 으악!

하지만 원찬의 가족들 표정을 보니 원찬의 말에 일리가 있다는 표정으로 서서히 기울어져 간다. 애초에 기겁했던 원찬의 어머니조차.

"어떡하시겠어요, 여보? 방에서 받으셔야죠?"

어무이~!

두 눈을 질끈 감고 떨리는 가슴을 진정시켜보려 애썼지만 원찬의 아버지가 소파에서 일어나는 바람에 그나마 그럴 시간도 없었다. 운비는 눈물을 머금고 자리에서 부스스 일어나 원찬의 부모님 뒤를 좀비처럼 따라갔다.

방으로 가 좌정하는 부모님 앞에 서서 바짝 긴장한 채 고등학교 때 있었던 예절 교육 내지는 일 년에 단 한 번 세배하던 기억을 되살렸다. 큰절, 큰절. 아니지. 그건 한복을 입었을 때고, 양장을 입었을 때는 약식으로 해도 좋다는 말이 기억났다. 그래서 다소곳이 두 무릎을 굽혀 땅에 대고 두 손은 가지런히 앞으로 조금 내뻗어 등을 깊숙이 숙였다. 이것도 숙이는 각도가 있다는 말은 들었지만 지금으로서는 생각이 나지 않아 어색하지 않을 정도로만 구부린 후, 다시 일어나 반절했다. 얼마나 신경을 썼던지 대운동장을 매일 같이 스무 바퀴씩, 그것도 모래주머니를 달고서 뛰어도 아무렇지 않던 신경들이 삐거덕삐거덕 앙탈을 부려댔다. 절 한 번 하고 삭신이 이렇게 쑤실 정도니, 한복 입고 큰절이라도 올리는 날엔……. 생각만 해도 머리에 쥐가 난다.

그래도 원찬의 부모님 표정을 보니 그다지 점수가 박하진 않은 듯하여 운비가 안도의 숨을 길게 내쉬고 있을 때, 원찬의 아버지가 점잖게 일렀다.

"앉거라. 이제 큰절도 받았으니 말을 놓겠다. 괜찮지?"

"그럼요, 아버님."

자기도 모르게 아버님 소리를 해놓고 운비는 깜짝 놀라 옆에 나란히 앉은 원찬의 눈치를 흘끗 보았다. 그런데 원찬은 처음으로 뿌듯한 표정을 짓고 있었다. 어우, 씨. 다행이다.

하나, 하나 원찬의 눈치를 보는 상황이 영 마음에 안 들었지만 어쩌겠는가. 여기는 녀석의 홈그라운드인 것을. 나중에 두고 보자. 이제 큰절도 올렸겠다, 어려운 관문은 무사히 통과했으니 운비는 그제야 경황없던 마음을 조금이나마 추스를 수 있게 되었다.

저녁까지 거하게 얻어먹고 이 층에 있는 원찬의 방으로 왔을 때, 자신의 방과는 감히 비교도 할 수 없을 만큼 대궐 같다는 것에 운비는 내심 놀랐다. 그나마 운경과 함께 쓰는 코딱지만 한 방이라니, 마치 호텔과 여인숙의 차이쯤으로 느껴진다. 비록 긴장한 탓에 평소 실력을 발휘할 수는 없던 저녁 식사였지만 꽤 만족스러웠고, 무엇보다 가족들 분위기가 편안하고 화기애애하여 마음에 들었다. 단 한 가지 마음에 걸리는 게 있다면 원찬이다. 원찬은 여전히 쌀쌀맞은 얼굴로 일관하고 있었던 것이다.

방 중간에 멋쩍게 서 있자니 원찬은 본체만체 옷을 훌훌 벗어 던지고 새 옷으로 갈아입는다. 매끈하고 탄력 있는 등은 당장에라도 와락 달려들어 어루만져 보고 싶을 만큼 매력적이다. 제길. 이 와중에도 그런 생각을 하다니, 이 못 말리는 밝힘증이 어디 가겠는가.

세련된 청색 티로 갈아입은 원찬이 머쓱하게 서 있는 운비의 앞을 쓱 지나치며 퉁명스레 말을 내뱉었다.

"앉아."

"응."

운비는 꿔다 놓은 보릿자루처럼 엉거주춤 소파에 앉았다. 방이 얼마나 크고 넓은지 작은 거실을 방 안까지 옮겨다 놓은 것 같다. 혼자 자려면 휑하겠구나. 쩝.

하릴없이 방을 이편 끝에서 저편 끝까지 왔다 갔다 하는 원찬을 곁눈질로 살폈다. 이쯤 되면 곁으로 스리슬쩍 다가와 앉으며 수작을 부릴 때가 되었는데, 이상타.

고개를 갸웃거리며 녀석이 다가오기만을 기다렸지만 어찌 된 일인지 오늘따라 곁에는 얼씬도 안 한다. 정말 화가 많이 났나 보다. 당장 집으로 데려와 가족들에게 인사까지 시킬 정도면 오해를 풀어주고 달래는 것으로 쉽게 끝날 수도 있는 상황이련만. 시간이 흐르고 흘러도 곁으로 올 생각이 없는 원찬을 보자 괜스레 서운한 마음마저 든다.

이럴 거면 뭐 하러 집까지 데려온 거야?

"저기…… 너무 늦었는데 그만 가자."

그래서 마음에도 없는 말을 주절댔더니, 원찬이 웬일로 아무 말 없이 책상 위에 두었던 휴대전화를 챙겨 주머니에 집어넣는다. 그걸 가자는 뜻으로 이해한 운비는 더욱 불안해졌다. 저 녀석, 아무래도 뭔가 꿍꿍이가 있지.

꽁하게 앞을 지나치는 원찬의 팔을 붙잡았다.

"원찬, 아까 네가 본 건 말이지."

"네가 동아리 그만두지 않으려는 이유가 진건 선배 때문이라고는 생각하지 않겠어."

아하하, 설마?

그, 그래. 그런 이유는 절대 아니거든.

"에이, 그건 말도 안 되지. 그건 그 선배 혼자……."

"널 좋아하는 거라고?"

"어? 어, 그래. 하지만 내가 딱 잘라 거절했어. 네가 신경 쓸 정도 아니니까 걱정 안 해도 돼."

원찬의 눈썹이 쓰윽 밀려 올라갔다. 열이 오르는지 얼굴이 붉으락푸르락한다. 운비의 눈에는 경보 사이렌 되겠다.

"걱정 안 해도 되는 정도가 끌어안고 있는 거야?"

그 점에서는 입이 열 개라도 할 말은 없어 운비는 어물쩍 넘기려 했다.

"에이, 미안하다 야. 다시는 그럴 일 없을 거야. 한 번만 이 누나를 믿어보라니까."

"어디서 그냥 넘어가려고? 넌 내가 다른 여자들한테 눈길 주고, 껴안고 하면 좋겠냐?"

"어휴, 그걸 말이라고. 넌 그러면 내 손에 죽을 줄 알아!"

운비가 새삼 눈을 부릅떠 보지만, 원찬은 콧방귀만 풍 뀌어댔다.

"쳇! 양심이 있어야지."

"그만 화 풀어라, 원찬."

슬쩍 말꼬리를 늘이며 나름 애교 아닌 애교도 부려보았다. 이 정도의 노력이면 녀석의 눈알에서 광선이 내뿜어지며 굶주린 늑대처럼 엉겨 붙어야 정상인데, 상황은 운비의 생각대로 되어주지 않았다. 전혀 동요하지 않는 눈빛이라니, 순간 녀석이 원찬의 껍데기를 쓴 외계인쯤으로 보이는 게 무리도 아니다.

찬바람을 일으키며 먼저 쌩 나가버리는 원찬을 따라 운비도 눈물을 머금고 방을 나갈 수밖에 없었다. 실은 방도 호텔처럼 좋겠다, 딴 맘을 먹었었는데.

일부러 자기 집 식구들이 있어 몸 사리는 거 아냐? 만약 그런 거라면, 이거 영 우리 집 식구들은 만만히 봤다는 건데.

운비의 눈 꼬리가 휘익 치켜 올라갔다.

그래, 럭셔리 집안이라 예의는 지켜야 한다는 거겠지? 좋아, 나도 너 같은 놈한테 이제 넘어가나 봐라. 앞으로 주둥이 들이대기만 해 봐. 가만 안 두게쓰!

그럼에도 지독스레 마음 약한 운비는 원찬이 형 차로 집 앞까지 바래다주었을 때까지 마지막 희망을 놓치고 싶지 않았다. 설마 집 앞에서까지 그냥 가랴 싶었던 것이 무참히 깨진 것은 두말할 필요도 없다. 주둥이를 들이대기는커녕 본래의 모범생으로 돌아온 원찬이다. 근래 들어 과도한 스킨십을 시도하기 일쑤여서 사람 당황하게 하는데 일가견이 있더니만, 하루아침에 태도가 바뀌니 그것도 참 적응이 안 된다.

'들어가' 한마디만 던져놓고 냉정히 돌아서 가는 그의 뒷모습을 바라보며 운비는 쓴 눈물을 삼켜야 했다.

가냐, 이놈아?

주둥이 한 번만 들이대면 용서를 해주려고 했더니, 그냥 가냐? 징한 놈. 그래, 가라. 남자 새끼가 걸핏하면 삐치고 카멜레온도 아닌 것이 어쩜 그리도 다각도의 성격을 타고났냐? 처음에는 상큼한 샐러드 미소로 사람을 홀려 놓더니만, 가히 상상도 할 수 없을 정도의 애정행각으로 뒤통수를 칠 때는 또 언제라서, 그럼 난 대체 어느 장단에 춤을 춰야 하는 거냐?

키스 한 번 안 하고 하루를 마감하기는 근래 들어 유일한 날이다. 그게 이다지도 섭섭하고 쓸쓸할 줄이야. 화려한 손가락 기술까지 바란 것도 아니다. 가벼운 입맞춤 정도는 해주고 갈 줄 알았건만, 원찬에게 저리 칼 같은 성격이 도사리고 있을 줄은 꿈에도 몰랐던 탓에 운비는 씁쓸한 마음을 가눌 길 없었다. 한고비 넘으면 또 작정하고 기다리는 듯, 사랑이란 거 결코 만만하게 볼 게 아니로구나. 도대체 어떻게 해야 순탄한 사랑을 할 수 있다는 것인가.

괜한 좌절감에 운비의 어깨가 더욱 아래로 축 처졌다.

어휴, 자칫 도깨비의 술수에 빠져들 뻔했다. 집에서도 참느라 죽는 줄 알았는데, 방금 고혹적인 눈망울로 바라보는 도깨비를 보자 화가 났던 건 까마득히 잊고 하마터면 와락 끌어안고 키스를 날릴 뻔했지 뭔가. 하지만 이번에는 절대 그냥 못 넘어간다. 도깨비를 바싹바싹 말려서 튀김 거리로 만드는 한이 있어도 그렇게는 못 한다!

진건과 끌어안고 있던 장면이 또다시 눈앞에 펼쳐지자 원찬은 팔팔하던 다리에 거짓말처럼 힘이 빠져나가며 휘청했다. 아우, 어지러워.

생각하면 할수록 입안이 타고 혀가 말라붙는 것 같다. 환자만 아니었으면 그 자리에서 볼 장 다 봤을 거다. 가까스로 이성의 끈을 붙잡고 그 자리에서 나올 수 있었던 것도 오로지 그 이유 하나였다. 애초 오늘의 가정 방문은 예상에도 없던 거였지만, 당장 도깨비를 가족들에게 눈도장 찍어놓아야 할 만큼 마음이 급해졌던 것도 사실이다. 가족한테까지 정식으로 인사시켜 놨는데 도깨비 성격에 금세 딴마음 품지는 못할 테니.

치마를 입고 쩔쩔매던 도깨비의 모습을 떠올리자 지금이라도 되돌아가 키스를 퍼붓고 싶을 만큼 예뻐 죽겠다. 게다가 시키면 시키는 대로 절까지. 비록 절을 할 때 어설프고 위태하긴 했으나 자신의 애인으로 부모님께 절을 시킨다는 것은 대단한 의미가 있지 않은가. 그것만으로 일주일은 밥을 안 먹어도 배가 부를 것 같았다.

그러니까 다시는 다른 놈 품에 안겨 있는 꼴 보이지 말란 말이다.

"후아, 후아~"

괜한 심호흡을 몇 번 하고 난 원찬은 도깨비가 장난이 아닌 진심으로 두 손 모아 오늘의 잘못을 뉘우칠 때까지 이 자세를 고수하기로 결심을 다졌다.

요 며칠 냉정하고 쌀쌀맞은 원찬에게 운비는 운비대로 마음의 상처를 받았는데, 어느 날인가는 학교에만 오면 돈 떼어먹은 사기꾼 대하듯 눈알을 번뜩이던 혜리가 웬일로 상냥하게 말을 걸어온다.

"저기요, 언니."

멀리 원찬의 그림자만 보아도 봄날의 벚꽃처럼 화사해지면서 그와 반대로 자신에게는 멸시의 눈초리를 아낌없이 보내던 혜리가 어인 일인가 싶어 떨떠름하나마 상대를 해주었다.

"응. 왜?"

"오늘 저녁에 시간 있으세요?"

"시간은 왜?"

"부탁이 있어서요."

내게 부탁을?

운비는 약간 미심쩍은 눈빛으로 대꾸했다.

"뭔데?"

"실은 오늘 이웃대 신방과 남학생들이랑 미팅하기로 했거든요."

"근데?"

"정미가 갑자기 못하겠다고 해서요. 인원 부족한데 자리 수 좀 채워주시면 안 돼요?"

정식 멤버로 가자는 것도 아니고 대리 출석하란 말야?

더군다나 버젓이 애인 있는 거 알면서 이 무슨 가당찮은 부탁이란 말인가!

운비는 가뜩이나 원찬과 아슬아슬하던 차여서 단박에 거절했다.

"됐다 야. 알다시피 원찬이랑 사귀는데 미팅에 나갈 수는 없잖냐. 다른 사람 구해봐라."

"어머, 언니. 제가 오죽 급하면 언니한테 다 부탁을 하겠어요. 이 미팅, 제가 주선하는 건데 안 그럼 짝 안 맞아서 그쪽 주선한 친구 혼자 놀아야 한단 말이에요."

혜리는 인형 같은 미모를 마음껏 구기며 몸을 살짝 꼬았다. 그럼 그쪽 주선한 친구 생각해주느라 애인 있는 사람을 끌어넣겠다는 거야? 이런 싹수없는!

심사가 뒤틀려 떨떠름하게 말해주었다.

"나야 그런 거 할 줄도 모르고, 별로 하고 싶은 생각도 없으니까 미안하지만 딴 데 가서 알아봐라."

"원찬이한테는 비밀로 하면 되잖아요. 언니는 그냥 앉아 있다가 차만 한 잔 마시고 가면 돼요. 그다음에는 제가 알아서 할게요, 네?"

눈망울까지 그렁그렁해지며 간청하는데 운비는 일단 상대를 막론하고 부탁하는 거라면 냉정하게 잘라내지 못하는 오지랖 넓은 성격답게 난감한 표정으로 혜리를 바라봤다. 아무래도 저 눈물 어린 호소는 가식이려니 생각하면서. 평소 신경 거슬리는 짓을 잘한다지만 감히 이 도깨비를 도발할 배포는 또 없을 것 같고. 흐음.

그런데 분위기를 살피던 혜리 입에서 귀가 솔깃해지는 말이 톡 튀어나왔다.

"잘만 하면 언니한테 손해될 건 없을 거예요."

"그건 또 무슨 소리냐?"

혜리는 짐짓 눈길을 깔며 새침하게 대답했다.

"언니도 알죠? 제가 원찬이 좋아하는 거요."

알다마다. 그래서 거친 태클도 마다하지 않는 거 아니겠어.

"그런데?"

"흠. 저도 언제까지 임자 있는 남자한테 눈독만 들이겠어요. 이참에 저도 애인 생기면 언니야말로 좋은 거잖아요. 언니가 좀 도와주세요, 네?"

그렇게 말하며 생긋 웃는데 그럴싸한 이론이라 운비도 고개를 끄덕끄덕했다. 가뜩이나 원찬을 호시탐탐 노리고 있는 적수들이 주위에 널려 있는 터에, 이참에 한 명이라도 제거해 버리면 마음이 한결 시원해지지 않겠는가. 이웃대 신방과 남학생들이면 귀족과라 불릴 정도로 소문이 자자한데, 이참에 혜리와 잘될 확률을 기대해 봐도 좋을 것 같았다.

그런데다 혜리를 비롯한 다른 멤버들까지 합세하여 원찬에겐 절대 비밀로 해주겠다며 설레발을 치기에 딱 차 한 잔만 마시고 가겠다는 약속을 하고는 미팅 장소로 갔다.

가히 카페 안이 훤할 정도로 멀끔하게 생긴 녀석 다섯 명이 저희끼리 노닥거리고 있다가 들어서는 운비와 네 명의 여학생들을 보자 반색한다.

"아!"

채 인사를 나누기도 전에 상대편 남학생들 중 한 명이 손가락을 딱 튕기며 운비를 콕 찍어 가리켰다.

"그 차력 동아리, 맞죠? 명문대에서 시범 보이다가 타죽을 뻔한 취객 구해줬다는……."

또 그 TV 얘긴가?

운비는 겸연쩍게 흘흘 웃으며 건성으로 대답했다.

"네, 네."

"와! 그럼 그 도깨비?"

이잉? 어찌하여 이웃 학교에서 내 별명을 알고 있는 거지? 이러다 원찬의 귀에까지 들어가면 골치 아픈데.

자리에 앉자마자 괜한 짓을 한 게 아닌지 후회가 밀려온다.

"네."

떨떠름하게 대답하는 운비를 흥미로운 눈길로 바라보며 남학생은 대단히 감격한 듯 말을 이었다.

"혜리한테 얘기 들었어요."

"아, 네."

혜리와 동창이라고 자신을 소개한 남학생은 이번 미팅도 혜리와 자기가 주선을 한 자리라며 묻지도 않는 말을 혼자서 주워섬겼다. 말이 참 많은 남자라는 생각을 하면서 운비는 차 한 잔만 마시고 가리라는 생각을 그때까지도 꼭꼭 염두에 두고 있었다. 하지만 영화배우 장동건과 이름이 같으면서 인물에서는 살짝 떨어지는 남학생은 끝까지 운비를 붙잡고 늘어졌다.

어찌나 말이 많은지 운비가 도망갈 틈을 찾지 못한 탓에, 따로 파트너 정할 것도 없이 자연스럽게 둘만 남겨 놓고 모두 제 갈 길로 흩어져 가버렸다. 이렇게 되니 어째 짜고 치는 고스톱 같은 분위기다.

"저기요, 제가 실은 말이죠."

끝도 없이 떠들어대는 장동건 때문에 머리가 지끈거려 운비는 그쯤 해서 자리에서 일어나고자 말을 끊었다.

그런데 낯익은 얼굴이 카페 안으로 거침없이 쑥쑥 들어오더니 곧장 운비와 장동건이 앉은 자리에 와서 선다.

운비는 아는 척도 못하고 네가 어찌 알고 왔느냐는 어리벙벙한 눈으로 폭발 일보직전의 원찬을 빤히 올려다보았다. 슬쩍 원찬과 운비의 안색을 살피던 장동건이 태풍전야의 고요함을 이기지 못하고 조심스레 입을 열었다.

"누구신지……?"

순간 눈이 빵 돌아간 원찬이 번개같은 속도로 소파에 앉은 장동건의 면상을 주먹으로 후려갈겼다.

"억!"

겨우 애기만 나눴을 뿐인데, 마치 남의 애인 빼앗아간 파렴치 놈으로 몰린 장동건은 단발마의 비명을 지르며 긴 소파를 제 침대인 양 벌렁 드러눕고 말았다. 그의 입가로 선연한 붉은색의 피가 주르륵 흘러내렸다. 입이 아파서 한동안은 마음껏 떠들지 못할 것 같아 약간 불쌍한 생각이 들었다.

갑작스런 사태에 운비가 어어, 만 연발하고 있자니, 며칠 전 진건의 일로 화가 난 것에 이어 완전히 꼭지가 돌아버린 원찬이 살벌하게 노려본다.

운비로서는 너무나 억울할 따름이었다. 그리고 그때서야 혜리의 농간에 놀아났다는 것을 알아차리고 기가 막혔다. 혜리가 알려주지 않았다면 대체 여길 어떻게 알고 찾아왔을 것이며, 오자마자 저리 폭발해버리지는 않았을 것 아닌가. 아니다. 이게 어찌 혜리 혼자만의 연출이겠는가. 원찬을 꿰찬 것에 앙심을 품고 평소 원찬을 흠모하던 몇몇, 과 여학생들이 단체 반란을 일으킨 것이 틀림없다. 이 도깨비를 어찌 보고 이것들이 모조리 간을 전당포에 잡아 놓았구나!

동창생 잘못 두었다가 괜히 원찬의 분풀이 대상이 되고만 장동건은 자기가 생각해도 어처구니가 없던지 비칠거리며 일어나더니 황당한 얼굴로 따지고 들었다.

"야, 씨발 놈아. 왜 가만히 있는 사람을 치고 지랄이야?"

원찬은 매처럼 눈을 부라리며 장동건에게 나직이 경고했다.

"네가 먼저 혜리한테 도깨비 만나게 해달라고 애걸복걸했다며? 죽고 싶냐?"

엥? 어째 스토리가 복잡하게 돌아간다. 그러니까 저 장동건이 이 도깨비를 만나게 해달라고 미니스커트 아래로 아홉 개 꼬리를 감춘 혜리한테 부탁을 했다는 스토리?

별안간 뒷목이 뻐근해지는데, 원찬의 말이 사실인 듯 장동건은 슬그머니 꼬리를 내렸으나 도깨비에게 애인 있다는 말은 혜리에게 듣지 못했을 테니 억울하기는 운비 못지않았으리라. 워낙 원찬의 기세가 등등했기에 맞짱 뜰 배포는 없었는지 다행히도 더 이상 엉겨 붙을 생각은 하지 않았다.

역시 남자는 수컷 본능이 있어 첫 기세 싸움에서 승리를 가늠한다는 말이 맞는 모양이다. 죽고 싶냐, 한마디에 깨갱 꼬리를 내린 장동건은 재수 더럽게 없다는 얼굴로 자리를 떴고, 훅훅 거칠게 입김을 내뿜던 원찬은 운비를 태워버릴 듯 노려보고는 홱 등을 돌려 카페를 나가버렸다.

남들이 보기엔 유치하지만 당사자들에게는 목숨이라도 걸린 듯한 수컷들의 싸움을 적나라하게 보여준 뒤 혼자 남은 운비는 툴툴거리며 자리에서 일어났다. 단단히 삐쳤을 것이 틀림없는 원찬을 상대할 생각에 뇌세포가 오그라드는 것 같았다. 사랑싸움이 갑자기 치열한 두뇌싸움이 된 듯 두통이 몰려왔다.

밖으로 나와 저만치 걸어가는 원찬에게 달려갔다.

"원찬!"

원찬의 팔을 잡아 그 자리에 세웠으나 원찬은 꽁하게 입을 다문 채 외면하고만 섰다.

"야, 그게 있잖아……."

운비는 어떻게든 해명을 해보고자 했으나 조리 있게 설명을 할 수가 없어 답답했다. 그런데 원찬이 슥 눈길을 깔아 내려다보며 묵직하게 입을 연다.

"너한테 실망이다. 아무리 싸웠기로 그새 다른 남자를 만나?"

"와, 나 미치겠네. 내가 일부러 나온 게 아니야. 혜리가 자리 수만 채워달라고 하도 부탁을 하니까……."

"미팅의 자리 수가 나보다 중요하단 거야? 그래, 좋아. 어디 마음대로 해보서."

그러더니 카페 안에서처럼 혼자만 두고 횡 가버리는 게 아닌가.

"뭐, 뭐야, 이거? 왜 내 말은 듣지도 않아? 저게 진짜! 아 놔, 돌아버리겠네."

그 말만 들입다 많은 장동건 때문에 지구가 돈다, 돌아.
부아가 치솟아 운비도 그만 등을 쌩 돌려 원찬과 반대 방향으로 걷기
시작했다.

코 피

미팅 사건 이후 원찬은 내게 부쩍 냉담해졌다.

다음날로 혜리 년은 나를 보자마자 눈물을 질질 짜면서 모두가 보는 앞에서 용서를 구했다. 장동건이 하도 간청을 하는 바람에 어쩔 수 없었노라며.

만인이 보는 앞에서 그리 눈물 바람을 일으키니 도깨비 체면에 그 자리에서 죽여 버리지도 못하겠고 살벌한 웃음만 삼키며 남들이 안 듣게 살며시 귀에 속삭여주었다.

"밤길 다닐 때 뒤통수 조심해라, 엉."

그 말에 혜리는 가식적으로 쏟아내던 눈물을 뚝 그치고 세상에서 가장 밉고 경멸스러운 사람 쳐다보듯 하고는 자기 자리로 가서 앉았다. 장동건에 이은 혜리 년 때문에 지구가 돈다, 돌아.

물론 거기에 그치지 않고 나는 단체 반란을 꾀했던 계집애들에 대해서도 차례로 불러다 응징을 가했다. 어제 미팅에 나갔던 나와 혜리를 제외한 세 명 중 두 명은 다행히 상대방과 눈이 맞아 앞으로의 관계가 희망적이었는데, 용택과 기철에게서 입수한 두 사람의 화려한 과거 전적을 주르륵 읊어댔더니 끝까지 들을 것도 없이 자진납세 했다. 그리하여 한 달 동안 안정된 점심을 보장받을 수 있었다. 나머지 한 명은 그나마 미팅까지 죽을 쒀서 그만 세상 하직하고 싶다는 생각이었던지 내게도 배 째라 식으로 나와서 나를 사뭇 곤란한 지경에 빠뜨렸다.

하지만 내가 누구냐. 무차별한 정의의 사도가 되기도 하지만 때론 무자비한 협객이 될 수도 있다는 사실. 일단 날 건드리는 건 여자건 남자건 못 참는다 이거야.

그래서 종일 고것이 가는 곳마다 졸졸 쫓아다니며 "내가 미쳤지. 내가 죽일 년이지. 원찬이랑 헤어지고 나면 이젠 무슨 낙으로 사나." 하면서 죽는 방법 서른 가지쯤을 죽 읊어주니까, 그것을 저를 죽이는 방법 서른 가지로 알아듣고 갑자기 살고픈 마음이 솟구치는지 결국 손을 들었다.

"알았어요, 알았어. 그만 좀 해! 내가 정말 언니 때문에 학교 다닐 맛이 안 난다니까. 어휴, 편입을 하든가 해야지 원."

그러면서 발등에 불 떨어진 리포트 하나를 알아서 챙겨갔다. 물론 나는 약간 시간적 여유가 있는 리포트 하나를 더 덤으로 안겨주었다. 원, 투 스트레이트로 식대와 리포트 문제가 해결되어서인지 마음에 응어리진 것이 조금 풀어진다. 혜리를 응징하는 건 조금 더 시간을 두고 생각해봐야 할 것 같다. 아무래도 그 계집앤 고차원적으로 해결을 봐야 할 성싶으니까.

하지만 뭐니 뭐니 해도 가장 큰 문제는 원찬이다.

그동안 나 때문에 공부를 못 해서 대단한 피해라도 본 양 수업이 끝나는 즉시 신문사 아니면 도서관으로 향하는 원찬이 때문에 갈수록 심기가 불편하다. 그렇다고 녀석이 손가락 하나 접근을 안 하는데 주책없게 먼저 덤빌 수도 없는 노릇이고, 이 상황 뭐라 설명하기 어렵다.

하지만 언제까지 담 넘어 남의 호박 바라보듯 입맛만 다실 수는 없는 노릇.

　그래서 그날은 벼르고 벼르다가 다부지게 마음을 다져 먹고 원찬과 약속을 잡았다. 사실 이런 짓까지는 안 하려고 했는데, 인내심에 한계가 오니 어쩔 수 없었다. 약속 장소는 일전에 갔던 그 칸막이 커튼이 있는 카페다. 그곳에 가면 원찬의 감성을 일깨워줄 만한 일이 생겨나지 않을까? 서로 몸을 불사르지 못해 안달을 해대던 추억의 카페에서 원찬과 어그러진 관계를 다시 한 번 맞춰보자. 이럴 땐 조금이라도 켕기는 쪽이 숙이고 들어가는 편이 현명하지 않겠는가.

　약속 시간에 맞춰 나타난 원찬은 처음에는 별 감흥 없는 얼굴이었다. 단지 눈자위가 퀭하다는 것 외에는. 요즘 잠시 잠깐 보는 게 다인 녀석인지라, 얼굴이 그 지경이라는 것에 조금 놀라웠다. 아직도 마음이 풀어지지 않아서인지 다른 때 같으면 옆자리에 앉았을 터인데, 오늘은 건너편에 앉으려 한다. 그래서 얼른 녀석의 손을 잡아끌어 일부러 곁에 앉혔다. 마지못해 앉는 척하지만 그다지 싫지는 않은 듯하다. 녀석의 얼굴이 몹시 지치고 피곤해 보인다.

　혹, 나 때문에 병이라도 난 건가? 그러자 가슴이 덜컥 굳어진다.

　"어디 아프냐? 얼굴이 왜 그래?"

　안쓰러운 마음에 원찬의 얼굴을 매만졌다. 원찬은 그래도 싫다 좋다 아무 말이 없다.

　"원찬, 너 정말 계속 이럴 거야? 너 이러니까 이 누나 속상하다."

　원찬이 울상을 짓는다. 그런데도 여전히 입은 꾹 다문 채다. 충격에 벙어리라도 된 게 아닐까. 이러다가는 애 잡겠다. 무조건 빌고 보자.

　"원찬, 이러지 마라. 너, 내 속 타서 죽는 거 볼래?"

　원찬의 눈빛에 처음으로 광채가 스쳐 지나갔다. 그런데도 나는 원찬이 너무나 걱정이 된 나머지 그런 생각일랑 염두에 둘 정신이 없었다.

　"어디 좀 보자. 얼굴이 이게 뭐야?"

　헉! 그런데 이 녀석! 때맞춰 쌍코피를 주르르 흘리는 게 아닌가.

"으악! 너 왜 이래? 원찬아, 이 녀석아. 너 설마 죽을병 걸린 건 아니겠지? 이 누나가 너무 속 썩여서 그래? 아이고, 정말 잘못했어. 제발 이러지 마!"

부랴부랴 테이블 위에 있던 냅킨으로 원찬의 인중을 내리눌렀다.

원찬도 가만히 내가 하는 대로 내버려둔다. 어찌 보면 눈빛이 웃는 듯도 하다. 하지만 원찬의 쌍코피를 본 직후 제정신이 아닌 나는 그런 것에 한눈을 팔고 있을 때가 아니었다. 당장에라도 녀석을 들쳐 메고 병원으로 뛰고 싶은 마음뿐이었으니.

불쌍한 자식, 이 정도로 마음이 다쳤을 줄은 몰랐어.

어느 정도 쌍코피가 멈췄을 때쯤, 나는 원찬을 와락 끌어안았다. 비록 마주 안아주진 않았지만 가만히 있는 걸 보면 원찬도 싫지만은 않은 거다.

"미안해. 정말 다시는 너 속상하게 안 할게. 그러니까 아프지 마라, 어? 이렇게 아플 정도면 말을 하지 그랬어?"

남자가 쌍코피 한 번 난 거 가지고 죽을병이라도 걸린 양 부들부들 사지를 떠는 나를 생각하니 기가 막혔지만, 코피 아니라 생채기가 나도 차마 못 볼 것 같기만 한데 어쩌랴. 자식새끼 금이야 옥이야 키우는 부모 마음을 이제야 조금 알 것 같다. 내게 원찬은 금이나 옥보다 더 소중한 것을.

마음 같아서는 원찬의 섹시한 입술을 훔치고 싶을 만큼 유혹이 강했으나, 아픈 사람에게 내 욕심만 채울 수는 없고 하여 간신히 참고 있는데 처음으로 원찬이 입을 뗀다.

"그, 그만 좀 놔 봐. 숨 못 쉬겠어."

"응? 그러냐?"

너무 세게 끌어안고 있었나 보다. 원찬을 풀어주고 올려다보았더니 정말로 숨쉬기가 곤란했던지 얼굴이 시뻘겋게 달아올라 있었다. 에고, 녀석을 질식사시킬 뻔했다. 뒤늦게 내 잘못을 알고 괜스레 무안하여 인중 부위를 살피는 척 얼굴을 가까이 들이댔다. 그런데 멈춘 줄 알았던 코피가 기다렸다는 듯이 또 팍 터진다.

"으윽!"

게다가 원찬의 입에서 터져 나온 곤욕스러운 신음이라니.

"어어, 야. 또 쌍코피 난다. 너 자꾸 왜 이래?"

내가 얼굴을 쓰다듬으며 울상을 짓자 원찬은 더 우거지상으로 소리쳤다.

"에이 씨, 그러니까 자꾸 건드리지 말란 말이야!"

응? 뭐, 뭘 건드리지 말란 거냐? 이젠 내가 쓰다듬는 것도 싫은 거야? 그런 거야?

"너 정말 너무해!"

나도 그만 서운함이 폭발하고야 말았다. 자리에서 벌떡 일어나 그의 다리를 밀치고 밖으로 나가는데, 뒤에서 녀석의 짜르르 앓는 소리가 들려왔다.

"으흐으읍......!"

쳇! 끝까지 아픈 시늉만!

거기서 잡았어도 좋으련만, 원찬은 끝내 내게 손을 내밀지 않았다.

정말 남자 마음 모르겠다. 대체 내가 어떻게 해주길 바라는 걸까?

카페 문을 밀치고 밖으로 나오는데 마음이 무겁기 그지없었다.

사랑. 뭐 이리 힘드냐?

터 치

방으로 들어온 원찬은 불도 켜지 않고 비칠거리며 침대로 걸어가 힘없이 고꾸라졌다. 카페에서 딴에는 금방 쫓아나간 것 같은데, 어찌나 동작이 빠른지 도깨비는 이미 사라진 뒤였다. 전화를 해보기에는 사정이 여의치 않았다. 몸의 상태가 점점 심각해지고 있었다. 도깨비에게 손도 대지 않겠다, 결심을 한 뒤 급격히, 아주 급속도로 나빠졌다.

젠장, 지금도 봐라.

도깨비 생각을 하니 몸의 중심부가 사정없이 몸부림을 쳐댄다.

끙 소리를 내며 천장을 보고 드러누웠다. 도깨비 튀김 만들려다가 엉뚱한 사람 죽어나가게 생겼다. 줏대 없이 마음을 금세 바꾸기가 뭣해 억지로 참고는 있다지만 운비를 볼 때마다 만지고 싶어 손이 근질거렸고, 밤이면 밤마다 들끓는 욕정을 참을 길 없어 뜬눈으로 밤을 새우기가 일쑤였다. 점점 불면증으로 인한 수면 부족에 시달리던 중, 운비에게 드디어 만나자는 연락이 온 것이다.

보나 마나 도깨비도 더는 견딜 수 없었던 게지.

그래서 오늘에야말로 확실히 매듭을 지리라 결심을 하고 나갔던 것인데……

운비의 살갗이 닿자마자 위엄은 고사하고 온몸의 피가 한꺼번에 머리로 쏠리는가 싶더니, 그냥 코피도 아니고 쌍코피가 터진 것이다! 그것도 두 번씩이나!

"우쒸, 쪽팔려."

어둠 속에서 차마 그 순간을 더는 생각하고 싶지 않다는 듯 원찬이 중얼거렸다. 말은 그러한데, 아랫도리가 또 불끈 일어선다. 이게 정말 미쳤나 보다. 몸에 이상 증세가 온 게 아니라면 어찌 이럴 수가 있단 말인가. 이젠 운비 생각만 해도 자동으로 반응을 하는 녀석이 원망스럽기까지 하다. 원찬은 녀석을 달래느라 손으로 슬슬 어루만지기 시작했다. 그러다 보니 달래기보다 은근한 쾌감이 느껴진다. 오늘도 결국 손으로 만족해야 하려나 보다.

키스하고 싶어.

도깨비의 달콤하고도 따스한 입술이 혀끝에 느껴지는 듯하여 원찬은 눈을 감고 상상을 했다.

"운비야……, 으음."

이렇게 상상만으로도 좋은데 직접 하면 얼마나 좋을까. 운비와 여관에서 실패했던 첫 경험이 떠올랐다. 그리고 그녀의 탐스러운 가슴과 신비롭던 아래의 동굴도 떠올렸다. 원찬은 겉으로만 어루만지는 것에 만족하지 못하고 바지춤을 열어 본격적으로 애무하기 시작했다.

"으으……."

호흡이 가빠진다. 지근거리는 허리가 저절로 들썩여지고 녀석은 금방이라도 폭발할 듯 성이 오를 대로 올라 있다. 운비의 섹시하던 눈망울을 떠올리자 얼마 가지 않아 녀석이 그녀를 향한 불타는 사랑을 증명이라도 하듯이 하얗게 정액을 내뿜는다.

"하아, 하아……."

원찬의 심장이 급격히 오르락내리락하며 얼핏 눈가로는 짙은 그리움이 감돈다.

"깨비야, 보고 싶다."

원찬과 카페에서 그렇게 헤어지고 온 후로 운비는 집으로 돌아와서도 내내 시무룩했다. 아직 전화 한 통도 없는 걸로 보아 화해하기는 애당초 튼 것 같다. 원찬이 쌍코피까지 줄줄 흘리는 걸 보고 온 터라 마음이 편하지가 않고 일만 더 그르친 듯하여 울적했다. 이러다가는 밤새 한숨도 못 잘 것 같아 목 마른 놈이 우물 판다고 하는 수 없이 원찬에게 먼저 전화를 했다.

[응.]

원찬의 목소리에 힘이 하나도 없다.

"원찬, 아직 많이 아프냐?"

[응. 아파 죽을 것 같아.]

정신이 번쩍 들었다.

"어, 어디가 아픈데? 또 코피 나?"

[코피는 이제 안 나는데…….]

"안 나는데?"

[어쨌든 아파.]

원찬이 잔뜩 볼멘소리를 낸다. 에구, 짠해라.

"아까 병원 갈걸. 지금이라도 가지그래? 괜히 나 때문에……, 정말 미안하다."

수화기 건너편으로 긴 한숨이 흘러나왔다. 운비는 콧날이 시큰할 정도로 가슴이 미어졌다.

"원찬, 그만 마음 풀면 안 될까? 나 정말 너한테 최선을 다하고 있는 건데 내 마음 아직도 몰라?"

[······.]

"솔직히 이제까지는 내 마음대로 살았지만 너한테는 그게 잘 안 돼. 너도 알잖아, 내가 너라면 쩔쩔매는 거. 그거 왜 그러는지 모르겠어?"

[······ 알아.]

"근데 왜 이렇게 사람 속을 태워? 나 이제 힘든 사랑 싫은데, 그래서 또 도망가고 싶다는 생각하기 싫은데."

[도망?]

원찬이 비로소 목소리에 날을 세운다. '도망'이라는 단어의 심각성을 깨달은 모양이다.

"자꾸 코너로 몰리는 기분, 그로기 상태 되는 기분, 그거 정말 못 견디는 거거든. 사람들은 나더러 용감하다고 하지만, 아니야. 나 하나도 안 용감해. 오히려 비겁한 도깨비일 뿐이야. 물불 안 가리고 덤비다가도 막상 물러날 데 없어지면 완전히 손 놓아버리고 도망가는 게 나야. 감정에 해결 능력 없어, 나. 여기서 조금만 더 네가 날 코너로 몰면 또 도망가 버릴지도 몰라."

[네가······ 나한테서 도망을 갈 수도 있다는 거야, 지금?]

원찬의 목소리가 부르르 떨린다. 녀석이 두려워하는 게 무언지 운비도 알고 있다. 하지만 그걸 이용하자는 게 아니다. 그녀가 지금 한 말은 진심이다.

"그러니까, 그만 하자. 나 무섭다."

정말 그랬다. 원찬의 마음을 잘 모르겠으니까 자꾸 무서워진다. 사랑에 또다시 겁을 먹는 자체가 운비에겐 크나큰 두려움이었다.

[알았어. 알았으니까 겁내지 마, 응?]

운비는 안도의 한숨을 내쉬었다. 이제야 조금 마음이 편안해진다. 원찬의 진심이 목소리만으로도 충분히 느껴지기에.

[내가 지금 갈까?]

"지금? 와도 돼?"

운비의 귀가 번쩍 뜨였다. 원찬이 온다는 소리에 벌써 가슴이 두근두
근 뛴다.

[기다려. 금방 갈게.]

전화를 끊자마자 운비는 후닥닥 자리에서 일어났다. 그리고 생전 볼까
말까 한 거울 앞에 서서 헝클어진 머리를 가다듬었다. 그렇게 애써서 한
파마머리도 어떻게 손질을 해야 할지 대책이 없어 이전의 말총머리처럼
하나로 칭칭 묶어버렸었는데, 풀어 내린 다음 물 분무기를 칙칙 뿌려서
원 상태로 되돌려 놓자 그런대로 봐줄 만했다. 얼굴도 쓱쓱 매만져 까칠
한 감이 있자 운경의 화장품 중에서 스킨을 찾아들었다. 마침 운경이 들
어오기에 도움을 요청했다.

"운경아, 이거 스킨 맞냐?"

"응. 바르게?"

"이거 다음에 뭐 바르는 거야?"

스킨을 손바닥에 조금 덜어 볼에 탁탁 두드려 바르며 운비가 묻자, 운
경은 눈을 샐쭉 흘기면서도 로션을 찾아 건네준다.

"원찬이 온대?"

"응. 잠깐 나갔다 올 테니까 엄마한테는 말하지 마."

"며칠 동안 뜸하더니 또 시작된 거야? 좋을 때다!"

운경의 질투가 섞인 이죽거림을 뒤로한 채 몰래 방에서 나갔다. 모두
자러 들어갔는지 거실은 불이 꺼진 상태라 발소리를 죽여 집을 빠져나갈
수 있었다. 그리고 집 앞에서 이제나저제나 기다리고 있자니, 그 먼 거리
를 한달음에 달려온 원찬이 골목 어귀에 모습을 드러냈다. 급한 발걸음
이라는 걸 어둠 속에서도 알 수 있어 속절없이 가슴이 뛰었다.

성큼성큼 큰 걸음으로 다가온 원찬이 덥석 끌어안기부터 한다. 두 사
람은 한동안 그렇게 아무 말 없이 꼭 껴안고만 있었다.

운비는 숨을 쉴 수가 없다. 원찬을 향한 마음이 주체 못할 정도로 부피
를 더해가고 있었기 때문이다. 눈시울이 뜨끈해진다. 녀석의 품이 이리도

큰 것이었던가. 이리도 넓고 따스한 것이었던가.

문득 운비를 품에서 떼어낸 원찬이 그녀의 손을 이끌어 왔던 길을 되돌아가기 시작했다. 운비는 그가 어디로 가는지 묻지 않고 아무 말 없이 따라갔다. 그 길로 택시를 잡아타고 간 곳이 인천 바다. 이리 먼 데까지 올 줄은 몰랐지만 마음이 통했던 것일까. 어쩐지 바다가 보고 싶더라니.

시원한 바람이 답답하던 마음을 싹 가시게 해주었다. 밤바다의 묘미가 있어 운비는 비로소 원찬을 보며 환하게 웃음 지었다.

운비의 손을 잡고 바닷가로 뛰어가며 원찬이 크게 고함을 질렀다.

"도깨비! 널 사랑해! 사랑한다! 야호~!"

두 사람은 어린아이들처럼 아무도 없는 사장(沙場)을 누비고 다녔다. 바지를 둥둥 걷어붙이고 신발을 벗어 손에 든 채 바닷물에 첨벙첨벙 발을 담갔다. 바닷물이 튀어 옷을 버려도 개의치 않았다. 희수를 잊느라 전국을 떠돌면서 어쩌면 이런 밤바다에 다녀갔음직도 했으리라. 그때는 마음을 비우느라 바다를 찾았겠지만, 지금은 한 사람의 마음을 고스란히 담느라 와 있다는 게 다를 뿐.

운비는 가슴이 벅차서 눈을 감고 두 팔을 활짝 벌린 채 바다를 향해 섰다.

바다야, 들리니? 내 마음이 들리니? 내 사랑이 들리니?

바다에게 속살거리며 바다 내음을 흠씬 들이마셨다. 가슴이 뜨겁다. 이런 사랑을 알기까지 방황했던 나날들이 주마등처럼 스쳐간다. 이젠 아프지 않으리라. 또다시 헤매지도 않으리라. 원찬아, 사랑해.

그 소리를 들었는지 원찬이 운비의 몸을 포옥 감싸 안아주었다. 운비는 활짝 벌렸던 팔로 원찬의 목을 둘렀다. 그리고 누가 먼저랄 것도 없이 서로의 입술에 키스했다. 찰박찰박, 잔잔한 파도가 밀려와 발을 간질여대도 두 사람은 오래도록 서로를 놓지 않고 키스에 몰입했다. 이대로 한밤을 다 지새워도 아랑곳없다는 듯.

이곳이 인근 바닷가에서 가장 좋다는 호텔이란다. 여관이 아닌 호텔을 택한 것은 원찬의 운비를 위한 특별한 배려다. 정식으로 결정한 첫날밤을 허름하고 낯선 여관방에서 보낼 수 없다고 생각했던 것이다. 애초 예상보다 계획이 앞당겨지긴 했으나, 오늘을 그냥 보내기에는 무엇보다 마음이 허락지 않았다. 그건 늘 욕정으로 젖어있던 육체적 불만족과는 다른 의미였다.

운비의 손을 끌어 해당 객실로 향하며 원찬은 마음이 설렜다. 다른 날과는 달리 운비도 적잖이 긴장한 얼굴이다.

안으로 들어가 문을 잠그고 운비를 내실로 이끌었다. 호텔은 100% 만족할 만큼은 아니어서 훗날 신혼여행은 꼭 200% 만족할 만한 호텔을 선별해야겠다고 마음먹었다.

"같이 샤워하자."

원찬이 아무렇지도 않게 말했기에 운비는 짐짓 당황했다.

"흠흠! 그래, 그러자."

그새 바다 짠 내가 머리카락과 피부에 들러붙어 찝찝했다. 옷을 벗어 소파 한쪽에 걸쳐 놓고 원찬이 먼저 수건을 챙겼다. 운비도 멋쩍게 머리를 긁적이며 서 있다가 옷을 벗었다. 흘낏 곁눈질을 하니 맨몸으로 원찬이 거실을 활보하는 게 보였다. 녀석의 거뭇한 중심부가 눈에 들어오자 온몸의 신경들이 바싹 곤두서는 게 느껴진다.

속으로 숨을 고르며 옷을 벗었다.

"잠깐만."

욕실로 들어서자 원찬은 욕탕 안에 물 온도를 조절하여 물을 받기 시작했다. 어느 정도 물이 찼을 때 욕탕 안으로 먼저 들어가 앉더니 들어오라는 손짓을 한다. 네모 반듯한 간이 목욕탕처럼 생긴 욕조 안으로 운비가 뒤따라 들어갔다. 콸콸 쏟아지는 물은 금세 욕조의 반을 채웠고, 그 물로 몇 번 세수를 하고 난 원찬이 운비의 손을 끌어 제 허벅지 위에 앉힌 후 등과 어깨에 물을 끼얹어 적셔 주었다.

"뜨거워?"

운비는 고개를 저었다.

"아니, 좋은데."

원찬이 머리를 뒤로 젖혀 욕조 턱에 편히 기댄다. 그의 무르팍에 앉아 있는 것이 어쩐지 쑥스러워 운비는 머쓱하게 웃고 말았다. 약간 몽환적인 눈으로 원찬이 바라보는 것도 왠지 낯 뜨거웠다. 그도 그럴 것이 원찬의 그것이 아까부터 까닥까닥 위험스런 부위를 건드리고 있었던 것이다. 이왕 이렇게 된 바에 일부러 모른 척하고 있기도 우습겠지만, 원찬이 느긋한 탓에 자꾸만 긴장을 더하는 쪽은 운비였다.

나이는 어려도 이제껏 은근히 주도권을 잡아 온 원찬이 아니던가. 그런데 그게 싫지가 않다. 외려 예뻐 보인다. 듬직해 보인다.

허리를 펴고 자세를 잡은 원찬이 매끈하게 굴곡진 운비의 허리를 잡아 덥싹 들어올리더니 대충 위치를 가늠하여 자신을 밀어 넣었다.

"아앗……!"

운비의 머리가 뒤로 홱 젖혀지자 치켜든 턱 끝이 무척이나 매혹적으로 다가왔다. 원찬은 혀끝으로 학처럼 쭉 뻗은 운비의 목덜미를 입술로 싹 쓸어 올렸다. 그녀 안에 가득 찬 자신이 만족스럽게 경련을 일으킨다. 이 기분, 정말 미치겠다. 그녀의 목덜미에 묻은 물기를 혀로 핥으며 원찬은 정신이 몽롱해짐을 느꼈다. 가슴이 쿵쿵 연자방아를 찧고 있다. 그 소리가 점점 크게 울리자 허리 부위의 척추 뼈가 흥분으로 시큰거린다. 그녀의 속에 들어가 있으면서도 녀석은 더 세게 파고들고 싶다고 아우성이다. 조금만 기다려. 천천히.

시간은 많지만 급한 마음을 먹고 싶지는 않다. 그게 사랑하는 여자의 몸을 구석구석, 오래도록 취하고픈 남자의 욕심이다.

다시 한 번 운비의 허리를 들었다가 힘껏 내리눌렀다.

"아아아……!"

운비의 입에서 좀 전보다 더 큰 탄성이 내질러진다. 이번에는 크게 들썩이는 가슴을 한 손으로 잡고 입을 가져갔다. 올록볼록 튀어 오른 젖꼭

지가 붉게 달아올라 있다. 혀로 살짝 돌려 축여주자 가슴에 미세한 경련
이 인다. 덩달아 아래가 꽉 조이는 느낌이 들어 원찬은 자기도 모르게 운
비의 가슴을 덥석 입에 물었다. 그러자 운비의 허리가 뒤로 반은 젖혀지
며 유연하게 휘었다. 군살 하나 없이 탄탄한 그녀의 몸은 매력적이다. 그
녀의 전신을 삼키고 싶은 욕정이 가슴에 물밀듯 밀어닥친다. 원찬은 좀
더 세게 그녀의 허리를 움직였다. 물살이 철벙 철벙 소리를 내며 규칙적
으로 흔들린다.

　"어때? 아프지 않지?"

　원찬의 속삭임에 운비는 아뜩하게 잠겼던 정신을 되돌렸다. 원찬의 것
이 가득 밀고 들어올 때마다 몸이 자기 것이 아닌 양 기묘하다. 물속이라
그런지 이전과는 느낌이 확연히 다르다. 더 섬세하면서도 자극적이다. 원
찬의 말대로 아프지 않다. 오히려 편안하다. 원찬이 물속으로 이끈 이유
를 알 것 같았다. 물의 온도와 뜨겁게 달궈진 원찬 때문이라도 얼굴이 붉
게 달아오른 운비는 약간 늘어진 소리로 대답했다.

　"응, 괜찮아. 하나도 안 아파."

　원찬이 입술을 부딪쳐 깊게 키스한다. 두 사람의 주위로 하얀 김이 피
워 오르고 욕탕은 금세 뿌옇게 휩싸인다. 키스를 하면서도 몇 번이고 물
살이 크게 일며 두 사람의 몸이 함께 들썩였다. 원찬은 연방 물을 뿌려
운비의 등이 식지 않도록 해주었으며 또르르 굴러 떨어지는 물방울을 혀
로 장난스레 훔쳐내기도 했다. 그리고 더는 못 견딜 정도가 되어서야 욕
탕에서 나와 큰 수건으로 운비의 몸을 감싼 뒤 욕실 앞에서 번쩍 안아 들
고 침대로 향했다.

　운비를 침대에 내려놓고 감싸고 있던 수건을 살짝 펼치자 그 안에 붉
게 익어 있는 여체가 원찬의 눈을 어지럽혔다. 물기로 흠뻑 젖은 그녀의
몸을 어디서부터 어떻게 손을 대야 할지 새삼 막막해진다. 그녀의 발아
래 무릎을 꿇듯 앉아 왼쪽 다리를 들어올렸다. 그리고 엄지발가락을 입
에 넣고 쪽 빨아들였다.

다리를 들어올렸을 때 호기심 어린 눈으로 바라보고 있던 운비의 눈동자가 놀란 듯 조금 커졌다. 원찬은 싱긋 웃으며 타고 오르듯 운비의 다리에 정중히 키스했다. 물에 담겼다 금방 나와서인지 알이 단단히 박혔던 종아리가 물컹한 느낌이다. 그런 느낌이 싫지 않다. 운비가 처음과는 달리 긴장감이 많이 풀어졌음을 확실히 알 수 있었다. 돌려 말하면 모든 걸 내맡기고 있다는 뜻이다.

운비의 긴 다리를 타고 올라간 원찬의 입술은 허리선과 가슴과 목덜미와 입술과 그리고 이마에까지 올라가서야 멈췄다. 운비의 몸에 자신의 몸을 포개고 따스한 체온을 느껴보았다. 영민해 보이는 두 개의 눈동자가 끊임없이 시선을 부딪치고 있다. 사랑스런 도깨비.

운비의 다리를 벌리고 가만히 자신을 밀어 넣었다. 운비가 품 안에서 열망에 들떠 꿈틀거리며 작게 입술을 깨물고 속눈썹이 파르르 떨리는 모습은 이루 말할 수 없이 아름답다. 여신처럼 도도한 속눈썹에 경의의 입맞춤을 하고 허리를 크게 움직여 더 깊이 그녀 속으로 파고들었다.

"하앗……!"

머리꼭지가 바싹 당긴다. 꽉 조이는 느낌, 한껏 끌어당기는 이 느낌.

입안에 가득 침이 고인다. 운비에게 급히 키스해 침을 나눠주었다. 운비가 허리를 감싸 안기에 원찬은 격해지는 녀석을 달래느라 몰아치듯 허리를 움직이기 시작했다. 점점 젖어드는 그녀의 동굴은 참으로 신비하다. 할 수만 있다면 밤새 이렇게 그녀를 탐해도 좋으련만.

출렁이는 운비의 머리칼과 살짝 벌어져 연방 격정의 신음을 내뱉는 입술과 자신의 몸과 더불어 하나가 되어 움직이는 그녀의 몸이 좋아서 미칠 것 같다. 원찬은 본능적으로 허리를 움직이고 있다가, 거칠고 격하게 운비를 꿰뚫는 녀석이 문득 보고 싶어 상체를 일으켜 앉았다. 그리고 운비의 다리를 위로 향하게 붙잡고 다시 한 번 천천히 허리를 움직여 삽입을 시도했다. 요란한 마찰과 환희로 붉게 물든 녀석이 보인다. 더는 부풀 수 없을 만치 거대하게 커져 있다. 기분이 최상이다. 그래서인지 언제 쌍코피가 나고 아팠나 싶게 컨디션도 최상이다.

사랑한다, 도깨비.

자신에게 남자임을 각인시켜 주는 운비가 사랑스러워 원찬은 격렬하게 허리를 움직여 운비의 안에 자신을 몰아붙였다. 운비는 못 견디겠다는 듯 침대 시트를 비틀어 쥐고 격성에 몸부림쳤다. 운비의 신음이 높아짐에 따라 원찬의 신음도 덩달아 크게 내질러졌다. 아아, 정말 좋아.

두 눈을 질끈 감고 파고들 때마다 묘한 쾌감을 주는 운비를 마음껏 느꼈다. 원찬은 오늘 그동안 상상해 왔던 체위를 마음껏 누려볼 참이다.

이건 어떨까? 문득 운비를 엎드려놓고 느껴보고 싶어졌다. 그래서 운비의 다리를 놓아주고 대신 몸을 돌려 엎드리게 했다. 운비가 엉거주춤 자세를 잡는다. 동그란 엉덩이가 다가오자 어서 들어가고 싶다고 녀석이 파닥파닥 안달을 해댄다. 원찬도 마음이 급해져 그녀의 허리를 조금 당겨 가까이 몸을 붙이고 안으로 들어갔다.

"아앗!"

그건 동시에 터진 감탄사다.

이런!

조이는 힘에 하마터면 정액을 내뿜을 뻔했다. 잠깐 멈췄다가 원찬은 정신이 다시금 맑아지자 천천히 허리를 움직여보았다.

"아아앗……, 미치겠어!"

운비가 소리친다.

나는 더 미치겠다! 원찬이 그렇게 외치듯 허리를 격렬히 흔들기 시작했다.

아아악, 진짜 최고야!

자신은 정작 몰랐지만 비명 비스름한 소리가 무의식중에 흘러나온 것도 무리는 아니었으리라.

도깨비, 넌 이제 내 거야. 내 거야. 내 거, 내 거!

전신의 피가 녀석에게로 몰리는 느낌이 드는 찰라, 원찬이 얼른 운비에게서 녀석을 빼냈다. 동시에 투명한 정액의 입자들이 운비의 엉덩이로 흩뿌려졌다. 원찬의 가슴이 크게 부풀었다가 가라앉기를 반복했다. 어느새 온몸은 닦지 않은 물기와 뒤섞여 땀에 흠뻑 젖어 있었다. 푹 쓰러지듯 침대에 엎어지는 운비를 보는데 그렇게 사랑스러울 수가 없다.

원찬이 환희에 젖어 운비의 등에 몇 번이고 꾹꾹 입맞춤을 해주었다. 운비의 등도 땀으로 촉촉하다. 그녀의 살갗에서 느껴지는 향이 마음을 편안히 해준다.

이대로 잠들고 싶어.

원찬은 운비의 등 위에 제 몸을 포갠 채 나른하게 입속으로 웅얼거렸다. 열이 훅훅 느껴지는 그녀의 뺨에 짙은 입맞춤을 해주며 속삭였다.

"괜찮아?"

운비는 아직도 여운이 가시지 않은 게다. 표정이 아직도 살아 있으니. 후후, 예쁜 것.

몸을 훌쩍 일으켜 머릿장에 놓인 화장지를 몇 장 톡톡 빼내어 운비의 엉덩이에 묻은 자신의 분신들을 꼼꼼히 닦아냈다. 그제야 운비는 몸을 돌려 똑바로 눕는다. 원찬이 애쓴 녀석을 정성껏 닦아낸 후 운비의 곁에 나란히 누워 팔베개를 해주었다. 그렇게 힘을 썼는데도 몸은 되레 가뿐하다. 몸 안의 불순물들이 죄다 정액으로 빠져 나가버린 듯. 이제야 살 것 같다. 후우.

점차 편하게 가라앉는 서로의 숨소리를 들으며 두 사람은 나른한 기분을 오래도록 음미했다.

이 녀석, 오늘 쌍코피 터진 인간 맞아?

두 번을 연달아 달려들더니 간신히 잠이 들었다가 몇 시간도 안 되어 또 몸을 타고 올라온다. 운비는 아무래도 무리하지 싶어 속으로 걱정이 일었다. 하지만 원찬이 따뜻하게 가슴을 애무하자 다른 말들은 모두 입속으로 삼켜지고 아래가 촉촉이 젖어들기 시작한다.

이러다가는 둘 다 뻗어서 일어나지도 못하겠군.

원찬의 곱슬곱슬한 머리카락을 매만져 주며 결국은 타이르듯 말했다.

"원찬, 괜찮아?"

"뭐가?"

"너 오늘 쌍코피……."

움찔.

하지만 원찬은 그 말에 반격이라도 하듯 입놀림이 조금 거칠어졌다. 젖꼭지를 세게 깨무는 바람에 운비는 자기도 모르게 비명을 내질렀다.

"아얏, 아프잖아!"

그러자 원찬은 그 말을 무시하듯 한 번에 몸을 푹 찌르고 들어온다.

"흐읏!"

순간 아팠던 것은 오간 데 없이 녀석을 환영하느라 춤을 추는 아래가 느껴진다. 원찬의 커다란 몸이 짓누르며 들어올 때마다 정신을 차릴 수가 없다. 정확히 무슨 느낌이라고는 말 못하겠다. 운비는 막연히 원찬의 몸이 좋다. 섬세한가 싶다가도 무섭게 파고들며 광분한 사람처럼 몸을 몰아치는 원찬이 그냥 좋을 따름이다. 짜릿하게 퍼져가는 쾌감도, 원찬의 속으로 모조리 빨려 들어갈 것 같은 이 느낌도 모두 좋다.

원찬의 몸짓에 따라 숨이 헐떡여지는 게 믿을 수 없다. 더더욱 파고들어 달라고 아우성을 치는 신경을 믿을 수 없다. 원찬에게 어느새 길들어 버린 여자의 마음이란 게 좀처럼 믿을 수 없다. 어쩌면 오늘 이후로 녀석을 조르게 되는지도 모르지. 유혹을 하거나 예뻐 보이려 노력을 하거나. 상상만으로 재미있는 일이다. 도깨비가 남자에게 예뻐 보이려 노력을 하다니.

게다가 녀석 참, 체력이 짱이다. 쌍코피 터지고 빌빌거리던 녀석이 맞는지 의심스러울 정도로. 설마 아침에 녀석을 들춰 메고 이 호텔방을 나가야 하는 불상사가 일어나는 건 아니겠지? 킥킥.

아, 원찬은 그렇게 또다시 온몸을 불살라 사랑을 한 후 죽은 듯이 곯아

떨어졌다가 아침에 눈을 뜨자마자 기력이 쇠진한 기미는 조금도 보이지 않고 네 번째로 덤벼들어 자신의 욕구를 충족시켰다. 외려 원찬의 주체 못할 정력에 기함을 한 건 운비었다. 섹스란 게 원래 이런 건가, 의심이 갈만했다.

원찬이 몸을 가뿐히 일으키더니 커튼을 활짝 열어젖히고 크게 기지개를 켜는데, 운비는 문득 앞으로가 걱정스러웠다. 오죽했으면 녀석의 정력에 상응하는 체력을 유지하려면 운동의 강도를 배가시키는 방법밖에는 없겠다, 그런 작정까지 했으랴.

그뿐 아니었다. 같이 욕탕으로 들어가 샤워를 하다가는, 또 불같이 동하여 벽에 세워놓은 채로 했다는 거 아니겠는가. 물줄기 아래서 원찬에게 몸을 맡기고 섰는데, 이러다 중독될 성싶었다. 어떻게 된 게 꼬박꼬박 녀석이 덤벼들 때마다 싫지가 않으니 더 기가 막힐 노릇이다.

"깨비야, 나 죽을 것 같아."

원찬이 별안간 앓는 소리를 한다. 아직도 저렇게 펄펄 살아서 방망이질을 쳐대고 있으면서 난데없이 죽을 것 같다니.

가쁜 호흡을 연신 헐떡이며 운비가 물었다.

"왜?"

"이제 네 생각 끊임없이 날 텐데 어떡하지?"

"참아야지 뭘 어떡해? 그때마다 나한테 달려올래?"

"달려가면 받아줄 거야? 헉헉, 아, 생각만 해도 미치겠다."

이렇게 하고 있으면서도 생각만 해도 미치겠다니. 그런데 우습게도 운비 역시 원찬과 똑같은 마음이었다. 생각만 해도 미칠 것 같다, 이렇게 격정적인 시간이 오늘로 끝일 거라는 생각이. 그러자 당장 이 호텔을 나가야 한다는 것조차 싫어진다. 차라리 며칠 더 있고픈 마음마저 드니 어쩐다?

원찬의 호흡이 가빠지며 파고드는 속도가 점점 빨라지고 있다. 한참 동안 허리를 무차별 튕겨 올리던 원찬이 운비의 어깨를 눌러앉게 했다. 운비는 무릎을 꿇듯 앉아 원찬이 시키는 대로 그것을 가득 입에 머금었다. 붉고 커다랗게 불거진 그것이 거리낌 없이 입안을 파고들기 시작하더니, 이내 씁쓰름한 맛이 입 안에 퍼진다. 몇 번의 정사 후라 그다지 양이 많진 않았지만 처음 맛보는 느낌이 무척 생경했다.

정액 맛이 이렇구나.

원찬이 욕조에 몸을 담그고 잠시 쉬는 동안 운비는 혼자 샤워를 하고 머리를 말리고 옷을 갈아입느라 분주했다. 체크아웃 시간이 불과 삼십 분 남짓 남아 있었다. 거울 앞에 앉아 자신을 바라보는데 어쩐지 다른 사람인 양 낯설다. 몸이 이전과는 다른 느낌이랄까.

이제는 '최원찬의 몸'이 된 것인가? 슬쩍 입가로 미소가 아로새겨졌다. 누가 누구의 것이 된다는 것. 그 기분, 참 벅차다.

***

"응, 희수야."

희수에게서 전화가 온 것은 그로부터 며칠 뒤였다.

[나 며칠 있다가 일본으로 돌아가.]

"어, 그래? 벌써 시간이 그렇게 되었구나."

머릿속으로 많은 생각이 스쳐 지나갔다. 희수를 향했던 그 질풍 같은 사랑. 도깨비라는 별명을 얻기까지 있었던 숱한 사건 사고들. 도서관에서 학생들 가방을 슬쩍 하는 상습 도둑을 삼일 잠복 끝에 잡은 적도 있었고, 여학생에게 폭력을 휘두르는 남학생을 그 자리에서 팔을 부러뜨려 경찰서에 가야 했던 적도 있었고, 일전 원찬과 노래방에 갔다가 깍두기들과 승강이를 벌였던 것처럼 친구들과 놀러 간 나이트클럽에서 진짜 조폭들과 한판 붙었던 적도 있었다. 그 외에도 수많은 일이 있었으나, 희수를 끔찍하게 아끼고 사랑했던 순간들이 이제는 덤덤해졌다는 사실이 운비는 무엇보다 기뻤다.

희수는 이제 사람들 앞에 당당히 자신을 나타낼 수 있을 것이다. 아니,

그래야만 한다. 그래서 희수가 어디에 있건 자신의 성 정체성에 대해 떳떳할 수 있기를 바란다. 이제는 다른 누구도 아닌 운비 스스로 희수를 한 여자로 인정하니까.

전화를 끊은 희수는 병실 침대 위에서 잠자코 지켜보는 진건을 향해 빙긋 웃어 보였다. 서운한 낯빛인 희수를 물끄러미 바라보다 진건이 말을 걸었다.

"운비가 뭐라 그래?"

희수는 일부러 담담한 척 어깨를 으쓱했다.

"가기 전에 한 번 보자구요."

"이젠 마음 정리 완전히 한 것 같아 보여?"

"네. 그런 것 같아요. 참 다행이죠?"

"그러게. 후후."

"운비 말이…… 선배에게 좋아하는 여자가 있다던데 사실인가요?"

진건은 감출 생각이 없는 듯 선뜻 대답했다.

"있었지, 예전에."

"예전에?"

"운비 그 녀석처럼 굉장히 씩씩하던 여자였어. 지금은…… 여기 없지만."

눈이 조금 커지며 희수는 인상을 찌푸렸다. 여기 없다는 말의 의미가 정확하지 않았기 때문이다.

"왜요?"

"결혼해서 독일로 갔어."

"아!"

진건이 무슨 생각인지 훗 웃었다.

"사실 운비 녀석을 보면 그 여자가 많이 생각나더구나. 그래서 자꾸 장난을 걸고 싶었는지."

희수는 눈가로 웃음기가 묻어나는 진건을 보며 의아한 듯 물었다.

"장난이요?"

어깨를 으쓱한 진건이 대답했다.

"녀석한테 내가 좋아한다고 했거든."

"맙소사. 설마 진심은 아니신 거겠죠?"

그렇다면 운비를 좋아하는 사람에게 오히려 다른 남자와 잘되게 해달라고 부탁한 꼴이 되지 않는가. 희수는 제발 그런 일만은 없기를 바랐다.

"하하하! 진짜 이성으로 좋아하는 거면 네 부탁을 들어줬겠냐?"

"아, 그렇군요. 다행이네요."

등줄기로 흐르는 진땀을 의식하며 희수는 속으로 휴우 안도의 숨을 내쉬었다.

"근데 왜 그러셨어요? 선배님까지 좋아한다고 하면 더 혼란스러웠을 텐데요."

희수가 엉뚱하다는 듯 묻자 진건이 클클 웃으며 대답했다.

"원래 사랑이라는 게 훼방꾼이 있어야 더 불타오르는 법이거든. 가장 큰 사랑의 훼방꾼이야 남의 사랑에 끼어드는 제 삼자가 제격이지."

일리가 있어 희수는 고개를 까닥였다. 그보다 확실한 희생타는 없었을 것 같다는 생각이 들었다.

"선배님."

"응?"

"고마워요. 제 부탁 들어주셔서."

"허허, 글쎄다. 막상 두 녀석이 잘되었다고 생각하니까 슬슬 배가 아파오는 게 자꾸 딴죽이 걸고 싶어져서 말이야."

이전 병원에서의 일이 생각나 진건은 킬킬 웃었다.

"적당히 해 두세요. 두 사람 한창 좋을 때잖아요."

그러면서 한편 자신에게도 그런 좋은 날이 있을까, 희수는 답답한 심경이 되었다.

"일본 가기 전에 또 들를게요."

"그래."

"나중에 일본 한 번 오세요. 오시면 꼭 연락하구요."

"그러자."

희수의 눈에 얼핏 물기가 어렸다. 진건이 일본에 와 연락을 하리라는 보장은 없었으니까. 이번에 들어가면 또 언제 올지 알 수 없었고, 무엇보다 진건 앞에 더는 나타날 용기가 없었다. 자꾸 진건을 만나게 되면 끝내 좋아한다고 말하게 될 테고, 그것은 곧 그에게 혼란을 주는 것이니. 한 번쯤은 그의 기억 속에 온전한 여자가 되고 싶은 아이가 있었다는 정도 면 충분하다.

희수는 흘러나오는 눈물을 감추려 재빨리 몸을 돌려 병실을 나갔다.

"어! 선배, 퇴원했네?"

여느 때처럼 오후에 동아리 방에 들렀다가 운비는 책상 앞에 앉아 있 는 진건을 발견하고 반갑게 소리쳤다.

"쯧쯧. 방이 이게 뭐냐? 창고도 아니고. 먼지 봐라, 이거. 나 없으니까 더 잘한다더니 순 뻥이었구나? 정신 해이해진 거 보니까 오늘부터 훈련 강도를 높여야겠다."

"뭐야? 오자마자 노인네처럼 잔소리만 해대구. 이제 괜찮은 거예요?"

진건이 두 손바닥을 쫙 펴서 운비 앞으로 내밀어 보였다.

"자, 말짱하지?"

손은 흉터 하나 없이 깨끗했다.

"진짜네? 다리는요?"

"다리야 손만큼 심하지는 않았으니까. 근데 말이다. 너 꼭 말하는 뉘앙 스가 너무 일찍 퇴원해서 섭섭하다는 것처럼 들린다?"

운비가 살짝 눈초리를 꼬았다.

"에그, 노친네 진짜. 우리 그러지 말고 퇴원 기념으로 파티하죠?"

"허. 내가 네 속셈을 모를 줄 알고? 그 핑계로 술 마시려는 거 아니냐? 이제 금주령 끝난 거냐?"

일전에 병실에서 원찬과 어설픈 삼각관계를 연출했을 때가 떠올라 일부러 쾌활하게 떠들었던 것인데, 금주령 얘기가 나오자 어쩔 수 없이 분위기가 썰렁해지고 말았다.

"하하. 그, 그거야 뭐. 쩝."

"운비야."

짐짓 진건이 목소리를 낮게 깔기에 운비도 멋쩍게 대답했다.

"넵?"

"실은, 희수가 내게 부탁을 했었어."

이 말을 그때 병실에서 하려고 했었는데, 갑자기 원찬이 들이닥치는 바람에 기회를 놓쳤던 것이었다. 끌어안고 진지 모드 연출하다가 나름 반전을 꾀했던 것인데, 난데없는 원찬의 등장으로 진짜 오해 아닌 오해를 사버렸지 뭔가. 원찬이 파르르 하던 모습을 보니 우습기도 하고, 진짜 연적 상대로 오인한 것이 재밌기도 해서 여태 아무 말을 않고 있었지만 이젠 그만 사실을 말해주어도 될 것 같았다.

"무슨 부탁이요?"

"원찬이와 네가 잘되게 해 달라고."

"어어, 희수가 선배에게 그런 부탁을 했다구요?"

"그래."

"설마 선배, 원찬이랑 나랑 안 어울린다고 했던 거 일부러 나 자극받으라고 그랬던 거였어요?"

"처음엔 진짜 안 어울렸어, 인마. 갈수록 어울리게 된 거지."

"참 내. 뭐야, 그럼? 이제껏 날 손바닥 위에 올려놓고 갖고 놀았단 말야?"

주먹을 불끈 쥐며 금세 전투태세가 되어버리는 운비를 보고 진건은 짓궂게 낄낄 웃었다.

"그러게 내가 뭐랬냐? 너 같은 녀석 다룰 사람은 세상에 나뿐이라고 했지? 어쨌든 나 때문에 원찬이와 잘된 거 아니냐."

"쳇! 됐네, 됐어. 선배만 아니었음 내가 진작 결투 신청했을 거다!"

“하하하하! 하여튼 자식이 애정 표현을 살벌하게 한단 말씀이야. 청소
나 해, 인마.”
“으휴 씨! 학교 돌아오면 원찬이랑 견원지간 될까봐 얼마나 좋았는지
알아요? 뭐야, 낮도깨비같이!”
운비의 구시렁대는 소리를 들으며 진건은 유쾌하게 웃었다.

터 미 네 이 터

최원찬, 그 녀석은 필경 터미네이터였다!

호텔에서 첫날밤을 보낸 이후로 녀석은 담력 큰 나조차도 졸아붙을 만큼 노골적인 애정을 서슴지 않았다.

뇌 구조가 제대로 된 여자들이라면 원찬을 보는 순간 단번에 필이 꽂혀 버리는 경우가 허다하다. 이제 와서 그걸 꼭 문제 삼고자 하는 건 아니다. 나 역시 그랬으니까. 아량이 넓은 관계로 어느 정도는, 그런 삼박한 남자를 애인으로 챙겼다는 자부심과 함께 어느 여자가 들이대도 힘(?)으로 막아낼 자신이 있었다.

그런데 요즘 들어 원찬을 찾는 여자들이 부쩍 많아졌다. 녀석 앞으로 오는 편지나 선물도 종종 눈에 띄었다. 용택과 기철도 문제의 심각성을 놓치지 않고 일전 혜리 때처럼 얼마 전에는 충고 내지는 경고를 날렸던 터라 슬슬 불안감이 일기 시작했다. 이제 겨우 대학 2학년, 스물한 살의 섹시한 미소년을 지키기에는 이 사회가 결코 만만치 않다는 걸 비로소 직시했달까. 괜한 자신감으로 자칫 빼앗기는 거 아냐, 그런 노파심이 나를 자꾸만 미궁으로 빠뜨렸다.

원찬은 오늘도 단대 휴게실에 앉아 과 친구들과 노닥거리고 있었다. 저리도 해맑은 얼굴로 영락없이 스물한 살 청년의 본업에 충실한 녀석. 누가 알겠는가. 그런 녀석이 틈만 나면 내 몸을 못 가져 안달을 해대며 날이 갈수록 농도와 강도가 상상 수위를 초월해가고 있다는 걸.

생각하니 아랫배가 또 뜨끈해져 온다. 어제도 원찬은 학교 근처 여관으로 끌고 가 무려 세 번을 탐하고 난 후에야 떨어져 나갔다. 그런데도 저리 팔팔한 몰골이라니, 내가 터미네이터라고 녀석의 별명을 지어준 게 결코 무리가 아님을 알 것이다.

언제 어느 때에 녀석이 덤벼들지 몰라 꼬박꼬박 약은 챙겨 먹고 있다지만 임신에 대한 우려는 물론이요, 다른 여자들에게 무방비 상태로 녀석을 내버려두기가 껄끄럽기 짝이 없었다. 다행히 도깨비를 모르는 교내 학생들은 아무도 없어서 이미 빠른 소식을 접한 이들은 원찬이 도깨비 애인이라는 사실에 처음부터 포기를 하기에 이른다지만, 간혹 목숨 부지에 별 관심이 없는지 무리수를 두는 인간도 있으니 문제다. 특히 혜리.

계집애, 참. 조막만 한 게 꽤 눈에 거슬린다. 최원찬이 도깨비에게 찍혀 애인이 되었다는 건 단대 학생들이라면 모르는 이가 아무도 없는데, 혜리는 그렇게 협박을 해대도 죽자고 원찬의 곁에 붙어 있다. 일전 미팅 사건 때에도 원찬과 나 사이를 이간질하고자 온갖 잔꾀를 부려대더니, 참 지치지도 않는다.

조 계집애를 어떻게 떼어내지?

"저기요."

수업을 파하고 동아리로 가는 길. 귀에 익은 목소리에 걸음을 멈추고 돌아보았다. 상대를 보는 순간 내 눈썹이 불쾌감으로 쓱 비틀려 올라갔다. 혜리 계집애다.

미니스커트에 목숨을 걸었는지 학교에 올 때마다 색색 가지에 모양도 제각각이다. 저 다리로 원찬이를 꼬시지 못했다는 게 천추의 한이 되었을 테지. 아니면 아직도 희망은 없지 않다 뭐 그런, 개뼈다귀 같은 희망을 품고 있을지도.

속으로 은근히 웃음이 삐져나왔다. 안 그래도 벼르고 있던 참이었는데 너 오늘 잘 만났다, 그런 생각이 들었다고 하면 너무 치사하려나? 도깨비 사전에 '치사'란 없다는 게 신조이긴 하지만, 하나 추가할까 마음이 동하는 순간이다.

"왜?"

계집애가 신경질적인 눈초리로 바라보자 손가락이 근질거린다. 도깨비 사전에 여자는 절대 패지 않는다는 건 다행히도 없다. 왜냐하면, 고등학교 다닐 때 몇 번의 사례에 의해 그러하다. 싹수없는 것들은 누구든 내 손을 거쳐 가지 않은 이가 없을 정도였으니. 아울러 내가 인근 고등학교를 휘어잡던 짱이라는 건 그 동네 사람들이라면 다들 아는 사실이다. 개중 몇 번은 남자 학교 짱과 맞짱 떴던 전적도 있었다. 우리 학교 여학생들을 해코지했으니 내 손에 살아남길 바란 게 애당초 무리였다.

그때는 별명이 도깨비가 아닌 말총머리여서, 그 일대에 '말총머리'라면 모르는 이가 없을 정도다. 그렇게 화려한 세월을 보내었던 도깨비께서 이런 콩알만 한 계집애를 상대로 '치사'라는 단어를 떠올린다는 것 자체가 수모 아닌가? 아, 기분 상당히 언짢다.

"저기요, 언니."

언니?

이것이 왜 또 갑자기 꼬리를 내리는 거야? 불안해, 불안해.

"말해 봐. 나한테 무슨 볼일이야?"

계집애가 쥐어박기도 전에 울먹거리기부터 한다.

이럼 곤란하잖아. 수틀리면 주먹부터 나가는 수가 있단 말이다! 그런데 벌써 울면 난 어쩌라고? 이 손, 근질거리는 거 안 보이냐?

계집애가 실컷 가는 사람 붙잡아 세워 놓고는, 말을 못하고 금방이라도 울음을 터뜨릴 것처럼 입술을 오물거린다. 이러니 내가 꼭 저를 눈물 쏙 빠지게 야단치는 전경이 되고 만다.

뭐야? 아주 작정하고 무덤을 파네, 이 계집애가. 저번처럼 또 연기하는 거면 알아서 해!

"야, 따라와."

길거리에서 망신하기보다 그편이 훨씬 나을 것 같아 계집애를 끌고 가까운 공대의 빈 강의실을 찾아 들어갔다. 고개를 푹 숙인 계집애의 모습이 무언가 결심을 다진 듯 자못 비장하다.

"뭔데? 원찬이 때문이냐?"

아무래도 내가 먼저 운을 떼는 게 낫겠다 싶어 그렇게 물었다. 그러자 계집애가 고개를 반짝 들더니, 눈물을 글썽이며 간신히 목소리를 쥐어짜는 게 아닌가.

"저 원찬이 좋아해요, 언니."

그놈의 언니 소리나 좀 뺄 것이지. 그리고 원찬이 좋아한다는 건 누누이 말해주어서 아는 사실인데, 뭘 새삼스럽게.

순간 머리 뚜껑이 맨홀 뚜껑이 폭발하여 튕겨 나가듯 확 열려버렸다.

"그래서 어쩌라고?"

이를 갈듯 묻자 계집애가 곧 죽어도 할 말은 하고 죽어야겠다는 각오로 마저 입을 연다.

"원찬이, 언니가 그냥 포기하면 안 돼요?"

허! 차라리 나더러 죽으라, 그래. 그리고 내가 왜 그래야 하는데?

기도 안 차서 헛웃음만 웃고 있으려니, 끝내 눈물을 주르륵 흘리며 계집애가 애앵 사이렌을 튼다.

제기랄! 다른 때 같았음 주먹부터 나가고 봤을 테지만, 어쩐지 마음이 헤 풀어진다. 이런 어린애하고 이 무슨 추태람. 에혀.

의자에 주저앉은 채 사탕 빼앗긴 어린아이처럼 목 놓아 우는 혜리 계집애에게 한발 다가갔다. 그리고 손바닥으로 뒤통수를 확 내리치려다가 쥐어박듯 꾹꾹 쓰다듬어 주었다.

"어쩌냐? 원찬이랑 나, 쉽게 포기할 만한 사이 아닌데."

"우애앵~!"

아이고, 시끄러워.

"혜리 네가 원찬이 좋아하는 마음 알겠는데, 그게……."

아 씨, 난 왜 이렇게 말발이 안 되지? 성질나게.

입을 몇 번 쩝쩝 다신 후에 계속 말을 이었다.

"야, 그러지 말고 지난번에 그 장동건 괜찮더라. 동창이라면서 개랑 잘 해보지 그러냐? 말이 좀 많아서 그렇지, 그래도 꽤 괜찮아 보이던데."

"싫어요! 난 원찬이가 좋단 말야! 우앵~!"

계집애가 아예 책상에 얼굴을 묻고는 대성통곡을 한다.

와, 이러니까 내가 엄청난 중죄인이라도 된 기분이다.

"야, 울지 마. 울지 말라니까!"

그런데도 입에서 나오는 거라고는 겨우 달래는 소리다. 내 남자를 놓고 내가 왜 연적 상대도 되지 않는 계집애를 달래고 있어야 하는지 한마디로 어처구니가 없었지만, 도깨비 마음 약한 건 이럴 때도 반드시 나타나니 문제다. 어린놈 하나 제대로 꿰찼다가 여간 낭패스러운 게 아니다. 이건 그를 연모하는 숱한 여자들에게 대한 일말의 미안함이랄까, 내가 꼭 남자들에게나 해당할 만한 '공식 도적놈'이 된 듯한 기분이랄까?

아니면, 승자가 패자에게 주는 마지막 미덕이랄까.

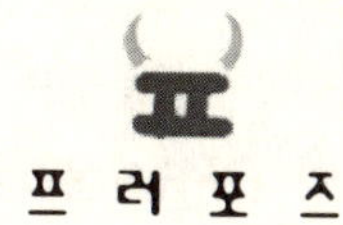

프러포즈

"오~ 필승 코리아! 오~ 필승 코리아!"

그해 6월, 대한민국은 월드컵 열기에 휩싸였다. 경기가 있을 때마다 거리는 사람들로 넘쳐났고 붉은 물결을 이루었다. 선수들의 동작 하나하나에 대한민국은 하나가 되어 울고 웃었으며, 히딩크 감독은 대한민국 최초로 월드컵 4강 신화를 일궈내며 국민적 영웅으로 급부상했다.

차력 동아리, 아니면 신방과 선후배 동기들과 어울려 운비와 원찬도 다른 이들처럼 축구 축제를 즐겼다. 붉은 악마 회원이기도 한 두 사람은 가는 곳마다 마치 월드컵 홍보 대사가 된 듯 복장부터 두드러져서 사람들의 이목을 한몸에 받았다. 그리하여 가수 미나가 월드컵 가수로 인기를 끄는 것 못지않게 운비와 원찬은 학내의 명물로 자리매김했다.

온 국민을 들끓게 하던 축구 열기가 좀체 사그라질 줄 모르던 가을, 대학의 꽃이라 할 수 있는 축제가 다가왔다. 캠퍼스는 곳곳마다 축제 마당으로 들썩였고, 온갖 이벤트와 행사, 그리고 축제 하면 빠질 수 없는 야시장이 벌어졌다.

낭만과 패기의 대학생들은 축제 기간에 젊음을 마음껏 불사르리라 작심한 듯이 한데 어울려 캠퍼스를 누볐다. 이날은 과 수석도 낙제생도 한마음 한뜻이 되는 것 같았다. 본교생뿐 아니라 특별히 초대되어 온 친구들이나 부모님들, 또는 미래의 꿈꾸는 대학을 견학하고자 축제를 즐기러 오는 고등학생들까지도 축제의 일원이 되었다.

축제 첫날 대운동장에서는 '커플링 게임'이 한창이었는데, 운비와 원찬은 여자 친구 안고 일어섰다 앉았다 누가 많이 하나, 게임에 참가했다. 게임은 모두 스무 팀 정도가 참가했고, 하나 둘 떨어져 나가고 마지막까지 살아남은 두 팀 중 하나가 운비와 원찬이었다. 현재 진행 상황, 사회자의 구령에 맞춰 예순 다섯 번째 앉았다가 일어서던 참이다. 쉰 번까지는 그런대로 견딜 만했으나 앞자리 숫자가 바뀌자 양 팀 다 약간 힘에 부치는 듯했다.

"예순 여섯!"

사회자의 구령에 맞춰 커플링에 눈이 어두운 원찬과 상대팀 남학생은 아랫배에 힘을 단단히 주고 제자리에 앉았다가 끙 소리를 내며 일어났다. 원찬의 얼굴에도 상대팀 남학생 얼굴에도 땀이 비 오듯 쏟아졌다. 운비와 상대팀 여학생은 쥐고 있던 손수건으로 연신 얼굴의 땀을 훔쳐 주며 최선을 다하는 남자친구를 사랑과 독려의 눈빛으로 안쓰럽게 바라보았다.

"원찬, 그만 할까? 아무래도 무리하는 것 같은데."

차라리 커플링을 사서 끼지, 하는 마음에 운비가 숨을 크게 내쉬는 원찬의 귀에 속닥거리자 원찬은 꼭 커플링을 타서 만인이 보는 앞에서 네 손가락에 끼워주마 하는 당찬 표정을 지었다. 수건을 던지려거든 진작 던졌어야지, 이제 고지가 눈앞에 보이는데 여기서 포기하라고? 그럴 수는 없지.

"야, 이러다 허리 나가는 거 아니냐?"

운비의 걱정스러운 말에 원찬은 후들거리기 시작하던 다리가 휘청 꺾일 뻔했다. 운비의 걱정이 다름 아니라 허리에 있었다는 사실에.

“예순 일곱!”

원찬이 운비를 안고 자리에 앉았다가 일어나며 속삭이는 수준으로 말했다.

“기다려. 오늘 밤 확인시켜 줄게.”

불 같은 밤의 전경이 눈앞에 펼쳐지자 운비는 괜히 얼굴이 달아오르는 것 같아서 머쓱하게 먼 곳을 응시했다. 아, 빌어먹을. 저 산돼지 같은 자식은 체력도 좋네. 그만 좀 나가떨어지려무나.

우리 애인 허리 다치면 가만두지 않겠다, 하는 얼굴로 운비는 끝까지 이를 악물고 버티는 상대팀 남학생을 째렸다.

그리고 시간은 흘러 흘러 십 회나 더 한 후에 무려 일흔 일곱 번째 앉았다가 일어서려는데 다리 힘이 빠진 원찬이 운비를 안은 채 휘청했다. 빙 둘러서 흥미롭게 지켜보던 관중이 우어, 하는 위험한 함성을 내지르자 잠시 정신을 추스른 원찬은 어금니를 꽉 깨물고는 젖 먹던 힘까지 그러모아 끄응, 신음을 토해내며 자리에서 일어났다. 이때 일제히 쏟아지는 박수 소리.

운비는 원찬이 자랑스러워지기 시작했다. 이 정도의 깡다구라면 무인도에 떨어져도 살아남겠구나, 하는 대견함이랄까. 이왕 이렇게 된 거 2등에 머무른다면 큰 의미가 없을 것 같았다. 이쯤 되면 커플링이 문제가 아니다. 사나이 오기와 존심이 달린 문제였다.

상대편 남학생도 원찬을 보고 뭐 저리 괴물 같은 놈이 다 있나 하는 얼굴로 처음 두 팀만 남았을 때와는 달리 사뭇 안색이 굳어져 있었다. 나름으로는 위기의식을 느꼈을 법하다.

“그야말로 접전이군요. 양 팀 선수 모두 대단합니다. 이러다가는 도저히 승부가 끝날 것 같지 않은데요. 이제까지 최고 기록이 102회였습니다. 올해 과연 최고 기록을 깰 수 있을까요?”

사회자의 흥분이 고조된 말에 운비는 이 짓을 102회나 한 놈은 도대체 어떻게 생긴 놈일까 궁금해졌다. 그리고 설마 원찬이 그 말에 자극을 받아 기록을 깨겠다고 나오지나 않을까 겁이 났다. 아니나 다를까, 102회라는 말에 원찬의 얼굴이 비장하게 굳어진다.

그러는 동안 어느새 횟수는 구십 대로 들어섰고, 그때부터는 양 팀 모두 정신력으로 버틴다 해도 무리는 아니었다. 안겨 있는 여학생들도 힘겹긴 마찬가지. 운비는 외려 자신이 원찬을 안고 앉았다 일어섰다를 하는 것보다 더 견디기가 어려웠다.

게다가 원찬의 얼굴뿐 아니라 땀에 젖은 셔츠가 등에 찰싹 달라붙어 맨살이 고스란히 엿보였는데, 그의 뒤편에 서서 구경하던 여학생들이 저희끼리 쫑알대는 소리가 매우 신경에 거슬렸다.

"아웅, 저 남자 너무 멋지지 않니? 저 여자가 그 신방과 도깨비라면서? 남자가 좀 아까운걸."

"그러게. 나 같으면 그깟 커플링 안 받고 애인 몸 생각해서 관두겠네. 저렇게 근사한 애인을 혹사시키다니 제 정신이니?"

"호호호. 원래 취향이 꽃미남이래."

"어머, 정말? 넌 사과대도 아니면서 어떻게 그렇게 잘 알아?"

"호호호. 나, 발 넓은 거 이제 알았어? 우리 교내 소식은 내가 죄다 꿰뚫고 있으니까 궁금한 거 있음 얼마든지 물어봐."

자신이 왕발임을 자랑스럽게 여기는 여학생이 약간 거들먹거리며 원찬의 등판을 음흉스러운 눈길로 쓰윽 훑어 내린다. 그러다 안겨 있는 통에 원찬의 어깨너머로 보이는 운비의 사나운 눈과 마주치자 화들짝 놀라는 시늉을 했다.

운비는 나란히 서서 원찬을 구경하는 건지 경기를 구경하는 건지 모호한 여학생 세 명을 차례로 노려봐 주었다. 여학생들은 암묵적으로 앞으로 어지간하면 사과대 쪽으로는 얼씬도 말아야겠다고 다짐했다.

"아흔…… 셋!"

사회자도 점점 지치는지 구령이 다소 느려진다.

"엇!"

찬물을 끼얹은 듯 고요해져 있던 관중이 이구동성으로 괴성을 내질렀다.

"아, 이런! 아깝습니다! 드디어 아흔 세 번째에서 승부가 가려지는군요. 이렇게 해서 커플링 게임 최종 승리자는 악으로, 깡으로 신문방송학과 2학년에 재학 중인 최원찬 군과 도운비 양이 되겠습니다! 모두 박수로 격려해 주세요. 정말 잘하셨습니다. 그 어느 때보다도 올해 게임이 단연 볼만했습니다. 아, 훌륭합니다. 저렇게 멋지고 강인한 남자친구를 둔 여자 분은 얼마나 좋을까요? 자아, 그럼 이제……."

사회자가 호들갑스러운 축하 인사 뒤로 슬며시 말투를 늘이며 모두의 흥분을 야기한다.

"처음에 말씀드렸다시피 우리 학교 전통이 이 커플링 게임에서 신기록을 깨는 팀에게는 향후 결혼하게 될 시 학교 측에서 특별한 결혼 선물을 해 드리고 있습니다. 어떡하시겠습니까, 두 분? 도전하시겠습니까?"

1등을 한 것만도 감격일 터에 운비가 원찬의 눈치를 슬쩍 보자니, 그까짓 거 하는 표정이 그의 얼굴로 스쳐 지나간다.

"당연히 도전합니다!"

"우우!"

관중의 호응에 운비가 재빨리 원찬의 귀에 속삭였다.

"원찬, 딱 열 번만 더 해라."

싱긋 눈가로 빛을 발한 원찬이 보란 듯이 대답했다.

"오케이! 나만 믿어!"

미소년 같은 외모와는 달리 의외의 괴력을 발휘하는 원찬을 보고 구경 온 여학생들은 더욱 자지러지는 함성을 질러댔다. 원찬은 그로부터 정확히 열 번을 채운 후 운비를 내려놓았다. 누가 세웠는지 몰라도 6년간을 꿋꿋이 유지하던 신기록은 원찬에 의해 깨졌고, 그 자리에서 원찬이 직접 끼워준 커플링 때문에 운비는 수많은 여학생의 시기를 한몸에 샀다.

그 외에도 힘으로 하는 게임은 거의 휩쓸고 다닌 운비는 낮에는 축제 마지막 날에 있을 장기자랑에 나갈 차력 연습을 하느라 바빴고, 밤에는 야시장에서 선후배 동료와 먹고 짓 까부느라 시간이 가는 줄 몰랐다. 과연 대학에 축제가 없다면 무슨 재미로 살리오.

"나, 내년에 군대 간다."

둘째 날 신방과 주막을 나서며 집으로 돌아가는 길, 원찬이 불쑥 내뱉은 말에 운비는 우뚝 그 자리에 멈춰 섰다. 원찬은 별일 아니라는 듯이 싱긋 웃으며 운비의 손을 꼭 잡았다.

"군대?"

"해병대 지원했어. 수색대 가려고."

피식 웃음이 나왔다. 그렇게 중요한 일을 여태 의논 한마디 않고 있다가 지원하고 난 후에나 얘기하다니.

"그래. 잘 생각했다. 남자라면 해병대 정도는 가야지. 장하다, 최원찬!"

원찬은 뚫어져라 운비를 바라봤다.

"진심이야?"

"진심 아니면? 해병대 지원한 거 잘했어. 정확한 입대 날짜는 언젠데?"

"내년 1월쯤. 섭섭하지 않아?"

"섭섭하긴 뭘. 남들 다 가는 군대인데. 원찬이 넌 군복 입은 모습도 멋있을 거야."

그런데 섭섭하긴 원찬이 더한 얼굴이다. 약간 실망한 표정이기도 하다.

"난 의논 한마디 없이 혼자 결정해 버렸다고 섭섭해 할 줄 알았는데. 쩝."

원찬의 눈치를 슬쩍 보고 난 운비는 털털하게 대꾸했다.

"어차피 군대는 네가 가는 건데 뭐. 한 살이라도 젊을 때 후딱 다녀와야지, 나이 먹어 가면 더 고생이라더라."

"그래서 나 고생할까 봐 얼른 다녀오라고?"

운비는 객쩍게 목을 긁적거렸다.

"아니 뭐, 꼭 그렇다기보다 어쨌든…… 잘됐다. 해병대 멋있잖아. 후후."

원찬이 운비의 어깨에 팔을 둘러 안았다. 원찬의 허리에 팔을 두르고 교정을 걸어나가며 운비는 원찬 몰래 한숨을 내쉬었다. 그럼 이제 원찬과 함께 있을 시간도 석 달 남짓인 건가?

갑작스러워 기분이 갈피를 잡을 수가 없다. 울컥하고 무언가가 목구멍을 타고 오르는 것도 같고.

"프러포즈?"

용택과 기철이 입을 맞춰 뜨악하게 외쳤다.

물론 상대야 원찬이겠지만, 지금 운비가 말한 프러포즈의 의미가 무엇을 뜻함인지 감을 잡을 수 없었다. 혹시 속도위반 딱지?

필요 이상의 반응에 운비는 심히 언짢다는 듯 눈썹 산을 삐죽 세웠다.

"왜? 내가 프러포즈 좀 하겠다는데 아니꼽냐?"

"야야, 그래도 원찬이 이제 겨우 스물한 살인데 결혼은 너무 이른 거 아닐까?"

기철이 운비의 심경을 헤아려 주먹이 날아오기 전에 말조심부터 살살 했다. 이럴 때는 운비의 마음을 가라앉히고 보는 게 순서다 싶었다. 그런데 성질 급한 용택이 해서는 안 될 말을 꺼낸다.

"도깨비, 너 또 무슨 사고 쳤냐?"

그 말의 함축적인 의미를 되새겨 볼 때 운비로서는 정말이지 억울하여 신문고라도 쳐야 할 판이었다. 따지고 보자면 합의 하의 사고이긴 했으나, 더 정밀히 들어가 보면 꼭 그렇지만도 않지 않은가?

여하튼 자세히, 꼼꼼히 따지고 드는 건 애당초 능력도 안 될뿐더러, 생각만 해도 머리 아픈 운비인지라 크게 반격할 마음은 없었다.

"원찬이 이번에 해병대 지원했대."

"뭐? 진짜? 그래서 결혼부터 하려고?"

"에이 참! 당장 결혼하겠다는 게 아니라 원찬이 군대 가기 전에 추억 하나 만들어주려고 그런다."

"난 또. 그래도 명색이 프러포즈인데 이럴 땐 남자가 나서줘야 모양이 사는 거 아닐까?"

운비는 설핏 인상을 구기며 이해가 가지 않는다는 듯 구시렁댔다.

"아무나 하면 어때? 법으로 금지해 놓은 것도 아닌데. 고정관념을 버려, 인마."

"그래도 그게 아니라니까. 너 나중에 후회할걸?"

"왜 후회해, 내가 프러포즈를 하는데?"

운비가 고개를 갸우뚱하자 기철이 조곤조곤 설명에 들어갔다.

"네가 아무리 도깨비라도 여자는 여자야. 프러포즈, 그게 얼마나 중요한 의식인 줄 아냐? 그리고 여자가 하기보다는 남자 쪽에서 하는 것이 때깔도 나고, 남들한테 대접도 받고 좋은 거야."

"아 씨, 뭐가 이렇게 복잡해?"

운비가 짜증스럽게 인상을 찡그리자 용택이 한숨을 푹 내쉬었다.

"친구라서 무턱대고 밀어주기는 한다지만 참, 원찬이 앞날이 걱정된다."

용택이 걱정하는 것도 무리는 아니었다. 원찬이 군대 간 사이 도깨비가 사고 치지 않도록 감시할 생각을 하니 없던 두통이 생기려 했다. 같이 대학 졸업하고나 입대할 줄 알았는데 원찬의 생각은 조금 달랐던 모양이다. 여자 때문에 입대를 미루지 않는 녀석의 강단이 같은 남자로서 어쩐지 부럽고 대견했다.

***

원찬아.

내 인생에서 널 만난 건 정말 큰 축복이야.

하늘이 준 인연, 그리고 축복.

영원히 이어갔으면 해.

평생 널 한 남자로, 나만의 남자로 사랑하며 살고 싶어.

내가 여자라는 걸 처음으로 느끼게 해주었던 너.

이젠 널 나의 남자로 행복하게 해주고 싶어.

사랑해, 원찬아.

이 마음 변치 말고, 서로 아껴주면서 살자.

네가 군대에 가도, 군대를 다녀온 후에도 난 여전히 너의 여자일 거야.

기철이 적어준 프러포즈 코멘트를 읽어 내려가며 운비는 상당히 속이 거북스러웠다. 종이를 툭 내리며 불만조로 말을 내뱉었다.

"버터 한 움큼은 삼키고 해야겠네. 난 너의 여자일 거야……. 어우, 이걸 어떻게 말해!"

"프러포즈는 다 그렇게 하는 거야! 대놓고 우리 나중에 결혼하자, 이런 것보다야 백배는 낫지 뭘. 그리고 이건 무대 위에서 할 거잖아. 감동이 있어야지, 감동이!"

"아 씨, 미치겠네. 그냥 사랑한다고만 하면 안 되나?"

"그럼 분위기가 안 맞지. 네가 장기자랑에서 할 종목이 뭐야? 차력이잖아. 실컷 살벌하게 차력하고 나서 느닷없이 사랑한다고 해 봐. 사람들이 다들 원찬이를 불쌍하게 볼걸."

"씨잉~!"

운비가 우거지상을 하자, 용택은 처음부터 이런 기획을 잡은 자신이 잘못이라고 후회가 막심했다. 도깨비에게는 차라리 길, 가다 뒤통수 후려치며 '나랑 결혼 안 하면 죽을 줄 알아!' 내지는, 보쌈이 더 어울릴지도.

"어쩔 거야? 할 거야, 말 거야?"

용택이 성질을 내자 운비도 더 이상 버틸 때가 아님을 자각했다.

그래, 한 번 죽지 두 번 죽냐. 한 번 쪽팔리고 영원히 원찬이 내 거 만들면 되지 뭐. 밑지는 장사 아니잖아?

자신에게 용기를 북돋워주며 운비는 결심을 다진 듯 비장하게 고개를 주억거렸다.

그리고 마침내 기대하고 고대하던 축제의 마지막 날, '장기자랑' 시간이 닥쳤다!

이 날은 단대에서 특별히 뽑혀 나온 재간꾼들의 잔치여서 전교생이 모인 야외무대에서 거창하게 벌어졌다. 운비가 준비한 건 차력 기술법에 속하는 곤, 봉, 도, 검, 창으로 보이는 기본기이다. 워낙 어려서부터 온갖 무술을 섭렵한 터라 그 정도야 운비에겐 기본이었지만 그간 차력 동아리에서 열심히 훈련을 쌓은 덕에 체계적으로 선보일 정도는 되었다. 이날 보조는 철호와 학재가 맡아 주었고, 제일 먼저 쌍절곤. 그리고 차례로 봉술, 단도로 풍선 터뜨리기나 물건 맞추기, 장검으로 볏짚 베기, 그 외 겨루기 시범까지. 끝으로 화려한 창술로 마무리를 했다. 무예인의 예를 갖추어 복장까지 그럴싸하게 입은 운비는 옛 선인다운 차림이었다. 여자 단독으로 보이는 실감 나는 액션에 관객들은 대단한 환호성으로 보답했다.

이마에 송골송골 맺힌 땀을 손등으로 쓱 닦아내며 가쁜 숨을 몇 차례 고르고 마이크 앞으로 와서 섰을 때, 관중석 정면으로 응원 피켓까지 준비한 원찬과 과 학생들이 보였다. 원찬이 잘했다며 휘파람을 불고 수선을 피우느라 한바탕 난리법석을 떨었다. 너무 요란하게 구는 바람에 다른 단대 학생들의 야유까지 받았지만, 원찬은 그런 거에는 별 관심도 없이 오로지 도깨비를 향한 하트만 퐁퐁 날렸다.

쑥스러운 나머지 운비는 마이크 앞에 서서 멋쩍은 웃음만 흘리다 어느 정도 숨이 가라앉자 천천히 입을 떼었다.

"실은요. 제게 오늘은 아주 특별한 날이 될 것 같습니다. 음."

괜한 비음을 흘리고 나서 종일 연습했던 쪽지 전문을 잠시 머릿속으로 그려보았다. 그렇게 연습을 했는데도 무척 떨린다. 어쩐지 목이 메는 것 같기도 해서 선뜻 말이 나오지 않았다. 그리 길지 않아 외우기도 쉬웠는데.

호기심 어린 눈으로 쳐다보는 원찬을 보자 더욱 가슴이 아달달 떨려오며 별안간 머릿속이 백지장처럼 하애진다.

"최원찬!"

일단 그의 이름을 크게 부르는 것으로 전문을 대신했다. 그러나 그다음 대사가 생각날 리 만무다. 애꿎은 시간만 자꾸 흐르는데 술렁이는 관객들을 보자 운비의 이마에서는 식은땀이 줄줄 흘러나왔다.

아아, 어쩌지? 에라, 모르겠다!

"사랑해!"

긴장감을 감추느라 심호흡을 한 번 크게 하고 나서 연달아 소리쳤다.

"군대 잘 다녀와라! 군화만 거꾸로 신지 않는다면 언제까지라도…… 기다릴 테니까."

웅성웅성.

관중석에서 일대 소란이 벌어졌다.

이런 상황은 원찬도 예상치 못했던지 사랑해, 까지는 빙글빙글 웃던 얼굴이 돌연 딱딱하게 굳어진다. 녀석도 쪽팔렸던 게다. 망했다!

관중석의 소란이 점점 커지고 있었다. 운비는 급기야 무섭게 인상을 쓰며 냅다 소리를 질렀다.

"다들 조용히 좀 하죠!"

이를 부드득 가는 소리에 일순 찬물을 끼얹은 듯 고요해졌다. 심사 위원 중에 대다수가 교수들이었기 때문에 운비는 잠깐 고개를 숙여 결례에 대한 용서를 구했다. 심사 위원들 중 나이 지긋한 교수가 계속 하라는 손짓을 했고, 헛기침을 몇 번 하고 난 운비는 다시금 마이크를 잡았다. 이제는 제법 근엄한 표정을 지으며 관중석을 둘러보았다.

"특히 여학생들! 내가 경고하는데 앞으로 최원찬 넘보는 것들 가만 안 두겠어! 여러분, 내가 누굽니까?"

관객들이 이구동성으로 외쳤다.

"도깨비!"

"감사합니다!"

그 말을 끝으로 운비는 휑하니 무대 뒤로 사라졌다. 황당해진 용택과 기철은 멍하니 운비의 뒷모습을 바라보다가 관중석에서 와르르 웃음이 터져 나왔기에 퍼뜩 제정신으로 돌아왔다. 하여간 도깨비가 등장하기만 하면 사람 혼을 쏙 빼놓는다. 그렇게 세세히 일렀건만 저걸 프러포즈라고 하는지! 친구가 아니라 웬수다, 웬수!

속이 부글부글 끓어오르는 걸 간신히 참고 있으려니, 사회자가 어수선한 분위기를 수습 삼아 얼른 다음 소개를 올린다.

"에에, 그럼 이것으로써 모든 순서는 끝이 났습니다. 잠시 교내 최고 인기 그룹인 '비상구'의 공연을 보신 다음, 심사 위원들의 심사평을 듣도록 하겠습니다. 천상의 목소리, '비상구'를 소개합니다!"

우쎄, 쪽팔려!

운비는 대기실 구석에서 벽에 머리를 쿵쿵! 찧으며 자책했다.

급히 대기실로 들어온 기철이 운비를 발견하고 다가왔다.

"야, 인마. 그렇게 프러포즈를 하면 어떡해?"

누군 그렇게 하고 싶어서 했냐? 객석에 앉은 원찬이를 보는 순간 생각이 하나도 안 나는 걸 어쩌라고? 나도 내가 돌대가리인 줄 오늘 처음 알았다. 어휴.

운비는 차마 기철과 눈을 맞추지 못하고 한숨만 푹푹 내쉬었다.

이제 원찬이 얼굴을 어떻게 보지? 아, 그놈의 프러포즈 때문에 지구가 돈다, 돌아. 안 하던 짓을 하면 꼭 이렇게 탈이 난다니까.

아직 얼굴을 비추지 않는 걸 보면 원찬의 심경을 헤아리고도 남음이 있었다. 온 학교에 공개 망신을 뻗쳐났으니.

게다가 기철은 마치 자기 프러포즈를 망친 것처럼 분통을 터뜨린다.

"다 망쳤다, 다 망쳤어!"

"…… 나 지금 집에 가야겠다."

"발표는 어쩌고?"

"나중에 전화로 알려줘. 급한 일 있어서 먼저 갔다고 적당히 둘러대 주고. 애썼는데 미안하다."

운비답지 않게 코가 석 자나 빠져 있자 기철도 화가 났던 마음이 다소 수그러들었다. 누울 자리를 보고 뻗으랬다고, 애초부터 도깨비에게 그런 걸 시킨 게 잘못이지.

"가더라도 원찬이 보고 가야지."

지금 원찬이 피해서 도망가는 거 모르겠냐?

머쓱하게 머리를 긁적이고 난 운비는 철호와 학재를 불러 장비들을 챙겨 달라고 부탁했다. 그러고는 갈아입을 옷가방을 들고 대기실을 빠져나갔다.

그날 저녁, 기철에게 전화가 오기는 했다. 2등 먹었다고. 1등은 뮤지컬을 한 농과대가 가져갔고, 3등은 개그를 선보인 인문대에서 했단다. 그런데도 운비는 하나도 기쁘지 않았다. 왜냐하면 여태 원찬에게 전화 한 통 없었기 때문이다. 사실 전화 오기만을 눈이 빠지게 기다리고 있는데, 감감무소식이다.

그래도 뭐, 할 말은 다 했으니까. 좀 볼썽사나운 프러포즈가 되긴 했지만 솔직히 말해 그렇게 나쁘진 않았다. 만인 앞에 몸소 무예 실력을 보여 준 데다 확실히 선전포고를 해놨으니, 적어도 군대 가기 전까진 최원찬 주변에 여자가 얼씬거릴 염려는 없잖은가. 혜리도 그날 이후로는 포기를 한 듯하고.

녀석의 전화를 얼마나 기다렸던지 깜박 잠이 든 것 같은데, 아침에 눈을 뜨니 손안에 휴대전화를 꼭 쥔 채였다. 혹, 잠든 사이에 전화나 문자가 왔을까 하고 확인해 보았지만 헛된 기대였다.

"에휴."

길게 한숨을 내쉬며 자리에서 일어났다. 어젠 망신스러워서 쥐구멍이라도 있으면 들어가고 싶어 도망부터 치고 봤지만 언제까지 그럴 수는 없는 일. 그래도 학교는 가야지. 다음 축제 때는 좀 더 강도 높은 걸 해볼까? 내년에 1등 하려면 지금부터 달걀 밟기나 불 위 걷기 연습을 열심히 해둬야 할까 보다.

학교 교문에서부터 괜스레 주변을 살피며 걸어갔다. 혹여 아는 사람이라도 마주칠까 싶어서. 아닌 게 아니라, 몇몇은 힐끔거리며 지나가는 것도 같다.

　뭘 봐? 눈알을 확 빼버릴라!

　인상을 팍 썼더니 화들짝 놀란 여학생이 뒤도 안 돌아보고 인문대 쪽으로 달아나듯 가버린다.

　운비는 단대로 올라가는 오솔길을 따라 어슬렁어슬렁 걸어갔다. 그때 띄엄띄엄 걸린 스피커에서는 한창 아침 방송 중이었다. 이 시간이면 꼭 스피커를 통해 흘러나오는 교내 방송국 DJ인 여학생 목소리가 아침 햇살처럼 따사롭고 청량하다.

　<오늘 아침에는 특별한 손님을 모실까 합니다. 안녕하세요?>

　<네, 안녕하세요?>

　응? 어디서 많이 듣던 목소리네?

　고개를 갸우뚱하며 귀를 기울였다.

　<며칠 전에 사연을 접하고 굉장히 감명을 받았습니다. 여러분도 무슨 내용인지 궁금하시죠? 자, 그럼 직접 소개를 해 주시죠.>

　잠시 사라졌던 배경 음악이 다시금 깔리면서 귀에 익은 목소리가 본격적인 사연을 소개하기 시작했다.

　<안녕하세요, 학우 여러분. 저는 신문방송학과 2학년에 재학 중인 최원찬이라고 합니다. 어제 단대별 장기자랑을 보신 분이라면, 이미 제 사연을 짐작했을 테구요. 지금쯤 단대로 올라오는 오솔길을 걷고 있을 도깨비를 위해 이렇게 자리를 빌렸습니다.>

　잉? 원찬이 아냐?

　운비의 걸음이 어느 길가의 스피커 아래서 멈췄다.

　<제가 도깨비를 처음 만난 건 올해 신학기 초, 과 단합회에서였습니다. 아마도 우리 학교 학생이라면 도깨비에 대해서 모르는 사람은 없겠죠? 아마 소문으로 한 번쯤은 들으셨을 겁니다. 저 또한 1학년 때 그 선배에 대해 많은 이야기를 들었고, 덕분에 궁금증이 몇 배는 더 일었죠. 어떤 사람일까, 만나면 무슨 말을 먼저 할까, 늘 가슴이 두근거렸었어요. 그런데 단

합회 자리에서 그녀를 보는 순간, 그녀를 감싸고 있던 광채가 하나로 모여 물고기가 되어 제 가슴 속으로 헤엄쳐 들어왔던 겁니다. 그런 기분 아시겠어요? 도깨비를 보는 순간 저는 한눈에 반했고 사랑에 빠졌던 거죠. 그녀는 지금까지 제가 보아왔던 그 어떤 여자들보다 아름답고 용감하며 사랑스럽습니다. 도깨비가 갖고 있던 숱한 명성들, 그녀의 화려했던 과거보다 저는 한 인간으로, 한 여자로 그녀를 사랑합니다. 사람들은 말하죠. 저와 도깨비가 어울리지 않는다고요. 그럴지도 모르겠어요. 하지만 그보다 중요한 건 제가 그녀를 사랑하고, 그녀가 절 사랑한다는 겁니다. 그녀가 어떤 모양의 사람이든 저는 제 스스로 그녀를 위해서 동그라미가 되어야겠다고 결심했어요. 동그라미는 그 어떤 모양이든 품을 수 있으니까요. 세모든 네모든 별 모양이든 비록 볼품없이 찌그러진 모양일지라도 동그라미 안에만 들어오면, 그 자체가 동그라미가 되지 않던가요? 어제 그녀는 제게 멋진 선물을 주었습니다. 제가 군대에 가 있는 동안 기다리겠다고 말이죠. 저는 오늘 아침에 이 방송을 통해 그녀에게 기다려 달라는 말을 할 생각이었는데요. 후후. 음. 깨비야, 내 말 듣고 있니?>

'원찬아……'

운비의 눈시울이 조금씩 젖어들기 시작했다.

<깨비야…… 앞으로의 내 인생에서 너란 여자를 빼고는 상상할 수 없을 거다. 어제 네가 한 프러포즈, 무슨 뜻인지 잘 알고 있어. 네가 말한 대로 오 년 후, 또 십 년 후에도 우린 함께 있을 거야. 사랑한다. 도깨비 넌 영원한 나의 마스코트야.>

후드득.

운비의 두 눈에서 걷잡을 수 없는 눈물방울들이 떨어져 내렸다. 손으로 아무리 닦아내도 소용없었다. 처음에는 그냥 힐끔거리며 지나치던 사람들이 하나 둘 화장지며 손수건까지 건네주는 것을 시작으로 나중에는 웃으면서 격려의 의미로 어깨를 툭툭 쳐주기도 했다. 그리고 대개는 진심 어린 축하까지.

"어멋, 부러워요!"

"축하, 축하! 어제 정말 멋있었어요! 그거 알아요? 우리 학교에 도깨비 팬클럽도 있다는 거. 호호호."

"원찬 씨도 멋있어요!"

"누가 안 어울린대요? 두 분, 너무너무 잘 어울려요! 천생연분이야! 홧팅!"

엉엉 울음을 터뜨리며 운비는 방송을 끝내고 원찬이 달려올 때까지 그 자리에서 사람들에게 둘러싸여 있었다. 사람들이 물러선 건 숨을 헉헉 몰아쉬며 달려온 원찬 때문이다.

사람들이 길을 터주자 원찬은 그때까지도 손수건에 얼굴을 파묻은 운비를 와락 끌어안았다.

"으어어…… 으어. 꺼이꺼이!"

"그만 울어. 도깨비 이미지랑 진짜 안 어울린다. 하하."

도깨비는 감격하면 울지도 못 하나? 그거 법적으로 하자 있어, 금지 시켜놨어? 눈물이 안 그치는 걸 난들 어쩌라고? 몰라, 몰라! 우어엉!

원찬이 커다란 두 손으로 운비의 볼을 폭 감싸더니 입을 맞추었다. 콧물 눈물 다 짜던 것도 잊고 운비는 그의 입술을 호록 받았다. 그걸로 성에 안 차 아예 목을 꼭 끌어안고 진한 키스를 나누었다.

"어머멋! 어떡해, 어떡해?"

누군가는 그렇게 호들갑을 떨었고,

"으와, 염장!"

또 누군가는 그렇게 소리쳤다.

아무려면 어떤가, 사랑하는데. 부러우면 니들도 연애해라~.

"뭐? 그게 사실이에요?"

운비의 황당한 얼굴에 진건은 무표정하게 대꾸했다.

"뭘 그렇게 놀라?"

"아니, 그럼 그렇다고 진작 말을 해주죠! 난 까맣게 몰랐네."

“원찬이가 아무 말도 안 해?”

“네?”

진건은 쩝 입맛을 다시더니 떨떠름한 표정을 짓는다.

“원찬이가 뜻밖에 꽁한 면이 있더구나?”

1학기 때 병실에서 진건과 살짝 포옹하고 있다가 들킨 일을 말하는 건가? 하긴 그날 이후로 원찬은 내내 진건만 보면 삐친 얼굴로 상대도 않으려 했다. 그런데 진건은 원찬이 그러면 그럴수록 더 운비에게 스스럼없이 대해서 원찬의 얼굴을 붉히게 만들었다. 장난으로 더 그러는 것 같긴 한데, 운비야 장난이라는 걸 뻔히 아는 터에 원찬과 똑같이 얼굴 붉히며 정색할 수는 없는 노릇이었다. 아무리 진건이 자기를 좋아한다고 했던 거 다 거짓말이라고 설명을 해주었다 손쳐도 원찬의 입장으로서는 같은 남자인 진건이 여간 신경 쓰이는 게 아니었으리라. 이전보다 훨씬 자극받을 짓을 서슴지 않고 하기 때문인데, 어쩔 땐 누가 애인인지 모를 정도라 원찬은 진건에 대해 한시라도 마음을 놓지 못했다. 요즘 진건은 운비와 원찬을 곯려먹는 재미로 사는 것 같다.

“녀석이 내게 도전장 내민 거 아냐?”

“원찬이가 선배한테 도전장을 내밀어요? 그래서 싸웠어요?”

“그럴까 하다가 이 나이에 애랑 싸울 수도 없고 해서 바꿨어.”

“뭐로요?”

“내가 군에 입대하기 전에 커플링 게임에서 최고 기록을 경신했었거든. 그거 깨면 도깨비 애인으로 인정해 주겠다고 했지. 끌끌.”

“에?”

운비는 그만 기가 차서 입이 허 벌어졌다. 그러니까 그 커플링 게임 최고 기록자가 진건이었단 말야? 쳇! 그래서 원찬이 그렇게 아득바득 기록을 깨려고 했던 거로군.

이제야 돌아가는 상황을 알게 된 운비는 진건의 쓸데없는 도발도 우습거니와 거기에 대응하여 끝까지 자기 여자를 지켜내고야 말리라는 원찬의 깡다구도 이해할 수 없었다. 그렇게 불안할 거면 뭐 하러 군대는 지원한 거지?

그런데 진건이 하는 말이 더 가관이었다.

"후후. 원찬이 자식, 기록 경신하고 나서 나한테 뭐라는 줄 아냐?"

"뭐랬는데요?"

"군 입대하고 나면, 돌아올 동안 자기 대신 도깨비 너 잘 지켜 달라더구나. 사나이 대 사나이로 약속했으니 더는 내가 너한테 어쩌지 못할 거로 생각한 모양이야. 그래도 하필 나한테 널 부탁하다니, 그건 또 무슨 똥배짱인지. 하여간 원찬이 그 자식도 별종은 별종이더라."

이 등 병 의 편 지

　이듬해 1월. 원찬이 입대하던 날.

　하루 전날 응원부대가 포항까지 내려가 거하게 입소식을 치른 뒤 훈련 소에 들어갔다.

　원찬은 지난가을 축제 때 내게 말한 대로 큰 이변이 없는 한 6주간의 훈련을 무사히 마친 후 해병대 수색대로 가게 될 것이다.

　평소 남자는 깡이야, 를 모토로 삼고 있던 용택도 매번 지원하여 떨어 졌다던 해병대. 그런데 원찬은 단번에 붙은 것도 모자라서 수색대로 지 원을 했다 하니, 군대에 대해 무지한 나로서는 뒤늦게 용택이 해병대에 서도 수색대가 훈련이 제일 힘들다나, 어쩐다나 하면서 엄청 겁을 주는 바람에 약간 걱정이 되었다.

　하지만 어차피 해병대 지원한 이유가 군 생활 한 번 제대로 해보자는 것이었을 텐데, 해병대 가서 더 편하고 덜 편하고 따지게 생겼나. 그래서 자료를 찾아보다 알게 된 사실로 수색대 훈련보다 더 어렵고 힘든 것이 훈련단 교관이라기에, 교관으로 가지 않은 것이 조금 아쉽다고 했다가 졸지에 몽매한 인간으로 몰렸다.

입대하는 것이 해외 연수 정도로 가볍게 생각했다가, 막상 당일 날 훈련소에 들어갔을 때에야 비로소 심경에 일대 변동이 일기 시작했다.

훈련소 앞에서 머리도 밀고, ―이때만 해도 푼수처럼 머리통 귀엽다면서 쓰다듬어주었던 나― 1시간가량 교육을 받을 때에도 같이 간 선후배, 친구들과 시시덕거렸었다. 그러던 것이 마침내 이별 시간이 다가오자 별안간 분위기가 엄숙해졌고, 그것은 우리뿐 아니라 그곳에 있는 모든 사람이 그러했다. 부모가 형제가 애인이 2년간의 긴 이별을 앞두고 숙연해지며 하나 둘 눈물을 보이기 시작했던 것이다.

나만 분위기 파악 못 하고 하하 거리고 있는가 싶어 머쓱한 기분에 비니를 푹 눌러쓴 원찬을 올려다봤다. 방금까지 나와 장난치며 싱글싱글 웃던 녀석의 얼굴이 경직되어 있다. 여전히 웃고는 있지만, 그래서 더 어색하게 느껴지는 웃음.

그러자 마음에 큰 동요가 일며 누군가가 내 얼굴에서 웃음기를 싹 거둬간 것처럼 더는 웃을 수가 없었다. 이젠 정말 헤어져야 하는 시간이 온 것이다.

"이제 그만 들어가야겠다."

원찬이 모두에게 말한 뒤 일일이 악수를 하고 포옹을 하며 아쉬운 인사를 나누었다. 끝으로 내 어깨에 손을 올리기에 나는 일부러 씩씩하게 목소리를 높였다.

"어, 그래. 잘 다녀와라!"

원찬의 눈에 얼핏 물기가 반짝이더니 어깨에 올린 손을 끌어당겨 나를 품에 와락 끌어안는다. 순간 울컥하고 뜨거운 것이 가슴 속에서 치받쳐 올라오더니 눈물이 쏟아질 것 같았다. 녀석이 가는 길에 눈물 보여 봤자 가슴만 더 아프게 할 것 같아서 꾹꾹 참고, 대신 안은 팔에 힘을 꽉 주었다. 너에게는 기다리는 내가 있으니, 너는 아무 염려 말고 가서 나라를 지키려무나, 하는 뜻으로.

원찬이 나를 품에서 놓기에 작별 인사는 이것으로 끝이려니 했다. 그런데 내 뺨을 감싸 쥐어 일전 학교에서 그랬던 것처럼 모두가 지켜보는 가운데 뜨겁게 키스를 한다. 그때는 기쁨과 환희의 키스였다지만 지금은 같은 키스인데도 확연히 느낌이 다르다. 뭔가 애틋하고 애잔한 느낌. 작별의 키스는 짧기에 더 아쉬웠고, 영영 이별하는 연인처럼 가슴이 미어지게 아팠다. 오늘만큼은 그 모습을 고스란히 지켜보는 동료도 야유를 퍼붓거나 놀리지 않았으며 오히려 측은하고 안쓰러운 눈빛을 했다.

입술을 뗀 원찬과 나는 몇 초 동안 서로를 응시했다. 짧은 눈 마주침 속에 이루 말할 수 없는 애정과 신뢰를 느낄 수 있었다. 원찬이 싱긋 웃었고, 나도 씩 웃어주었다. 그러고 나서 원찬은 아무 말 없이 내게 돌아섰다.

곧 교관들의 지시에 따라 민간인 꼬리표를 뗀 수많은 젊은이가 지켜보는 배웅 객들을 뒤로 하고 '다, 까'의 세계를 향해 힘차게 달려가기 시작했다. 많은 사람 속에서 원찬을 찾으려고 나는 고개를 쭉 빼어 부산스레 눈동자를 움직였다. 열과 줄을 맞추어 제법 의젓하게 달려가던 그들이 길 중간쯤에서 멈춰 서더니 일제히 뒤로 돌아서서 손을 흔든다. 그것이 배웅 객들에 대한 마지막 인사인 모양이었다. 비록 짧은 시간이었지만 다행히도 맨 앞줄에 서서 웃으며 손을 흔드는 원찬의 모습을 볼 수 있었다.

나를 발견했는지 어땠는지는 모르겠지만 다시 돌아서서 뛰어가는 그를 보면서 그제야 나도 모르게 눈물 한 방울이 툭 하고 떨어져 내렸다. 군에 가서 고생할 생각을 하니 자식새끼 보내는 것처럼 마음이 짠하고 아리다. 내가 대신 가주고 싶을 만큼. 자식 또는 애인을 군대 보내면서 왜 그렇게 울까, 하였던 것이 막상 보내는 입장이 되고 보니 이해가 간다고나 할까.

원찬이 시야에서 완전히 사라진 후에도 나는 그 자리를 떠나지 못하고 막막하게 서 있었다. 당장 원찬을 볼 수 없다는 것이 이리도 허전하고 외로울 줄이야. 이럴 줄 알았더라면 조금 아쉬운 척이라도 해줄 걸 싶은 마음에 자꾸 뺨으로는 소리 없이 눈물이 흘러내렸다.

"에이, 자식. 왜 울어? 이제껏 잘 견디더니."

평소 같으면 어울리지 않게 도깨비가 운다고 면박을 주었을 용택이지만 내 어깨를 돌려 세워주며 위로를 아끼지 않는다.

"가자. 가서 술 한 잔 하자."

기철도 내 어깨를 툭툭 두드려주며 지금 내가 가장 하고픈 일을 꺼낸다. 거리에서는 애인을 보냈는지 펑펑 우는 여자들이 드문드문 눈에 띄었다. 동병상련의 안타까움과 슬픔을 느끼며 나는 훌쩍훌쩍 소리 내어 울기 시작했다.

"어어, 얌마, 도깨비. 이거 오버야. 그만 울어라, 응?"

선배들 중 누군가 핀잔을 주었지만 나는 입을 비죽거리며 서럽게 울었다.

"어엉, 나도 여군 지원할까 봐. 원찬이 혼자 빡세게 군에서 구를 생각하니까 마음이 아파서리……. 저 교관 새끼들이 우리 원찬이만 구박하면 어떡해?"

"야야, 걱정하지 마. 원찬이는 어딜 가도 미움은 안 받을 테니까. 그러니까 제발 여군 간다는 말은 하지 마라. 원찬이랑 약속했다면서? 원찬이 제대할 동안 사고 안 치고 얌전히 지내겠다고."

"그랬지."

"당장 원찬이를 못 봐서 힘들긴 하겠지만 그것만이 네가 원찬이의 사랑에 보답하는 길이라고 생각해."

기철의 조곤조곤한 말에 나는 뽀빠이가 시금치를 먹듯 단숨에 힘을 얻었다.

"응! 나, 이제부터 원찬이 몫까지 열심히 공부할 거야. 두고 봐. 내년 목표, 과 수석이다!"

"와, 박수!"

함께 있던 선후배 동기들이 열렬히 박수를 쳐준다. 하지만 그들 눈빛에는 하나같이 도깨비가 과 수석이라니 어림도 없다는 무언의 비웃음이 담겨 있었다.

이제 3학년. 슬슬 그만 놀아도 되지 않았나 싶었던 차다. 학교에서 유명세를 탔던 만큼 내게 짊어진 짐은 더없이 큰 것인 줄 알기에. 진건 선배 말마따나 교내뿐 아니라 사회에 나가서도 취직 못 해 빌빌거려 도깨비 이름에 먹칠하면 쓰겠는가. 도깨비에겐 지금보다 더 나은 미래가 있어야 한다. 암, 그렇고말고. 원찬이가 열심히 군 복무에 최선을 다하는 동안, 나는 그에 못지않게 불철주야 공부하면 되는 거겠지? 그래야 우리 예쁜(?) 원찬이가 마음 놓고 있지.

그날 이후 한동안 내 애청곡은 김광석의 <이등병의 편지>였다. 들을 때마다 이상하게 여군이 가고 싶다는 생각이 들어 문제였지만.

집 떠나와 열차 타고 훈련소로 가는 날
부모님께 큰절하고 대문 밖을 나설 때
가슴 속에 무엇인가 아쉬움이 남지만
풀 한 포기 친구 얼굴 모든 것이 새롭다
이제 다시 시작이다 젊은 날의 생이여

친구들아 군대 가면 편지 꼭 해다오
그대들과 즐거웠던 날들을 잊지 않게
열차 시간 다가올 때 두 손 잡던 뜨거움
기적소리 멀어지면 작아지는 모습들
이제 다시 시작이다 젊은 날의 꿈이여

짧게 잘린 내 머리가 처음에는 우습다가
거울 속에 비친 내 모습이 굳어진다 마음까지
뒷동산에 올라서면 우리 마을 보일런지
나팔소리 고요하게 밤하늘에 퍼지면
이등병의 편지 한 장 고이 접어 보내오

이제 다시 시작이다 젊은 날의 꿈이여

혼 례

학교 대운동장에서는 전교생이 지켜보는 가운데 전통 혼례식이 한창이었다.

"부선재배(婦先再拜)!"

혼례를 인도하는 이의 호청에 운비가 시자(侍者)의 도움을 받아 먼저 두 번 절했다. 연지 곤지 찍고 전통 혼례복을 입은 운비의 모습은 가히 선녀가 내려왔다고 해도 과언이 아니었다. 어떤 이는 도깨비가 맞는지 혼례가 치러지는 동안에도 자기 눈을 의심했다.

"서답일배(壻答一拜)!"

오늘의 위풍당당한 신랑, 원찬이 답례로 큰절을 한 번 했다. 원찬은 내내 싱글벙글 입 끝이 귀에 걸려 있어 다물어질 줄 몰랐다.

"부우재배(婦又再拜)!"

운비가 다시 두 번 절하자,

"서우답일배(壻又答一拜)!"

이번에는 원찬이 한 번 절로 답한다.

*1)앞 놀이마당을 시작으로 전통 혼례식은 그 절차대로 차근차근 거행되었다. 양가의 혼주가 초례상 위에 청, 홍초에 불을 밝히는 의식인 *전안례. 신랑이 혼례 청에 입장하여 기럭아비로부터 기러기를 받아 전안상에 놓고 한 걸음 정도 물러난 뒤 '서만복홍재배'라 하여 신랑은 일어나 신부 측에 두 번 절한다.

이때 신부 어머니가 전안상 위에 있는 기러기를 치마폭에 싸안고 들어간다. 다음으로 지단 길을 밟고 신랑 신부가 입장하는데, 대례에 임한 신랑 신부는 몸과 마음을 정갈하게 하기 위한 의식으로 수모가 가져다주는 맑은 물로 손만 씻는다. 그런 후에야 백년가약을 서약하는 신랑 신부 맞절이 이행되는 것이다.

합환주 의식이 있은 후에는, '고천문 낭독 의식'이라 하여 신랑 신부의 친고나 선배, 혹은 은사가 이 성스럽고 기쁜 혼례 성사를 하늘에 고함으로써 그 뜻을 만천하에 전하는 순서가 행해진다. 오늘의 '고천문 낭독 의식'은 원찬의 특별 부탁으로 진건과 멀리 일본에서 날아온 희수가 맡았고, 때문에 신랑 신부에겐 더 각별한 의미가 되었다.

양가 부모님과 하객에 대한 신랑 신부의 감사하다는 절이 있고 나면 축하 마당이 행해지고, 대례상 위에 있는 산 닭을 날린다.

혼례식을 마친 신랑 신부가 행진을 하면 하객들은 대례상 위에 있는 팥과 쌀을 한 줌씩 나누어 쥐고 있다가 신랑 신부에게 던져 주는데, 이는 신랑 신부를 시샘하는 부정과 액을 떼어내고자 하는 의식이다.

원찬이 제대하고 그 이듬해 4학년에 재학 중이던 봄. 4년여의 열애 끝에 운비는 모교 대운동장에서 결혼식을 올렸다. 도깨비라는 이름에 걸맞게 전통 혼례식을 올린 것은 순전히 원찬의 발상이었다. 원찬과 운비가

---

1)앞 놀이마당; '혼례 청 울림'이라는 의식. 혼례를 올리기 전 풍물로 혼례의 잔치 분위기를 돋워주는 풍물놀이.
　전안례; 대례를 올리기 전 혼례 약속을 천신께 고하고 기러기를 신부에게 전달하는 의식.

총장을 찾아가 주례를 부탁하며 모교에서 결혼을 하는 방향으로 운을 떼자, 총장은 결혼 선물로 선뜻 이벤트 삼아 혼례의 일체를 학교 측에서 무료로 치러주겠다고 제안한 것이다. 아마 총장 눈에는 요즘 같은 디지털 시대에, 시대에도 한참 뒤떨어지는 전통 혼례식을 꾀할 젊은이가 과연 몇이나 될까 기특하게 여겼던 모양이다.

전통 혼례식을 볼 기회가 없는 대학생들이 대부분이었던 탓에 소문을 듣고 온 각 대학 신문사와 방송국의 취재 경쟁이 유례없이 쟁쟁했다고 전해진다. 또한 그날의 전통 혼례식은 대학생들의 개인 블로그나 홈페이지를 통해 소개되면서 화제의 코너가 되기도 했다.

"원, 원찬아…… 아윽!"

전통 혼례식인지 뭔지 절을 수도 없이 하느라 가뜩이나 온몸이 결려 죽겠는 판에 원찬은 벌써 몇 시간 째 놔 주지 않고 있었다. 아무리 체력이라면 못지않은 운비였어도 터미네이터 원찬에게는 당해낼 재간이 없었다. 대체 시어머니는 녀석을 뭘 먹여 키운 걸까? 모유나 분유 대신 산삼 갈아 먹였나? 그렇지 않고서야 이리도 기초 체력이 튼튼할 수가 없는 것이다.

문제는 운비 역시 아래가 마르고 닳지 않는다는 것에 있었다. 쓰리고 아프고 얼얼할 지경이라면 원찬에게 사정이라도 해보겠는데, 워낙 타고난 건강 체질인 지라 그런데도 좋아 죽겠으니 더 환장할 일이다.

운비를 실컷 탐하느라 그 밤을 꼴딱 샌 원찬은 마셔도, 마셔도 갈증이 일어 헤어 나올 수가 없다.

"사랑해, 깨비야. 헉, 헉!"

"나, 나도 사랑해. 으흑!"

원찬은 격정에 못 이겨 하늘을 향해 치켜든 운비의 날렵한 턱 끝을 입으로 물었다. 그녀의 몸에 자신을 충족히 담그면서 이제 완전한 내 여자가 되었다는 기쁨에 감격스러웠다. 수도 없이 사랑한다 말해주어도 모자랄 것 같고, 이토록 밤을 새워 온몸으로 그 사랑을 증명해 보여도 부족할 것 같다. 크게, 빠르게 들썩이는 몸과 몸. 이미 전신이 땀으로 흠뻑 젖었지만 전혀 개의치 않고 서로를 더욱 강하게 끌어안는 두 사람이다. 서로에게 키스하고 몸을 부딪치면서 저 밑바닥까지 깔린 애정을 마음껏 분출시켰다. 환희로 물든 두 사람의 신음이 아름답게 방안을 부유한다. 두 사람을 떠돌던 광채가 하나로 모여 한 마리의 물고기가 되어 살랑살랑 헤엄치며 유유히 주변을 맴돈다. 아마도 원찬의 도깨비 사랑은 그 밤을 오래도록 채울 것 같다. 또한 끊임없이 울려오는 사랑의 소리가 이어지고 이어져 두 사람을 더욱 견고케 하리라.

운비는 원찬의 품 안에서 문득 자신이 그의 여자라는 것에 새삼 가슴이 뜨거워졌다. 여자로 태어나 원찬과 같은 남자를 만난 건 정말 행운이다. 기철이 적어주었던 프러포즈 코멘트들이 이제야 고스란히 머릿속에 떠올랐다. 평생, 이 행운을 놓치지 않으리라. 사랑에 겨워 자신을 끝없이 파고드는 한 남자를 느끼며 운비는 점점 사랑의 깊은 나락 속으로 빠져들었다.

신혼여행을 원찬의 방학 때로 미룬 터에 첫날밤을 서울의 한 호텔에서 보내고 새신랑 신부는 이제 처가, 또는 친정이라고 불리는 운비의 집으로 왔다. 집안은 아직 가지 않은 친척들로 북새통을 이루었다. 새신랑 신부를 기다리는 것이다.

한복을 곱게 차려입고 집으로 들어오는 운비와 원찬을 보더니 엄마가 버선발로 맞으러 나왔다. 그런데 엄마는 운비는 뒷전이요, 원찬부터 덥석 껴안는다.

"아이고, 우리 사위 왔는가?"

얼씨구! 진짜 눈꼴시어 못 봐주겠고만.

운비는 어이가 미처 대문 안으로 못 따라 들어와 엄마를 기막힌 눈으로 째려봤다. 그제야 운비의 따가운 눈총을 받은 엄마가 배실 웃음을 흘리며 알은체를 했다.

"그래, 재미있게 놀았어?"

놀긴! 밤새 시달려서 눈 퀭한 거 안 보여? 하고 뇌까려 주고 싶었으나 이제 새신부도 되었으니 참았다.

"어휴, 배고파."

운비가 허기진 기색이자 엄마는 호들갑을 떤다.

"어머나, 그 호텔에서는 밥도 안 준다니? 왜 배가 고파?"

밤새 시달리고 호텔 방 나오기 전까지 알뜰살뜰하게 그거 챙겨봐, 아침으로 샌드위치 몇 조각과 주스로 감당 되는가?

정말로 어제는 쉴 틈 없이 했더니, 아래가 조금 얼얼하긴 하다. 앞으로 운동을 더 강화하는 거야. 원찬의 펄펄 넘치는 정력으로 보아 매일 밤 견뎌내려면 그 수밖에 없다.

새삼 각오를 다지고 친척들에게 인사를 한 뒤 운비는 제 방으로 들어왔다. 쓰러지듯 침대에 드러눕는데, 그새를 못 참고 운경이 쪼르르 달려와 제 침대에 걸터앉는다.

"언니, 어제 어땠어?"

운비는 만사가 귀찮고 졸리기도 하여 심드렁하게 대꾸했다.

"뭐가?"

"원찬, 아니 형부 말이야. 잘해?"

"뭐?"

발끈한 운비가 치마폭 밖으로 다리부터 휘둘러 으름장을 놓자 운경이 살짝 피하며 까르르 웃어젖힌다.

"방금 보니까 형부 몰골이 말이 아니더라. 어지간하면 살살 좀 다루지? 저러다 폭삭 늙으면 어째?"

저게 방금 결혼한 언니에게 할 소리인가? 너무 오래도록 안 팼더니 입만 동동 살았구나.

"주접떨지 말고 나가서 엄마나 도와!"

"쿡쿡쿡. 그래도 좋았나 보구나? 밤새 잠 못 잤지, 어? 눈이 완전히 풀렸네. 얘기 좀 해 줘 봐. 궁금해 죽겠네."

오도방정을 떠는 운경에게 운비가 일침을 놓았다.

"쌍절곤 어디 갔어?"

그러면서 몸을 일으키려 하자 운경은 그제야 후닥닥 자리에서 일어나면서도 기어이 제 할 말은 다 한다.

"알았어, 알았어. 안 어울리게 내숭은! 형부한테 물어볼까?"

"저게 미쳤나? 그런 걸 형부한테 묻는 처제가 어디 있어? 집안 망신시키면 알아서 해!"

운경은 뭐가 그리 재미있는지 또다시 까르르 웃음을 터뜨리며 방을 나가버렸다.

철딱서니 없는 년!

운비도 그만 당기는 뒷골을 릴렉스시키며 침대에 똑바로 몸을 뉘었다.

"아, 진짜 피곤하다."

그러고는 원찬이 아직도 친척들에게 잡혀 있다는 것도 까마득히 잊을 정도로 곤한 잠에 빠져들었다.

얼마 동안 그렇게 잤는지 누군가 귓구멍에다 대고 살살 이야기를 하는 통에 어슴푸레 잠에서 깨어났다. 눈을 떴더니 어둑한 방안에서 엄마가 검지를 입에 모로 세우며 조용히 말을 건다.

"애, 얼른 일어나. 언제까지 잘 거니?"

더 자고 싶은데.

그러나 이미 날이 어둑해져 오는 걸 알고 눈을 비비며 자리에서 일어나 앉았다. 어디선가 고롱고롱 낮게 코 고는 소리가 들려오기에 쳐다봤더니 운경의 침대에서 원찬이 만세를 부르며 자고 있었다.

엄마가 목소리를 낮추어 다시 말했다.

"깨지 않게 조용히 하고 나와."

엄마를 따라 밖으로 나왔더니 친척들은 그새 다 가버렸는지 집안이 고요하다. 대신 현관 앞에 바리바리 싸 놓은 이바지 음식들이 눈에 뜨였다.

"애, 운비야. 벌써 날 어두워지는데 어쩌니? 시댁 식구들 눈 빠져라 기다리고 있을 텐데. 에구, 하긴 한다고 했다만 흉이나 안 볼는지 모르겠다."

"오늘 하룻밤 자고 내일 오라고 하셨어. 지금 안 가도 돼."

그러자 엄마가 곱게 눈을 흘긴다.

"그래도 그런 게 아니야. 나야 하룻밤 재워 보내고 싶다만, 그냥 오늘 들어가. 그리고 다음 주나 돼서 하룻밤 자고 오라시면 그렇게 하고. 신혼 여행을 바로 안 가니까 괜히 마음만 더 급하네."

"원찬이도 자는데 그냥 내일 가면 안 돼?"

"원찬이가 뭐야? 이제 결혼했으니 그렇게 함부로 이름 부름 못 쓴다. 시댁 식구들 앞에서도 이름 부를래?"

"그럼 뭐라고 불러?"

"뒤에 씨를 붙이든가, 저기요 하든가. 이름만 덜렁덜렁 부르지 마. 상스러워. 예절도 못 배웠다고 시댁 식구들이 우리 집안 흉봐."

어휴, 결혼하니까 이것저것 복잡하고 따지는 것도 많네. 게다가 '씨'는 또 뭐야.

하는 수 없이 방으로 다시 들어와 완전히 곯아떨어져 있는 원찬 곁에 살며시 앉았다. 어지간히 피곤했던 게로군. 후후.

원찬이 놀라지 않게 어깨를 살포시 끌어안으며 깨웠다.

"원찬, 일어나. 원찬."

"으음……."

원찬이 잠결에 뒤척이면서도 운비를 품에 끌어안는다.

"집에 가자. 엄마가 집에 가래."

"왜……?"

"몰라. 그냥 오늘 가래."

운비는 하루아침에 살던 터전을 잃은 것처럼 섭섭하고 서운하다.

"그만 가자. 벌써 날이 어두워졌어."

"내일 오라 그랬잖아."

"엄마가 가래. 내 생각에도 그냥 오늘 가는 게 좋겠어."

이왕 정 뗄 거 후딱 떼버리는 것도 낫겠지.

그래서 일어나기 싫어하는 원찬을 억지로 깨워 그 길로 아빠가 태워다 주는 차를 타고 시댁으로 향했다. 집 안까지 들어오지도 않고 이바지 음식들만 대문 앞에 내려놔 준 채 차를 돌려 가버리는 아빠를 보면서 운비는 왠지 가슴이 울컥했다.

들어와서 저녁이라도 같이 들고 가시지.

눈물이 핑 돌아 이를 악무는데, 원찬이 벨을 꾹 누르더니 큰 소리로 집에 왔음을 알렸다. 이번에는 시어머니가 버선발로 뛰어나왔다.

"어머나, 어머나. 너희 왜 벌써 오니?"

전화해 봐야 오지 말라고 할 게 뻔해서 무턱대고 왔더니만 놀란 모양이다.

"예, 저기…… 엄마가 오늘 가는 게 좋겠다고 해서요. 전화 안 드리고 와서 죄송합니다."

"어머나, 그리고 웬 음식을 이렇게나 많이……. 너희 올 줄도 모르고 저녁 준비도 안 했는데 이를 어째?"

난감해 하면서도 시어머니는 그다지 싫은 기색이 아니었다. 이바지 음식들을 안으로 들여가느라 집안이 한 차례 시끌벅적해졌다.

"너희 내일 온다고 형이랑 누나네랑 다 내일 오기로 했잖니. 원찬이 너라도 연락 좀 미리 해 주잖고."

"운비가 하지 말라고 그래서. 엄마, 나 졸려 죽겠는데 밥 안 먹고 그냥 자면 안 돼?"

"어머나, 어머나. 애, 결혼하고도 엄마가 뭐니?"

"그럼 뭐라고 그래?"

"어머니. 그리고 말도 탁탁 놓지 마. 너 이제 어린애 아냐. 알겠니?"

"그냥 하던 대로 살자, 엄마."

원찬이 인상을 찌푸리며 아양을 부려도 시어머니는 일언지하에 거절했다.

"안 돼. 처가 식구들이 뭐라고 하시겠니? 가정교육 잘 못 받았다고 책잡혀. 안 그러니, 아가야?"

"예? 아, 그럼요, 어머니. 원찬 씨가 아직 실감이 나질 않아 그래요. 천천히 바꾸겠죠 뭐."

"원찬 씨?"

원찬이 어리벙벙한 얼굴을 하다가 푸하핫 웃음을 터뜨린다. 너무 크게 웃어버리는 바람에 운비는 무안하여 팔꿈치로 그의 옆구리를 쿡 찔렀다.

"저런, 저런. 쯧쯧. 아가야, 네가 이해하렴. 아직 어려 그런 걸 어쩌니? 도대체 군대는 뒷구멍으로 들어갔다 왔는지."

사실 원찬은 군에 다녀온 후에도 그다지 변한 것이 없었다. 여느 남자들처럼 군대 이야기만 나오면 침 튀기도록 소설 한 편을 쓰는 건 똑같았지만, 그의 행동거지에는 크게 예비역이란 느낌이 없었다. 까맣게 그을렸던 피부도 한 석 달쯤 지나니까 여자 피부보다 더 뽀얗게 물이 올랐고, 복학하는 즉시 그의 존재를 처음 알게 된 숱한 여학생들 마음에 영락없이 생불을 놓았다.

때문에 원찬이 복학하던 해에 졸업한 운비는 어렵사리 입사한 방송국 일에 신경 쓰랴, 애인 건사하랴, 매우 바쁜 나날을 보내야 했다.

"걱정하지 마세요, 어머니. 제가 알아듣도록 잘 얘기할게요."

"그래. 그럼 올라가서 좀 쉬고 있어. 내 얼른 밥해서 다 되면 부르마."

"어이구, 아니에요, 어머니. 제가 할게요."

씩씩하게 팔을 걷어붙이는 운비를 시어머니가 놀라서 뜯어말렸다.

"아니다, 애. 너 처음 우리 집에 오는 날인데 내 손으로 밥해서 먹이고 싶다. 신경 쓰지 마. 안 써도 돼. 원찬아, 어서 애기 데리고 올라가."

"응. 아니, 예, 엄마."

“어머니라니까 인석이!”

“싫어요, 엄마. 헤헤.”

장난스럽게 되받아치고는 원찬이 운비의 손을 잡아끌어 이 층 쪽으로 향한다.

“아, 아니, 제가 해도 되는데…….”

운비가 원찬의 손에 딸려 가면서 어버버거리자 원찬이 군소리 말라는 듯 한마디 했다.

“밥도 못 하면서 뭘 하겠다고.”

하, 하긴. 엄마가 제일 걱정하던 것도 그건데. 어떻게 된 게 쌀 씻을 때마다 버리는 게 반이라 엄마한테 등도 숱하게 맞았었다. 그것도 이제 추억이 되어버렸지만.

이 층 원찬의 방에 올라오자 언제 바꿔 놨는지 방안이 핑크빛으로 화사하다. 이날 이때껏 핑크하고는 거리가 먼 운비였지만 방안이 온통 핑크빛 물결이라 기분이 참 오묘했다. 이래서 여자들이 핑크를 좋아하는구나, 고개를 끄덕일 정도였으니까. 그 아릿하고 마음 설레게 하는 빛깔이라니.

침대에 털썩 주저앉았더니, 졸려 죽겠다던 원찬의 눈 꼬리가 별안간 살포시 늘어졌다. 그러면서 슬금슬금 다가오기에 운비는 낌새를 알아차리고 정신이 번쩍 들었다.

“야, 원찬. 너 지금……, 우왓!”

그다음은 굳이 말하지 않더라도 다들 짐작하시겠지? 우후후.

***

“뭐야, 저건 또?”

운비가 일하는 L 방송국 앞으로 찾아간 원찬은 웬 말쑥한 신사와 함께 나오는 운비를 발견하고 인상을 찡그렸다. 아직 학생인 자신과는 가히 비교가 될 만큼 농익을 대로 익은 남자다. 다니엘 헤니만큼 머리부터 발끝까지 농염한 기운이 자르르 흐르는 남자.

그리고 어디를 가는지 운비를 에스코트하여 정중하고도 능숙하게 제 차의 보조석에 태우는데, 없던 빈혈이 생긴 것처럼 현기증이 일었다. 남자의 검은색 세단이 카스텔라 빵 위를 굴러가듯 매끄럽게 주차장을 빠져나간다.

이제 꽃다발을 들고 막 차에서 내리려던 원찬은 예리하게 눈알을 번뜩이며 뒤를 쫓기 시작했다.

운비는 원찬이 군대에 간 이후 방송국 기자 시험에 붙기 위하여 불철주야 학구열을 불태우더니, 현재 사회부 사건기자(경찰기자라고도 함)로 일하고 있었다. 부서를 택해도 꼭 저 같은 걸 택하는지 사건, 사고가 나는 곳이라면 밤낮을 가리지 않고 쫓아가는 바람에 원찬으로서는 보통 난감한 일이 아니었다. 가뜩이나 의협심 강한 운비가 무슨 험한 꼴을 당할지 몰라 조마조마하던 차인데, 오늘은 웬 난데없는 남자와 방송국에서 다정하게 나오니 무슨 일인지도 모르고 눈에 불똥부터 튀었다.

운비와 같은 방송국 PD로 취직한 진건이 심심찮게 전해 오는 말로는, 운비가 아가씨인 줄 알고 방송국 내에 집적대는 놈들이 꽤 있다는 정보다. 직장 상사라면 저렇게 자기 차에 태우면서 정중히 문을 열어주지는 않았겠지. 그리고 운비를 대하는 모습이 남자의 직감으로도 심상치가 않아 보인다.

원찬은 숨을 죽이며 검은색 세단을 쫓아가, 호텔 입구에 차를 세우고 내리는 두 사람을 보고 미간을 모았다. 설마……, 하는 마음이 들다가는 깜짝 놀라 고개를 흔들었다. 내가 지금 무슨 생각을 하는 거지? 운비를 의심하다니. 아냐. 절대 그럴 리가 없어!

마른 침을 꼴깍 삼키며 나란히 호텔에 들어가는 두 사람을 쫓아갔다. 그래, 의심할 것 없이 빨리 들어가서 아는 척을 해버리는 거야.

실은 당장 확인을 하지 않으면 돌아버릴 것 같은 마음과 두 사람 사이가 아무것도 아니길 바라는 마음이 호텔 안으로 두 사람을 쫓아가는 동안 머릿속에서 난투극을 벌여댔다. 단지 취재하러 온 것은 아닐까 생각했지만, 그런 분위기와는 사뭇 다른 두 사람 때문에 더 애가 탔다.

"운⋯⋯."

손을 내밀어 운비를 부르려는 순간, 남자가 자연스럽게 운비의 어깨에 손을 올리더니 프런트로 걸어간다. 설마가 사람 잡는 건 아닐까, 불과 몇 발짝 떨어진 거리에서 원찬은 멍하니 프런트에 몇 마디를 건넨 뒤 엘리베이터로 함께 걸어가는 두 사람을 바라보았다.

아닐 거야, 아닐 거야.

마치 마누라 바람난 현장을 몰래 미행하는 남편이 된 심정으로 엘리베이터로 무의식중에 걸어가는데, 프런트 직원이 불러 세운다.

"손님, 뭘 도와드릴까요?"

원찬은 엉겁결에 손가락으로 엘리베이터 쪽을 가리키며 자제력 잃은 목소리로 더듬거렸다.

"저, 저기 저 여자가 제 아내거든요. 여기 호텔에서 만나기로 했어요."

"네?"

원찬은 내 여자가 지금 다른 남자랑 호텔 객실로 올라가고 있어요, 라고 말하고 싶지 않아 그렇게 둘러쳤던 것인데, 프런트 직원은 못 알아들은 모양이었다. 답답한 마음에 엘리베이터 쪽으로 뛰며 소리쳤다.

"당신도 내 입장 되면 이해할 거야!"

그새 운비와 낯선 남자를 태운 엘리베이터는 19층에서 멈췄다. 마침 옆 엘리베이터가 서기에 원찬은 냉큼 올라탔다. 파바박, 엘리베이터 닫힘 버튼을 누르자 프런트 직원을 코앞에 두고 문이 스르르 닫힌다. 어차피 프런트 직원에게 사정을 이야기하고 두 사람이 어느 객실에 묵었는지 물어봤자 가르쳐 주지 않을 게 뻔했기에 몸으로 직접 부딪치기로 작정한 것이다.

19층에서 내린 원찬은 객실 문마다 주먹으로 쾅쾅 두드려 방에 묵은 사람들 얼굴을 일일이 확인하기 시작했다. 그리고 마침내 끝 방 앞에 당도했을 때 왠지 머뭇거리는 자신을 발견하고 당혹한 얼굴이 되었다. 아니길 바라고, 또 아니라는 걸 알면서도 왠지 눈으로 확인해 보고 싶은 이중성.

무슨 다른 이유가 있을 거야.

미친 듯이 방마다 문을 두드릴 때와는 달리 원찬은 서서히 주먹을 거두어들였다. 이제껏 운비 한 여자만 바라보아서 순간적으로 이성을 잃은 것이다. 잠시나마 운비를 의심하여 호텔 객실까지 미행해 온 자신이 혐오스러워 견딜 수가 없었다.

돌아가자. 일단 돌아가서 운비가 직접 오늘의 일에 대해서 말할 때까지 기다리는 거야.

운비는 자주 자신이 취재하러 다닌 이야기들을 모험담처럼 해주곤 했었기 때문에, 오늘과 같은 특수한 상황이라면 분명코 얘기해 주리라는 믿음이 생겼다.

원찬이 객실 앞에서 한 발짝 물러섰을 때, 때마침 엘리베이터에서 내린 호텔 직원 둘이 괴씸한 눈빛으로 다가왔다.

"쉿!"

입술에 검지를 모로 세운 원찬이 발소리를 죽여 그들에게 다가갔다. 영문을 모르는 호텔 직원들은 원찬에게 떠밀리듯 엘리베이터로 다시 올라탔고, 아래층으로 내려가는 내내 별 미친놈 다 보겠다는 눈빛으로 원찬을 쳐다보았다.

프런트로 돌아온 원찬은 고개를 깊이 숙여 사과했다.

"죄송합니다. 사람을 잘못 봤어요. 실례했습니다."

"정말 아무 일 없으신 거예요?"

친절한 프런트 여직원이 걱정스럽게 물었고, 원찬은 애써 하하 웃으며 대답했다.

"물론이죠. 제가 사랑하는 도깨비는 겨우 그 정도의 여자가 아니거든요."

도깨비는 뭐고 그 정도의 여자는 뭔지 호텔 직원들은 멀쩡한 허우대와 귀공자 스타일의 남자를 안됐다는 눈으로 바라보았다. 고급 호텔인지라 자주 볼 수 있는 현상은 아니지만 호텔이기에 어쩔 수 없이 천태만상의 인간을 보기도 하기 때문이다.

그 길로 집으로 돌아온 원찬은 운비가 오기만을 눈이 빠져라 기다렸다. 전화도 한 통 없고, 하루에 몇 번씩 주고받던 문자조차 없으니 기다리는 시간이 지루하고 더뎌서 애간장이 다 녹아드는 것 같았다. 휴대전화를 들었다가는 도로 내려놓기를 수십 번.

지치다 못해 몰골이 환자처럼 되어갈 때쯤 마침내 운비에게서 전화가 왔다. 최근 들어 가장 반가운 전화였지만 평소와 다름 없는 척 태연한 목소리로 전화를 받았다.

"흠! 어디야?"

[자갸. 전화 많이 기다렸지? 미안. 전화할 수 없는 상황이라 그랬어.]

원찬의 눈동자에 빠직 힘이 들어갔다. 전화할 수 없는 상황? 대체 어떤 상황이었길래!

"그, 그래? 아니 뭐, 자기 하는 일이 그러니까 피치 못하게 그럴 수도 있지. 괜찮아, 괜찮아. 지금 어딘데? 오려면 아직 멀었어?"

[응. 거의 다 왔어. 좀만 기다려.]

하지만 전화를 끊자마자 원찬은 침대를 붕 날아 총알같이 밖으로 뛰어나갔다. 운비를 마중 나가고자 함이다.

대문 밖에 나가 이제나저제나 기다리자니 낯익은 차 한 대가 기다란 집 담벼락을 타고 스르륵 다가와 선다. 가만 보니 그 남자 차다!

어라? 이건 또 뭐하자는 스토리?

이제껏 상상했던 것이 자못 핀트가 어긋난다는 생각과 함께 원찬의 얼굴에 낭패감과 안도감이 자리다툼을 하며 내려앉았다.

"어, 자갸."

차에서 내린 운비가 대문 밖에 나와 서 있는 원찬을 발견하고 반가운 얼굴을 했다. 이어 운전석의 남자가 내려섰다. 마치 양복 선전에나 나올 법한 맵시 있는 남자였다. 원찬은 괜한 경계심에 남자를 향해 강력한 눈빛을 발사했다.

"누구…… 야?"

궁금해서 미칠 것 같았지만 짐짓 처음 보는 양 느긋하게 물었다.

"아, 이번에 마약 사건에 관련해서 제보해 주신 분."

"뭐?"

"오늘 호텔에서 암거래가 있었는데, 위험한 일에 자청해서 도와주셨어. 덕분에 완벽하게 몰카에 담아왔지. 흐흐."

힘을 주었던 눈알이 급격히 풀어진다. 진짜 큰 실수를 저지를 뻔했지 않았나.

원찬은 실수를 수습이라도 하려는 양 얼른 목소리를 바꾸었다.

"그러셨구나. 아이고, 이거 정말 고맙습니다. 제가 이 사람 남편 됩니다. 최원찬이라고 합니다."

남자가 싱긋 웃더니 손을 내밀어 악수를 청했다.

"해리 킴이에요. 멋진 숙녀 분을 아내로 두셔서 좋겠어요. 부럽네요."

정말 다니엘 헤니처럼 혼혈이었던가? 겉모습은 외국인 같은데, 성이 '김'이라니 추측했던 게 맞나 보다.

"그럼 다음에 또 뵙죠, 운비 씨."

해리가 운비에게 인사를 하고는 차에 올라탔다. 멀어져 가는 차를 바라보다가 원찬이 사심없는 투로 물었다.

"근데 왜 같이 타고 와? 자기 차는 어쩌고?"

"방송국에 들렀다가 오려면 너무 늦을 것 같아서 바로 왔어. 내일 하루만 택시 타고 가지 뭐."

"저 사람 기혼이야?"

"아니, 총각. 멋있게 생겼지? 외국에서 오래 살아서 그런지 매너도 캡숑 좋아. 히히."

원찬이 떨떠름하게 말을 돌렸다.

"그나저나 우린 언제 애 갖냐?"

이제 겨우 사회생활에 익숙해 갈 때인데 또 애 이야기!

나이도 아직 한창인 남자가 참 취향도 고리타분하다 여기며 운비는 시큰둥하게 반응했다.

"그럼 나더러 배불러서 사건 취재하러 다니란 거야?"

"그러니까 사회부 기자 안 하면 되잖아. 다른 부서도 많은데, 왜 하필 위험한 사건기자야?"

"그게 내 적성에 딱 맞으니까!"

운비는 대학 다닐 때에도 차력 동아리를 그만두게 하려고 잔꾀를 부려대던 원찬을 생각해서 한마디로 일축했다. 그러고는 도망치듯 집안으로 들어가 버렸다. 자꾸 말을 섞으면 원찬에게 또 넘어갈 게 뻔하기 때문이다.

원찬의 생각에는 운비의 주변에 날파리처럼 꼬여대는 남자들 퇴치하는 것도 문제지만 가장 시급한 것이 사건기자가 아닐까 싶었다. 오늘도 마약이라니. 마약 거래하는 놈들은 대부분 무기도 갖고 다닌다는데 생각만 해도 아찔하다.

대문 밖에 서서 잠깐 고민에 잠겼던 원찬의 눈이 반짝 빛을 발한 것은 채 1분도 되지 않아서였다. 손가락을 딱 튕긴 원찬이 의미심장한 미소를 지으며 혼잣말을 중얼거렸다.

"그래, 좋아. 정 그렇다면 나한테도 다 생각이 있다 이거야. 과연 그러고도 사건기자 한다는 말이 나오는지 어디 두고 보자, 엉?"

"아아악~!"

새벽녘. 난데없는 비명에 원찬은 한창 단잠에 빠져 있다가 벌떡 몸을 일으켰다. 곁에서 자고 있어야 할 도깨비가 없다. 그런데 비명 소리는 도깨비의 것이다.

"깨비야……."

가슴이 철렁 내려앉아 허둥지둥 침대를 내려와 비명 소리가 난 화장실로 뛰어들어갔다. 그 안에서 운비가 변기 뚜껑 위에 엉거주춤 주저앉은 채 얼굴이 새하얗게 질려 있었다.

"무슨 일이야? 왜 그래?"

원찬이 놀라서 물었고, 운비는 그보다 더 경악에 찬 눈으로 무슨 말인가를 하려 무진 애를 쓰고 있었다. 하지만 혀가 굳어버렸는지 입만 간신히 벙싯거렸다.

그때 원찬의 시선이 운비의 손에 든 무언가로 쓰윽 내려갔다.

응? 저건 또 뭐지?

운비의 손이 부르르 떨리는 걸로 보아서는 별로 좋지 않은 물건인 듯하다. 뭘까?

원찬이 한 걸음 다가가 운비 앞에 쭈그려 앉았다. 그리고 하얗고 작은 작대기 모양을 한 정체불명의 물건을 들여다보았다.

"뭐야, 이게? 체온계야?"

그러고 보니 체온계처럼 생겼다. 살짝 들여다보았더니 무언가 표시가 있는 것도 같고, 끄트머리에 물기도 묻은 것 같고. 아리송.

"최원차아아안!"

마침내 굳었던 혀가 풀리며 운비가 입에 거품을 물더니 체온계를 내던지고 난데없이 원찬의 멱살을 잡고 뒤흔들었다.

"컥! 이게 무슨 짓이야?"

원찬이 멱살이 잡힌 채로 버둥거리는 사이, 운비는 울분을 삭이지 못해 악을 썼다.

"널 믿은 내가 잘못이지! 일부러 그랬지? 일부러 그런 거 맞지? 나 이제 어떡해!"

운비는 믿을 수 없었다. 아무래도 며칠 있어야 할 게 비치지 않아 걱정스럽던 참에 혹시나 싶어 약국에서 임신 테스트기를 사 왔었다. 설명서를 보니 새벽 첫 소변을 테스트하면 가장 효과만점이라고 하기에, 눈을 뜨자마자 원찬 몰래 화장실로 들어왔다가 이런 변(?)을 당한 것이다. 어쩐지 약 잘 먹고 있는 사람에게 이제부터 자기가 피임을 하겠다며 선심을 쓰더라니.

못내 미심쩍긴 했으나 꼬박꼬박 콘돔을 쓰기에 안심을 했었다. 피임에는 약보다 콘돔이 더 확실하다는 말을 들은 적이 있기도 해서였다. 절대, 결코 원찬이 학교 졸업을 하여 독립을 할 때까지 아이 계획이라고는 없던 운비였다. 그래서 그 무엇보다 피임에 신경을 쓰고 또 썼건만!

입술에 피가 나도록 으깨 무는 운비의 태도가 영 심상치 않아서 원찬은 정말로 겁을 먹었다.

대체 뭐지? 뭔데 새벽부터 이러는 거야? 어젯밤에도 섭섭지 않게 화끈한 밤을 보내었는데 뭐가 문제냐고?

그는 멱살을 잡혔던 것도 잊고 걱정스러운 나머지 두 손으로 운비의 얼굴을 감싸고 가만히 들여다보았다. 운비의 두 눈에 서서히 눈물이 고이기 시작했기에 더더욱 혼란스러웠다.

"왜 그래? 무슨 일인데, 응? 안 좋은 소식이야? 말해 봐, 깨비야."

"나쁜 놈······. 흐흑."

운비는 끝내 울음을 터뜨린다.

"어어?"

어지간해서는 잘 울지 않는 운비가 운다는 건 정말 심각한 일이 있는 거다.

깨비야, 왜 그러는데? 걱정돼서 죽을 것 같잖아. 사건기자 그만두라고 너무 닦달을 해서 스트레스 쌓인 거야? 아니면 시집살이 고되?

"임신이야, 씨잉."

"응? 뭐라고?"

"임신이라고, 이 나쁜 놈아! 도대체 어떻게 된 거야?"

엇! 임신? 이, 임신? 지금 임신이라고 말한 거 맞지?

우왓! 임신이래, 임신!

앗싸! 성공!

"푸핫! 진짜? 임신 맞아? 확실해?"

원찬이 조금 전까지 어두웠던 얼굴은 싹 가시고 환하게 살아나 소리쳤다.

"으흑! 나 이제 어떻게 해? 배불러서 어떻게 사건 취재하러 다니냐고? 틀림없이 딴 부서로 보내버릴 거야."

운비가 절망감에 고개를 푹 숙이자, 원찬이 그녀를 덥석 끌어안았다.

"으하하하! 장해, 장해! 도깨비, 만세! 만만세!"

만세는 무슨 얼어 죽을 만세? 배불러 회사 다닐 생각을 하니 눈앞이 캄캄해 죽겠고만.

원찬은 운비의 기분과는 아랑곳없이 속으로 안도의 한숨을 크게 내쉬었다. 역시 불량 콘돔을 쓰길 잘했어. 아버지의 제약 회사에 다니는 형에게 불량 콘돔 하나만 구해 달라고 했던 게 주효했다. 그날 밤, 찢어진 콘돔을 보며 얼마나 임신 되라고 기원을 했게? 으크크!

원찬이 혼자 키득거리자 운비는 눈 꼬리에 눈물을 매달고서 물끄러미 바라보았다.

너무 좋아하잖아?

"원찬, 그렇게 좋아?"

"응. 우리 아기 생긴 거잖아."

연신 싱글거리는 원찬을 보자 운비는 화가 났던 마음이 거짓말처럼 가라앉았다. 운비의 두 손을 가지런히 잡고 만지작거리며 원찬이 감격에 젖어 말했다.

"자기 닮은 딸 낳았으면 좋겠다."

"싫어. 그냥 자기 닮은 아들 낳을래."

시무룩하면서도 선선한 운비의 대답에 원찬은 싱긋 웃었다.

"고마워. 그리고 왕 축하!"

“아, 몰라. 정말 암담해.”

또다시 울상이 되는 운비를 향해 원찬이 이번에는 진지하게 고백했다.

“사랑해, 도깨비.”

운비는 오늘도 원찬의 ‘사랑해’ 그 한마디에 모든 걸 용서해야 한다는 걸 알고 있다. 그리고 언제나 그 말의 대답으로는, 한가지밖에 없다는 것도.

“나도 사랑해.”

Hey, baby!

<임산부가 대낮 강도 잡아······.>

뉴스에 나온 머리기사는 분명 그것이었다. 모처럼 온 가족이 모여 뉴스를 보고 있다가 앵커의 보도에 모두 흥미로운 눈빛을 했다. 매일 사건 사고가 끊이지 않는 대한민국이지만 제목을 보니 훈훈한 기사일 거라 모두 기대에 찬 얼굴이었다.

그 기사는 뉴스가 거의 끝나갈 무렵에 나왔는데, 내가 근무하는 방송국 뉴스라 조금 민망했다.

"오늘 낮 세 시 무렵, 은행에 다녀오던 임산부가 날치기에서 강도로 돌변한 두 명의 범인을 잡았다는 소식입니다. 임산부 도운비 씨는 평소에도 의협심이 강해서 불의를 보면 그냥 지나치지 못한다고 하는데요. 오늘도 은행 앞에서 오토바이를 탄 날치기들을 발견하고 마침 누군가 길가에 세워 둔 오토바이를 타고 끝까지 쫓아가 붙잡았다고 하는군요.>

항시 보는 9시 뉴스라 오늘만 거를 수도 없고, 때맞춰 휴무인 덕에 온 가족이 둘러앉아 보게 되었던 것인데 내 이름이 거론되자 모두 어떤 여자인지 대단하단 표정에서 즉각 경악하는 얼굴로 바뀐다. 그중에서도 내 옆에 앉았던 원찬의 얼굴은 가히 봐줄 만했다.

객쩍게 웃으며 시부모님과 원찬의 안색을 살폈다. 나를 멍하게 쳐다보던 가족들은 사건의 경위를 알기 위해 다시 브라운관으로 시선을 돌렸다.

사건의 경위는 이러하다.

휴무라 은행에 다녀오는 길이었다. 은행에서 막 나서는데, 나보다 한 발 앞서 나갔던 아주머니 옆을 오토바이를 탄 두 놈이 쌩 지나가며 아주머니의 손에 든 지갑을 빼앗아 달아나는 것이 아닌가.

"어머! 어머, 어머, 내 돈! 날치기야! 누가 저놈들 좀 잡아줘요!"

아주머니는 길거리에서 길길이 뛰고, 뒤늦게 은행 직원이 달려나와 보지만 오토바이를 탄 날치기들은 유유히 길 저편으로 멀어져 간다. 그때 내 눈에 길가에 시동을 걸어놓은 채 세워 둔 오토바이가 눈에 띄는 것이었으니.

더 길게 생각할 것도 없이 부리나케 달려가 오토바이에 올라탔다. 오토바이 주인은 가게에서 담배를 하나 사서 나오다가 내가 오토바이를 타는 걸 보고는 기겁했다.

"어엇, 이봐요! 뭐 하는 거요? 그거 내 오토바이란 말야!"

"금방 돌아올게요!"

부아아앙~!

나는 오토바이를 몰고 쏜살같이 놈들의 뒤를 쫓았다.

오늘이 니들 제삿날인 줄 알아라!

내가 쫓고 있다는 걸 알고 놈들이 속력을 내더니 좁은 골목길로 들어간다. 빤한 수작. 좁은 골목길을 돌고 돌아 따돌리고자 함이든지, 골목길로 유인하여 나를 위협하고자 함이든지. 하지만 그렇다 해서 물러설 도깨비가 아니지.

한동안 골목길을 쫓고 쫓기던 놈들과 나는 마침내 어느 막다른 골목에서 맞닥뜨리게 되었다. 오토바이 위의 두 놈을 보니 이제 스무 살도 안 된 어린애들이다. 행색으로 보아 가출 청소년이거나 문제아들일 것 같았다.

막다른 벽을 뒤로하고 놈들이 내 쪽으로 오토바이를 돌려세운다. 상대가 여자 혼자라는 것에 만만했는지 놈들이 히죽 웃으며 위협한다.

"뭐야, 아줌마? 괜히 험한 꼴 당하지 말고 순순히 돌아가시지."

후욱, 입김을 불어 뜨거워진 이마를 식히며 여유 있게 대꾸해 주었다.

"얌마, 까불지 말고 곱게 말할 때 지갑 내 놔. 앞날이 구만리야. 평생 학교(감방) 드나들다 인생 쫑내고 싶냐?"

내 입담이 거칠어서인지 놈들의 미간이 살짝 찌푸려진다. 하긴 여자 혼자 몸으로 쫓아 온 것만도 보통은 넘겠다, 생각했을 터에 이런 상황에서 느긋한 언사라니 긴장도 될 것이다. 내가 빠져나갈 길을 차단하고자 일부러 오토바이를 옆으로 돌려세웠던지라 놈들은 뚫고 지나가기도 어렵다고 판단했는지 오토바이에서 내렸다. 그리곤 두 놈 다 철컥 주머니 칼을 꺼내드는데, 인생은 포기해도 돈 만큼은 포기할 수 없다는 의지가 서려 있었다. 칼 들고 위협하면 나 살려라 하고 도망갈 줄 알았던지 놈들은 비장한 각오로 내게 다가온다. 그러고는 서로 눈짓을 주고받더니 화닥닥 달려들었다.

'아가야, 운동 시간이다.'

이제 오 개월째로 막 접어들어 미약하게나마 볼록 나온 배를 어루만지며 나는 속으로 말했다.

"타앗!"

오토바이에 앉았다가 왼발을 시트 위로 가볍게 올리며 중심을 잡은 나는 오른발을 길게 쭉 뻗어 오른쪽으로 덤벼드는 놈의 가슴을 걷어찼다.

"억!"

오른쪽 놈이 칼을 놓치며 발라당 자빠지자 순간적으로 흠칫했던 왼쪽 놈이 약이 바싹 오른 얼굴로 칼부터 휘두른다.

복부로 찔러 들어오는 칼을 살짝 피하면서 핸들을 디딤대 삼아 공중에서 빙그르르 반 바퀴 돌아 바닥으로 내려섰다. 그 바람에 중심이 오토바이 쪽으로 쏠려버린 놈의 손목을 등 뒤로 꺾어 올렸다.

"헉!"

시트에 철퍽 엎어진 놈이 당황하는 사이, 놈의 손목을 등에 탁탁 내려치자 칼이 바닥으로 툭 떨어진다. 가슴을 얻어맞은 충격에 비틀거리며 자리에서 일어난 다른 한 놈이 씨근덕대며 달려들었다. 놈을 돌아보지도 않고 감으로 거리를 가늠한 나는 뒷발질로 놈의 가슴을 다시 한 번 후려찼다.

"으악!"

그렇게 두 놈을 상대하는 사이, 경찰 두 명이 골목 안으로 뛰어들어왔다. 경찰관 중 한 명이 나를 보고는 화들짝 놀란 시늉을 한다.

"아이고, 도 기자님 아니십니까?"

사건 취재하면서 우리 동네 지구대를 몇 번이나 들락거려 평소 안면이 있는 경찰관이었다.

"아, 예. 안녕하세요?"

다른 경찰관이 땅바닥에 쓰러져 있는 놈을 잡아 일으키고, 나는 그때까지 손목을 꺾은 채 붙잡고 있던 놈을 그에게 넘겨주었다.

"참고로 그 용감한 임산부는 저희 방송국 기자입니다."

앵커의 위트 섞인 마지막 코멘트에 다른 날 같으면 박장대소를 했겠지만 여전히 집안 분위기는 싸하기만 했다.

"흠! 그래서 몸은 괜찮은 거니?"

아무래도 내 몸이 걱정되었는지 시어머니가 물으시기에 나는 어설피 웃으며 대답했다.

"아, 그럼요, 어머니. 제가 워낙 건강 체질이잖아요. 하하."

"그래도 이젠 뱃속의 아기를 생각해서라도 위험한 일에는 자중을 하는 게 좋겠구나."

평소 말씀이 없으신 시아버지도 오지랖 넓은 며느리가 염려스러운지 한마디 거드신다.

"예, 아버님. 조심하겠습니다."

씩씩하게 대답하고 난 나는, 슬그머니 자리에서 일어나 이 층으로 올라가는 원찬을 따라 갔다. 이제 또 며칠간 원찬에게 잔소리를 들어야겠구나, 생각하며.

이 층 방으로 들어가자 원찬이 팔짱을 낀 채 나를 향해 싹 돌아선다. 나는 죽을죄를 지었다는 표정으로 얼른 꼬리를 낮추며 원찬에게 다가섰다.

"미안해. 하지만 눈앞에서 그런 일이 벌어졌는데 나 몰라라 할 수가 없더라고. 한 번만 봐주라. 그리고 솔직히 태아한테 정의가 무엇인지 가르쳐주는 것도……."

"도운비!"

"어이쿠, 깜짝이야. 왜 소리는 지르고 그래? 애 떨어질 뻔했잖아!"

"쳇! 그 정도에 애 떨어질 거면 벌써 열두 번은 더 떨어졌겠다."

나는 살며시 원찬의 허리에 팔을 감고 그동안의 결혼 노하우로 익혀둔 아양 작전에 들어갔다.

"아웅, 자갸. 임산부에겐 스트레스가 제일 안 좋대."

"됐거든! 스트레스는 내가 더 받는다!"

오늘은 안 통하네. 쩝.

"알았어. 아기 낳을 때까지 자중하면 되잖아."

침대로 가서 앉으며 뚱하게 말하자 그제야 붉으락푸르락했던 안색이 조금 되돌아온 원찬이 내 옆에 와서 앉았다.

"아기도 아기지만 네가 걱정돼서 그래. 부모님도 마찬가지시고."

"알아."

내가 시무룩하게 대꾸하자 원찬이 나를 꼭 껴안아 주며 말했다.

"나도 우리 아이가 너처럼 정의로운 사람으로 자라길 바라. 그게 나쁘다는 건 아냐. 단지 지금은 조심해야 할 때이니까. 무슨 말인지 알지?”

“응. 앞으로 조심할게.”

원찬의 따스한 눈빛을 받으며 나는 그의 입술에 쪽 입맞춤했다. 그의 뜻대로 아기를 가진 후에는 주로 내근이 많은 편집기자로 부서를 바꾸었는데, 역시 직업은 못 속이는 건지 가는 곳곳마다 이 도깨비 눈에는 사건 사고만 보이니 어쩌란 말인가.

그로부터 며칠 후. 퇴근하는 길에 정류장 포장마차에서 파는 떡볶이가 그리 맛나 보이길래 한 접시 먹어볼까 하고 들어갔다. 그런데 내 옆에 섰던 남자가 떡볶이를 먹으며 그 와중에 담배까지 뻐끔뻐끔 피워댄다.

“콜록, 콜록! 저기요. 제가 산모라 그러는데요. 담뱃불 좀 꺼 주시면 안 될까요?”

그런데 이 남자, 귀청을 삶아 드셨는지 내 말에 어디서 개가 짖느냐는 듯 싹 무시하며 일부러 그러는 것처럼 내 얼굴에다 대고 연기를 혹 내뿜기까지 한다.

담배가 태아와 산모에겐 극약과 같다는 것은 기본 상식이 있는 인간이라면 누구라도 알 터. 순간 화가 위험 수치를 확 넘어서는데, 어지간한 일에는 참겠노라고 원찬과 했던 약속이 생각나 가까스로 화를 가라앉혔다.

“이봐요, 아저씨. 여기 아저씨만 있는 거 아니잖아요. 그리고 제가 말씀드렸잖아요, 저 산모라고.”

또박또박 따지고 드는 나를 남자는 떨떠름하게 인상을 굳히며 흘끗 쳐다보았다.

“그래서? 애 가졌다고 나한테 지금 유세하는 거야? 세상에 애 가진 산모가 당신 하나야? 뭘 그렇게 별스럽게 굴어? 재수 없게.”

뭐라? 재수 없……

순간 원찬과 한 약속은 까마귀에게 던져주고 뚜껑이 확 열려버렸다.

“야!”

산모라고는 전혀 볼 수 없는 과격한 언사에 남자뿐 아니라 그곳에 있던 주인 이하 손님들 몇몇이 눈이 동그래져 쳐다보았다.

"야아?"

"내가 오늘 널 곱게 보내주면 성을 간다. 따라나와, 자식아!"

이를 빠드득 갈며 다짜고짜 놈의 멱살을 잡고 포장마차 밖으로 끌고나갔다. 어어, 황당해 하는 남자의 읊조림을 가볍게 지려밟고 밖으로 끌고 나오자마자 두 주먹을 불끈 쥐어 권투 자세를 취했다.

"덤벼!"

"허! 뭐 이런 여자가 다 있어? 당신이 깡패야, 뭐야? 떡볶이를 먹으러 왔으면 얌전히 먹고 갈 것이지 왜 가만있는 사람한테 시비야, 시비가?"

얼굴이 시뻘게져 설레발을 치는 남자에게 조롱하듯 피식 웃어주며 속으로 뇌까려주었다.

'들어는 봤나? 너희 같은 안하무인들 때려잡는 도깨비라고.'

하루도 조용할 날 없는 도깨비의 하루가 또 그렇게 가고 있었다.

진건's story

"정말이요?"

같은 방송국에 다니면서도 서로 시간이 없어 통 얼굴을 보지는 못하지만 신변에 관한 소식은 기가 막히게 속속 들어왔다. 진건이 속해 있는 예능국의 직속 PD가 다름 아닌 대학 선배여서 운비와도 잘 알고 지내는 덕분이었다. 이따금 시간이 날 때마다 전화를 주고받는데, 때마침 전화를 했더니 눈이 번쩍 뜨이는 소식을 알려준다.

전화를 끊은 운비의 얼굴에 화색이 확 돌았다.

"호오~ 딱 걸렸어!"

손목시계를 재빨리 들여다 본 후 의자에서 몸을 일으켰다. 이제 9개월에 접어든 남산만 한 배를 하고서 방송국 앞 커피숍으로 향했다. 커피숍은 중세풍으로 무척 고급스러웠는데, 막걸리하고나 어울릴 진건과는 이미지가 정반대여서 들어서는 운비의 입가가 참지 못할 웃음으로 번들거렸다.

입구에 들어서자 저 멀리 창가 쪽으로 웬 여자와 마주앉은 진건이 보인다. 뒤태가 고운 여인 앞에 앉은 진건의 얼굴이 사뭇 굳어져 있다. 평소의 덤덤한 표정과는 달리 매우 진지한 얼굴이어서, 속으로 회심의 미소를 짓고는 뒤뚱뒤뚱 테이블로 걸어갔다.

진건이 무심코 다가오는 운비에게로 시선을 돌렸다가 화들짝 놀라는 시늉을 했다.

"어, 네가 여기 웬일……?"

그다지 달갑지 않아 하는 진건에게 의미 있는 미소를 사뿐히 띄워 주고는 본격적인 작전에 들어갔다.

여자가 돌아보기를 기다렸다가 눈이 마주친 순간, 운비는 별안간 진건의 팔에 처절히 매달렸다.

"자기야! 여기서 뭐 하는 거야?"

진건의 낭패다 하는 표정과 여자의 경악하는 표정이 동시에 엇갈렸다. 속으로 키득거리며 곧이라도 눈물을 쏟을 듯 표정 연기에 몰입했다.

"이 여자는 누구야? 또 선보는 거야? 정말 이럴 거야? 나랑 뱃속의 아기는 어쩌고? 책임진다고 했잖아. 흑~ 자기, 나빠! 천하의 바람둥이!"

"야, 너……. 어휴!"

진건의 어처구니없다는 제스처에도 굴하지 않고 곁눈으로 여자의 반응을 살피며 계속 연기했다. 진건의 두꺼운 팔뚝에 매달려 비련의 여주인공 역할에 충실한 도깨비.

"흑흑! 이제 곧 아기 낳을 텐데 난 어떡하면 좋아. 집에서도 쫓겨나고 오갈 데 없는 여자에게 이래도 되는 거야? 응?"

그쯤 되자 가뜩이나 하얀 얼굴이 더욱 새하얗게 질려서 여자가 입술을 파르르 떨며 자리에서 벌떡 일어난다.

"사람 그렇게 안 봤더니 정말 악질이로군요."

머리 위에서 옥구슬 또로록 굴러 떨어지는 소리가 났다. 목소리만큼이나 맵짜고 똑 부러지게 생긴 여자였다. 인상은 가녀린데, 굉장히 똑똑하고 자존심이 강한 여자 같아 보였다. 여자의 말이 얼마나 싸늘하게 들리던지 운비는 내심 장난이 너무 지나친 게 아닌가 싶어 걱정스러웠다.

진건이 짐승 보듯 하는 여자를 앉은 자리에서 멀거니 올려다보았다.

"다시는 얼굴 볼 일 없었으면 좋겠군요. 우연히 라도 말이죠."

여자의 쌀쌀맞은 투에 진건이 하 웃더니 말을 꺼냈다.

"아니, 내 말은 듣지도 않고 혼자 단정 지어버린 겁니까?"

여자가 우아한 곡선의 눈썹을 찌푸리며 되물었다.

"여기서 뭘 더 확인해야 한단 거죠? 아무려면 만삭인 산모가 거짓말을 하겠어요?"

여자의 100% 믿음에 당황한 건 운비였다. 단순 무모한 장난이 졸지에 사기로 확대되어버리다니.

"아, 그게……."

운비가 머뭇거리며 입을 열자 약간 열 받는 듯 진건이 다리를 다른 허벅지 위에 턱 올리더니 불량스럽고 거만하게 의자 등받이에 몸을 기댔다.

"됐습니다. 산부인과 의사시라 줄곧 산모들만 봐 와서 뭘 모르시나 본데, 세상엔 별의 별 사람들이 다 있죠. 그리고 제가 그렇게 못 미더운 놈으로 보입니까? 벌써 세 번이나 만났는데요."

산부인과 의사라는 말에 운비는 괜히 속으로 뜨끔했으나, 제 성격대로 대차게 나가는 진건에게 한 방 맞고는 자존심이 상했는지 입술을 꼭 깨무는 여자의 눈치만 슬슬 살피는 수밖에 없었다.

여자는 두 주먹을 꽉 쥐더니 커다란 눈이 금세 그렁해져서 말했다.

"그래요. 저 그렇게 인격적인 여자 못돼요. 저도 오늘 처음 알았네요, 내게 이런 성급한 성격이 있을 줄. 그런 진건 씨는 생각이나 해보셨나요? 제가 왜 오늘 진료 시간도 비우고 일부러 여기까지 찾아왔을지. 애인 분께는 정말 실례했군요. 죄송합니다. 진건 씨 곁에 다른 분이 계실 줄 몰랐어요. 제가 실수했습니다. 용서하세요."

정중히 인사를 하고 난 여자가 백을 챙겨들고 황급히 자리를 떴다.

"어어! 여, 여보세요."

운비가 뒤늦게 손을 뻗어 불러보았으나 거의 뛰다시피 나가는 바람에 민망한 손만 허공에 뜨고 말았다. 이, 이러면 애기가 달라지는데. 진건을 골탕먹이려고 했던 게 역으로 공격당하게 생기지 않았나!

"엇!"

갑자기 아랫배가 찢어지는 듯 통증이 몰려와 테이블을 손으로 꽉 움켜잡았다.

"으윽, 뭐야? 배, 배가……"

진건이 깜짝 놀라 운비를 부축했다.

"야, 왜 이래? 애 낳으려는 거 아냐?"

운비의 이마로 진땀이 확 솟았다. 이젠 아랫배뿐 아니라 온몸이 두 쪽으로 갈라지는 것 같다.

"아악! 어, 어떡해? 나, 아기 낳으려나 봐. 아우, 배야. 배 아파 죽겠어."

"아직 아기 낳으려면 한 달 더 있어야 한다고 하지 않았어?"

갑자기 눈앞이 노래져 두 눈을 질끈 감으며 대답했다.

"애가 날 닮아서 성질이 좀 급한가 봐. 아, 나 몰라. 죽을 것 같아. 어떡해?"

거의 쓰러질 것처럼 소파에 기대어 둥실한 배를 감싸 안자 진건이 허둥지둥 휴대전화를 켜며 구시렁댔다.

"내가 도깨비 너 때문에 돈다, 진짜! 아, 여보세요! 양미소 씨!…… 왜 전화했거나 말거나 당장 올라와요. 아까 그 산모, 애 낳을 것 같단 말이에요!"

양미소?

아까 그 여자인 모양이다. 산부인과 의사라는.

진건이 전화를 건지 3분도 지나지 않아 좀 전의 그 여자가 부랴부랴 커피숍 안으로 뛰어들어왔다. 백을 한쪽에 내려놓고 운비의 상태부터 차근차근 살피더니 진건에게 다급히 이른다.

"안 되겠어요. 구급차 불러야겠어요."

　그러고는 자기 휴대전화를 꺼내어 어디론가 연락을 넣었다. 운비의 상태를 설명하면서 이것저것 지시를 한 뒤 전화를 끊고 나서는 운비에게 묻는다.
　"예정일이 언제예요?"
　운비는 이제 호흡도 곤란할 지경이라 진건에게 반쯤 기댄 채 가까스로 대답했다.
　"아, 아직 한 달가량 남았어요."
　"양수는 터지지 않았으니까 걱정하지 말아요. 곧 구급차 올 거예요. 자아, 호흡해요. 호흡하는 거 병원에서 가르쳐줬죠?"
　여자는 좀 전 쌀쌀맞은 태도와는 정반대로 본연의 의사로 돌아와 있었다. 차분하고 침착하게 운비의 손을 잡아주며 같이 호흡을 들이마시고 내쉬기를 반복한다. 의사가 앞에 있어서 그런지 처음에 당황했을 때보다는 한결 마음이 놓이는 운비였다. 괜한 장난질에 벌 받은 모양이라며 뱃속의 아기가 잘못되기라도 할까 봐 겁이 났다. 하지만 뱃속의 아기는 태평하게 발로 내벽을 톡톡 찬다. 엄마, 나 괜찮아요. 하고 안심이라도 시키는 듯이.
　운비는 아기의 거센 발길질에 가슴이 뭉클해서 눈물이 핑 돌았다.
　"실은요. 저기……."
　양심의 가책을 받아 그만 실토를 하려 하자, 운비의 등받이 역할을 하고 있던 진건이 얼른 말을 가로챘다.
　"조금만 참아. 아기는 괜찮을 거야. 아무렴. 누구 아긴데."
　그 말에 여자가 진건을 매섭게 흘겨보았다. 유감이 꽤나 많은 얼굴이었다. 괜한 데 신경을 쓰다 보니 통증이 또 몰아닥친다. 갑작스럽게 스트레스를 받거나 하면 가 통증이 온다더니, 그런 건가?
　그 상태로 구급차가 오기를 기다렸다가 진건과 구급요원의 부축을 받아 차에 올랐다. 병원으로 가는 내내 진건은 진짜 남편이라도 되는 양 운비의 곁을 지켰다. 일단 병원에 가서 정확한 진단을 받아본 후에 원찬에게 연락을 해도 해야 할 것 같았다.

병원은 방송국에서 그리 멀지 않은 곳에 있었는데, 병원에 도착하자마자 여자는 가운을 걸쳐 입고 운비를 진료했다.

"벌써 자궁경부가 꽤 많이 열렸어요. 통증이 점점 심해질 테지만 누구나 겪는 과정이니까 너무 겁먹지 않으셔도 돼요. 초산이시죠?"

"네."

"9개월 정도는 크게 무리 없으니 걱정마시구요. 성격이 급한 녀석이 나오려나 봐요."

여자는 조금 웃어 보였다. 지적이면서 온화한 미소에 운비는 안심이 되었다.

"혹시, 여기도 부부 분만할 수 있나요?"

"아, 그럼요. 부부 분만하시겠어요? 그럼…… 남편 되실 분은 미리 교육을 받으셨겠군요?"

실망한 표정과 체념한 표정이 서글프게 엇갈리는 것을 고스란히 지켜보면서 운비는 난감하게 대답했다.

"네."

커피숍에서 해명하려는 운비를 말린 진건의 뜻을 조금은 알 것 같기에 바른 대로 말도 못하고 속으로만 끙끙 앓았다.

원찬이 온 것은 그로부터 한 시간 후다. 진건의 연락을 받고 부랴부랴 달려왔으나 차가 엄청 밀리는 바람에 이제야 도착했노라며 대기실에 들어서자마자 침대에 누운 운비를 안심시켰다. 진통에 시달리는 운비를 꼭 안아주는 모습을 뒤늦게 발견하고 여자가 멍한 표정을 했다.

"누구…… 시죠?"

원찬이 침대에 걸터앉았다가 일어났다.

"아, 네. 제가 이 사람 남편입니다. 산모랑 아기랑 별일 없는 거죠?"

상기된 얼굴인 원찬을 물끄러미 바라보다가 여자가 운비에게 시선을 내렸다. 이게 어떻게 된 거냐는, 추궁하는 눈빛이다.

원찬을 보자 마음이 가라앉아서인지 진통도 잠시 멎었기에 운비는 객쩍게 여자를 향해 웃어 보였다.

"죄송해요. 실은 그게……."

설명을 듣고 난 여자는 화를 내기보다 외려 안도하는 낯빛이다. 하지만 운비는 사과를 거듭했다.

"정말 미안해요. 워낙 스스럼없는 사이라 골려준다는 것이 좀 지나쳤네요. 진건 선배가 우리 학교 다닐 때 얼마나 괴롭혔다구요. 그래서 골탕 먹이려고 했던 게 그만. 용서하세요. 진건 선배 절대 그럴 사람 아니거든요. 그건 우리가 보장해요."

"아뇨. 그 정도까지 사과 안 하셔도 돼요. 분만 준비되면 알려드릴게요. 잠깐 남편 분과 계세요."

여자가 나가고 난 뒤 원찬이 다시 운비 곁에 앉으며 통통 붓기 시작하는 얼굴을 부드럽게 매만졌다.

"그새 장난을 쳤단 말이야? 아무튼 못 말린다."

운비가 다시 진통이 몰려와 인상을 찡그리며 말했다.

"그러게. 아야……. 아무래도 거짓말 한 벌, 톡톡히 받게 생겼지 뭐야."

분만실에서 운비가 내내 진통에 시달리는 동안 원찬은 그 곁을 지켰다. 손을 잡아주고 얼굴에 진탕 번진 땀을 닦아주고 안쓰럽게 어루만져주며 원찬도 운비와 똑같이 진통을 겪는 것처럼 아팠다. 어떤 녀석일지 쉽사리 나오지 않고 예비 아빠 엄마의 마음을 있는 대로 졸인다.

원찬은 운비가 힘들어 신음할 때마다 이마에 곱게 입을 맞추며 힘을 북돋워 주었다.

"조금만 힘내자, 응? 잘하고 있어. 난 네가 정말 자랑스러워."

그런가 하면 아래쪽에서는 엉뚱한 인연으로 운비의 담당의가 되어버린 양미소가 운비를 격려했다.

"한 번만 더 힘줘 보세요. 힘주실 때 호흡은 멈추시구요. 이제 거의 다

됐어요.”

운비는 온몸이 갈가리 찢어지는 듯한 통증에 이를 악물었다. 엄마가 된다는 것은 이루 말할 수 없는 감격이며 기쁨이겠으나 죽을 때까지 지금 겪고 있는 고통은 잊을 수 없을 것이었다. 어디 아기 낳는 것이 차력에 비할쏜가.

의사의 요구대로 호흡을 멈추고 마지막 안간힘을 쓰듯 힘을 주었다.

“흐읍!”

그래, 사랑이란 이런 것인가 보다. 제 살을 찢고 피를 나누어 혼신을 쏟으며 주는 마음. 자신의 분신 같은 것.

“응애~!”

우렁찬 아기의 울음소리를 들으며 까무룩 정신을 놓으려는데, 원찬이 손을 꽉 움켜쥐는 바람에 퍼뜩 정신을 되돌렸다. 하아, 이제 됐구나. 아기를 낳았어.

진땀이 또르르 굴러 떨어지는 이마로 원찬의 입술이 수도 없이 찍혔다.

“고생했어. 사랑해, 깨비야. 정말 고마워.”

벅찬 감격을 주체 못하고 원찬이 운비의 입술에 입맞춤을 하였고, 양미소가 기쁜 목소리로 말했다.

“아들이에요. 아빠 오셔서 탯줄 끊으세요.”

원찬은 약간 긴장한 채 병원에서 연습한 대로 의사의 지시에 따라 가위로 탯줄을 잘랐고, 아기의 쭈글쭈글하고 핏기 어린 몸뚱어리를 기이하게 바라보았다. 간호사가 아기를 깨끗이 씻기고 닦여서 다시 안고 왔다. 이번에는 산모의 가슴 위에 살짝 내려놓자 운비와 원찬이 함께 자신들의 분신인 아기를 황홀하게 바라보았다.

장군감처럼 튼실하게 생긴 아기가 가슴 위에서 꼼지락거리는 모습은 세상에서 가장 아름답고 신비로운 모습으로 부부의 머릿속에 각인되었다.

복도로 나온 양미소는 그때까지 복도 의자에 앉아 있는 진건을 발견하고 의외라는 표정을 지었다. 양미소를 본 진건이 자리에서 일어났다.

새치름하게 인상을 굳히고 양미소가 소식을 알려주었다.

"아들이에요."

"아!"

진건이 제 아이라도 낳은 양 얼굴이 환해지기에 양미소는 원망을 토해냈다.

"아까 왜 커피숍에서 아니라고 말 안 한 거예요? 나만 이상한 사람 되어버렸잖아요."

진건은 무뚝뚝하게 대꾸했다.

"난 100% 날 믿어주는 사람이 좋습니다."

"하지만 그건 누구라도 오해할 만한 소지가 다분했어요. 그리고 전 아직 진건 씨에 대해 모르는 게 너무 많구요."

안타까움이 묻어나는 말에 진건의 미간이 난감하게 좁혀졌다. 일전에 방송국 선배 PD 소개로 만난 여자였다. 첫인상이 지적이고 조신해 보여 마음에 들었었는데, 오늘은 웬일로 병원도 접고 방송국 앞으로 찾아왔기에 기쁜 마음으로 나갔었다.

운비가 오해 살 만한 짓을 한 건 사실이지만 그렇게 단박 딴 얼굴이 되어버리는 여자를 보자 순간 실망을 금치 못했다. 어쩌면 그것 역시 여자에게 마음이 쏠렸기에 가능한 일일 것이다. 마음을 빼앗기면 빼앗기는 만큼 사랑은 깊어지고 커지며 좌절감도 그에 비례하게 마련이니까.

양미소는 이내 풀이 죽은 얼굴로 송구한 듯 입을 열었다.

"진심으로 사과할게요. 제게 실망하셨어도 이제 와 어쩔 수 없는 일이죠. 모르겠어요. 이상하게 화가 나더군요. 아마 오래전에 사귀던 남자 때문이었을 거예요. 그 남자가 지독한 바람둥이였거든요. 내 인생에는 왜 이렇게 남자 운이 없을까, 그 순간 괜히 나 자신한테 화가 나더라구요."

어느 누가 보아도 모자람이 없는 여자였다. 아니, 부러워하고도 남을 커리어우먼이 남자 하나 때문에 깊은 절망감에 빠진 얼굴을 하다니. 진건으로서는 이해할 수 없는 모습이었고, 왠지 측은했다.

"그게 왜 운이 없는 거예요? 오히려 운이 좋은 거죠."

"네? 무슨 뜻인지……."

"그때 그 남자랑 잘되었으면 나랑은 못 만났을 거잖아요."

"그런 건가요?"

양미소가 픽 웃었고, 진건이 하얀 이를 드러내며 싱긋 따라 웃었다.

"이젠 믿어 봐요. 내 말이 거짓인지 진짜인지."

"100%요?"

"매일 순도 검사할 겁니다. 1%라도 빠지면……."

"빠지면?"

"채워야죠."

"네에? 호호호."

양미소의 화사한 웃음소리가 병원 복도에 오래도록 울려 퍼졌다.

희수's story

"자기야! 이리 와 봐. 빨리!"

운비의 다급한 손짓과 부름에 원찬은 바닥에 누워 이제 세 살 된 리틀 원찬, 우주를 발바닥 위에 올려놓고 비행기를 태워주다가 일어나 앉았다.

"무슨 일인데?"

"빨리 와 봐. 희소식이야, 희소식!"

웬 호들갑이냐 하는 얼굴로 원찬이 우주를 번쩍 안아 들고 운비가 앉은 컴퓨터 앞으로 갔다. 운비가 들여다보는 건 희수의 블로그다. 블로그에 올린 희수의 사진. 그것은 희수 혼자만의 사진이 아니었다. 희수의 어깨에 손을 올리고 제법 다정한 포즈를 취한 남자와 함께 찍은 사진이었다.

"어! 이 남자 누구야? 애인인가?"

원찬이 깜짝 놀라 우주를 바닥에 내려놓고 허리를 굽혀 컴퓨터 화면을 가까이 들여다봤다. 넉넉한 인상의 남자는 희수와 오누이라고 해도 좋을 만큼 닮았다.

"둘이 진짜 닮지 않았어? 난 희수 친척 오빠라도 되나 했다니까. 근데 아래 설명 보니까 재일교포래."

운비가 흥분에 젖은 목소리로 떠들었다. 원찬이 싱긋 웃었다.

"오호~ 희수 선배한테 애인이? 사귄 지는 얼마나 됐대?"

그러자 운비의 목소리가 금세 불퉁해진다.

"희수 애 진짜 웃겨. 사귄 지 벌써 1년 가까이 된대. 그러면서 어쩜 이 제까지 모른 척할 수가 있지? 괘씸한 것."

열 받아 하는 운비의 목덜미를 쓱쓱 쓰다듬어 주며 원찬은 큰 소리로 웃었다.

"하하! 딴에는 좀 신중하자 싶었던 거겠지. 이렇게 블로그에 사진까지 올린 거 보면 이젠 소개해도 될 만하다 생각했을 거구."

"그러게. 둘이 잘되었으면 좋겠는데……."

운비가 염려하는 것이 무엇인지 알기에 원찬은 뒤에서 운비를 한 아름 끌어안았다.

"잘되겠지. 우린 조용히 마음속으로 기도하는 수밖에."

"응. 그건 우리가 왈가왈부할 일이 아니니까."

두 사람이 잠시 컴퓨터의 화면을 경건한 마음으로 바라보고 있을 때였다. 지나치게 고요하다는 생각이 든 순간, 똑같이 자리를 박차고 일어났다.

1층으로 다다다 달려 내려와 가장 먼저 가본 곳이 식당. 그새 난장판 이 된 식당을 보며 운비와 원찬은 식당 입구에 선 채 꼼짝을 못했다. 식 당 중앙에 놓인 식탁 위에 올라선 리틀 원찬, 우주가 웃통을 벗어던지고 서 밀가루를 머리끝부터 하얗게 뒤집어쓰고는 활짝 웃고 있다. 둘 다 공 휴일을 맞아 시부모님이 부부모임에 나가신 사이 부침개나 해먹자고 재 료들을 식탁 위에 내놓았었는데, 부추는 부추대로 양파는 양파대로 식당 바닥에 죄다 던져 놓고 밀가루로 전신 마사지를 하는 말썽꾸러기 녀석을 보자 운비의 머리 위로 도깨비 뿔이 불뚝 튀어 올랐다.

"이 노움!"

운비가 기괴한 표정을 짓고서 한 발 한 발 다가가자, 식탁 위에서 팔짝 팔짝 뛰며 우주는 "꺅! 꺅!" 고함을 질러댄다. 그때 원찬이 잽싸게 우주를 낚아채어 다가오는 운비를 피해 식당 밖으로 뛰어나갔다.

"도깨비다! 도망가자!"

품에서 까르르 넘어가는 우주를 안고 원찬은 욕실로 들어가고, 잠시 후 두 남자가 홀딱 벗고 목욕을 하는 모습을 문밖에서 운비가 다정한 눈빛으로 바라보았다. 밀가루를 뒤집어쓴 우주를 씻겨주며 행복해 하는 원찬의 모습이 보기 좋다. 그리고 그를 쏙 빼닮은 아들 우주의 천진난만한 웃음도.

아마 희수가 그리고 꿈꾸는 여자의 모습도 이런 것이 아닐까.

요즘 운비는 날마다 행복을 낚시질하는 기분으로 산다. 인생에서 항상 대어를 낚을 수는 없겠지만, 그 누구도 그 손에서 낚싯대를 앗아갈 수는 없다.

과연 희수는 자신의 인생에서 무엇을 낚을 것인가.

낭만의 시대

　원래는 이 작품이 [별의 혼]보다 먼저 쓰인 것이지만, 퇴고하는 과정에서 [별의 혼]과 순서가 바뀌었다. 쓸 때는 굉장히 속도감이 있어서 즐거웠었는데, 퇴고하면서는 1년 이상을 끌어버렸다.

　80년대 후반에 대학을 다닌 저자로서는 2천년대 초반의 대학 배경을 실감나게 그려내기가 결코 만만치 않았다. 이북으로 나와 있는 [너바라기] 같은 경우, 시기는 조금 다르지만 같은 80년대의 민주화 운동이 배경이라 오히려 쓰기가 수월했는데, 그에 반해 [인터뷰]는 2천년대 초반의 대학 분위기를 전혀 모르는 상황에서 쓴 것이라 무척 난감한 부분이 많았다.

　물론 그 시대를 지나왔기에, 자료를 조사하면서 새록새록 추억을 되새기는 재미도 있었다. 그리고 지나온 대학시절을 한 번 더 돌아볼 수 있어 꽤 즐겁고 의미 깊은 작업이었다. 솔직히 낭만 시대라고 불리기에는 유치 찬란의 시절이었다고 하는 쪽이 더 어울리겠지만. (웃음)

　2천년대 초반 당시 유행하던 음악이나 패션, 술집 경향, 사회 분위기 등. 특히 트랜스젠더를 조사하면서는 평소 별 관심도 없었고, 용어의 기본 상식조차 몰랐던 것을 자세히 알게 되어서 새롭고 흥미로웠다. 자료 조사에 동참해 주신 모니터 분들과 화령이에게 고마움을 전한다.

　고등학생 위주의 학원물과는 성격이 또 달라서, 유쾌함과 진지함을 병행시키기가 가장 어려웠던 것 같다. 특히나 도깨비라 불릴 정도로 선머슴아인 운비를 그려내기가 매우 버거웠다. 단대에서만 유명한 것도 아니고 학교 전체에서 유명세를 탈 만큼 좋게 말하면 의협심이 강한 것이요, 나쁘게 말하면 오지랖 넓은 운비는 모니터 분들이 충고해준 대로 설정 자체에 무리가 있는 인물이었다. 하지만 의도에 따라 운비라는 인물은 일부러 과장되게 그린 것이다. 운비는 예쁘고 착하고 도도하고 나무랄 데 없는 여주가 아닌, 덤벙대고 실수투성이이며 약간 무식해 보일 정도로 힘이 센 여주이기 때문에 내게는 오히려 더 정이 가는 인물이다. 같은 여자로서 내가 본 운비의 이미지는 한마디로 강력히 친구 삼고 싶은 여자애이다. 운비와 원찬이를 가장 가까운 곁에서 지켜보는 친구처럼 이 소설을 썼다 하면 독자들에게 느낌이 좀 더 잘 전달되지 않을까?

　이번에도 남주에 대해 의견이 분분했다. 초고 시 원찬은 운비에 반해 한없이 부드러운 꽃미남일 뿐이었다. 그것이 차츰 운비로 인해 자신에게 내재된 남성상을 찾아가긴 하지만 그 과정이 상당히 미비하고 느린 감정 탓에 제대로 남주를 살리지 못했었다. 때문에 오히려 진짜 도깨비 같은 진건이 남주로 더 적합하지 않느냐는 이야기를 많이 들었다.
　그러나 진건은 멋진 꾀짜임에는 틀림없지만 강한 타입의 운비와는 맞지 않는다는 결론을 내렸다. 퇴고 과정에서 원찬의 이미지를 바꾸기에 주력했으나 아무래도 운비에게 모든 초점이 맞춰지다 보니 100% 만족스럽게 그려내지 못한 것 같아 아쉽다. 처음부터 분량을 넉넉히 잡고 시작했더라면, 대학 생활에 대해 안팎으로 더 상세히 그릴 수 있지 않았을까 하는 아쉬움도 더불어서.

한 번쯤 대학 생활을 회고해 보게 만드는 책이 되었으면 했는데, 턱없이 부족하다는 생각이 든다. 대학 생활에 중점을 두기보다 젊은이들의 사랑에 관한 이야기이니만큼 즐거운 시각으로 보아주셨으면 좋겠다.

희수 이야기를 하지 않고 넘어갈 수가 없다. 요즘이야 트랜스젠더가 그다지 화제가 되지 못하고, 또 나 역시 별다른 관심을 갖지 않았었다. 그래서인지 게이나 호모, 레즈비언, 드랙퀸(여장남자 drag queen)과 드랙킹(남장여자 drag king), 트랜스젠더와 트랜스섹슈얼, 이들의 개념 차이에 대해 정확히 모르고 있었다.

트랜스젠더와 트랜스섹슈얼은 보통 특별한 구별 없이 같은 말로 쓰고 있지만, 사람들마다 조금씩 다른 구분을 주장하는 경우도 있다. 어떤 이는 성전환 수술을 한 경우를 트랜스섹슈얼, 성전환 수술을 하지 않은 경우엔 트랜스젠더라고 불러야 한다고도 하고, 트랜스섹슈얼은 지나치게 성적인 면에만 국한시킨 단어이므로 트랜스젠더로 부르는 것이 더 존중하는 말이라는 사람도 있다. 따라서 본문에서는 트랜스섹슈얼을 배제하고 트랜스젠더라는 용어로 통일했음을 밝힌다.

드랙퀸과 드랙킹 같은 경우는 성(性)과는 무관하게 그들만의 라이프스타일이라고 하니, 때로 여장을 한 록그룹을 볼 수 있는데, 그들이 바로 이 경우에 해당하는 게 아닌가 한다.

오래 전 SBS <그것이 알고 싶다>라는 프로그램에서 트랜스젠더들의 삶을 집중 취재한 적이 있었는데, 그때도 그런 사람들이 있나 보다 신기하고 측은하게만 생각했지 그들의 인권에 대해서는 깊이 생각해 보지 않았었다.

희수라는 캐릭터는 소외되고 약하고 여자에게도 보호본능을 일으키는 인물이다. 물론 모든 트랜스젠더의 이미지를 희수 한 사람으로 압축한 것은 아니다. 이 땅의 모든 트랜스젠더가 희수처럼 연약해서가 아니라 한 인간으로서의 존엄성은 지켜주어야 하지 않을까 하는 의도에서 그런 이미지로 그린 것뿐이니 오해가 없으셨으면 한다.

나 역시도 그들에 대해 편협한 시선을 갖고 있었으나, 이번 소설을 쓰면서 조금은 희수를 통해 그들을 이해해보고자 애썼다. 그런 노력이 작품 안에 얼마나 녹아들었는지는 모르겠지만, 적어도 이제는 그들을 담담한 시선으로 봐지지 않을까 한다. 트랜스젠더를 옹호하는 입장은 아니지만 굳이 배격시하는 마음도 없다는 것이다. 그들은 다만 우리와 똑같은 한 인간일 뿐이다.

이번에 모니터 두 분이 더 합류해서 네 분이 이 소설을 놓고 의견을 주셨다. 허접한 돌멩이를 이리 깎고 저리 깎아, 그래도 세상에 내놓을 정도의 작품이 된 것은 그분들의 반짝이는 기지 덕이다.

사실 본문에서 이야기를 다 보여줬기 때문에 에필로그를 쓸 거리가 남아있지 않았다. 에필로그를 쓰지 않고 넘길까도 생각해 보았지만, 진건이와 희수가 자꾸 마음에 걸렸더랬다. 에필로그 때문에 고민하고 있을 때, 비니맘 님이 제안해 주신 것을 모티브 삼아 쓴 것이 마지막 에필로그 장면이다. 이래저래 도움만 받는 저자인지라 송구하고 민망하다.

저자소개에서 '글에 대한 타협은 없다.'는 은빛비 님이 내게 해 주신 말이다. 글에 대한 내 주관을 고대로 느끼고 계셔서 깜짝 놀랐는데, 글이란 그래서 거짓이 없구나, 하는 걸 다시 한 번 가슴 깊이 깨달았다. 늘 생각하는 거지만 열심히 생각하고 연구해서 내 자신에게나 독자에게나 정직한 글을 써야겠다고 다짐해 본다.

모니터 해 주신 비니맘 님, 은빛비 님, 깨순이 님, 핑키 님의 노고에 특별히 감사의 말씀을 드린다. 행복하시고 앞으로도 좋은 인연이 계속되길 마음속으로 바래본다.

　우리 예쁜 달밀님들, 초창기부터 지금까지 꾸준히 활동하시는 독자들께는 정말 뭐라 표현하지 못할 만큼 감사한 마음이 든다. 덕분에 늘 큰 힘을 얻는다는 것만 알아주셨으면.

　같은 홈피 글동무들, 영채, 화령, 나영, 고맙고 늘 건강해라. 영채는 건강해서 빨리 새 작품 볼 수 있게 되길 바라고, 화령이는 곧 새 책 볼 수 있을 텐데 기대가 크다. 나영이는 중국에서 고생이 많은데, 귀국할 때까지 부디 몸조심하렴.

　몸이 약해서 골골 하는 딸 염려해 주시는 부모님, 사랑하는 가족, 영원히 주님의 은혜가 함께 하시길.

　항상 내 편이 되어주는 나의 소중한 친구 백경, 사랑해. 이다음에 나눌 이야기가 많아지게 좋은 기억들, 차곡차곡 쌓아가자.

　그리고 이 세상 그 누구보다 존경하고 사랑하는 예수님. 어려울 때, 힘들 때, 슬플 때, 또 기쁠 때 가장 먼저 내 등을 토닥여 주시는 분. 나의 가장 큰 후원자. 내 마음은 언제나 당신께 향해 있음을.

2007년 5월. 어느덧 샛노란 봄. 이조영.